Stefan Miersch

Zetus und die grauen Schatten

Roman

Band I der Rubaakon-Trilo

Impressum:
Stefan Miersch
Zetus und die grauen Schatten
ISBN 10: 3-86611-334-X
ISBN 13: 978-3-86611-334-3

www.pro-literatur.de

Umschlagdesign: Christian Strohal, Klaxgestaltung Braunschweig
Lektorat: Claudia Günzel

1. Teil: Der Angriff

2. Teil: Die Befreiung

Für Noi-Bär & den Josch-Meister

und meinen Vater

1. Teil

Der Angriff

Eingangsszene

Bendiks konnte die Atmosphäre, die in letzter Zeit am Frühstückstisch herrschte, nicht leiden. Sein Vater vermittelte irgendwie den Eindruck, als wolle er ihm etwas Bedeutsames mitteilen, das möglicherweise das gesamte Familienleben entscheidend beeinflussen könnte. Aber er machte stets nur vage Andeutungen, die auf Dauer ziemlich nervtötend sein konnten. Anstelle solcher Inszenierungen hatte Bendiks es schon immer vorgezogen, Dinge auf den Punkt zu bringen. „Paps, Du bist unzufrieden mit Deinem Job, stimmt´s?"

Jochen Marquardt machte ein erstauntes Gesicht. „Ja, äh, ich meine, nein. Also naja, weißt Du, manchmal ödet es mich einfach an zuzusehen, wie meine geschätzten Kollegen jedes Scheinproblem zu einem hoch wichtigen Staatsakt aufbauschen. Und anschließend tun sie so, als hätten sie eine Katastrophe abgewendet, weshalb ihnen von Rechts wegen der Nobelpreis zugesprochen werden müsste. Ich …"

Bendiks nahm sich die Unhöflichkeit heraus, seinen Vater zu unterbrechen. „Und ich finde es anödend, wenn sich jemand als so furchtbar anders empfindet als seine Mitmenschen, aber nichts dafür tut, seine Authentik wieder herzustellen." Im Augenwinkel nahm er wahr, dass sein Vater mit offenem Mund dasaß und ihn ungläubig anstarrte. Um ihm nicht das Gefühl zu geben, ihn absichtlich bloßstellen zu wollen, tat Bendiks so, als sei ihm die Betroffenheit seines Vaters entgangen. Er ging zum Kühlschrank, um einen Joghurt zur Abrundung seiner Mahlzeit herauszufischen.

„Du meinst, Authentizität."

„Hä?"

„Es heißt nicht Authentik. Es … ach, vergiss es!" Bendiks´ Vater winkte müde ab.

„Ich meine, was hält Dich davon ab, etwas anderes zu tun?", fuhr Bendiks fort. „Auch wenn Du lange studiert hast, um letztlich das Amt zu bekleiden, das Du jetzt inne hast – glaubst Du nicht, dass noch andere Talente in Dir stecken, die Du benutzen könntest, um einer Tätigkeit mit höherem Zufriedenheitsfaktor nachzugehen?“

Als Bendiks sich umdrehte, nahm er erleichtert zur Kenntnis, dass der Schockzustand seines Vaters über die altklugen Sprüche seines 14jährigen Sprösslings beendet war. Er lächelte ihn sogar anerkennend an.

„Aha, und was schlägst Du mir vor? Soll ich vielleicht unter die Schriftsteller gehen, um meinen Kreativitätsschüben ein Ventil zu geben?“

Bendiks leckte seinen Löffel ab. „Warum nicht? Texten kannst Du doch. Und mal Dir mal den Wirkungsgrad aus, den Du auf diese Weise erreichen könntest! Unzählige Menschen hätten an Deiner Gedankenwelt teil. Grandiose Vorstellung, oder?“

Sein Papa lachte laut. „Du hast Ideen! Ich habe über vierzig Jahre nicht geschrieben. Warum sollte ich ausgerechnet jetzt damit anfangen?“

„So was nennt man Inkubationszeit. Ich freu mich schon auf Deine Verwandlung zu einem vergeistigten, aber mit sich und der Welt im Einklang stehenden Fantasten. Aber jetzt muss ich zur Schule.“

Bendiks warf einen sorgenvollen Blick auf die Wohnzimmertür. „Siehst Du noch einmal zu Mama?“ Sein Vater nickte kurz und nahm dann kopfschüttelnd die Zeitung vor das Gesicht.

Zu spät !?

„Heiliger Maulwolf!“

Zetus keuchte fluchend den Hügel hinauf, der ihm um diese Tageszeit immer etwas steiler vorkam. Wäre er zu ein wenig mehr Ernsthaftigkeit in der Lage gewesen, so hätte er jetzt wohl gegen eine beginnende Verzweiflung ankämpfen müssen. So aber konnte er nur grimmig und vielleicht sogar etwas über sich selbst belustigt den Kopf schütteln. „Wann lernst Du dazu? Merkst Du nicht, dass Dich immer wieder dieselben Situationen in Schwierigkeiten bringen? Wenn der Bürgerchef Dich zum Trüffel suchen schickt, heißt das, dass Du einen großen Bogen um die Schwindelfarne schlagen musst.“

Aber die Versuchung war wieder einmal zu groß gewesen. Obwohl er ihre Standorte genau kannte, hatte sich Zetus plötzlich doch in ihrer unmittelbaren Nähe wieder gefunden. Und schon waren ihre betörenden Lügengeschichten wie Honig in seine Gehirnwindungen getropft, hatten sämtliche Schaltstellen verstopft und ihn seinen Auftrag auf der Stelle vergessen lassen. Stattdessen hatte er sich auf eine große Buchenwurzel sinken lassen und selbstvergessen den magischen Geschichten ohne Anfang und ohne Ende gelauscht, die ihm jedes Mal das Zeitgefühl raubten. Zetus ließ sich in ein Reich entführen, in dem Farben, Formen und Geräusche herrschten, die ohne Anweisungen und Erwartungen aneinander auskamen. Da gab es angestrengt albernde Astern, berstend betrübte Burgen, durchtriebene Dachdrosseln, frierende Fuchsfresken, hoheitlich herumstolzierende Hühnchen, lauthals lachende Limonen, nimmermüde neckende Neonfische, sinnlos sabbernde Sukkulenten, triefnass tobende Tropfnasen, ziemlich zeternde Zopfkuchen ...

Als er sich endlich besann, weil seine Hand zufällig seinen fast leeren Lederbeutel betastete, war die Sonne schon fast vom Himmel verschwunden. Und wie Zetus nur zu gut wusste, hatte der Wettlauf damit begonnen. Er orientierte sich kurz, zog seine gelbe Weste aus, damit den Lichtrezeptoren auf seinen Schultern auch nicht ein einziger Sonnenstrahl entging, schlüpfte in seine schweren Stiefel und sprintete los. Der Höhleneingang war gute 150 Meter entfernt – eine ordentliche Strecke für jemanden mit einer Körpergröße von 27,5 cm und - verhältnismäßig gesehen - sogar noch etwas zu kurzen Beinen. Genau aus diesem Grund war es strikte Anweisung der Sammelführerinnen, sich bereits in der Mitte des Nachmittags auf den Rückweg zu machen.

Schwindelfarne! Zetus würde es nie verstehen, warum die Menschen den telepathischen Schwingungen dieser herrlich bizarren Pflanzen nicht einfach zuhörten, um sich in einen Phantasierausch versetzen zu lassen, sondern sie – glaubte man den Ausführungen seiner früheren Sozialkundelehrerin - stattdessen töteten und auf die merkwürdigste Weise verzehrten. Sie taten das, obwohl sie wussten, dass ihr Organismus allergisch darauf reagierte. Wenn sie sich dabei erwischten, bestraften sie sich deshalb auch noch gegenseitig - wegen illegalen Cannabiskonsums!

Als Zetus merkte, dass seine Beine langsam müde wurden, obwohl sein Ziel noch nicht erreicht war, entledigte er sich seines viel zu schweren Klappspatens und versuchte, sich selbst anzuspornen, indem er sich ausmalte, welche Konsequenzen sein wiederholter Ungehorsam nach sich ziehen würde. Roberta, die resolute Sammelführerin, in deren Zuständigkeit er unglücklicher Weise fiel, würde keine Sekunde zögern, ihn anzuschwärzen. Dann würde seine nicht mehr unbedingt als dünn zu bezeichnende Akte wieder einmal auf dem Schreibtisch des Bürgerchefs liegen. Vermutlich würde er eine Ausgangssperre verhängen. Und nur, wenn er sich ein weiteres Mal von seiner - selbst für Zetus manchmal nur schwer nachvollziehbaren - Nachsicht für ihn leiten ließ, würde sie zeitlich beschränkt sein.

Geschafft! Zetus spürte zwar, dass sich ein dicker Schweißtropfen von seinem Schwanz löste. Aber er hörte erleichtert, dass er bereits auf den glatten Boden des Felsvorsprungs klatschte, an dessen Ende ihn ein dunkles Loch erwartete: der Eingang zum Tal von Rubaakon! Von nun an hatte er exakt fünf Minuten Zeit, um durch die verwinkelten Gänge zu eilen. Nur wenn ihm dies gelang, brauchte er nicht zu befürchten, dass sich seine Lichtrezeptoren schließen und er unweigerlich zu einer bewegungsunfähigen Beute für hungrige

Nachttiere erstarren würde, die sich angeblich manchmal hierher verirrten. Zetus glaubte zwar nicht an solche Schauermärchen über unbekannte Räuber in der Finsternis wie zum Vampirismus neigende Hauskatzen. Aber schon der Gedanke, darauf angewiesen zu sein, dass ihn die morgigen Trüffelsammler fanden und ihm die Schande antun würden, ihn – hilflos, wie er dann sein würde – auf den Dorfplatz zu schleppen, machte ihm Beine.

Mit traumwandlerischer Sicherheit folgte er dem verschlungenen Weg durch den Berg. Er war sich zu jedem Zeitpunkt bewusst, an welcher Stelle dieses schon ungezählte Male zurückgelegten Weges er sich befand. Er musste fast lachen bei dem Gedanken, dass er wahrscheinlich gegen eine Wand laufen würde, wenn er einmal nicht in höchster Eile sein sollte. Aber so hatte er das perfekte Timing. Er duckte sich, wenn der Durchgang niedriger wurde, nahm die wahnwitzigsten Richtungsänderungen vor und sprang rechtzeitig ab, wenn eine Vertiefung oder eine Pfütze den Pfad unterbrach.

Als endlich ein kleines Licht am Ende des Tunnels erschien, schlüpfte er durch die Öffnung im Gestein und ließ sich erschöpft in das vom Abendtau feuchte Gras fallen. Wie schon so viele Male zuvor rang er kurz nach Luft, registrierte, dass seine Rezeptoren aufhörten sich zu schließen und nahm sich wieder einmal vor, den von hier oben vermutlich sehr erhebenden Eindruck seines Heimatdorfes nach dem nächsten Ausflug zu genießen.

Dann rappelte er sich auf und rannte weiter. Doch schon nach wenigen Sekunden wurde er sich bewusst, dass irgendetwas nicht stimmte. Zwar sorgte die Dämmerung naturgemäß für eine beschränkte Sicht. Aber so sehr Zetus sich auch anstrengte: Er konnte die Umrisse der ersten Behausungen, die jetzt wirklich nicht mehr weit entfernt sein konnten, nicht erkennen. Zunächst schob er es auf sein hohes Lauftempo und die dicht stehenden und sich leicht im Abendwind wiegenden Tannen.

Schließlich nahm er das eine oder andere Leuchtfeuer wahr, das die Federbolde jeden Abend aus Angst vor einem Fleisch gewordenen Fabelwesen entzündeten, das angeblich herumstreunte. Aber dann war er sich doch sicher: Das Dorf war weg!

Nun wurde Zetus tatsächlich eine Gefühlsregung zuteil, die er in den 22 Jahren seines noch kurzen Lebens als Federbold erst ein einziges Mal verspürt hatte: Verwirrung und Hilflosigkeit ließen seine Gedanken flimmern. Eine böse Vorahnung drohte ihn einerseits fast zu lähmen. Andererseits trieb sie ihn aber auch an. Denn angesichts der am Horizont verschwindenden Sonne war es einfach zu spät dafür, einen möglichen Impuls zur Flucht überhaupt wahrzunehmen. Außerdem hatte Zetus nicht das Gefühl, dass er zum jetzigen Zeitpunkt in akuter Gefahr schweben könnte. Denn sein Verstand, der allerdings ebenso im Begriff war zu ermatten wie sein müder Körper, teilte ihm nüchtern mit, dass etwas Beängstigendes vorgefallen sein musste. Und wahrscheinlich war er nur wegen seiner Trödelei davon verschont geblieben.

Zetus dachte irritiert, dass er eigentlich so gut wie am Ziel sein müsste. Aber vor ihm erhob sich eine merkwürdige Dunkelheit, die ihm die Sicht fast vollständig versperrte. Zetus stellte leicht resigniert fest, dass er immer langsamer wurde und nichts dagegen tun konnte. Eine Sekunde später war er froh darüber. Denn er prallte ungebremst gegen eine Wand aus Nichts. Zetus fiel zu Boden und rieb sich seine Nase. „Komisch!“ schoss es ihm durch den Kopf. Das hatte nicht einmal richtig wehgetan. Und der plötzliche Aufprall hatte sich auch irgendwie schmatzend angehört.

Er robbte langsam auf den Knien nach vorn und betastete das Hindernis, das ihn so abrupt aufgehalten hatte. Sobald sich seine Hände gegen dieses Etwas legten, drangen sie einige Zentimeter ein und fühlten sich ein wenig taub an. Schnell zog Zetus sie zurück und entschied sich, stattdessen lieber den einen oder anderen Zeh zu riskieren. Er setzte sich also hin und zog seinen linken Stiefel aus. Das gleiche Spiel. Er kam noch ein winziges Stück voran. Danach verspürte er einen leichten Sog. Außerdem meinte Zetus, rund um seinen Fuß eine angedeutete irisierende Verfärbung zu einem zarten Rot zu erkennen. Das Ganze fühlte sich gallertartig an. Sein ehemaliger Wissenschaftslehrer würde sicher von einem Plasma sprechen: „Meine jungen Federbolde – was ihr hier seht, nennt man den vierten Aggregatszustand von Körpern. Wer kann mir die drei anderen nennen? Zetus? Nicht? Nun, Deine vier denkbaren Zustände kennen wir ja zur Genüge: unkonzentriert, müde, schläfrig und eingeschlafen!“

Zetus wischte den Gedanken daran, dass seine Versetzungen in die nächst höhere Altersstufe stets gefährdet gewesen waren, beiseite und richtete sich wieder auf. Er legte sich nur ganz leicht gegen das Hindernis, legte seine Hände um die Augen und versuchte irgendetwas zu erkennen. Er glaubte, die Umrisse des Hauses seines Onkels zwölften Grades zu sehen, das sich gleich am Ortseingang befand. Stand dort nicht auch jemand? Da war doch ein Schatten - vielleicht die Silhouette eines Federboldes? Aber warum bewegte er sich nicht? Wer immer das war - er sollte sich eigentlich beeilen, vor Sonnenuntergang in seiner Kemenate zu sein.

„Ist da wer? Hilfe! Ich stecke fest!“

Zetus wirbelte herum. Diese piepsige Stimme kannte er doch. „Crepjan? Bist Du das?“

Zetus lief in die Richtung, aus der der Hilferuf gekommen war. Nach circa 10 Metern fiel er über die Beine eines jungen Federboldes, den er erst vor kurzem kennen gelernt hatte, weil er in seine unmittelbare Nachbarschaft gezogen war. Es war der junge Crepjan. Und irgendwie wunderte es ihn überhaupt nicht, gerade diesen grundsätzlich lärmenden Möchtegernerwachsenen an diesem unheilvollen Abend anzutreffen - noch dazu in einer eher misslichen Lage.

Wie Zetus selbst stand Crepjan nicht in dem Ruf, das leuchtendste Beispiel für die Sozialisierungskünste der Federbold-Pädagogen zu sein. Er war nicht nur extrem vorlaut, sondern auch mit einem Selbstbewusstsein gesegnet, das schon so manchem Dorfbewohner die Sprache verschlagen hatte. Vor allem denjenigen älteren Federbolden, die, was Respektsempfinden angeht, noch an die Gnade der frühen Geburt glaubten. Zetus mochte ihn. Was ihm allerdings nicht an Crepjan gefiel, war dessen ausgeprägte Neigung zur Rechthaberei. Aber Zetus musste sich eingestehen, dass er selbst diese Eigenschaft auch erst abgelegt hatte, als er seine beiden besten Freunde, die wie Brüder für ihn gewesen waren, verloren hatte. Der Schmerz, den er seitdem in sich trug, hatte ihn deutlich abgeklärter werden lassen.

„He, Crep! Sag mal, müsstest Du nicht um diese Zeit schon in Deinem Bettchen liegen und von knusprigen Schmetterfasanen träumen?“ Zetus bemühte sich, seiner Stimme einen beiläufigen Tonfall zu verleihen.

„Glaub mir, das würde ich auch gern. Wenn mich nicht etwas Unsichtbares am Schwanz festhalten würde“, jammerte Crepjan.

Zetus kniete sich neben ihn und versuchte, seine Schwanzspitze zu ertasten. „Also, im Ernst: Was treibst Du hier draußen? Willst Du meine Rekordmarke bei den häufigsten Verweisen für unbefugtes Überschreiten der Ausgangszeit übertreffen?“

„Das versuche ich schon seit längerem. Das Dumme ist nur, dass ich mich nicht so oft erwischen lasse wie Du.“ Zetus warf Crepjan einen halb belustigten, halb genervten Blick zu.

„Ich bin eingeschlafen“, gab Crepjan zu. Er verschwieg aber, dass ihm dasselbe vor nicht allzu langer Zeit schon einmal passiert war und er deshalb die ganze Nacht außerhalb des Dorfes hatte zubringen müssen. Nur der Tatsache, dass seine Stiefeltern ihn stiefelterlich behandelten, war es zu verdanken gewesen, dass dieser schwere Verstoß gegen die Gemeinschaftsordnung unentdeckt geblieben war.

„Ich glaube, Dein Fluchen hat mich geweckt. Und als ich mich gerade klammheimlich nach Hause verdrücken wollte, musste ich feststellen, dass ich nicht von der Stelle komme. Ich versteh´ das nicht. Es ist zwar schon fast dunkel. Aber schließlich kann ich meinen Körper noch bewegen.“ Crepjan blickte besorgt zum Himmel. „Was in circa viereinhalb Minuten nicht mehr der Fall sein dürfte.“

Zetus richtete sich wieder auf und atmete für Crepjans Geschmack etwas zu tief dabei aus. „Was hat diese Miene zu bedeuten? Bist Du genauso ratlos wie ich oder weißt Du, was hier Merkwürdiges vor sich geht? Dann spuck es gefälligst aus!“

Jetzt wurde Zetus wirklich ärgerlich. „Seh´ ich aus wie der heilige Allwissimus? Keine Ahnung, was hier abläuft. Aber hier steht eine Wand aus dem rätselhaftesten Glibberkram, das ich je berührt habe, und versperrt uns den Heimweg. Wer immer die hierher gestellt hat – er hat sich dazu denselben Platz ausgesucht wie Du zum Pennen.“

„Hhm, anscheinend ist das Zeug jedenfalls zäh genug, um nicht gerade einen der schwächlichsten Nachwuchsboxer am Wegrennen zu hindern“, antwortete Crepjan etwas gedämpfter.

„Genau.“

„Was ist? Hilfst Du mir jetzt?“

Zetus grinste Crepjan an. „Naja, ich kann´s Dir zumindest anbieten.“

„Was soll das schon wieder heißen? Ich weiß nicht, was *Du* heut noch so vorhast. Vielleicht hast Du ja einen Weg gefunden, Deine Lichtrezeptoren zu überlisten. Aber ich will hier jedenfalls weg.“

„Okido, aber vorher müsstest Du mir noch eine Frage beantworten: Findest Du Deinen Schwanz eigentlich optisch gelungen?“

Bevor Crepjan sich einen Reim darauf machen konnte, worauf Zetus hinaus wollte, fuhr dieser fort: „Von einem Teil davon müsstest Du Dich jetzt nämlich verabschieden.“ Gleichzeitig zog Zetus mit beiden Händen kräftig an Crepjans Schwanz. Sein Schmerzensschrei durchschnitt die hereinbrechende Nacht. Beide stürzten zu Boden. Crepjan landete auf dem Bauch, Zetus auf dem Rücken.

„Das werd ich Dir heimzahlen, Du elender ...“ Zetus sah Crepjan mit spöttisch hochgezogenen Augenbrauen an. Sein Blick verriet nachdrücklich, dass er gespannt auf das Schimpfwort wartete, mit welchem ihn Crepjan zu belegen gedachte. Doch der schluckte seinen Zorn hinunter.

„Aber das hat sicher Zeit bis morgen, oder?“ Zetus zog Crepjan hoch und schleifte ihn zum Nächstbesten Baum. Widerwillig ließ der sich nach oben schieben. Zetus folgte ihm. Als sie eine Höhe erreicht hatten, die ihnen sicher genug erschien, suchten sie sich zwei Äste, die eine halbwegs komfortable Nacht versprachen, und ließen sich erschöpft gegen den Stamm sinken.

„Was glaubst Du, was das ist“? fragte Crepjan in die Stille, die sich nun breit machte. Zetus musste daran denken, was er schemenhaft hinter diesem scheinbar undurchdringlichen Vorhang gesehen hatte. „Das klären wir morgen. Wir sollten jetzt schlafen. Könnte ein stressiger Tag werden. Jedenfalls hab´ ich das Gefühl, dass die anderen in echten Schwierigkeiten stecken und heute ausnahmsweise mal die Trödler und Tagträumer vom Schicksal bevorzugt worden sind."

Zetus warf mit dem letzten Sonnenstrahl noch einen Blick auf Crepjans lädierte Schwanzspitze, deren Behaarung er etwas voller in Erinnerung hatte. Er konnte sich nicht verkneifen, eine gespielt-naive Miene aufzusetzen, weil er hoffte, dass sie Crepjan ärgern würde. „Sieht *irgendwie* komisch aus. Naja, Du bist noch jung. Vielleicht wächst das ja nach."

Aber Crepjan grinste nur. Denn er war schließlich froh, dass Zetus vorbeigekommen war und ihn befreit hatte.

Die Kuppel aus Finsternis

Zetus weckte Crepjan nicht gerade sanft. „Komm, lass uns die Bescherung mal aus der Nähe ansehen."

Crepjan blinzelte ihn schlaftrunken an. „Was ist mit Frühstück?", fragte er fassungslos.

„Fällt flach" war die knappe Antwort. Crepjan rappelte sich auf und stieg hinter Zetus den Baum hinab.

„Der hält mich wohl für seinen Schildknappen oder so etwas in der Art", murmelte er vor sich hin, als er in das feuchte Gras sprang. Aber Zetus war schon einige Meter vorausgeeilt. Als Crepjan ihn schließlich einholte und sich dabei immer noch die Augen rieb, legte sich Zetus gerade rücklings auf den Boden. Er starrte angestrengt nach oben und kniff die Augen zusammen.

„Komm mal runter."

„Nö", antwortete Crepjan, gähnte ausgiebig und kratzte sich am Hinterteil. „Dann werd ich ja total nass. Ich liege gern im Gras. Aber erst wenn die Sonne den Tau getrocknet hat."

Zetus trat Crepjan im Liegen in die Hacken und nahm ihm so das Gleichgewicht. Er fiel ungeschickt hin und beschwerte sich. „Ich hatte Dich wirklich entspannter in Erinnerung. Wie kann sich ein auf den ersten Blick ziemlich sympathischer Federbold als so ein Stinkstiefel erweisen?"

„Falls Du´s wirklich immer noch nicht gemerkt haben solltest: Hier ist was Übles im Gange. Mir hat man in meinem Leben jedenfalls zum ersten Mal das Dorf geklaut. Entweder Du hilfst mir herauszufinden, was das sein könnte, oder die Wege der beiden zurzeit wohl einzigen freien Federbolde dieser Welt trennen sich in exakt dieser Minute."

„Mann, Du müsstest mal eins dieser neuen Anti-Stress-Seminare besuchen. Du sendest echt negative Schwingungen aus. Also, reg´ Dich ab. Was soll ich tun?"

„Schau mal nach oben! Was siehst Du?"

„Den Himmel", antwortete Crepjan prompt.

„Ich meine, wenn Du Dir diese Wand ansiehst. Findest Du nicht auch, dass Sie sich oben krümmt?“, beharrte Zetus.

Crepjan gab sich jetzt Mühe. „Hhm, könnte sein, dass Du Recht hast. Ist aber wirklich mächtig hoch, das Ding. Ich schätze, rüberklettern wird nicht funktionieren.“

Zetus richtete sich wieder auf. „Ich fürchte, das geht sowieso nicht.“

„Wie meinst Du das?“

„Ich denke, dass das gar keine Wand ist“, erklärte Zetus.

„Sondern?“

Zetus ging nicht auf Crepjans Frage ein, sondern sah sich suchend um. „Fass mal mit an!“ Zetus nahm einen herumliegenden Ast in die Hand, den ein Mensch vermutlich eher als Zweig bezeichnet hätte, und bedeutete Crepjan mit einer Kopfbewegung, dass er das hintere Ende hochheben sollte.

„Lass uns mal sehen, was sich hiermit ausrichten lässt. Gib Gas und wenn ich `Jetzt´ rufe, lässt Du los.“ Bevor Crepjan etwas erwidern konnte, rannte Zetus in die Richtung, in der das Dorf liegen musste und zog Crepjan praktisch mit sich. Der hatte Mühe, bei dem Tempo nicht zu stolpern. Als das Kommando kam, schleuderten beide den Stock mit der Spitze voran gegen das Plasma. Das Holz verschwand bis zur Hälfte darin. Nach ein paar Sekunden hörten sie ein knackendes Geräusch. Das hintere Ende des Astes fiel schließlich zu Boden. Der andere Teil bewegte sich weiter nach vorn, als würde er von einer unsichtbaren Kraft gezogen. Die Einstichstelle leuchtete kurz rot auf und schließlich war der Stock nicht mehr zu sehen.

„Wo ist er geblieben?“, fragte Crepjan verdutzt.

„Ich hab´ ihn jedenfalls nicht auf der anderen Seite runterfallen hören“, gab Zetus zurück. „Auf jeden Fall ist es eindeutig zu gefährlich, einen Sprung durch dieses Ding zu wagen. Abgesehen davon, dass wir nicht wissen, was uns dahinter erwarten würde, überlebt man das wahrscheinlich nicht.“

„Interessante Schlussfolgerung!“, antwortete Crepjan mit hochgezogenen Augenbrauen. „Aber ich wäre auch absolut nicht auf diese Idee gekommen.“

Zetus legte sich nun wieder vorsichtig gegen das Plasma und versuchte wie am Vortag, dahinter etwas zu erkennen. „Wenn irgendetwas Ungewöhnliches passiert, ziehst Du mich sofort zurück, ok?“

Als er Crepjans Grinsen sah und eine gewisse Vorfreude in seinem Gesicht zu erkennen glaubte, fügte er schnell hinzu: „Aber wenn es sich einrichten lässt, nicht am Schwanz.“

„Wenn es sich einrichten lässt ...“, stimmte Crepjan zu und setzte schon mal vorsorglich einen unschuldigen Blick auf.

Zetus wandte ihm kopfschüttelnd den Rücken zu und erinnerte Crepjan mit einem warnenden Unterton: “Wie gesagt, nur wenn etwas geschieht.“

„Jaja, die paar Schwanzhaare sind es mir doch nicht wert, mich *von dem wohl zur Zeit einzigen anderen freien Federbold dieser Welt trennen zu müssen*!“ Bei den letzten Worten hob er feierlich die Stimme. Und Zetus musste sich lachend eingestehen, dass er vorhin wirklich etwas zu pathetisch gewesen war. Er warf Crepjan einen versöhnlichen Blick zu.

„Hab ich´s mir doch gedacht“, murmelte er ein wenig später vor sich hin.

„Würdest Du vielleicht die Güte besitzen, einen durchschnittlich intellektuell begabten Federbold in Deine neuesten metaphysischen, spirituellen oder sonstigen Erkenntnisse einzuweihen?“, fragte ihn Crepjan schließlich. Denn Zetus machte keinerlei Anstalten, irgendwelche Erklärungen darüber abzugeben, was er sah und was er daraus folgerte.

„Warte noch einen Moment“, vertröstete er ihn mit leiser Stimme.

Zetus ging langsam einige Schritte an der künstlichen Wand entlang. Er wirkte sehr nachdenklich und rieb sich mit gesenktem Kopf ununterbrochen das Kinn. Schließlich blieb er stehen, holte tief Luft, atmete deutlich hörbar aus und lehnte sich ein weiteres Mal gegen das Plasma. Nach wenigen Sekunden hatte er offenbar die Gewissheit, dass seine Ahnung richtig war. Er nickte mehrfach vor sich hin und starrte gegen das unheimliche Hindernis. Dann kam er zurück und sah Crepjan ernst an.

„Ich denke, wir haben fünf Tage, um die Anderen zu retten“, lautete Zetus´ kurze Mitteilung, als er sich neben Crepjan im Schneidersitz auf den Boden setzte.

„Hhm, klingt einerseits nach ´ner miesen Lage, andererseits könnte die Situation auch hoffnungsloser sein, oder? Nimm´s mir nicht übel, aber ich begreife keine einzige Deiner kryptischen Andeutungen."

Zetus drehte sich zu Crepjan, der sich neben ihm ins Gras fallen ließ. Seine Stimme klang belegt, als er anfing zu reden. „Dahinter oder, besser gesagt, da drunter ... Denn es ist eine Kuppel ... ist es stockdunkel." Crepjan pfiff durch die Zähne.

Zetus fuhr fort: „Ich wette, wenn wir beide in unterschiedlicher Richtung an dieser Wand entlang gingen, würden wir uns nach einigen Stunden wieder begegnen. Diese Glocke hüllt mit Sicherheit das komplette Dorf in Finsternis."

„Aber dieses Glibberzeug ist doch total hell, fast weiß – hat nur ´nen leichten Rotstich. Ich schätze, wenn die Mittagssonne drauf scheint, wird es einen richtig blenden", warf Crepjan ein.

„Ja, das hat mich gestern auch irritiert. Ich dachte, es sei einfach zu milchig, um durchsehen zu können", antwortete Zetus. „Aber ich bin mir absolut sicher, dass ich die Umrisse von einigen Federbolden erkannt habe. Und die bewegen sich kein Stück."

„Logisch", antwortete Crepjan. „Ohne Sonnenlicht sind wir nun mal Salzsäulen. Erste Stunde im Biologieunterricht für Anfänger: *Wir Federbolde sind aus der Gruppe der Reptilien hervorgegangen. Das erklärt unseren gepanzerten Oberkörper und die Abhängigkeit von Lichtenergie, die wir insbesondere über unsere Rezeptoren auf den Schultern aufnehmen und in Bewegungsenergie umwandeln. Deswegen müssen wir stets darauf achten, entsprechend luftige Bekleidung zu tragen und uns vor Einbruch der Dämmerung an einer sicheren Schlafstelle zu befinden. Künstliche Lichtquellen bieten leider keinen Ersatz. Bei Sonnenuntergang beginnen die Rezeptoren, sich zu schließen. Nach ziemlich genau fünf Minuten ist man bewegungsunfähig und muss auf den nächsten Tag warten.*"

Crepjan beendete seinen Diskurs. „Richtig, das weiß jedes unserer Kinder. Aber bist Du auch darüber im Bilde, was passiert, wenn die

Sonne am nächsten Tag nicht mehr aufgeht?“, fragte Zetus ihn nüchtern.

Crepjan dachte kurz nach, zog die Stirn in Falten und fragte Zetus: „Sagtest Du vorhin, dass uns fünf Tage bleiben? Was passiert dann?“

Zetus antwortete ebenfalls wieder mit einer Gegenfrage: „Kannst Du Dich noch an einen Knaben namens `Afragoth´ erinnern?“ Crepjan zog die Unterlippe in Richtung Kinn, um zu zeigen, dass er angestrengt in seinem Gedächtnis kramte.

Schließlich kniff er die Augen zusammen und überlegte laut: „War das nicht dieser Typ, der vor ein paar Jahren am Abend nach einem Trüffelsammeldienst nicht ins Dorf zurückgekehrt war? Ich glaube, die Wächter sind erst ein paar Tage später losgegangen, um ihn zu suchen. Irgendjemand hatte bei der Führung der Listen geschlampt. Sein Name stand nicht drauf. Und so ist er zunächst nicht vermisst worden. Sie fanden ihn schließlich in der Höhle.“ Bei diesen Worten deutete Crepjan mit dem Kopf hinter sich.

„Ja“, sagte Zetus. „Er hatte sich verlaufen und kauerte in einem Nebengang. Ich hab´ ihn gesehen, als sie ihn rausgeschleppt haben. glaub´ mir, der Typ war mehr tot als lebendig. Der Doc hatte ziemliche Mühe, ihn im Diesseits zu behalten. Seit diesem Zwischenfall geht jedenfalls der Rat von Rubaakon davon aus, dass nach circa fünf Tagen ohne Sonne der Energieverlust für einen Federbold so groß ist, dass die Atmung ausfällt und der Kreislauf schlapp macht. Und ich denke, diese schlauen Leute haben Recht.“

Zetus stand auf. „Als erstes müssen wir herausfinden, wessen Werk das hier ist.“ Crepjan sah ihn verständnislos an. „Oder hältst Du das für ein Wetterphänomen?“ fragte Zetus ihn spöttisch.

„Wer oder was könnte so ... so boshaft sein, das zu tun?“ stammelte Crepjan mit verwirrtem Blick. Für einen Federbold war es in der Tat schwer, sich vorzustellen, dass es eine Lebensform geben sollte, die danach trachtete, ein ganzes Volk auszulöschen.

„Und wer hat die Macht dazu?“, ergänzte Zetus.

„Glaubst Du, dass das Menschen waren?“, rang sich Crepjan schließlich dazu durch, die entstandene Stille zu durchbrechen.

Zetus schüttelte den Kopf. „Nach allem, was ich über *die* weiß, säßen wir wohl jetzt eher alle in kleinen Käfigen, um für viel Geld ausgestellt zu werden. Ich glaub´ auch nicht, dass die Gefahr besteht, von ihnen entdeckt zu werden. Wie Du weißt, macht die Felsformation rund um das Tal Rubaakon praktisch unzugänglich. Der einzige Weg führt durch die Höhle. Aber da passt nicht einmal ein kleines Menschenkind durch."

Crepjan schien gar nicht richtig zuzuhören. „Naja, ein Käfig ist das ja wohl auch." Er zeigte auf die Plasmawand. „Und zwar ein ziemlich großer." Zetus schüttelte langsam den Kopf.

„Nein", sagte er mit tonloser Stimme. „Das hier ... soll ein *Grab* sein!"

Crepjan schossen plötzlich Tränen in die Augen. „Ich hab´ nicht die leiseste Ahnung, was wir tun können", schluchzte er. „Ich wär´ Dir bestimmt ´ne größere Hilfe, wenn ich mich etwas mehr für die Dinge interessieren würde, die um mich herum geschehen. Aber ich kann doch kaum einen Fuchs von einem Marder unterscheiden. Mir war auch gar nicht klar, dass es ernst zu nehmende Feinde für uns geben könnte." Crepjan verbarg sein Gesicht weinend in seiner Armbeuge.

Zetus legte seine Hand tröstend in Crepjans Nacken. „Glaub´ mir, mir fehlt da auch die Phantasie. Unsere Artgenossen hätten wohl bessere Chancen, wenn jemand aus den Reihen der weisen Alten unser Glück gehabt hätte."

Als er seine eigenen Worte realisierte, hielt Zetus inne. Er drehte sich auf den Hacken um, raste die wenigen Meter zum nächsten Baum und kletterte, so schnell er konnte, in seine Krone. Crepjan sah ihm mit verheulten Augen hinterher. Er war schließlich völlig verstört, als er sah, dass es Zetus offensichtlich zu lange dauerte, sich am Stamm wieder herunter zu hangeln. Stattdessen sprang er aus nicht ungefährlicher Höhe herunter, rollte sich ab und kam kurz vor Crepjan zum Liegen. Der starrte Zetus mit offenem Mund an.

Mit weit aufgerissenen Augen schrie Zetus ihn an: „*Livion*! Sein Haus steht noch frei! Komm, wir haben eine ganz nette Strecke vor uns. Ich hoffe, dass Du ein begnadeter Dauerläufer bist." Crepjan rappelte sich auf. Die Hoffnung, die in Zetus´ Stimme mitschwang, machte ihm Mut und gab ihm seinen Humor zurück. „Wenn Du mir das Frühstück gegönnt hättest, schon“, antwortete er. „Aber aus der kalten Hose heraus? Naja, so hast Du wenigstens ´ne Chance mitzuhalten.“

Im nächsten Moment waren beide in Richtung Westen unterwegs und erklommen im Eiltempo die umstehenden Hügel.

Livions Rettung

Zetus sah zu Crepjan hinüber und registrierte zufrieden, dass er wacker Schritt hielt. „Manchmal kommen auch von einem ignoranten Federbold geniale Wortbeiträge."

„Was meinst Du?" fragte Crepjan.

„Na, Du hast mich mit Deinem selbstzweiflerischen Gequatsche auf die Idee gebracht, wer uns vielleicht weiter helfen könnte. Kennst Du nicht den alten Livion? Er soll ein heller Kopf sein; ein bisschen kauzig und verschroben, aber wirklich clever."

„Hast Du ihn schon mal getroffen?", fragte Crepjan.

Zetus nickte. „Einmal. Wie gesagt, er ist etwas bizarr. Aber man merkt ziemlich schnell, dass man ihn nicht unterschätzen sollte. Er muss sich vor langer Zeit mal besondere Verdienste erworben haben. Jedenfalls hat ihm Darion, der Bürgerchef gestattet, dass er seine Hütte außerhalb des Dorfes aufschlägt. Seitdem wohnt er da draußen auf einem Hügel. Sein Haus liegt direkt am Felsen und ist so gut in den Büschen versteckt, dass sicher nicht viele von seiner Existenz wissen."

„Und unsere Gegner anscheinend auch nicht", fuhr Zetus mit grimmigem Lächeln fort. Von dem Baum aus hab´ ich kein Anzeichen für eine zweite Plasmawand da oben gesehen. Ich denke, Meister Livion kann uns ein sehr wertvoller Verbündeter sein. Wenn *er* keinen Schimmer haben sollte, wer unser Dorf vernichten will, dann weiß es niemand."

„Meister?", fragte Crepjan erstaunt.

Zetus zuckte die Achseln. „Keine Ahnung, wieso, aber so sprechen alle von ihm."

„Wow", entfuhr es Crepjan. „Muss ja ´ne richtige Koryphäe sein. Ich hoffe wirklich, dass Deine Vorschusslorbeeren für diesen Einsiedler gerechtfertigt sind." Crepjan bekam jetzt doch Mühe, seinem wütend-euphorisch gestimmten Begleiter zu folgen.

Nach wenigen Minuten waren sie beide so außer Atem, dass sie sich nicht mehr unterhalten konnten. Zetus` Gedanken wanderten zurück an seine einzige Begegnung mit Livion. Das war jetzt gut drei

Jahre her. Zu dieser Zeit war sein persönliches Universum noch ohne jeden Riss gewesen. Im Vergleich zu damals klafften heute zwei irreparable Löcher in seinem Zentrum.

Zetus hatte gegenüber Crepjan heftig untertrieben. Denn er war seinerzeit tief beeindruckt von Livion gewesen. Dieser eine Kontakt, dieses kurze Gespräch waren so intensiv gewesen, dass Zetus sich häufig dabei ertappte, wie er über den alten Mann in seiner abgelegenen Hütte nachdachte. Andererseits hatte diese Begegnung aber doch nicht ausgereicht, um Zetus das Vertrauen zu vermitteln, später noch einmal unter irgendeinem Vorwand dorthin zurückkehren zu können. In diesem Moment bereute Zetus seine jahrelange Zurückhaltung. So wie er Livion einschätzte, hätte er ganz selbstverständlich und ohne, dass es irgendwelcher Erklärungen bedurft hätte, dort hinein spazieren und ihm sein Herz ausschütten können. Zetus nahm sich vor, sich um die Freundschaft des Alten zu bemühen, sobald diese Sache hier durchgestanden war. Vielleicht konnte es ja solche emotionalen Bande zu einem anderen Federbold noch einmal für ihn geben.

Nach ungefähr einer halben Stunde kamen sie an einen Bach. Beide ließen sich auf die Knie fallen und schöpften mit ihren Händen das kalte Wasser, um es zu trinken und sich zu erfrischen.

„Lass uns kurz ausruhen, nur eine Minute“, bat Crepjan mit rasselndem Atem. Zetus spürte, dass Crepjan ihn am liebsten gefragt hätte, was er glaubte, zu Dritt gegen einen Feind ausrichten zu können, der zu einem Verbrechen in der Lage war, wie es sich jetzt in ihrem Rücken befand. Aber Crepjan schwieg; wohl weil er nicht ganz zu Unrecht befürchtete, dass Zetus darauf keine Antwort hatte.

Stattdessen richteten sich beide nach einer Weile auf und gingen ein paar Schritte zurück, um von einer kleinen Erhöhung in der Nähe einen Blick ins Tal zu werfen. Zetus hatte Recht gehabt. Das leicht rötliche Plasma, das im Licht der Morgensonne unwirklich waberte, bildete eine riesige Kuppel, die das komplette Dorf verschlang. Wortlos berührte Zetus Crepjans Oberarm und sah ihn fragend an. Crepjan nickte. Es konnte weitergehen. Zetus bemühte sich jetzt um einen gleichmäßigeren Laufstil. Er hatte eingesehen, dass sie mit ihren Kräften haushalten mussten, wenn sie nicht binnen Kurzem völlig erschöpft sein wollten.

Sehr bald war der Tag, an dem er Livions Hütte schon einmal betreten hatte, wieder in seinem Kopf. Wie immer, waren sie zu Dritt unterwegs gewesen: Capriu, Rooks und er. Zu dieser Zeit hatte es praktisch keinen einzigen Tag gegeben, an dem dieses Trio nicht jede freie Minute miteinander verbracht hätte. Rooks war der Älteste in dieser verschweißten Einheit gewesen und hatte schon im Jahr zuvor die Große Prüfung absolviert. Er galt damit als erwachsen. Dieser Charaktertest diente dazu, die intellektuellen Fähigkeiten und sozialen Eigenschaften des Federboldnachwuchses zu ergründen, um sie später an einer für die Gemeinschaft möglichst gewinnbringenden Stelle im gesellschaftlichen Gefüge einsetzen zu können. Die Empfehlung für Rooks lautete: *Chef des Sicherheitsdienstes.*

Zetus konnte sich noch gut erinnern, dass Rooks in der Zeit danach vor Stolz fast platzte und täglich von seiner aufregenden Ausbildung berichtete. Für Zetus selbst stand dieser wichtige Tag kurz bevor. Aber er verspürte eigentlich nicht die geringste Lust, sein unbeschwertes Leben aufzugeben und stattdessen zu lernen, Verantwortung zu übernehmen. Er sah diesem Ereignis deshalb mit Gelassenheit entgegen, obwohl er wusste, dass einige Leute, allen voran sein Vater, große Erwartungen in ihn setzten.

An diesem besonderen Tag hatte Capriu, der Jüngste im Bunde, sie gebeten, ihm bei der Erledigung eines Auftrags zu helfen, den er von seiner Mutter erhalten hatte. Er sollte zu dem großen Walnussbaum über dem Tal gehen und dort die Ration einsammeln, die seiner Familie in diesem Jahr zustand. Also waren sie munter drauf los gewandert und hatten schon den ganzen Vormittag am See vertrödelt, als sie sich endlich aufrafften, ihren Job auszuführen. Am frühen Nachmittag mussten sie sich schließlich eingestehen, dass sie sich hoffnungslos verlaufen hatten. Zetus stand es plötzlich wieder klar vor Augen, dass es dieser Tag war, an dem im Kreise seiner beiden Freunde zum ersten Mal Streit ausbrach. Gegenseitig beschuldigten sie sich, eine falsche Route eingeschlagen zu haben. Als Zetus gerade damit rechnete, dass sie sich in der nächsten Sekunde lautstark beschimpfen würden, standen sie plötzlich vor einer Hütte und wurden von einem schon recht betagten Federbold mit schütterem Kopffell freundlich angesprochen.

„Wollt Ihr mich auf einen Tee besuchen oder mit Eurem Gezeter nur sämtliche Tiere des Waldes verscheuchen?“

Die verdutzten Freunde waren außerstande zu antworten und starrten diesen Unbekannten an, der dort gemütlich mit einer Pfeife im Mund auf einer Bank saß und die Beine ausstreckte.

„Na, Eurem Schweigen entnehme ich, dass Ihr wohl doch lieber reinkommt und Euch stärkt.“ Der Alte stand auf und schlürfte gemächlich in seine Behausung, die bei all dem Blätterwerk kaum zu erkennen war. Zetus, Capriu und Rooks sahen sich unschlüssig an. Zetus zuckte schließlich die Schultern, zog die Augenbrauen hoch und schickte sich an, der Einladung zu folgen. „Vielleicht weiß Opa ja, wo der Walnussbaum steht.“

In der Hütte, die aus einem einzigen großen Raum zu bestehen schien, setzte sich Zetus artig an einen kleinen runden Tisch und nahm sich nach einer entsprechenden Aufforderung des Hausherrn von dem Gebäck, das dort stand. Capriu und Rooks alberten dagegen bald herum. Zetus ärgerte sich ein wenig darüber, weil sie dem alten Federbold auf diese Weise unmissverständlich zeigten, dass sie sich gelangweilt fühlten. Den schien das aber gar nicht zu stören. Er nahm offensichtlich nicht einmal zur Kenntnis, dass die beiden Anderen die Frechheit besaßen, alle möglichen Gegenstände anzugrapschen, die sich in Regalen oder auf Abstelltischen befanden. Zetus nahm sich vor einzugreifen, sobald sie mit Wurfspielen beginnen würden. Aber dazu kam er nicht.

Denn der Alte zog ihn sofort in seinen Bann. Mit seiner ruhigen Stimme und einem gutmütigen, dabei aber extrem selbstsicheren Tonfall gewann er in kürzester Zeit Zetus´ Vertrauen und zugleich seinen Respekt. Zetus würde nie den Satz vergessen, mit dem Livion das Gespräch eröffnete. Obwohl Zetus sich noch gar nicht vorgestellt hatte, musterte Livion ihn prüfend und sprach ihn schließlich mit einem entwaffnenden Lächeln unumwunden auf ein heikles Thema an: „Hätte wirklich gedacht, dass Du Deinem alten Herrn ähnlicher sehen würdest.“

Zetus´ Überraschung war perfekt. „Sie kennen meinen Vater?“

Livion nickte bedächtig. „Weißt Du, ich denke, er hätte nicht von seinem Amt zurücktreten sollen. Ich hab´ ihm natürlich auch abgeraten. Jeder weiß doch, dass er sich wegen dieser Sache nichts vorzuwerfen hat. Aber ich erzähl Dir ja nichts Neues, wenn ich Dir sage, dass Dein Vater es sich selbst nicht verzeihen kann, wenn ...“ Livion unterbrach sich, um behutsam die richtigen Worte zu finden. „... er durch einen Fehler zu einer unglücklichen Entwicklung beigetragen haben könnte.“

Zetus nickte, immer noch irritiert davon, dass der alte Federbold bestens über seine familiären Verhältnisse Bescheid zu wissen schien. Die Geschichte, von der Livion sprach, belastete ihn persönlich nicht allzu sehr. Sein Vater hatte etwa ein Jahr zuvor die Aufgabe des Bürgerchefs übernommen. Das war eine große Ehre. Denn durch die Ernennung seitens des Rates von Rubaakon war er quasi in verwaltungsmäßiger Hinsicht das Oberhaupt der ganzen Bevölkerung im Tal. Er war deshalb mit allen wesentlichen Entscheidungskompetenzen ausgestattet.

Das klang in der Theorie allerdings aufregender, als es in der Praxis wirklich war. Schließlich hatte es in der Vergangenheit keine echten Krisensituationen in Rubaakon gegeben. Dazu waren die Federbolde viel zu friedliche Vertreter. Zetus hatte sich schon gefragt, ob der Sicherheitsdienst nicht eine überflüssige Einrichtung war. Ihre Tätigkeit beschränkte sich mehr oder weniger darauf, die zugegebenermaßen nicht sehr seltenen Disziplinlosigkeiten übermütiger Federbolde aufzuspüren und die Delinquenten dem ehrwürdigen Richter zuzuführen, der dann für Ausgangsüberschreitungen, Verweigerung öffentlicher Dienste und so´n Zeug allerlei weltbewegende Sanktionen wie förmliche Verweise, Zusatzaufgaben oder ähnliche staatstragende Strafen aussprach. Auch deshalb konnte Zetus Rooks Enthusiasmus nach seiner Berufung nicht so recht nachvollziehen. Aus Freundschaft zu ihm sprach er das natürlich nie aus. Sich selbst musste er aber eingestehen, dass ihn die Begeisterung, die

Rooks für diese Sache empfand, irgendwie befremdete.

„Ich hätte an seiner Stelle ganz genau so gehandelt." Livion nahm das Gespräch wieder auf, das Zetus´ Gedanken hatte abschweifen lassen. Der Alte ließ nicht locker.

Also tat Zetus ihm den Gefallen und rang sich zu einer kurzen Stellungnahme durch. „Ich glaube, Sie haben Recht. Nichts hat darauf hingedeutet, dass Serion so durchdrehen würde. Mein Vater hätte schon hellseherische Fähigkeiten gebraucht, um das ahnen zu können. Ich meine, wann hat es das schon einmal gegeben? Ein Junge verliert seine Eltern durch einen tragischen Unfall. Verfluchte Krähen! Der Bürgerchef – mein Vater - erspart ihm die kalte Einsamkeit der Sammelunterkunft für Waisen, indem er ihn in die Obhut eines befreundeten Federbold-Paares gibt. Und dieser Knabe fackelt ihnen zum Dank die Bude ab."

Livion und Zetus sahen sich mit Mienen der Empörung an, die bei nicht mehr ganz aktuellen Themen immer eine gespielte Note haben, und zuckten beide mit den Schultern.

„Noch nie", kam es aus der hinteren Ecke der Küche. Capriu war auf das Gespräch der beiden aufmerksam geworden. Als sie sich zu ihm umdrehten, hatte er eine Spur von Herausforderung in seinem Blick.

`Sieh an, er ist eifersüchtig´, dachte sich Zetus grinsend. Er beschloss, ihn ein wenig zu ärgern, indem er sich wieder von ihm abwandte und scheinbar seine ganze Aufmerksamkeit Livion widmete. „Naja, zum Glück ist niemand zu Schaden gekommen."

„Ich denke, mein Vater hat sich mit dem Ruhestand ganz gut arrangiert. Darion ist schließlich ein guter Nachfolger", fuhr Zetus fort, um dieses Thema aber auch sogleich zu beenden. Dabei langte er noch einmal zum Gebäck, lobte es ausführlich und sah zum Fenster hinaus.

„Das freut mich. Ich sollte ihn mal wieder besuchen. Wohnt ihr noch unten am Bach?", fragte Livion.

„Klaro", antwortete Zetus mit vollem Mund.

Sie kamen noch auf die Trüffelernte, die unzuverlässige Witterung, die Wildrosenzucht vor Livions Hütte und sonstige Belanglosigkeiten zu sprechen. Schließlich wurde Zetus unruhig. Ihm war nicht entgangen, dass Rooks und Capriu auffallend oft die Köpfe zusammensteckten und flüsterten. Es war offensichtlich, dass sie irgendeinen Blödsinn ausheckten. Zetus räusperte sich deshalb mindestens eine Tonlage zu tief. Als er sah, dass seine beiden Freunde schuldbewusst zusammenzuckten, begann er mit den üblichen Abschiedshöflichkeiten und mahnte angesichts der fortgeschrittenen Zeit zum Aufbruch. Als sie aus der Tür traten und sich zum Gehen wandten, nickte ihm Livion noch einmal aufmunternd zu.

„Ich wünsch´ Dir alles Gute für Deinen großen Tag. Vielleicht trittst Du ja eines Tages in die Fußstapfen Deines Vaters!"

Zetus gab das freundliche Lächeln zurück. „Sie sind wirklich bestens informiert."

Er musste sich beeilen, hinter seinen lachenden Freunden hinterher zu laufen. Als er sie erreicht hatte, sah er beide scharf an. „Was war das denn für ein Auftritt?", fragte er barsch.

„Das sollten wir ja wohl dich fragen", entgegnete Rooks. „Machst Du jetzt auf Seniorenbetreuung?"

„Na, so schlimm war er doch auch nicht", beschwichtigte Capriu, der sich wegen der steigenden Spannung zwischen seinen beiden Freunden sichtlich unwohl fühlte.

„Was versteckst Du hinter Deinem Rücken?", fragte Zetus Rooks scharf.

Der kniff die Augen zusammen. „Das geht Dich nicht das Geringste an", antwortete er bedächtig. Die Feindseligkeit in seiner Stimme ließ den armen Capriu erschaudern. Zetus teilte diese Meinung nicht. Blitzschnell griff er hinter Rooks und entwand ihm ein rundes, glänzendes Stück Metall.

„W-w-a-s i-s-t d-a-s?", stotterte Zetus entgeistert.

Sein Blick wanderte zu Rooks, dann zu Capriu und schließlich zurück zu Rooks, der trotzig seine Arme vor der Brust verschränkte. „Schmerzensgeld für Euer unerträgliches Gelaber!"

„Ihr habt geklaut? Ihr habt *geklaut*?" Zetus starrte seine beiden Freunde fassungslos an. Caprius Gesicht glühte vor Scham und hätte bei der Dunkelheit als Laterne dienen können. Auch Rooks sah stumm auf den Boden. Als Zetus klar wurde, dass er keine Antwort bekommen würde, schüttelte er ungläubig den Kopf und machte auf der Stelle kehrt. Rooks eilte ihm hinterher und hielt ihn am Arm fest.

„Wo willst Du hin? Was hast Du vor?"

„Es zurückbringen, was sonst?", knurrte Zetus mürrisch.

„Bist Du völlig meschugge?", schrie Rooks ihn an. Seine Stimme überschlug sich fast. „Dann können wir auch gleich zum ehrwürdigen Richter gehen, die Medaille auf den Tisch legen und um gerechte Strafen winseln. Und meine Ausbildung ist dann ja wohl auch im Eimer."

„Wieso Strafe*n*?" Zetus riss sich los und war im Begriff, den Weg zu Livions Hütte zurück zu gehen. „Ich gehe mal davon aus, dass Du allein die Verantwortung dafür trägst. Und mir wellt sich das Haupthaar, wenn ich bedenke, dass Du Capriu da mit rein gezogen hast."

„Und Du?", fragte Rooks mit höhnischem Unterton in der Stimme. „Glaubst Du wirklich, dass man Dir Deine engelsgleiche Unschuld abnehmen wird? Wer hat denn den Alten abgelenkt?"

Zetus spürte, wie der Zorn in ihm hochkochte. Wütend wollte er sich mit einem unterdrückten Schrei auf Rooks stürzen. Doch der wich aus, schnappte sich sein Objekt der Begierde, und während Zetus in den Staub fiel, machte er sich, so schnell er konnte, an den Abstieg.

„Komm", rief er Capriu zu und packte ihn im Vorbeirennen an der Schulter. Aber der war unfähig, eine Entscheidung zu treffen. Schließlich machte er sich von Rooks frei und trat zu Zetus, der am Boden lag und mit den Tränen kämpfte.

„Tut mir Leid", brachte Capriu zerknirscht hervor. Zetus reichte ihm die Hand, um sich aufhelfen zu lassen.

„Was habt Ihr Euch nur dabei gedacht?", fragte er Capriu resigniert.

„Wohl eher gar nichts. Das war ´ne Riesenidiotie. Was machen wir jetzt? Zu Livion gehen und beichten?"

Zetus schüttelte den Kopf. „Ohne die Medaille würde ich die Hütte nur ungern betreten. Wer weiß, was die wert ist! Vielleicht kommt Rooks ja zur Vernunft. Lass uns hinterher gehen. Wie ich ihn kenne, wartet er unten auf uns, um zu sehen, ob ich mich abgeregt habe."

Capriu nickte zustimmend und schlurfte stumm neben Zetus her. „Da lag ziemlich viel Krimselkrams rum. Könnte mir vorstellen, dass der Alte den Diebstahl gar nicht bemerkt; war bestimmt nur ein Liebhaberstück."

Zetus zog die linke Augenbraue hoch. „Schlimm genug", war sein Kommentar.

„Warte! Warte!" Crepjans Stimme riss Zetus aus seinen Gedanken. Er drehte sich zur Seite und musste feststellen, dass sein Begleiter ein ordentliches Stück zurückgefallen war. „Ich kann nicht mehr", japste er schweißüberströmt. Crepjan fiel auf die Knie. „Entweder Du gibst mir ´ne halbe Minute oder Du musst allein weiterlaufen."

Zetus verlangsamte seinen Schritt nur zögerlich „Willst Du auf den Arm?" Er versuchte, Crepjan zu provozieren. Aber dann dachte er nach. „Kann sein, dass ich Dich da oben brauche. Ich denke, es wäre unklug, sich jetzt zu trennen. Außerdem tut mir die Pause auch ganz gut."

Beide legten sich rücklings ins Gras und hörten Ihrem eigenen Atem zu. Aber auch als der ruhiger wurde, sprachen sie kein Wort. Zetus wusste, woran das lag. Er hatte Angst. Und da war er sicher nicht der Einzige. Als die Stille zu quälend wurde, richteten sich beide wie auf ein Kommando auf und machten sich mit wackligen Knien an den Rest des Weges.

Zetus konnte nichts dagegen tun, dass das traurige Gesicht von Capriu wieder vor seinem inneren Auge erschien. Daneben trottete er selbst ins Tal, nicht weit von der Stelle entfernt, an der er sich gerade mit Crepjan befand.

Als sie um den mächtigen Holunderbusch herumgingen, sahen sie, dass Zetus Recht gehabt hatte. Auf einem halb verrotteten Baumstamm saß Rooks und sah beiden erwartungsvoll entgegen. „Wollen wir weiter fangen spielen oder Frieden schließen?"

Zetus würdigte ihn keines Blickes und ging mit hoch erhobenem Kopf an ihm vorbei.

„Ist ja gut“, rief Rooks ihm hinterher. „Das war bescheuert! War es das, was Du hören wolltest? Weiß auch nicht, was mich geritten hat. Bin irgendwie übers Ziel hinaus geschossen. Hast Du nicht die vollen Regale gesehen? Der Alte wird es bestimmt nicht mal ...“

„Halt den Schnabel“, fuhr Zetus ihn an. Capriu gab Rooks mit hochgezogener Stirn zu verstehen, dass er diesen Versuch selbst schon erfolglos unternommen hatte. Also gingen sie nun zu Dritt heimwärts und schwiegen sich an. Hinter der letzten Wegbiegung vor dem Dorf kam ihnen ein halbwüchsiger Federbold entgegen, den keiner von ihnen kannte. Er trug einen schweren Behälter. Verwundert sahen sie sich an.

„Walnüsse! Erntefrische Walnüsse!“, rief der Junge aus voller Kehle.

„Hast Du jemals davon gehört, dass eine Familie ihre Nussration auf der Straße vertickt hat?“, fragte Zetus und drehte sich zu Capriu um, dem schlagartig sein Auftrag wieder einfiel. Er schüttelte den Kopf.

„Und seltsamerweise sitzt meine verehrte Frau Mutsch gerade zuhause und erwartet, dass ihr missratener Zögling mit einem ganzen Korb davon über die Schwelle tritt.“

„He, hast Du wirklich ein paar Walnüsse zuviel?“, sprach Zetus den Federbold an. Der gab ihm mit einem abschätzenden Blick zu verstehen, dass er die Frage für reichlich beknackt hielt.

„Was sollen die denn kosten?“, fragte Rooks, der wohl das Gefühl hatte, etwas gut machen zu müssen.

„Was habt Ihr denn als Gegenleistung anzubieten?“, lautete die prompte Gegenfrage. Da wurde Zetus hellhörig. Er sah Rooks auffordernd an. Der schüttelte missmutig den Kopf. Doch Zetus fixierte ihn mit festem Blick und nickte langsam. Also zog Rooks mit verächtlicher Miene die Medaille aus der Hosentasche und präsentierte sie dem Fremden. Für Zetus´ Geschmack beäugte der das Stück Metall mit ein wenig zu dick aufgetragener Gleichgültigkeit.

„Naja“, brummelte er kaum hörbar. „Es ist spät und ich will nach Hause. Hauptsache, ich bin die Ware los. Gib her, das Teil.“

Widerwillig legte Rooks seine Beute in die Hand des Anderen. Er vermied es, Zetus´ Blick zu treffen, weil er wusste, dass er immer noch unnachgiebig war.

„Tuladu! Den Korb hol ich mir ein ander` Mal ab.“ Mit dieser kurzen Verabschiedung verschwand der Nussverkäufer hinter der Kurve. Die drei Freunde sahen ihm verdattert nach.

„Also, ich dachte eigentlich, dass ich sämtliche Federbolde kennen würde – jedenfalls die unter 35!“, ergänzte Capriu seinen eigenen Ausspruch.

„Na super, Spitzenleistung, Herr Obergerechtigkeitsfuzzi! Jetzt haben *weder* wir *noch* der greise Kauz das Ding“, machte Rooks seinem Zorn Luft.

„Da bin ich mir nicht so sicher“, murmelte Zetus vor sich hin und erntete dafür verständnislose Blicke seiner Begleiter.

„Jedenfalls hab´ *ich* meine Nüsse!“ Capriu reckte den Korb wie eine Trophäe in den Himmel. Dann gab er ihn kurzerhand dem verdutzten Rooks: „Du darfst tragen!“, lachte er, ging voran und klopfte sich selbst abwechselnd auf beide Schultern. „Braver Junge! Fleißiger Junge!“, äffte er die Stimme seiner Mutter nach.

Zetus sah Rooks zufrieden an, zuckte die Schultern und machte sich auf, um Capriu wieder einzuholen. Rooks schüttelte den Kopf. „Ich hoffe, dass Du jetzt wenigstens wieder mit mir sprichst.“

„Darüber denke ich gerade nach“, antwortete Zetus mit gespieltem Lehrertonfall.

„Da!“

Wieder war es Crepjans Stimme, die Zetus zurück in die Gegenwart holte. Er zeigte auf eine fast vollständig von Ranken bedeckte Hütte. „Ist sie das?“, rief Crepjan aufgeregt. Zetus wollte gerade heftigst bejahen. Da spürte er, wie seine aufkeimende Hoffnung sogleich wieder zerstört wurde.

„Oh nein!“, schrie er stattdessen.

„Was ist los?“, fragte Crepjan alarmiert.

„Sieh auf den Boden! Das Plasma bildet sich. Es hat schon fast das Fensterbrett erreicht.“ Crepjan starrte die Hütte an und musste mit einem Heulkrampf kämpfen.

„Du musst fliegen! Sonst ist es zu spät!“, rief er Zetus zu.

„Du weißt, dass ich das noch nicht darf“, kam es grimmig zurück.

„Es ist unsere einzige Chance“, jammerte Crepjan. „Ich kann es doch nicht!“ Aber Zetus rannte unbeirrt weiter und setzte sich schnell von Crepjan ab.

Bevor er außer Hörweite kam, drehte er sich noch einmal um. „Bleib draußen!“, rief er im Befehlston.

Als Zetus Livions Behausung erreicht hatte, sprang er mit einem Riesensatz durch das geöffnete Fenster und krachte ungebremst auf den harten Küchenboden. „Livion! Meister! Wo steckst Du? Wir sind in Gefahr!“ `Das ist wahrscheinlich noch stark untertrieben´, dachte sich Zetus und begann hektisch, die Räume abzusuchen. Als er gerade aus dem Wohnzimmer zurückkehrte, um ins Schlafzimmer zu rennen, plumpste Crepjan ihm direkt vor die Füße.

„Hast Du Schwierigkeiten mit dem Hören?“, brüllte Zetus ihn an.

„Aber Du hast doch gesagt, dass Du mich vielleicht hier oben gebrauchen könntest.“

„Aber nicht zum Kartenspielen in einer Falle!“

„Wo ist Livion?“, wechselte Crepjan das Thema.

Zetus warf ihm noch einen bösen Blick zu und drehte sich dann um. „Wenn er nicht im Schlafzimmer ist, klettern wir sofort auf´s Dach und versuchen, uns beim Springen nicht sämtliche Knochen zu brechen.“

“Ok“, demonstrierte Crepjan seine Unterwürfigkeit.

Aber dort fanden sie ihn. Genauer gesagt, hörten sie ihn. Sobald sie die Zimmertür geöffnet hatten, drang ihnen ein tiefes Schnarchen in die Ohren und der Geruch von Schlehenschnaps in die Nasen.

„Meister? War wohl ´n harter Abend, was? Aber jetzt zeig mal, wie schnell Du aus der Koje kommst. Wir haben´s nämlich ein wenig eilig.“

Livion blinzelte Zetus verschlafen an. Sein Gesichtsausdruck war Mitleid erregend. „Zetus! Gib mir zweieinhalb Sekunden und wir können über alles verhandeln. Ich glaub, ich bin heut auf der langsamen Seite des Lebens zuhause.“ Plötzlich schien ihm etwas eingefallen zu sein. Denn seine schmerzverzerrte Miene wich einem breiten Grinsen. „Ich weiß, warum Du hier bist. Du willst sehen, ob sie hier ist, stimmt´s? Komm, ich zeig sie Dir.“ Die beiden jungen Federbolde halfen Livion, als er sich mit erkennbarer Mühe aufrichtete.

Zetus schüttelte ernst den Kopf. „Dafür ist keine Zeit. Es sei denn, Du willst niemandem danach auch nur irgendetwas anderes mehr zeigen. Wie kommen wir am schnellsten auf´s Dach? Eine Öffnung zum Dachboden und ein möglichst hoch gelegenes Dachfenster könnten nämlich unsere einzige Rettung sein.“

Livion entnahm dem Tonfall in Zetus´ Stimme, dass er besser auf jegliche Nachfragen verzichtete und stattdessen möglichst schnell handelte.

Er zeigte mit dem Finger auf Crepjan: “Wir machen uns später bekannt. Folgt mir!“ Behände sprang er aus dem Bett, zog eine Leiter darunter hervor, richtete sie fast senkrecht auf und stieß sie mit großer Wucht gegen die Zimmerdecke. Eine Luke öffnete sich und ehe sich Zetus und Crepjan besahen, war Livion schon fast auf dem Dachboden. „Habt Ihr nicht gesagt, wir seien in Eile?“, rief er nach unten.

Schnell folgten sie ihm. Doch als sie an das einzige Fenster traten, sahen sie, dass es schon zu spät war. „Was ist das?“, fragte Livion entgeistert und deutete auf den rötlichen Schimmer an der Außenwand seines Hauses. Zetus und Crepjan sanken deprimiert auf den Boden.

„Sie sollten es besser nicht anfassen“, riet Crepjan ihm knapp.

Und Zetus flüsterte kaum hörbar: „Ich denke, wir haben jetzt genügend Zeit, Deine Neugier zu befriedigen, Meister. Aber leider können wir selbst nicht genau sagen, wie das Zeug funktioniert und wer da seine Finger im Spiel hat.“

„So ´ne Plasma-Kugel hängt über dem ganzen Dorf. Zetus meinte, dass *Sie* sich vielleicht einen Reim darauf machen könnten“, ergänzte Crepjan.

Die drei sahen sich erschrocken an, als sie merkten, dass es im Zimmer trotz des Fensters schnell dunkel wurde. Livion pfiff durch die Zähne. „Ok, Plan B! Kommt mit. Ich hoffe, Ihr seid gute Läufer.“ Zetus und Crepjan verdrehten die Augen. Livion kletterte rasch die

Leiter wieder herunter. Er raffte ein paar Dinge zusammen und schob die beiden anderen in das Wohnzimmer. Dort entzündete er eine Kerze und bedeutete ihnen, dass sie durch eine Tür gehen sollten, die sich in der hintersten Ecke des Raumes befand. Zetus und Crepjan waren zu mutlos, um Livion zu fragen, was er vorhatte.

Sie traten in einen dunklen Gang, der sich offenbar bis in den Felsen hinter der Hütte erstreckte. Mit schnellen Handgriffen packte Livion zwei Fackeln, die an einer Wand befestigt waren, und hielt sie gegen die Flamme der Kerze. Eine dritte zündete er an, nahm sie jedoch nicht ab. Die Kerze ließ er achtlos fallen. Ihr Licht, das nun nicht mehr gebraucht wurde, erlosch mit einem leisen Zischen. Livion gab beiden eine Fackel und sprach sie zum ersten Mal mit sehr ernsthaftem Tonfall an.

„Wir wissen alle, dass Ihr in dieser Finsternis nur circa fünf Minuten Zeit habt, um Eure Haut zu retten. Und die werdet Ihr auch brauchen.“ Er stellte sich hinter sie und legte jedem eine Hand auf den Rücken. „Der Gang macht zwar ein paar Kurven, aber es gibt keine Abzweigungen. Ihr solltet es also schaffen, Euch nicht zu verlaufen. Und jetzt rennt um Euer Leben.“ Mit dieser Aufforderung stieß er sie unsanft nach vorn.

Zetus und Crepjan sahen sich im Schein ihrer Fackeln kurz an. Keiner von ihnen war über dieses weitere Wettrennen mit der Zeit erfreut. „So was nennt man wohl Déja`-vu“, raunte Zetus.

„Wer als erster da ist ...“, versuchte Crepjan einen Scherz und rannte los.

“... darf noch ein paar Tage auf dieser Erde verweilen“, ergänzte Zetus. Bevor er Crepjan folgte, wandte er sich an Livion. „Was ist mit Dir?“

Der war zu Zetus´ Bestürzung im Begriff, sich umzudrehen. „Mach Dir um mich keine Sorgen. Freiwillig tret´ ich jedenfalls nicht ab. Meine Rosen brauchen mich schließlich. Jetzt lauf endlich.“

Zetus war immer noch unschlüssig. „Sehen wir uns wieder?“, fragte er zaghaft.

„Nicht, wenn Du hier noch länger herumlungerst.“ Livion hatte ihm schon längst den Rücken zugewandt und war schon halb in einer Ausbuchtung der Höhle verschwunden. Er schien etwas zu suchen. „Wo hab´ ich nur ...“, hörte Zetus ihn murmeln. Er gab sich einen Ruck und stürzte hinter Crepjan her.

Nach ungefähr zwei Minuten hatte er ihn eingeholt. Als sie auf gleicher Höhe waren, drehte ihm Crepjan das Gesicht zu. „Du arroganter Kerl“, brachte er grinsend hervor. „Glaubst wohl, ich brauche einen Vorsprung, was?“ Zetus gelang nur ein verkrampftes Lächeln. „Meinst Du, der Alte hat uns irgendwie reingelegt?“, fragte Crepjan.

Zetus schüttelte energisch den Kopf. „Völlig ausgeschlossen.“ `Und wenn doch, ist es jetzt eh zu spät´, dachte er, sprach es aber nicht aus. „Er macht nur nicht mehr den allerrüstigsten Eindruck. Deswegen weiß ich nicht, wie er selbst daraus kommen will. Und jetzt spar Dir Deine Kraft.“

In diesem Moment hörten sie ein ohrenbetäubendes Geräusch hinter sich. Sie zuckten beide zusammen und sahen sich in Erwartung einer weiteren Katastrophe um. Etwas sehr Schnelles kam auf sie zu. Es war das seltsamste Gefährt, das beide jemals gesehen hatten. Oben drauf saß Livion und er schien größte Mühe zu haben, seine Höllenmaschine in der Spur zu halten.

„Aus dem Weg!“, hörten sie ihn brüllen. Beiden war klar, dass das trotz ihrer Zeitnot die bessere Idee war. Sie blieben abrupt stehen. Als Crepjan auf die andere Seite des Ganges laufen wollte, hielt Zetus seine Hand fest und zog ihn neben sich. Dann drückten sich beide an einer etwas breiteren Stelle gemeinsam gegen die Wand und schlossen die Augen.

Als Livion an ihnen vorbeiraste, hatten sie das Gefühl, dass ihre Fellspitzen brannten. Den hinterher gerichteten Blick bereuten sie gleich wieder, denn die grellen Flammen aus dem Heck dieses Vehikels hinterließen leuchtende Punkte auf ihrer Netzhaut. Gleichzeitig waren sie einige Augenblicke lang wie taub.

Crepjan fasste sich als Erster. „Du hast Recht. Den Knacker sollte man wirklich nicht unterschätzen. Das Rennen geht wohl an ihn.“ Sie eilten hinterher und mussten von nun an zusätzlich gegen den beißenden Gestank verbrannten Treibstoffs ankämpfen. Aber bald sahen sie ein schwaches Licht vor sich. Das mobilisierte ihre letzten

Kraftreserven.

Hustend gelangten sie schließlich ins Freie. Vor ihnen stand Livion mit einer halb verkohlten Decke in der Hand. Er hatte sich seine skurrile Rennbrille auf die Stirn gezogen. Sie verfügte zumindest noch über *ein* heiles Glas. Sein Gefährt war weniger glimpflich davon gekommen. Es lag einige Meter weiter zerschmettert an einer Felswand. Offensichtlich war es Livion aber jedenfalls gelungen, das Feuer, das er auf der Grasfläche angerichtet hatte, zu ersticken.

Er machte einen äußerst zufriedenen Eindruck. „Zum Glück hab´ ich mir immer verkniffen, das Ding mal auszuprobieren. hab´ mir schon gedacht, dass es bei der Jungfernfahrt bleiben würde“, sagte er, wohl mehr an sich selbst gerichtet. Dann sah er die beiden Jungs an und setzte eine sorgenvolle Miene auf. „Aber, ehrlich gesagt, um Euch hatte ich ein bisschen Angst.“

Crepjan musste laut lachen. Er stützte sich auf seinen Knien ab und atmete ein paar Mal tief durch. „Zu Recht. Denn wenn ich nicht gleich mein Frühstück bekomme, segne ich das Zeitliche.“

Ausflug in die Vergangenheit

Zetus und Livion standen kauend am Abhang, unweit der Stelle, an der Livions Fahrzeug noch immer rauchte. Von hier oben sah die Kuppel noch monströser aus.

Crepjan trat von hinten an sie heran. Als er neben ihnen stand, unterdrückte er mühsam ein kräftiges Bäuerchen. „T´schuldigung“, nuschelte er. „Also dort hinten wachsen die mit Abstand leckersten Weintrauben, die ich je verdrückt habe. Die Stelle muss ich mir merken.“

„Ein Königreich für Dein sonniges Gemüt“, bemerkte Livion.

„Ach, ich glaube, wir beide sind uns gar nicht so unähnlich. Oder ist das bei Dir die Gelassenheit des Alters?“, entgegnete Crepjan verschmitzt. Als er als Antwort nur ein freundliches Lächeln bekam, klatschte Crepjan unternehmungslustig in die Hände. „Ok, wie gehen wir die Sache an?“, fragte er in die Runde.

Zetus wandte sich zwar schmunzelnd, aber auch mit einem etwas hochnäsigen Blick zu ihm. „Alle, die die Pubertät schon hinter sich haben, machen sich jetzt genau darüber Gedanken. Der Rest sammelt Proviant für einen längeren Marsch.“ Crepjan ärgerte sich über diese Arroganz, biss sich aber auf den Unterkiefer, um nicht aufzubrausen.

„Wieso?“, fragte er nur knapp.

„Na, weil ich kaum glaube, dass wir unser Problem von hier aus lösen können“, antwortete Zetus und blickte Crepjan direkt in die Augen.

„Er hat Recht“, beschwichtigte Livion. „Hab keine Angst. Du wirst in alles eingeweiht, was wir aushecken. Wir können es uns nicht leisten, auf ein Gehirn zu verzichten. Schließlich haben wir nur drei zur Verfügung.“

Halbwegs besänftigt, aber immer noch etwas mürrisch drehte sich Crepjan auf dem Hacken um. „Glaubt ja nicht, dass ich hier nur den Küchenmeister abgeben werde“, murmelte er.

„Meinst Du nicht, dass Du seine Loyalität mit solchen Sprüchen zu sehr auf´s Spiel setzen könntest?“, fragte Livion Zetus.

Der nickte, rechtfertigte sich aber im gleichen Zuge: „Ich hab´ das Gefühl, dass ich ihn besser unter Kontrolle habe, wenn er sich über die Hierarchie in unserer Gruppe keine Illusionen macht. Er muss ja nicht das Omega-Huhn abgeben. Aber er sollte wissen, dass er auch nicht der Gockel ist." Livion ließ es dabei bewenden, obwohl er die Neigung verspürte, Zetus zu fragen, wie er selbst die Rollenverteilung sah.

Zetus kam auf den Kern der Angelegenheit zu sprechen. „Ich, äh wir", korrigierte er sich, als er Livions tadelnden Blick sah, „haben uns schon unsere Gedanken darüber gemacht, wer als Drahtzieher in Betracht kommt. Unseres Erachtens scheiden aber sowohl Federbolde als auch Menschen aus. Und eine dritte Spezies, der man so etwas auch nur rein theoretisch zutrauen könnte, ist mir nicht bekannt."

Livions demonstratives Schweigen machte Zetus hellhörig. „Dir etwa?", fragte er schließlich.

Livion wiegte den Kopf. „Naja, während meiner Kindheit gab es immer wieder Gerüchte über ..." Er sah Zetus mit zweifelndem Blick an. Dann schüttelte er den Kopf. „Ach nee, das ist Blödsinn."

Aber Zetus ließ nicht locker. „Meister, wir haben praktisch keinen Ansatzpunkt. Also kann es nicht schaden, auch in scheinbar bescheuerte Richtungen zu denken."

„Da muss ich Dir grundsätzlich Recht geben, aber ..." Livion sah Zetus´ entschlossenen Blick. „Dann hör´s Dir halt an. Obwohl ich persönlich es immer für ein Schauermärchen gehalten habe." Zetus wurde ungeduldig.

„Es hieß, einer von den älteren Federbolden sei eines Abends in ein Unwetter geraten, als er gerade ins Dorf zurückkehren wollte. An einem Felsvorsprung soll er Unterschlupf in einem Höhleneingang gefunden haben. Dort soll er auf merkwürdige *Schattenwesen* gestoßen sein." Livion gab seiner Stimme einen abfälligen Tonfall, um zu betonen, dass er diese Geschichte schon immer für puren Schwachsinn gehalten hatte.

„Schattenwesen?", wiederholte Zetus. „Was soll es damit auf sich haben? Erzähl weiter!"

„Dieser Typ hat berichtet, dass man von ihnen praktisch nur ein paar grüne Augen sehen könne. Ihr Körper sei nicht mehr als ein verschwommener Umriss, der ...“ Livion zögerte kurz, fuhr aber gleich fort: “... gleichmäßig über den Boden schwebte. Unser Federbold meinte, dass eines dieser Wesen sehr, sehr langsam direkt auf ihn zugekommen sei. Aber als er mit ihm hätte zusammenstoßen müssen, sei es plötzlich verschwunden. Von diesem Moment an habe er sich selbst als seltsam schwerfällig empfunden.“

„Was hat er dann gemacht?“, fragte Zetus, der sich jetzt eingestehen musste, dass die Story wirklich ziemlich abstrus klang.

„Das, was ich auch getan hätte, wenn das Ganze wahr wäre: Er ist mit letzter Kraft zurück ins Tal geflogen und hat sich mühsam nach Hause geschleppt. Angeblich hatte er zunächst das Gefühl, wie ein Stein zu Boden zu stürzen. Nach einiger Zeit habe er dann aber wieder normal fliegen können.“ Livion sah Zetus an. „Ziemlich aufwändige Geschichte, um sein Zuspätkommen zu entschuldigen, oder?“

Zetus nickte. „Vor allem, wenn man bedenkt, dass er nicht damit rechnen konnte, jemanden zu finden, der ihm das abnimmt.“

Livion fuhr fort: „Der Rat von Rubaakon hat immerhin verfügt, dass die Sache untersucht werden sollte. Einige Tage später schickte er denselben Federbold mit einer ausgesuchten Mannschaft an diese Stelle zurück, um nach Spuren dieser Wesen zu fahnden.“

„Und?“, fragte Zetus gespannt.

„Sie fanden jedenfalls keine *Kramlocks*, wie diese Fabelwesen von da an genannt wurden; aber deutliche Spuren von Behausungen in den Höhlen, die der Federbold ihnen zeigte.“

„Warum hab´ ich noch nie davon gehört?“, fragte Zetus. „Ich meine, diese Geschichte eignet sich doch wunderbar für junge Federbolde, um sich gegenseitig Angst zu machen.“

Livion nickte. „Der Rat von Rubaakon vertrat die Auffassung, dass es sich um eine Lebensform handeln müsse, die – im direkten Gegensatz zu uns Federbolden – auf die Dunkelheit angewiesen sind, um zu existieren. Der Federbold, der sie entdeckt hatte, berichtete zwar von einer feindlichen Ausstrahlung, die von den Kramlocks ausgegangen sei. Aber da diese sich weder vorher noch in der Zeit danach wieder hatten blicken lassen, beschloss man, die Sache auf sich beruhen zu lassen. Um niemanden zu beunruhigen, verabredeten alle Eingeweihten striktes Stillschweigen. In der ersten Zeit gab es zwar, wie gesagt, das ein oder andere Gerücht. Aber schon bald geriet das alles in Vergessenheit."

„Eins verstehe ich nicht", grübelte Zetus.

Livion sah ihn amüsiert an. „Ich weiß, was Du meinst, mein cleveres Kerlchen. Was sollte die Kramlocks davon abhalten, sich im Schutze der Nacht ins Dorf zu schleichen, zumal dann sämtliche Federbolde absolut wehrlos sind? Stimmt´s?" Zetus nickte.

„Man glaubte, dass es einen handfesten Grund geben müsse, der die Kramlocks von einem solchen Angriff abhielt. Und wie es aussieht, muss diese Einschätzung richtig gewesen sein. Denn der ganze Vorfall ist viele Jahrzehnte her. Und es ist nie etwas passiert."

„Bis heute", bemerkte Zetus.

Livion sah ihn mit abschätzendem Blick an. „Glaubst Du wirklich, dass an diesem Märchen etwas dran sein könnte?"

„Vielleicht haben die Kramlocks einen Weg gefunden, das unbekannte Hindernis zu überwinden." Zetus sah sich nach Crepjan um. Er schien mit seiner Aufgabe fertig zu sein, hielt sich aber mit beleidigter Miene im Hintergrund.

„Wenn Du schon so gut informiert bist, Meister, ..."

„Mein Vater war seinerzeit Ratsmitglied und hatte volles Vertrauen zu mir", unterbrach ihn Livion zur Erläuterung.

„ ... dann verrat mir doch, wo wir diese Kramlocks finden können", vollendete Zetus seinen Satz.

„*Das* weiß ich leider nicht", räumte Livion etwas kleinlaut ein.

Beide blickten nachdenklich zu Boden. Plötzlich hob Livion den Kopf und sah Zetus lange an. „Aber vielleicht *kenne* ich jemanden, der es wissen könnte", verkündete Livion stolz. „Ich glaub, die Idee mit dem Proviant war goldrichtig. Wir müssen nämlich auf die andere Seite des Tals.

Zetus´ Miene hellte sich auf. „Ich wusste doch, dass es klug ist, Dich zu retten!", jubelte er.

„Hhm, war es nicht eher so, dass ich *Euch* aus diesem dunklen

Kerker befreit habe, der einmal mein Haus war?“, fragte Livion.

„Meinetwegen auch das“, entgegnete Zetus großzügig. Er winkte Crepjan zu sich und legte ihm versöhnlich den Arm um die Schulter. „Mach bitte drei Pakete und gib mir das Größte. Wir brechen auf.“

„Muss ich Dich an Dein Versprechen erinnern?“, fragte Crepjan Livion.

Der musste lachen. „Nein, nein, Du erfährst alles unterwegs. Komm, mein Freund.“ Und so machten sie sich auf den Weg.

Nachdem sie schon eine Weile durch die Landschaft gestapft waren, meinte Crepjan beiläufig, aber nicht, ohne ein wenig hämisch in Zetus´ Richtung zu blicken: „Übrigens sehr rücksichtsvoll von Dir, auf den Gebrauch Deiner Flügel zu verzichten, Meister Livion. Wie Du Dir denken kannst, sind meine noch nicht ganz flugtauglich. Und unser Oberheld hier macht sich vor so ´ner Segelstunde auch mächtig ins Hemd.“

Zetus verkraftete diese Spitze. „Du kannst unserem etwas betagten Freund ruhig zutrauen, dass er mit den althergebrachten Federboldregeln über das Erwachsenwerden und die Einräumung der damit verbundenen Privilegien vertraut ist.“

Livion lachte. „In der Tat. Mir ist bekannt, dass Zetus zwar die Große Prüfung mit Bravour bestanden hat. Aber wie alle anderen muss auch er sich an das Gebot halten, mit dem Fliegen bis nach dem Abschluss seiner Ausbildung zu warten.“

Mit diesen Worten wanderte Livions Blick von Zetus zu Crepjan. „Obwohl einen diese komfortable Fortbewegungsmöglichkeit wirklich nicht auf eine höhere Bewusstseinsstufe hebt. Außerdem muss ich Dich leider enttäuschen: mit Großzügigkeit hat es nicht das Geringste zu tun, wenn ich den mühsamen Weg durch das Tal vorziehe. Wenn Deine Kräfte irgendwann schwinden, verlierst Du den Spaß am Fliegen. Und in diesem Moment hast Du auch schon verloren. Es ist, als ob Dein Flugapparat einrostet. Heutzutage würde es bei mir vielleicht gerade noch zu ein paar ansehnlichen Hopsern reichen. Das wär´s aber auch.“

Für Crepjans Ohren klang das ziemlich unbefriedigend. Unverblümt fragte er Livion: „Stimmt es denn, dass die Flügel Schaden nehmen können, wenn man sie zu früh einsetzt?“ Auch ohne Crepjans betont gelangweilten Blick auf seine eigenen Füße, wusste Livion nun, woher der Wind wehte. Er musste wieder einmal über diesen vorwitzigen kleinen Kerl lachen.

„Keine Angst, falls Du es schon erfolglos probiert haben solltest, würde ich mir darüber keine allzu großen Sorgen machen. Lass Dir einfach noch etwas Zeit damit. Und wenn Du es unbedingt testen musst, bevor Du es offiziell darfst: Lass Dich halt nicht erwischen.“

„Na, wenn das tatsächlich so ungefährlich ist“, warf Zetus ein, „dann bin ich es ja, bei dem man von Großmut reden könnte.“ Er zwinkerte Crepjan zu. Diese Retourkutsche konnte er sich nicht entgehen lassen.

„Stimmt“, pflichtete Livion ihm sarkastisch bei. „Das Risiko ertappt zu werden, ist in der Tat zurzeit sehr überschaubar.“

Und Crepjan grummelte: „Wenn unser aller Leben also bei dem, was wir vorhaben, noch das ein oder andere Mal davon abhängen sollte, dann bitte ich Dich jetzt schon, nicht noch einmal zu kneifen.“ Zetus sah ihn nicht an, nickte aber still vor sich hin.

Nach kurzem Schweigen wandte sich Zetus an Livion. „Willst Du uns nicht endlich verraten, welche geheimnisvolle Person uns am Ende unseres Marsches erwartet? Woher kannst Du so sicher sein, dass er nicht ebenfalls hinter einer Plasmawand feststeckt?“

„Sie“, korrigierte Livion ihn. Er sah Zetus prüfend an. „Es freut mich, dass Du sie nicht zu kennen scheinst. Ich hoffe nämlich, dass ich einer der ganz wenigen Federbolde bin, dem das vergönnt ist. Und irgendwie hab´ ich das Gefühl, das erhöht unsere Chancen, dass sie auch unserem Feind entgangen ist.“

Crepjan hasste solche spannungssteigernden Vorreden, wenn alle eine einzige interessante Information haben wollten. Er stöhnte. „Sorry, Meister, aber spuck´s schon aus.“

„Oh, ich hab´ mich wohl dafür zu entschuldigen, dass ich Euch auf die Folter spanne.“ Er holte effektvoll und tief Luft. „Und den Meister kannst Du übrigens ruhig weglassen.“ Crepjan verdrehte die Augen.

„Also gut“, lächelte Livion nachsichtig. „Sie heißt Miranda und ist eine sehr gewöhnungsbedürftige Zeitgenossin. Viel mehr sollte ich eigentlich nicht verraten. Sie wirkt noch besser auf Leute, die vollkommen unvorbereitet sind."

Zetus zog die Stirn in Falten. „Aber wir reden doch wohl über eine Federboldin!? Wie schafft sie es, völlig unbeachtet von der Dorfgemeinschaft zu leben? Ich meine, nicht einmal Du alter Eremit konntest Dich davor bewahren, wenigstens im Bewusstsein der besser informierten Bevölkerungsschichten", dabei sah er Crepjan an, „zu bleiben."

Livion wiegte den Kopf. „Nun, wie gesagt, sie ist auch nicht so durchschnittlich wie ich. Als ich ein Kind war und sie in Begleitung meines Vaters zum ersten Mal sah, hatte ich den Eindruck, dass sie schon damals jenseits der 100-Jahres-Grenze sein musste. Und ich denke nicht, dass das auf meine verzerrte infantile Wahrnehmung zurückzuführen ist." Zetus und Crepjan sahen Livion skeptisch an. Aber es schien sein voller Ernst zu sein.

„Ich weiß nicht, mit wem oder was sie im Bunde steht. Aber sie beschäftigt sich mit ziemlich krassem okkulten Zeugs. Ich glaube, sie hat auch Visionen oder so was."

„Wo ist da der Clou?", fragte Zetus. „Schwindelfarne! Was meinst Du, was ich habe, wenn ich ´ne halbe Stunde in ihrer Nähe gelegen habe!" Er hob fragend die Schultern.

Livion lächelte. „Glaub mir, wir reden über zwei verschiedene Dinge." Wohl um zu betonen, dass hier beschreibende Worte fehl am Platz waren, beendete Livion Mirandas Vorstellung.

Crepjan sah ihn von der Seite an. „Das klingt schön geheimnisvoll. Ich bin sehr gespannt. Wo wohnt diese Schreckschrau ..., äh, alte Dame, mein´ ich?"

Livion hatte auf diese Nachfrage geradezu gewartet. „Das ist das Beste überhaupt!" Wieder machte er eine kurze Pause, ließ es dann aber heraus: „In einer *Höhle*!"

Nun war die Verwirrung seiner Begleiter komplett. „Naja", schränkte er ein. Also, es ist mehr eine bizarre Felsformation, so eine Art Kathedrale. Man kann sie nur über mehrere verschiedene Tunnel erreichen. Sie hält sich den ganzen Tag über auf einer Felsplatte auf, die ringsum von meterhohem Gestein begrenzt wird. Nach oben hin hat sie sich von einem renommierten, aber äußerst verschwiegenen Baumeister eine dicke Glasdecke einbauen lassen. Denn die Lichtabhängigkeit hat selbst sie nicht überwinden können."

„Lass mich raten", folgerte Zetus: „Von Deinem Vater!"

Livion schnippte mit den Fingern. „Exakt, mein Großer!"

Crepjan dachte laut weiter "Ich versuche gerade, mir diese Miranda vorzustellen. Könnte es sein, dass es für alle Beteiligten das Sinnvollste ist, wenn sie so extrem zurückgezogen lebt?"

Livion zeigte mit dem Finger auf ihn. „Du hast es geschnallt. Jedenfalls würden sonst nicht mehr besonders viele Leute zum Reden kommen, wie ihr bald am eigenen Leib zu spüren bekommen werdet."

„Hauptsache, sie kann uns weiterhelfen", meinte Zetus.

„Da bin ich sehr zuversichtlich", beruhigte Livion ihn.

Plötzlich blieb Zetus abrupt stehen. „Glaubst Du, sie könnte ..."

Wieder erriet Livion seine Gedanken:"... auf der falschen Seite stehen, meinst Du?" Er schüttelte den Kopf. „Zugegeben, sie ist komplett durchgeknallt. Aber glaub´ mir, sie kann Weiß von Schwarz unterscheiden."

„Wann hast Du sie eigentlich das Letzte Mal gesehen?", fragte Crepjan. „Ich meine, nicht dass wir nur noch ´nen Rest verfallene Knochen zu bestatten haben." Livion druckste ein bisschen herum.

Zetus sah ihn mit zweifelnder Miene an. „Sag jetzt bitte nicht, kurz vor Deiner Großen Prüfung!"

„Nein", entgegnete Livion etwas mürrisch. „Im Gegenteil: vor zwei Nächten."

Crepjan kniff ihm in die Seite. „Meister, Du alter Schwerenöter!", rief er süffisant. Livion verzog die Lippen. „So ist es auch nicht. Sie ärgert mich manchmal vor dem Zubettgehen und schleicht sich in meinen Kopf ein."

Zetus ließ seiner Enttäuschung freien Lauf. „So was nennt man Träumen. Und darauf baust Du Deine, *unsere* Hoffnung?" Er konnte den Vorwurf in seiner Stimme nicht unterdrücken.

„Du hast nicht richtig zugehört. Sie hat das noch niemals getan, wenn ich schlafe." Zetus schenkte Livion einen seltsamen Blick aus zusammengekniffenen Augen, der Livion Rätsel aufgab. Denn er wusste ja nicht, dass er noch in dieser Nacht einem Geheimnis ihres kleinen Anführers auf die Schliche kommen würde.

„Vertrau mir", hörte Zetus Livion zum zweiten Mal sagen. Er nickte stumm.

Nach kurzer Zeit kamen die drei auf weniger aufreibende Themen zu sprechen. Sie fingen an rumzualbern und merkten gar nicht, wie die Zeit verging. „Fast wie in alten Zeiten", dachte Zetus irgendwann zwischendurch und musste verträumt schmunzeln. Aber es war ein bitteres Lächeln.

Livion schien seine Gedanken zu erraten. „Hast Du nicht auch eine Geschichte zu erzählen?", fragte er ihn. „Eine, die fröhlich beginnt, dann dramatisch wird und schließlich tragisch endet?" Zetus ließ sich sehr lange Zeit. Nicht einmal Crepjan wagte, ihn zu drängen. Denn auch er wusste, worauf Livion hinaus wollte.

Dann begann Zetus schließlich doch zu reden. „Es war der Tag des Sommeranfangs. Capriu, Rooks und ich sollten auf dem Territorium der Menschen Parasolpilze für die Feierlichkeiten sammeln. Es muss ziemlich genau einen Monat nach dem Besuch in Deiner Hütte gewesen sein. In der Zeit dazwischen war ich etwas irritiert wegen unseres allerersten Streits, den wir an jenem Tag miteinander hatten. Aber gerade an diesem Tag war alles wieder wie immer. Capriu mimte den Kasper und ich war ziemlich entspannt, weil meine Große Prüfung so genial verlaufen war. Deswegen machte es mir auch nichts aus, dass Rooks mich die ganze Zeit aufzog. Ihm war nämlich nicht entgangen, dass ich ein deutliches Interesse an dem Mädchen aus unserem Nachbarhaus entwickelt hatte, Larluna." Zetus´ Stimme war belegt. Er räusperte sich leise und sah die beiden anderen gedankenverloren an.

Um die entstandene Pause zu füllen, pflichtete Crepjan ihm augenzwinkernd zu. „Die ist wirklich süß", sagte er betont bedächtig. Zetus warf Crepjan einen freundlichen Blick zu.

„Naja, jedenfalls ging ich auf Rooks´ kleine Sticheleien nicht ein. Zum einen dachte ich mir, dass er – *berechtigterweise*" - Zetus ließ seinen gespielt eindringlichen Blick auf Crepjan ruhen - "neidisch auf mich war. Zum anderen wollte ich ihm nicht noch mehr Angst machen. Ich glaube, er befürchtete nämlich, dass so eine zartfellige Federboldin unsere Freundschaft sprengen könnte. Also tollten wir umher, schubsten uns gegenseitig ins Laub, kugelten Abhänge hinab und lachten ausgelassen wie Schulkinder. Natürlich hatten wir nicht vor, wieder unseren Auftrag zu verdrängen. Diesmal kam er schließlich auch von Roberta. Die hatte uns drei sowieso schon auf dem Zettel. Die kleinste Unregelmäßigkeit und es hätte schnell unser letzter gemeinsamer Pflichtausflug sein können." Zetus stockte und atmete tief ein. „Was es dann ja auch war." Livion gab ihm einen Klaps auf den Rücken. Er wollte eigentlich nicht, dass die Vergangenheit Zetus zu sehr einholte.

„Aber es gab schließlich keinen Grund zur Sorge. Wir kannten uns jenseits der Höhle mittlerweile so gut aus, dass wir die besten Parasolpilzplätze mit verschlossenen Augen gefunden hätten. Wir wussten deshalb, wohin wir gehen mussten, und dass uns wahrscheinlich kein anderer Federbold in die Quere kommen würde. Denn weil wir Roberta nach jedem Fund ein wenig anschwindelten, kam es, dass wir das eine oder andere Geheimnis teilten. So konnten wir ziemlich sicher sein, dass dieses bewährte Trio bei so wichtigen Angelegenheiten wie Festtagsmenüs nicht auseinander gerissen würde. Aus diesem Grund hatten wir es überhaupt nicht eilig. Deswegen beschlossen wir, einen kleinen Umweg zum Bach zu machen. Irgendein blödsinniger Zeitvertreib würde uns da schon einfallen. Zum Beispiel einen Damm oder eine Brücke bauen. Vielleicht auch einfach nur Steine hineinwerfen. Ich weiß nicht mehr genau, was wir wirklich vorhatten."

Zetus sah Crepjan und Livion an. „Bis jetzt ist es ziemlich langweilig, oder?" Crepjan wiegte den Kopf.

„Na, das wird sich ja wohl gleich ändern", sagte Livion.

Zetus zog die linke Augenbraue hoch und presste die Lippen aufeinander. „Stimmt. Ich kann Euch nicht mehr sagen, wieso, aber ich befand mich mehrere Meter vor Capriu, als wir plötzlich ein merkwürdiges Geräusch hörten, so ein heiseres Kläffen. Rooks stand weiter hinter uns. Wir müssen einander wohl gejagt haben. Vielleicht war Capriu einfach nur langsamer als ich. Rooks könnte hingefallen sein. Wie auch immer: wir drehten uns alle erschrocken um. Ein großer Hund kam um einen Baum gebogen. `Menschen´, schoss es mir durch den Kopf! Ein Mann rief mehrmals laut `Jago!´ Offensichtlich hieß der Köter so. Jedenfalls war es eine absolut schlecht erzogene Töhle. Ich schätze, die Witterung von drei kleinen Federbolden war so aufregend außergewöhnlich für Jago, dass er sich in diesem Moment keine Gedanken über irgendwelche Bestrafungen seines Besitzers machte. Er lief direkt auf Rooks zu. Bevor der auch nur die geringsten Anstalten machen konnte zu fliehen, schnappte das Tier zu. Komischerweise hatte ich den Eindruck, dass der Hund gar nicht richtig aggressiv war. Aber er ließ Rooks auch nicht mehr los. Der zappelte in seinem Fang und schrie laut um Hilfe. Als nächstes kam dieser Jago an Capriu vorbei. An dem schien er kein Interesse zu haben. Er wusste wohl nicht, wie er diesen Kerl auch noch transportieren sollte.“

Zetus´ Augen begannen, sich mit Tränen zu füllen. Crepjan blickte betreten zu Boden. Auch Livion wagte nicht, Zetus zu unterbrechen. „Und was macht dieser verrückte Typ von Capriu?“ Zetus sah die beiden mit großen Augen an. Sein Kinn zitterte. „Er fährt seine Kralle aus und versenkt sie im Hals des Hundes, als der genau auf seiner Höhe war. Der warf wütend seinen Kopf nach hinten und versuchte, Capriu abzuschütteln; was ihm natürlich nicht gelang. Aber Rooks ließ er auch nicht los. Mit meinen besten Freunden am Körper stürmte dieses Vieh auf mich los. Ich war wie gelähmt. Rooks schrie mich an: "Tu etwas!!!“

Zetus blieb stehen. Er wischte sich mit dem rechten Handrücken die Tränen vom Gesicht. Mit hängenden Schultern setzte er sich schließlich ins Gras. „Tu etwas! Was denn? Wie rettet man zwei Federbolde aus den Klauen einer Bestie? Ich wusste es nicht. Und ich schätze, ich wüsste es heute auch noch nicht.“ Zetus schluckte. Crepjan und Livion sahen ihn mitleidig an.

„Nichts! Nichts hab´ ich unternommen. Als der Hund auf mich zulief, ließ ich mich einfach hilflos zu Boden fallen. Er sprang über mich hinweg und lief weiter. Ich rappelte mich auf und hatte irgendwie die Hoffnung, dass ich ihn verfolgen könnte und durch eine glückliche Fügung vielleicht doch noch die Chance bekäme, alles zum Guten zu wenden. Aber der Köter muss blind vor Schmerz gewesen sein. Er versuchte ausgerechnet an einer Stelle über den Bach zu springen, an der er nicht nur sehr breit, sondern das Ufer auch zu einer wirklich steilen Wand geworden war. Es kam, wie es kommen musste: der Hund stürzte in die Tiefe ... und mit ihm Capriu und Rooks. Zu diesem Zeitpunkt dachte ich sogar noch, dass sie mit dem Leben davon kommen könnten. Aber als ich am Bachrand angekommen war, sah ich, dass der Hund weiter unten reglos im Wasser lag. Sein Körper pendelte mit der Strömung gegen mehrere große Steine. Das Wasser war an dieser Stelle nicht unbedingt sehr tief. Aber es reichte allemal aus, um einen halbwüchsigen Federbold ersaufen zu lassen. Von Capriu und Rooks fehlte jede Spur. Ich musste dem Bachlauf ein ganzes Stück folgen, um schließlich eine Stelle zu finden, an der ich gefahrlos hinabsteigen konnte. Als mir das gelungen war, suchte ich fieberhaft das Ufer ab. Ich ging den ganzen Weg zu der Stelle des Sturzes zurück. Seltsamerweise lag der Hund nicht mehr dort. Vielleicht hatte sein Mensch ihn gefunden und mitgenommen. Anschließend rannte ich noch mindestens einen ganzen Kilometer weinend und rufend am Bach entlang und folgte der Strömung. Alles, was ich fand, war ein Stofffetzen von Caprius Jacke. Als die Sonne schon hoch am Himmel stand, machte ich mich schließlich heulend auf den Heimweg. Ich bin mir sicher, dass ich mich niemals davor und auch nicht danach so elend gefühlt habe."

Crepjan war von Zetus´ Traurigkeit gerührt und ärgerte sich darüber, dass ihm gerade jetzt das Wort `hundeelend´ auf die Zunge kam. Aber zum Glück schluckte er es hinunter und gab sich diesem miserablen Wortwitz nicht hin.

„Den Rest kenne ich", warf Livion ein, um Zetus die Zeit zu geben, sich zu fangen. „Es gab eine Untersuchung, die sich direkt gegen Dich richtete. Der ehrwürdige Richter soll Dich ziemlich in die Mangel genommen haben, um herauszufinden, ob Du Dich bei Deiner Geschichte irgendwann in Widersprüche verstricken würdest."

„Dafür bin ich ihm sogar dankbar“, antwortete Zetus. Crepjan sah ihn verständnislos an. „Nur so konnte ich halbwegs rehabilitiert werden“, erklärte Zetus.

„Was den ehrwürdigen Richter aber nicht davon abhielt, Dich ein Jahr lang von Deiner Ausbildung zu suspendieren“, warf Livion ein.

„Das ist ok. Schließlich sollte ich einmal sein Nachfolger werden. Das war jedenfalls meine Empfehlung nach der Großen Prüfung. Da muss die Latte doch etwas höher liegen“, winkte Zetus ab. Er stand auf und sie gingen weiter den Hügel hinab, in Richtung Dorf.

„Da bin ich mir nicht so sicher“, widersprach Livion. „Verzeih´ mir, aber ich glaube schon, dass Dir dieses Jahr reichlich geschadet hat. Du bist noch nicht wieder der Federbold, den ich einmal kennen gelernt habe.“

Zetus nickte. „Aber das wär´ selbst Dir in meiner Situation wohl nicht anders ergangen. Ich habe Wochen damit zugebracht, die Wachen an der Höhle zu bestechen, um meine Freunde suchen zu können. Ich wollte wenigstens ihre Körper finden; irgendein Zeichen, das mir Gewissheit darüber gegeben hätte, was mit ihnen passiert ist.“

Die Drei schwiegen lange. Schließlich räusperte sich Livion, obwohl er wusste, dass sein Trost sehr schwach sein würde. Aber es wollte ihm einfach nichts Besseres einfallen, das Zetus wirklich hätte aufrichten können. „Ich finde, Du hast Dir ebenso wenig etwas vorzuwerfen wie Dein Vater.“ Zetus nickte stumm.

Es dauerte noch einige Zeit, bis die drei zu einem weniger bedrückenden Thema zurückfanden. Dafür sorgten drei kleine Igel, die ihren Weg kreuzten. Zur Überraschung der beiden jungen Federbolde kniete sich Livion neben sie. „Na, Ihr kleinen Nachtschwärmer! Wenn Ihr den Plan betretet, sollte unsereiner sein Tageswerk so langsam beenden.“ Anstatt sich in stachelige Kugeln zu verwandeln, ließen sich die drei Igel auf den Rücken rollen und bereitwillig von Livion den Bauch kraulen, so dass der mit seinen zwei Händen gar nicht nachkam, alle gewünschten Streicheleinheiten auch zu vergeben.

„Also, Deine artübergreifende Akzeptanz ist schon beeindruckend“, meinte Zetus anerkennend.

„Wenn die kleinen Biester nur nicht immer so verlaust wären“, gab

Livion zurück. Noch eine Stunde später musste er sich am ganzen Körper kratzen. Gegen Abend suchten sie sich kurz vor dem Dorf eine Stelle zum Lagern, machten ein kleines Feuerchen und nahmen sich für den nächsten Tag vor, nicht unnötig viel Zeit an der Plasmakuppel zu vertrödeln. Denn sie hatten noch einen langen Weg und ungewisse Aufgaben vor sich.

Zetus konnte zunächst nicht einschlafen. Seine Gedanken kreisten um das, was Livion ihnen erzählt hatte. Außerdem durchlebte er den Verlust von Capriu und Rooks zum zigsten Mal. Beides vermischte sich in seiner Vorstellung. Bis schließlich im Traum etwas, besser gesagt *jemand* Drittes in den Vordergrund trat.

Livion war gerade eingenickt, als ihn Zetus´ leiser Seufzer wieder weckte: „Josepha!" Im Schein ihres Feuers sah Livion, dass ein glücklicher Ausdruck auf Zetus´ Gesicht trat und sein ganzer Körper sich zu entspannen schien. Die steile Falte zwischen seinen Augen verschwand und ein seliges Lächeln blieb auf seinen Lippen. Livion ahnte, dass der Grund dafür nicht einfach nur ein angenehmer Traum war. Wer immer Zetus im Schlaf erschien, er leistete ganze Arbeit und kam zum richtigen Zeitpunkt. Als wollte er Zetus´ Intimsphäre wahren, drehte sich Livion auf die andere Seite und war kurz darauf fest eingeschlafen. Crepjan schnarchte bereits, denn sie waren sich einig, dass ihnen keine ernsthafte Gefahr drohte. Ihr unsichtbarer Gegner war offensichtlich der Meinung, dass die Zeit für ihn lief. Also hatten sie beschlossen, auf abwechselnde Wachphasen zu verzichten, um so ihre Kräfte zu schonen.

„Wo warst Du solange? Ich hatte schon befürchtet, dass Du nicht mehr zurückkommen würdest." Der schlafende Zetus formte seine Gedanken nun, ohne sie auszusprechen. Er stand in offenem Kontakt zu einem lichtumfluteten Wesen, das vor seinem geistigen Auge über dem Lagerfeuer schwebte und ihn freundlich anlächelte.

Mit unendlich gütiger Stimme antwortete die Frau. „Das hätte auch leicht passieren können. Ich habe Dir immer gesagt, dass ich eines Tages für immer gehen werde, vielleicht sogar ohne mich zu verabschieden. Aber nun steckst Du in Schwierigkeiten, mein Junge. Und Du ahnst vermutlich gar nicht, wie groß die sind. Wie könnte ich da von Deiner Seite weichen?“

Zetus´ Freude trübte sich. „Kannst Du uns denn helfen“, fragte er zaghaft.

„Ich werde Euch so sehr helfen, wie es jemand vermag, der seit vielen Jahren tot ist. Das Wichtigste ist, dass Ihr an Euch selbst glaubt. Drei Federbolde mit Charakter, Willensstärke und dem sicheren Wissen um die eigenen Fähigkeiten können sehr viel ausrichten. Verzweifelt nicht, weil ihr den Feind für übermächtig haltet. Es gibt immer einen Weg. Manchmal muss man Fremden vertrauen und manchmal muss man erkennen, dass jemand es nicht verdient hat, Freund genannt zu werden. Vielleicht ist es auch einmal richtig, dort Hilfe zu suchen, wo man sie am wenigsten vermutet hätte.“ Josephas Worte wurden leiser. Es schien auch, als würde sie kleiner, wie, als wenn sie sich entfernte.

Zetus warf sich auf seinem Lager unruhig hin und her. „Deine Ratschläge bringen uns nicht weiter, wenn Du so in Rätseln sprichst“, maulte er vorwurfsvoll. „Wo finden wir die Kramlocks? Wie können wir sie besiegen, wie das Dorf retten?“

„Du wirst alle Antworten auf Deine Fragen finden, wenn Du weiterhin Deinem Herzen folgst. Du wirst immer wissen, was richtig ist und was falsch. Vergiss nur niemals, das Eine auch zu tun und das Andere zu lassen. Du darfst nicht in Furcht erstarren, auch wenn Deine Zweifel Dich beinahe lähmen sollten.“ Das Licht um die schwebende Frau verlor immer mehr an Helligkeit.

Zetus konnte sie fast nicht mehr verstehen. „Bleib hier“, jammerte er. „Geh nicht weg, ich brauche Dich.“

„Schlaf jetzt, ich werde noch einmal zu Dir zurückkehren. Das ist ein Versprechen, Zetus. Gute Nacht!“, antwortete sie nur. Sie hauchte ihm einen Kuss zu und löste sich schließlich in einer milchigen Wolke auf.

Zetus hatte das Gefühl, ihre Lippen auf seiner Stirn zu spüren. Beruhigt verabschiedete auch er sich von ihr: „Gute Nacht, Mama!“

Flugstunde

Livion war als erster auf den Beinen. Er schlug die Arme mehrmals um seinen Oberkörper, um die Kälte der Nacht zu vertreiben. Seit vielen Jahren war er Morgen für Morgen aus seiner Hütte getreten und hatte stets den Blick auf das Tal von Rubaakon genossen. Ohne, dass er es beabsichtigt hätte, war das stets mehrminütige Einsaugen dieser Idylle und der Schönheit der Natur rund um das Dorf der Federbolde zu einem echten Ritual geworden. Er hatte sich ein Auge für die Würde der knorrigen Bäume, die Ästhetik der Schmetterlinge, den Anmut der Libellen, den Klang der vielen verschiedenen Vogelstimmen und ein Ohr für den Wind bewahrt, der die Pflanzen sanft bewegte und die Geräusche einer fast unberührten Tierwelt zu ihm hinüber trug.

Heute war alles anders. Er stand unten im Tal und konnte von hier aus nicht einmal sein eigenes Haus sehen. Das Dorf war zwar da, aber hinter einer kalten Mauer aus rötlich schimmerndem Plasma versteckt. Der Gedanke, dass es darunter stockfinstere Nacht war und sämtliche Federbolde dieser Welt ihrem Ende entgegen dämmerten, ließ ihn erschauern. Er war sich nicht sicher, ob da nicht auch ein merkwürdig fremdartiger Geruch in der Luft hing. Bevor er sich eingestand, dass seine Zuversicht im Begriff war zu schwinden, ging er lieber die anderen wecken. Sie hatten keine Zeit zu verlieren.

Dabei stieß er fast gegen Crepjan, der mit ziemlich kleinen Augen hinter ihm stand und ungeniert gähnte. Er zeigte auf die Kuppel. „Das Ding kann einem ganz schön das Panorama versauen, hab´ ich Recht?"

Livion konnte sich ein Grinsen nicht verkneifen. „So könnte man´s ausdrücken. Gut geschlafen?"

„Geht so", antwortete Crepjan. „Wenn´s nach mir ginge, hätte ich mir allerdings das Aufwachen gern erspart. Aber wo wir schon einmal hier herumstehen, sollten wir wohl möglichst bald vom Ruhe- in den Laufmodus umschalten."

Livion sah an Crepjan vorbei. Zetus wachte gerade auf. Er schien

Mühe zu haben, sich an den Gedanken zu gewöhnen, dass er nicht bloß einen schlechten Traum gehabt hatte. „Guten Morgen“, brachte er schließlich hervor. „Abmarschbereit?“

Zu seinem Erstaunen nickte nicht nur Livion, sondern auch Crepjan. Sie rafften stumm ihre Sachen zusammen, schoben sich etwas von dem Proviant zwischen die Zähne und machten sich an die letzten Meter ihres Abstiegs, um so schnell wie möglich am Dorf vorbeizukommen und dahinter den Anstieg zu Mirandas Höhle angehen zu können.

Zunächst schien keinem von ihnen nach Sprechen zumute zu sein. Als sie nach kurzer Zeit vor der Kuppel standen, war Livions Neugier aber doch zu groß, um sie einfach zu ignorieren. Er sah Zetus fragend an. Der nickte. „Wenn Du Dich vorsichtig dagegen lehnst, passiert nichts. Aber viel zu sehen gibt´s da nicht.“

Livion folgte Zetus´ Anweisung und versuchte mühsam, Umrisse von Häusern oder Federbolden zu erkennen. „Du hast Recht“, sagte er nach einer Weile, als sich seine Augen an die trübe Finsternis gewöhnt hatten. „Da stehen vereinzelt ein paar Leute in der Gegend rum. Gespenstisch – wie in dickem Nebel eingefroren.“

Livion wollte sich gerade betrübt zum Gehen wenden, als Crepjan neben ihn trat, seine Hände wie einen Trichter um seinen Mund legte und laut gegen das Plasma rief: „HALTET DURCH! WIR HOLEN EUCH DA RAUS. DIE FEDERBOLDE SIND NOCH NICHT BESIEGT! WIR WERDEN FÜR EUCH KÄMPFEN.“

Livion sah ihn gerührt an. „Etwas pathetische Rede. Aber Du hast Recht. Wer sagt denn, dass sie uns nicht hören können?“

„Genau“, stimmte Crepjan zu. „Wir sollten ihnen nicht verschweigen, dass noch Hoffnung besteht.“ Trotzig begegnete er den ernsten Blicken der beiden anderen. „Ich hab´ jedenfalls noch welche. IN SPÄTESTENS DREI TAGEN HABEN WIR EUCH DA RAUSGEHOLT. DAS SCHWÖRE ICH“, schrie er jetzt noch lauter gegen die Wand.

Zetus packte ihn am Ellbogen. „Komm jetzt. Wir sollten uns nicht mit heiligen Versprechen aufhalten. Wir brauchen fast einen Tag, um zu Miranda zu gelangen und genauso lange, um hierher zurückzukehren. Die Kuppel steht schon seit vorgestern. Bleiben uns also vielleicht nur anderthalb Tage für eine Rettungsaktion, von der wir bis jetzt noch keine Ahnung haben, wie sie aussehen könnte. Klingt nicht nach einem üppigen Zeitkontingent, oder wie siehst Du das?“

„Pah.“ Crepjan entwand sich Zetus Griff. „Das reicht locker. Du wirst sehen.“

Zetus griff nach seinem Rucksack, der neben ihm am Boden stand. „Ich sag Dir Bescheid, wenn ich in Sachen Optimismus wieder mit Dir mithalten kann.“

Der Aufstieg gestaltete sich schwieriger, als sie alle drei gedacht hatten. Auf dieser Seite des Dorfes trieben sich die Federbolde nur selten herum. Die verkarsteten Hänge waren viel steiler als zum Beispiel der Weg zu Livions Hütte. Die Vegetation war hier auch längst nicht so üppig. Das Felsgestein hatte eindeutig die Oberhand. Mitunter war es über viele Meter sehr mühsam, überhaupt nur einen Fuß vor den anderen zu setzen. Oft mussten sie breite Stellen überqueren, auf denen loses, geröllartiges Gestein die Gefahr mit sich brachte, ins Rutschen zu geraten.

Als sie gegen Mittag jedenfalls höhenmäßig etwa die Hälfte des Weges hinter sich gebracht hatten, rasteten sie auf einem mächtigen Felsblock, auf dem sie sich niederließen und mit Wasser erfrischten, das Crepjan geschöpft hatte. Der Blick in das Tal war aus dieser ungewohnten Perspektive etwas Neues für sie. Zetus wurde wieder einmal die einmalige kesselförmige Gesteinsformation ihrer Heimat bewusst. Sie war ein Garant dafür, dass sich keine neugierigen Menschen hierher verirren konnten. Er hatte zwar davon gehört, dass sie mittlerweile auch Flugapparate besitzen sollten. Aber die kleinen Behausungen der Federbolde, die sich harmonisch in die natürliche Umgebung einfügten, wären wohl für Menschenaugen nur aus ganz geringer Höhe als solche zu erkennen gewesen.

„Warst Du schon einmal auf dieser Seite des Tals?“, fragte Zetus Livion.

Wie eigentlich nicht anders zu erwarten, bejahte der die Frage. „Und, ehrlich gesagt, finde ich, dass Du in einem Alter bist, in dem sich auch nicht mehr allzu viele weiße Flecken auf Deiner persönlichen Landkarte befinden sollten.“

Zetus nahm die Rüge gelassen zur Kenntnis. „Ich wüsste nicht, was sich außer dieser Miranda so Spannendes auf dieser öden Bergwand entdecken ließe.“

„Nun, Du solltest Dir zumindest die Neugier bewahren herauszufinden, ob Deine Vorurteile gerechtfertigt sind. Wie willst Du denn sonst Deinen Horizont erweitern?“, entgegnete Livion. Zetus schwieg. Er hatte keine Lust auf diese Art von Predigten über die richtige Lebenseinstellung eines jungen Federboldes. Davon hatte er einfach schon zu viele gehört.

Als sie wieder aufbrachen, passierte es: Zetus setzte seinen Fuß etwas zu unachtsam auf eine Ansammlung kleinerer Kieselsteine und verlor sofort das Gleichgewicht. Da er an letzter Stelle ging, konnte keiner der beiden anderen ihn festhalten. Bevor er sich versah, rutschte er auf dem Rücken liegend den Hang hinunter und stieß sich mehrfach heftig sein Hinterteil an herausragenden Steinspitzen. Livion und Crepjan konnten ihm nur erschrocken hinterher schauen.

Als Zetus einsehen musste, dass er seine unfreiwillige Fahrt nicht anders stoppen konnte, fuhr er das normalerweise im dichten Fell verborgene Gelenk in seinem rechten Arm aus, drehte es um 180 Grad und rammte die Kralle, die sich daran befand, fest in den Boden. Zwar konnte er auch so nicht sofort den nötigen Halt finden, aber nach einigen weiteren Metern hatte er seinen schmerzvollen Ritt beendet. Stöhnend drehte er sich in Bauchlage und sah durch den aufgewirbelten Staub nach oben. Verschwommen konnte er zwei Gestalten erkennen, die nervös herumhüpften. „Alles in Ordnung“, rief er nach oben. „Bin gleich wieder bei Euch.“

Hustend rappelte er sich auf. Er tätschelte zärtlich seine Kralle, die in ihrer überdimensionierten Länge jetzt wie leblos an seinem Körper baumelte. Eigentlich hatte er für diese Spiellaune der Natur, die er mit allen Federbolden teilte, nicht so arg viel übrig. Sie war ihm schlicht zu martialisch. Aber hin und wieder konnte einem dieses Ding doch einen guten Dienst erweisen. Umständlich verstaute er sie wieder in der dafür vorgesehenen Vertiefung seines Unterarmes.

Zetus stellte sich vor, was einem Menschen durch den Kopf schießen müsste, wenn es ihm jemals vergönnt sein sollte, einen Federbold zu Gesicht zu bekommen. `Er würde wohl nichts als eine Chimäre in uns sehen´, war die Antwort, die sich Zetus in Gedanken selbst auf diese Frage gab. `Erst würde er uns in unserer typischen Kleidung mit der Weste und den klobigen Stiefeln für einen etwas zu behaarten Kobold halten. Unsere Wuschelmähne und den Schwanz würde er wahrscheinlich sogar als *drollig* empfinden. Für den gepanzerten Brustkorb, unsere Lichtrezeptoren und die Flügel hätte er aber wahrscheinlich schon etwas weniger Verständnis. Und wenn wir dann noch die Kralle ausfahren würden, könnte er wohl kaum noch seinem, seit vielen Federbold-Generationen als typisch überlieferten, Verhaltensmuster widerstehen und würde uns schmucklos den Hals umdrehen´.

Nach ungefähr 20 Minuten stand ein deutlich lädierter Zetus wieder vor seinen Freunden. Crepjan empfing ihn mit einer Mischung aus Erleichterung und Spott: „Für solche Scherze fehlt uns eigentlich die Zeit. Wir sollten darauf achten, dass unsere Pausen sich nicht so in die Länge ziehen."

Zetus schmunzelte erschöpft. „Werd mir Mühe geben, mein ehrwürdiger Kommandant. Freut mich jedenfalls, wenn ich zu Eurem Amüsement beitragen konnte."

Livion griff Zetus unter den rechten Arm und stützte ihn auf den nächsten Metern ein wenig. „Das wär bestimmt nicht passiert, wenn Du Dich mit diesem tückischen Gelände auskennen würdest", belehrte er ihn augenzwinkernd.

„Wieso tadelst Du ihn?", intervenierte Crepjan. „War doch ein exzellentes Manöver. Und diesen Gimmick hier" - dabei wies er auf seinen Ellbogen – „testen wir alle schließlich viel zu selten auf seine Funktionstauglichkeit. Ich denke, Du kannst mit Deiner Waffe ganz zufrieden sein", meinte er, zu Zetus gewandt. „Eignet sich offensichtlich auch als Pflug."

In den nächsten Stunden kamen sie besser voran. Livion nahm sich einen dicken Knüppel, nach dem er wohl schon länger Ausschau gehalten hatte. Er begann, kontinuierlich trockenes Gras zu zupfen und wickelte es kunstvoll, aber fest um den Stock. Zetus erkannte, worum es ihm ging. „Wir brauchen Fackeln, stimmt´s?“ Livion nickte: „Ich denke, wenn jeder zwei anfertigt, kommen wir damit aus. Also taten es Zetus und Crepjan ihm nach. Livion überprüfte ihre Arbeit und bemühte sich, dabei nicht zu schulmeisterlich aufzutreten.

Am späten Nachmittag richtete sich eine massive Felswand vor ihnen auf. Zetus und Crepjan sahen Livion erwartungsvoll an. Der hob entschuldigend die Schultern. „Ist ´ne Weile her, dass ich hier war. Ich weiß aber noch, dass der Eingang zur ersten Höhle ziemlich versteckt liegt.“

„Stimmt“, meinte Crepjan trocken.

Livion runzelte die Stirn. Aber plötzlich hellte sich seine Miene auf. „Meine Herren, verzeihen Sie mir, wenn ich Sie bitte, mir den Vortritt zu lassen.“ Mit diesen Worten bog er einen kleinen Busch beiseite, wodurch ein recht kleines Loch im Gestein sichtbar wurde.

„Kein Problem“, antwortete Crepjan.

Livion kramte zwei kleine rötliche Steine aus seiner Hosentasche hervor, die er ebenfalls auf dem Weg aufgelesen haben musste. Er kniete sich auf den Boden, legte eine seiner Fackeln direkt vor sich ab und schlug die beiden Steine unmittelbar darüber zusammen. Schon nach dem dritten Versuch entzündete ein Funken das trockene Gras. Livion steckte die Steine wieder ein. Als Crepjan ihm eine seiner eigenen Fackeln hinhielt, schüttelte Livion den Kopf. „Eine muss reichen. Kommt!“ In gebeugter Haltung verschwand er in der Felswand. Crepjan folgte ihm und schließlich auch Zetus, der leise stöhnte, als er die Höhle betrat. „Keine Angst“, beruhigte ihn Livion. „Diesmal besteht kein Grund zu übertriebener Hast.“

Dennoch ging er sehr zügig und hatte nur an wenigen Stellen Mühe, den Verlauf des Ganges rechtzeitig zu erkennen. Nach kurzer Zeit erlosch seine Fackel bereits wieder. Livion schien diesen Umstand zu ignorieren. Er ging stur geradeaus weiter, obwohl er – nicht anders als seine beiden Begleiter – unmöglich in der Dunkelheit irgendetwas erkennen konnte. Aber nach schätzungsweise 15 bis 20 Metern waren sie auch bereits wieder im Freien und sahen sich nun von Bergwänden umzingelt. Zielstrebig überquerte Livion die Freifläche und kniete vor einem weiteren Loch in der gegenüberliegenden Wand nieder. Als seine zweite Fackel brannte, warf er den beiden anderen ein kurzes Lächeln zu. Offenbar gefiel es ihm, dass sie ihm in blindem Vertrauen folgen mussten.

Diese Prozedur wiederholte sich noch ein weiteres Mal. Als sie wieder im Freien waren, warf Livion einen besorgten Blick zum Himmel. Die Abenddämmerung war nicht mehr fern. „Wir sind fast da. Ich schätze, Miranda wird uns ein Nachtlager gewähren müssen. Jetzt steht uns allerdings das schwierigste Stück bevor." Damit führte er sie um einen Felsvorsprung herum. Vor ihnen erstreckte sich über circa 50 Meter ein schmaler Vorsprung an einer steilen Felskante. Dort ging es sicherlich gute 100 Meter in die Tiefe.

Crepjan sah ihn entgeistert an. „Ist das Dein Ernst?"

„Seh ich aus, als wär *ich* hier für die humoristischen Einlagen zuständig?", war Livions Gegenfrage. Crepjan antwortete nicht, sondern griff sich einen mittelgroßen Kieselstein und warf ihn in die Tiefe. Es dauerte einige Zeit, bis sie aus anscheinend weiter Ferne seinen Aufprall leise vernehmen konnten.

„Ich glaube, es ist Zeit, einen kleinen Probeflug zu unternehmen. Die Bodenperspektive ist auf Dauer ziemlich langweilig. Außerdem sind die Dinger" – Crepjan zeigte auf seine Flügel – „nicht ganz leicht. Wenn ich sie schon mein ganzes Leben mit mir herumschleppe, können sie wenigstens mal beweisen, dass sie auch zu etwas taugen. Ich finde, …"

„Vergiss es", unterbrach ihn Zetus. „Das kannst Du frühestens im nächsten Sommer ausprobieren. Sieh´s ein, dass Dir noch mindestens ein Jährchen zum Erwachsensein fehlt. Zum jetzigen Zeitpunkt bräuchtest Du einige Flugstunden, und dafür haben wir keine Zeit."

Crepjan sah ihn vorwurfsvoll an, legte den Kopf schief und schürzte die Lippen. „Du hast leicht reden", maulte er.

„Wir haben alle Schiss", entgegnete Zetus. „Aber glaubst Du, Livion würde uns in eine Lage bringen, in der er damit rechnen muss, dass einer von uns draufgeht?"

Sie verschnauften sich für ein paar Minuten, schärften sich gegenseitig ein, extrem vorsichtig zu sein und wagten sich schließlich in kurzem Abstand voneinander vor. Livion ging wieder voran, Crepjan folgte und Zetus bildete den Schluss. „Denkt dran, wir haben genügend Zeit. Dahinten ist der Eingang zu Mirandas Versteck. Die restlichen Fackeln sind für den Rückweg – falls wir den nehmen sollten!“, betonte Livion noch einmal.

Als sie alle drei auf dem Weg waren, wurde ihnen klar, dass sie den Wind hier oben gar nicht bemerkt hatten. Nun machte er ihnen durchaus zu schaffen. Denn er war böig. Und öfter, als es ihnen lieb war, mussten sie den einen oder anderen Luftzug auspendeln. Sie nutzten die beinahe senkrechte Wand vor ihnen, um sich mit den Handflächen dagegen zu pressen und ihr Gewicht möglichst weit nach vorn zu verlagern.

Zetus war froh, dass sich der Vorsprung, auf dem sie sich Stück für Stück vortasteten, erst nach ungefähr 20 Metern auf wenige Zentimeter verringerte. Bis zu jenem Punkt hatten sie sich an diese Fortbewegungsart schon ein wenig gewöhnt. Um sein eigenes Leben musste er sich in dieser Situation zwar keine ernsthaften Sorgen machen. Aber wenn er nach vorn sah, sehnte er sich das Ende dieser heiklen Strecke doch herbei. Livion machte einen etwas zittrigen Eindruck. Der anstrengende Aufstieg selbst hatte ihm zwar keine größeren Schwierigkeiten bereitet. Aber vielleicht fehlten ihm nun für diese Konzentrationsaufgabe doch die nötigen Kraftreserven.

Crepjan dagegen tänzelte ungeduldig von einem auf den anderen Fuß. Er biss sich zwar auf die Lippen und unterdrückte den Impuls, Livion anzutreiben. Aber innerlich bereute er es doch, dass er nicht vorangegangen war. `Ich könnte schon da sein!´, dachte er sich. Er schaute sich zu Zetus um. Der nickte ihm langsam zu und schloss dabei kurz die Augen, als wollte er sagen: „Ruhig Blut! Der Alte macht das doch ganz gut.“ Crepjan gab die Geste zurück und wandte das Gesicht wieder nach vorn.

Plötzlich tippte jemand Zetus von hinten an. Er wollte Crepjan gerade wegen seiner Ungeduld beschimpfen. Doch zu seiner unaussprechlichen Überraschung war es nicht sein halbwüchsiger Begleiter, der ihn da auf irgendetwas aufmerksam machen wollte, sondern … sein eigener Schwanz! Crepjan starrte ihn mit offenem Mund an.

Instinktiv wandte sich Zetus nach vorn, weil er dort eine Gefahr ahnte. Er konnte gerade noch wahrnehmen, wie Livions Kopf nach hinten ruckte. Es sah aus, als hätte er einen kräftigen Faustschlag ins Gesicht bekommen. Livion, der völlig unvorbereitet auf diese unsichtbare Attacke war, ruderte heftig mit den Armen und versuchte verzweifelt, sein Gleichgewicht zurück zu gewinnen. Er stammelte etwas Unverständliches, vermutlich einen Fluch. Crepjan war wie gelähmt.

Als Livion sich im Zeitlupentempo zu ihm umdrehte und seinen hilflosen Blick auf ihn richtete, entfuhr Crepjan ein lang gezogener Schrei: „Neiiiin!" Ohnmächtig musste er mit ansehen, wie sich Livions Körper von der Felswand löste und sich unaufhaltsam dem Abgrund zuneigte. Stumm fiel Livion nach hinten und raste im nächsten Augenblick dem Tod entgegen. Zetus verlor keine Sekunde. Kopfüber stürzte er sich hinterher. Blitzschnell streifte er sich seine Weste ab, die langsam hinterher segelte.

Crepjan zwang sich, den beiden nicht nachzusehen. Er hatte begriffen, dass die winzige Chance einer Rettung bestand. Er schimpfte mit unterdrückter Stimme auf Zetus, weil er zu folgsam war, um das Fliegen zu lernen, bevor es ihm offiziell erlaubt war. Wenn Crepjan weiter an dieser Stelle stehen blieb, würde er Livions Schicksal teilen. Denn er zitterte am ganzen Körper vor Aufregung und Angst um seine beiden Freunde. Also biss er auf die Zähne und ging nun so schnell weiter, wie er es sich vor ein paar Minuten noch gewünscht hatte, tun zu können. Bald gelangte er ans Ziel. Die Felswand wich einem kleinen Plateau. Crepjan ließ sich auf Hände und Knie fallen. Er atmete tief durch. Wenige Meter vor ihm sah er ein Loch im Gestein. Das könnte der Eingang zu Mirandas Höhle sein. Schnell drehte er sich um und robbte langsam an den Felsvorsprung zurück. Er traute sich kaum, darüber hinwegzusehen.

Zetus legte seine Hände fest an den Körper, um der Luft möglichst wenig Widerstand zu bieten. Er hatte das Gefühl, näher an Livion heranzukommen. Als dieser nach oben sah, nahm er Zetus wahr. Ein Funken Hoffnung flammte in seinem Kopf auf, nachdem er sich schon damit abgefunden hatte, dass Wohl oder Wehe seiner Spezies von zwei jungen Federbolden und einem durchgeknallten Faktotum abhingen. Er zog sich seine graue Weste über den Kopf, so dass der Wind sie kräftig aufblähte. Das schien zu funktionieren. Zetus kam mit großer Geschwindigkeit in sein Blickfeld. Livion nahm sich vor, nicht nach unten zu sehen. Wenn das Ende schon bevorstehen sollte, dann sollte das Licht des Lebens abrupt und unbewusst erlöschen und nicht in Form des auf seine Schädeldecke zurasenden Erdbodens langsam verglimmen.

Im nächsten Moment spürte er Zetus starke Hände unter seinen Achseln. „Halt Dich an meinem Körper fest", rief er ihm zu. Livion befolgte Zetus´ Anweisung, so dass der ihn los lassen und in eine annähernd aufrechte Flugposition zurückkehren konnte. Alle ihm zur Verfügung stehende Kraft verwandte er auf seinen Flügelschlag. Nach wenigen Sekunden hatte Livion das Gefühl, dass sein Sturz gebremst wurde. Zetus ächzte. Schweiß trat ihm auf die Stirn. Sein Gesicht war schmerzverzerrt. Aber es gelang ihm zu seiner eigenen Überraschung, an Höhe zu gewinnen.

„Steuere auf den Hang zu", rief Livion nach oben. Zetus schüttelte den Kopf. „Nein, die Zeit drängt!" Obwohl ihm vor Anstrengung fast die Sinne schwanden, stieg er weiter kontinuierlich nach oben. Livion spürte, dass Zetus kurz davor stand, besinnungslos zu werden. „Wie kann man nur so stur sein?", schimpfte er. „Wir werden noch beide abschmieren!" Aber Zetus ließ sich nicht beirren. Er wollte sich nicht damit abfinden, nochmals einen mehrstündigen Fußmarsch auf sich zu nehmen und über Nacht von Crepjan getrennt zu sein. Zäh führte er seinen Kampf gegen die Schwerkraft. Als er nur noch wenige Meter von der Absturzstelle entfernt war, dirigierte Crepjan, der die Hände um seinen Mund legte, die beiden lauthals zu sich herüber.

Als Zetus vor ihm schwebte, griff Crepjan zu und zerrte ihn auf das Plateau. Livion stieß mit dem Kopf gegen die Felskante. Aber Crepjan packte auch seine Hand und zog ihn nach oben.

Zetus brauchte einige Minuten, bis er wieder ansprechbar war. Solange blieb er einfach auf dem Rücken liegen, saugte gierig die Luft ein und genoss es, dass der Schmerz in seinen Gliedern nachließ. Dann wurde ihm bewusst, dass er gerade Livions Leben gerettet hatte. Zetus öffnete die Augen und sah in Crepjans strahlendes Gesicht.

„Mein Held!“, stieß der hervor.

„Und meiner erst!“, kam es von weiter hinten.

Zetus lächelte. „Schätze, meine Bilanz ist jetzt etwas aufgebessert: zwei Federbolde im Stich gelassen, aber einen vor dem Zerschellen bewahrt.“

„Quatsch“, widersprach ihm Livion. „Du hattest nur eine echte Chance, Dich zu beweisen. Und die hast Du soeben souverän genutzt.“ Livion stand auf und schleppte sich mühsam zu den beiden anderen hinüber.

„Und das unter Aufopferung Deiner Weste“, betonte Crepjan mit erhobenem Zeigefinger. „`Da war das Beste noch nicht von´, wie meine Oma sagen würde.“

Zetus setzte sich auf und lachte Livion glücklich an. Der kniete sich vor ihm nieder und legte ihm die rechte Hand an den Hals. Diese sehr zurückhaltend eingesetzte Geste diente den Federbolden dazu, einander tiefe Dankbarkeit zum Ausdruck zu bringen. Zetus empfand zum ersten Mal echten Stolz.

Crepjan räusperte sich schließlich verschämt. „Also, das ist ja wirklich ergreifend, aber wir sind etwas in Verdrückung.“ Er wies in Richtung Himmel. Die Dämmerung hatte bereits eingesetzt.

Livion ergriff Zetus´ Hand und zog ihn mit einem kräftigen Ruck auf die Beine. „Hier entlang“, wies er die Jungs kurz an und ging schnurstracks auf das Loch zu, das Crepjan schon zuvor entdeckt hatte.

Bevor sie nacheinander darin verschwanden, fasste Crepjan Livion an den Ärmel: „Was war das? Sah aus, als wenn der Wind dich abgewatscht hätte.“

Livion wich ihm aus. „Ich denke, Miranda wird uns die Antwort präsentieren.“

Der Gang war stellenweise sehr niedrig. Sie mussten mehrmals in die Hocke gehen und sich einmal sogar auf den Knien vorwärts bewegen. Aber schon nach weniger als drei Minuten sahen sie ein schwaches Licht vor sich. Das musste Mirandas Unterschlupf sein. Zum Ende hin öffnete sich der Stollen, so dass sie nebeneinander gehen konnten. Am Eingang zu dem Hohlraum, der Mirandas Zuhause sein musste, hingen auf jeder Seite mehrere Bündel Zwiebeln. „Interessante Dekoration“, spottete Crepjan.

„Immer noch besser als der Geschmack von Zetus´ altem Herrn“, bemerkte Livion. „Der steht auf Zinnbecher.“

Zetus pflichtete ihm bei: „Das ist noch harmlos. Neuerdings fertigt er Laubsägearbeiten an und verschandelt damit die ganze Wohnung.“

Schließlich standen sie in einer Art Kaverne. Vor ihnen breitete sich ein unglaubliches Chaos aus. Töpfe, Pfannen, Holzkisten, Kleider, Werkzeug unterschiedlichster Art, haufenweise Lebensmittel, von denen zahlreiche das Stadium der Genießbarkeit schon sehr lange hinter sich gelassen zu haben schienen, und viele undefinierbare Gegenstände, die keiner von ihnen je zuvor gesehen hatte, lagen im ganzen Raum verstreut herum. Crepjan musste niesen. Es kam ihm vor, als wenn sich ein Dutzend unbekannter Gerüche überlagerte und jeder von ihnen abwechselnd seinen Riechkolben malträtierte. Er hörte, wie Zetus neben ihm würgte. Livion raunte ihm leise zu: „Ich glaube, niemand nimmt es Dir übel, wenn Du kotzen musst.“ Zetus musste sich in der Tat beherrschen.

„Und wahrscheinlich merkt sie es auch nicht“, ergänzte Crepjan lakonisch.

„Miranda? Wo steckst Du?“ Livion bemühte sich vergeblich, die Umrisse der alten Federboldin in der Höhle auszumachen. Das ohnehin spärliche Restlicht dieses Tages konnte nur gedämpft eindringen, weil einiges an altem Laub auf der dicken Glasscheibe lag, die als Dach diente. In der Mitte war ein Loch, aus dem noch ein wenig von dem Dunst nach draußen gelangen konnte, der einem überdimensionierten Kessel entwich. Offensichtlich war das Abendessen noch nicht allzu lange her. Keine Antwort.

„Sie haben dem Hausmeister wohl ein paar Tage frei gegeben!“, rief Crepjan. In einer Ecke des Raumes schepperte es plötzlich. „Wo ist denn bitte die Rezeption? Wir sind mit unserem Opa hier und würden gern über Nacht bleiben! Kriegen wir den Familientarif?“

Livion sah Crepjan an und legte den Zeigefinger auf die Lippen. „Sie ist hier“, flüsterte er. „Hoffentlich hält sie uns nicht für Feinde. Angeblich kann sie einen verzaubern.“

Zetus legte den Kopf schief und schielte Livion ungläubig an. „Du hast nichts davon erwähnt, dass wir Zuflucht bei einer Hexe suchen.“

Im nächsten Moment drehte Livion sich blitzschnell um und konnte gerade noch verhindern, dass ein Besenstiel auf seinen Kopf niedersauste. „Miranda!“, rief er empört. Ich bin´s: Livion. Du kennst mich. Ok, ich war etwas jünger, als wir uns das letzte Mal gesehen haben. Aber so verkalkt bist Du ja wohl noch nicht, dass Du mich nicht mehr…“ Er kam nicht dazu, auszureden.

„Wassolldasheißen?Livion?Daskanndochjederbehaupten.IchkennemindestensdreizehnLivions.WelchervondenenwillstDudennsein.Antwortegefälligstschnell,dannistesnichtganzsoauffällig,dassDuerstnachdenkenmusst.UnddiebeidenZwergfederbolde?SinddieauchLivion?IhrsolltetEuchetwasOriginelleresausdenken,wennichesEuchabnehmensoll,dassIhrnichthiereingedrungenseid,umeineraltenwehrlosenFederboldin,diewackerdemEndeihrerTageentgegensieht,denHalsumzudrehenundihreinvielenJahrhundertenmühsamgesammeltenKleinodienzurauben.IhrkönntvonGlückreden,wennichGnadevorRechtergehenlasse,undnichtdieBestieloslasse,diedorthintenanderKettezerrtundsichschondieLippenbefeuchtet,umEuchzuverspeisen.BeidenletztenunwillkommenenGästenwarichichtsozimperlich.DahabichgleichkurzenProzessgemacht.AberwahrscheinlichwirdmaneinfachzunachsichtigimAlter.Wasistlos?HatesEuchdieSpracheverschlagen?Ihrhabtwohlnichtdamitgerechnet,dassichGegenwehrleistenkönnte,was!Euchwerdichszeigen,IhrverlaustenHalunken.“

Miranda riss Livion den Besenstiel aus der Hand und ging ein paar Schritte rückwärts.

„Jemehrichsmirüberlege,destoklarerwirdmir,wasichmitEuchanstelle.DerKesselistschließlichnochwarm.DenkleinenKnusprigenda,denschnappichmiralsErsten.Ich…“

Das verlöschende Tageslicht erlöste sie von Mirandas Redeschwall.

Crepjan bemerkte noch irritiert das amüsierte Lächeln auf Livions Gesicht, dem offensichtlich nicht entgangen war, dass Crepjan der Schreck beim Anblick der Alten mächtig in die Knochen gefahren war. Dann schlossen sich ihre Rezeptoren. Sie schafften es gerade noch, sich auf den Boden sinken zu lassen und einige herumliegende Decken über sich zu ziehen, um nicht frieren zu müssen, wenn das Feuer verglimmte.

Mirandas Hinweise

Zetus erwachte als Letzter. Er hatte schwer und traumlos geschlafen. Und so kam es ihm vor, als würde die Alte seit gestern ununterbrochen weiter zetern. Denn ihre Schimpftiraden waren es, die ihn geweckt hatten. Zetus versuchte, einfach nicht hinzuhören. Er konnte ihr sowieso nicht folgen. In seinem Bauch nistete sich ein unangenehmes Hungergefühl ein. Seine Kehle war auch ganz ausgetrocknet. Fragend sah er Crepjan an, der links neben ihm saß und anscheinend ganz fasziniert von Mirandas Redeschwall war. „Hat es schon etwas zum Frühstück gegeben?“

Crepjan zuckte mit den Achseln. „Keine Ahnung. Bin auch grad erst aufgewacht. Aber wenn ja, dann hatte die da“, er zeigte auf Miranda, „mit Sicherheit Buchstabensuppe.“

„Nein“, kam Livions Stimme von rechts, „das ist chronischer Sprechdurchfall.“

„Dann kann ich gut nachvollziehen, warum sie hier oben allein haust“, meinte Zetus. „Das hält doch kein Federbold länger als 30 Minuten aus.“

„Ich find´s cool“, befand Crepjan. “Ich meine, die hat, seitdem ich ihr zuhöre, nicht ein einziges Mal Luft geholt. Wie macht sie das bloß?“ Crepjans entspanntem Tonfall war zu entnehmen, dass er instinktiv von Mirandas Harmlosigkeit ausging. Er fühlte sich offenbar bestens unterhalten.

Zetus schüttelte nur den Kopf über diese naive Begeisterung und wandte sich Livion zu. „Bist Du schon darauf zu sprechen gekommen?“

Livion verneinte. „Ich wollte nicht, dass Du etwas verpasst. Sechs Ohren hören mehr als vier. Außerdem“, er grinste, „hatte ich wirklich noch keine Gelegenheit, mit ihr in einen Dialog einzutreten. Sie wandert seit zehn Minuten kreuz und quer durch den Raum und belegt uns mit unflätigen Schimpfwörtern. Aber sie scheint sich langsam abzuregen. Angefangen hat sie mit `gedungener Mörderbande´, aber mittlerweile sind wir nur noch `armselige Strauchdiebe´. Ich glaube, sie steht kurz davor, sich einzugestehen, dass sie höchst entzückt über diesen unerwarteten Besuch ist.“

Zetus fehlte die Geduld, um die weitere Entwicklung abzuwarten. Er sah Crepjan auffordernd an. Der verstand sofort. „Meinen Sie nicht, dass Ihre Aggressivität etwas mit Ihrer Ernährung zu tun hat?“, sprach er Miranda unmittelbar an. Das wirkte. Miranda verstummte für einen Augenblick. „Mein Großvater mütterlicherseits, der hat mal eine Woche lang nur Hagebutten zu sich genommen. Dem bin ich nach einiger Zeit lieber aus dem Weg gegangen. Und wenn ich mich hier so umsehe, scheint ihr Speiseplan auch nicht allzu abwechslungsreich zu sein.“ Miranda sah den kleinen Federbold völlig irritiert an. `Vorlaut sind sie auch noch´, dachte sie sich.

Diesen Moment nutzte Zetus. „Wir kommen in einer sehr ernsten Angelegenheit zu Ihnen. Unser Begleiter hier“, er legte seine rechte Hand auf Livions Schulter, „ist der Meinung, dass Sie die einzige sind, die uns aus einer“, er räusperte sich, “verzweifelten Lage befreien könnten.“

„Achja,meinterdas?DieserLivion?IsteretwagenausoeinHochstaplerwieseinVater?Natürlich,dashätteichmirdochdenkenkönnen!DieSituationmusserstaussichtslossein,damitsichmaleinerdieserhochnäsigenFederboldeausdemDorfhierherverirrt.Völligausgeschlossen,dassmaljemandkäme,umeinfachnurnachdemRechtenzusehen.Umnurmalnachzufragen,wieeineeinsamealteFrausozurechtkommt.Esistjanichtnötig,nachzufragen,obsieauchalleshat,dieseaussätzigePerson,diemitdenWesenausderUnterweltinVerbindungsteht.Diewirdschonnichtkrank,diebrauchtsichernichts.Undwenndoch?Sollsiedochverrecken,dieseSchreckschraube!“

Crepjan verschluckte sich und musste husten, als er sich erinnerte, dass er selbst sie so genannt hatte, bevor er sie kennen gelernt hatte. „Wasist?“, fauchte Miranda ihn mit funkelnden Augen an. Selbst wenn sie sprach, fiel die physiognomische Besonderheit ins Auge, dass ihre Mundwinkel stets steil nach unten gerichtet waren.

„IchhabwohlRecht?BistDuaucheinervondenen,diesichalswasBesseresempfinden?IchwarschonaufdiesemPlaneten,alsDeinGroßvatermütterlicherseitsnochMuttermilchbekommenhat.Ichnehmean,Ihrseidhier,umvonmeinenunermesslichenKenntnissenaufallenGebietenderherkö mmlichenundauchderokkultenWissenschaftenzuprofitieren.Ichnehmean,IhrseidnichtgekommenummireinfachnuretwasGesellschaftzuleisten?Ichnehmean...“

„Nö“, antwortete Crepjan trocken. „Aber wir konnten ja auch nicht ahnen, dass das hier so eine spaßige Veranstaltung wird!“ Dabei setzte er eine nicht gerade ungeübt wirkende Unschuldsmiene auf. Livion prustete laut los und fing sich dafür einen zornerfüllten Blick aus Mirandas zusammengekniffenen Augen an. Schnell ergriff er das Wort und sprach bewusst mit sehr ruhiger, freundlicher Stimme. Dabei ließ er einen betont sanften Blick auf Miranda ruhen.

„Du hast Recht. Die Gemeinschaft der Federbolde hat Dich vernachlässigt. Sie hat Dich hier oben in Ruhe leben lassen, weil sie – offensichtlich irrtümlich – davon ausgegangen ist, dass diese Abgeschiedenheit Deinem innigsten Wunsch entspricht. Verzeih uns, dass wir aus fehlender Sensibilität die Bedürfnisse einer alten Dame falsch eingeschätzt haben.“ Livion verneigte sich tief vor Miranda. Diese genoss diesen Augenblick sichtlich und wandte sich erst nach einer ganzen Weile mit einer gleichwohl beleidigten Miene ab, um sich in einer Ecke des Raumes an irgendeinem Gerät zu schaffen zu machen.

„Und Du hast *außerdem* Recht“, fuhr Livion nach einer kunstvollen Sprechpause fort, „dass wir erst in der Stunde der höchsten Not den Weg zu Dir gefunden haben. Denn“, und nun wurde seine Stimme wirklich feierlich, „unser aller Leben liegt in Deinen Händen. Du bist die einzige, die das Volk von Rubaakon vor dem Untergang bewahren kann.“ Livion blinzelte seinen Freunden zu. Seine Rede war beendet, der Köder ausgelegt.

„Respekt“, raunte Crepjan Livion zu. „Also so geht man mit jemandem um, der offenbar die Diplomatie eines Jagdmessers besitzt.“

Es dauerte circa eine Minute, bis sie anbiss: „Dann liegt es ja wohl an mir zu beweisen, wie weit meine überirdischen Kräfte reichen. Wahrscheinlich glaubt Ihr, dass ich gewaltig auf den Putz gehauen habe und in Wirklichkeit nur miese Taschenspielertricks drauf habe, was?“

Zetus und Crepjan fiel fast die Kinnlade herunter. Dieses skurrile

Wesen, das einem verschwitzten Alptraum entsprungen zu sein schien, konnte sich wie ein herkömmlicher Federbold artikulieren! Crepjan starrte Miranda ungläubig an. Wären da nicht dieser unappetitliche Geruch, den sie verströmte, die filzigen grauen Haare, die ihr wirr auf die Schultern fielen und diese speckigen Lumpen, die sie Kleider nannte, könnte sie auf einmal fast als normale Großmutter durchgehen. Zumal Federbolde im Alter meistens etwas kauzige Züge annahmen, wie man ja auch an Livion sehen konnte, so dass ihnen gegenüber prinzipiell Nachsicht angezeigt war.

„Ihr seht aus, als könntet Ihr ein ordentliches Frühstück gebrauchen", fuhr Miranda fort, die nicht zu registrieren schien, dass den beiden jungen Federbolden wegen ihrer überraschenden Metamorphose die Sprache abhanden gekommen war. Sie wischte sich die schmutzigen Hände an ihrem vor Dreck starrenden Kittel ab und wandte sich einem Bereich ihrer Höhle zu, der wohl als Küche fungierte. Plötzlich kehrte das Leben in Zetus´ und Crepjans Körper zurück.

„Äh, also, wir wollen wirklich keine unnötigen Umstände bereiten, Ma´am. Wir würden Sie nur gern höflich um ein paar Informationen bitten. Und dann wollen wir Sie auch gar nicht weiter belästigen", brachte Zetus hervor. Er sah Livion flehend an. Aber der sah aus, als wenn er sich innerlich auf die Schenkel schlug und setzte sein breitestes Grinsen auf.

„Wie ich schon sagte", wandte er sich Miranda zu, „bereuen wir es aufrichtig, dass wir Federbolde die gebotene Höflichkeit so lange haben vermissen lassen. Gern nehmen wir Dein allzu großzügiges Angebot an und fühlen uns aufs Äußerste geehrt, Deine Gastfreundschaft noch intensiver erfahren zu dürfen."

Miranda war offensichtlich zutiefst geschmeichelt. Sie gab einen wohligen Grunzlaut von sich und wackelte erhobenen Hauptes hinter ihren Tresen, um sich mit würdevoll geschwungenen Bewegungen an die Arbeit zu machen. Crepjan starrte Livion mit dem wütendsten Blick an, den er aufzusetzen vermochte. Hinter Mirandas Rücken fasste er sich an die Kehle und ahmte den Todeskampf eines vergifteten Federboldes nach, der unter lautlosem Würgen zu Boden sank und in wilden Zuckungen sein Ende fand, dahingerafft von einer unfreiwilligen Mahlzeit bei einer greisen Schamanin. Livion beugte sich zu Crepjan hinunter: „Glaub mir, die nächsten zwei bis drei Stunden, die wir hier verbringen, sind in jeder Hinsicht gut investierte Zeit“, flüsterte er ihm zu. Dabei kniff er sein rechtes Auge schelmisch zu.

Und zu Crepjans Verwunderung setzte Zetus noch eins oben drauf: „Vertrau ihm! Ich hab´ mich jedenfalls entschlossen, das grundsätzlich zu tun. Und bisher hab´ ich´s auch noch nicht bereut.“ Schon bald kroch Crepjan tatsächlich ein unwiderstehlicher Geruch in die Nase, der ihn an seinen leeren Magen erinnerte und ihm das Wasser in die Mundhöhle trieb. Unruhig schlich er hinter Mirandas Rücken auf und ab. Zetus und Livion amüsierte es, wie Crepjan vergeblich versuchte, Miranda in ein Gespräch über die Speise zu verwickeln, die sie da mit heimlichtuerischen Gesten zubereitete.

Dass der Mund der alten Dame einmal so verschlossen sein könnte, hätte auch Livion nicht gedacht. Zufrieden folgerte er daraus, dass seine verbale Umgarnung höchst erfolgreich war. Miranda war unverkennbar voll und ganz in ihrem Element. Auf Crepjans unablässige Fragen gab sie nur eine einzige Antwort: „Also, mein Kleiner, das werden die zartesten Klapperschnecken, die Deinem Gaumen in Deinem ganzen Leben je zugute kommen werden. Bereite Dich bitte angemessen auf dieses einzigartige Erlebnis vor und steh´ mir nicht länger im Weg rum. Sonst verwandele ich Dich im Handumdrehen in eine leckere Zutat!“

Danach verstummte sie wieder und gab sich ganz und gar ihrer Aufgabe hin. Crepjan knurrte unzufrieden, kickte einen herumliegenden Stein durch den Raum und verschränkte die Hände hinter dem Rücken. Als er Mirandas missbilligenden Blick bemerkte, schoss es ihm durch den Kopf, dass es sich möglicherweise um einen wertvollen Zauberstein handelte und nahm sich vor, nichts mehr anzurühren.

Livion räusperte sich schließlich. „Wir würden uns gern etwas nützlich machen. Wenn Du gestattest, bereiten wir schon einmal den Tisch vor.“

Miranda drehte sich nicht einmal um. „Ihr werdet Euch wohl mit den Gepflogenheiten vertraut machen müssen, die auf *dieser* Seite des Tals herrschen. Hier wird auf dem Boden gegessen!" Niemand wagte zu widersprechen oder seinen Unmut über diese ungewohnte Sitte zum Ausdruck zu bringen.

Crepjan verfiel in den Tonfall Livions. "Keine Einwände, Euer Ehren. Es wird sicher eine große persönliche Bereicherung für uns sein, diese interessante Erfahrung machen zu dürfen." Dabei verneigte er sich übertrieben tief, weil er sich hinter Mirandas Rücken sicher wähnte.

Zetus wollte ihm diesen Spott austreiben. „Bist Du sicher, dass sie hinten keine Augen hat?", fragte er ihn mit verschwörerischer Stimme.

Crepjan durchschaute, dass Zetus sich über ihn lustig machte. „Nein!", flüsterte er zurück.

Als sich Miranda nach schier endloser Zeit zu ihnen umdrehte, ließen sich ihre drei Gäste wie auf Kommando kreisförmig im Schneidersitz zu Boden sinken und sahen sie gierig an. Miranda zog ein paar Teller aus einem Regal. Überrascht pustete sie eine dicke Staubschicht von ihnen. Als das Ergebnis nicht zu ihrer Zufriedenheit ausfiel, nahm sie ihren Ärmel und wischte über jeden einzelnen hinweg. Livion, Crepjan und Zetus bemühten sich, dies nicht zur Kenntnis zu nehmen. Das fiel ihnen auch nicht allzu schwer. Denn mittlerweile waren sie von dem Wohlgeruch, der sich aus einer stattlichen Anzahl von Pfannen und Töpfen zu ihnen hin verbreitete, ganz benebelt. Mirandas Ankündigung war keineswegs übertrieben. Alle drei fielen über ihr Mahl her wie ein Heuschreckenschwarm über eine reife Ernte. Crepjan schmatzte hemmungslos und konnte immer nur wieder vereinzelte Worte wie „Köstlich!", „Unglaublich!" oder „Wunderbar!" hervorstoßen. Erst als der letzte Bissen vertilgt war, ließen sich die drei zurückfallen. Sie lobten Mirandas Kochkünste noch einmal ausgiebig und, wie sie selbst ganz sicher war, absolut aufrichtig. Crepjan leckte sich alle acht Fingerspitzen ab, hielt sich den Bauch und stöhnte zufrieden.

„Würden Sie mich bitte adoptieren?", fragte er Miranda.

Die lachte nur glücklich. „Freut mich sehr, dass es Euch geschmeckt hat.“ Sie ächzte, als sie sich aufrappelte. „Nachtisch?“ Sie sah die Drei herausfordernd an.

Livion lächelte beeindruckt. „Ich fürchte, das müssen wir auf den nächsten Besuch verschieben. Ich jedenfalls platze gleich.“ Die beiden anderen mussten zu ihrem größten Bedauern ebenfalls passen. Miranda ließ es sich nicht nehmen, ihre Gäste von dem schmutzigen Geschirr zu befreien, kehrte mit einer dicken, schon brennenden Zigarre der Marke Eigenbau zurück, die sie fragend in der Runde präsentierte und ließ sich, nachdem sie ein allseitiges Kopfschütteln erhalten hatte, geräuschvoll nieder. Nach wenigen Zügen war sie in eine dicke Rauchschwade eingehüllt. Zetus ahnte, dass er für den Rest des Tages einen stechenden Kopfschmerz seinen treuen Begleiter nennen würde.

„Also, was ist los?“, fragte Miranda. Zetus und Crepjan blickten Livion an. Sie hielten es für das Beste, wenn er ihr Sprachrohr gegenüber der Alten blieb. Livion berichtete von der Plasmakuppel, ihrer Flucht, seiner vagen Vermutung, wer hinter dieser Attacke stecken könnte und dem Angriff am Felsplateau. Als er fertig war, blieb Miranda einige Minuten lang stumm und paffte genüsslich vor sich hin. Die drei Federbolde wussten, dass dies allein dazu diente, die Spannung zu steigern. Crepjan sah die beiden ungeduldig an. Livion nahm seinen Blick auf und schüttelte langsam den Kopf. `Jaja´, dachte sich Crepjan. `Ich werd´s schon nicht versauen und schön geduldig bleiben!´

„Hhm“, machte Miranda schließlich. Und dann noch einmal „Hhm!“ Dabei inspizierte sie sorgfältig die Glut an ihrer Zigarre. „Ich hatte es befürchtet!“ Sie zog ihre Worte in die Länge. Nun musste sich selbst Livion beherrschen. Aber er schwieg weiter.

„Die Kramlocks“, begann Miranda endlich, „sind fiese kleine Wesen. Sie haben erstaunliche Fähigkeiten, aber auch große Schwächen. Keine Sekunde würden sie zögern, alles Lebendige um sie herum zu vernichten. Einfach nur so, zum Zeitvertreib. Aber zum Glück ist es ihnen nicht vergönnt, ihre Boshaftigkeit ungezügelt in die Tat umzusetzen. Denn sie haben ein kleines Problem mit dem

Tageslicht: es tötet sie nämlich! Tagsüber ist man deshalb ziemlich sicher vor ihnen. Allenfalls in der Dämmerung trauen sie sich raus. Aber auch nachts hat man nichts von ihnen zu befürchten, wenn man weit genug von ihnen weg lebt. Sie bewegen sich schwebend fort und sind im Freien praktisch unsichtbar, allenfalls als graue Schatten wahrzunehmen. Sie sind aber auch sehr langsam. Niemals würden sie es schaffen, innerhalb einer einzigen Nacht bis in Euer Dorf vorzudringen. Sie wissen, dass die Morgensonne sie rösten würde, wenn sie es doch versuchten. Es ist Euer großes Glück, dass sich in der Umgebung Eurer Behausungen keine geeigneten Höhlen befinden, die es ihnen ermöglichten, die Strecke in mehreren Etappen zu bewältigen. „Sonst ....“

Zetus schauderte bei dem Gedanken, dass die Federbolde keine Ahnung von dieser tödlichen Bedrohung hatten. „Sonst was?“, fragte Crepjan.

„... würde keiner von Euch jetzt hier sitzen“, beendete Miranda ihren Satz in gelangweiltem Tonfall. Sie legte eine Pause ein und betrachtete die drei Federbolde, die mit betroffenen Gesichtern dasaßen. „Wenn Ihr mich fragt“, fuhr sie schließlich fort, „gibt es keinen Zweifel, dass die Kramlocks unsere Gegner sind. Aber...“ Sie hob kämpferisch die Stimme. „... genauso wenig gibt es einen Zweifel, dass wir sie besiegen werden.“ Die Drei schöpften Hoffnung.

„Was macht Dich da so sicher?“, fragte Livion sie zwischen zwei Hustenanfällen.

Miranda zeigte mit ihrer Zigarre in seine Richtung. „Nun, Ihr seid sehr, sehr clever.“ Sie genoss es, wie sich in jedem einzelnen Gesicht ihrer Gegenüber ein deutliches Fragezeichen formte. Dann erläuterte sie wie selbstverständlich ihre Einschätzung, indem sie die Zigarre auf sich selbst richtete: „Ihr seid schließlich zu *MIR* gekommen!“ Wie beiläufig beendete sie ihre Ausführungen. „Das wird allen Beteiligten das Leben retten.“

Livion seufzte. „Ich wäre froh, wenn ich Deine Zuversicht teilen könnte. Erklär mir bitte, wie die Kramlocks es geschafft haben sollen, in das Dorf zu gelangen, und vor allem, wie sie die Kuppel errichtet haben.“

Miranda schnalzte geringschätzig mit der Zunge. „Das zweite war für die Kramlocks jedenfalls kein Problem. Sie sind den einfältigen Federbolden in technischer Hinsicht um Jahrmillionen voraus. Und das erste, ... aber Du enttäuschst mich! Was glaubst *Du* denn, wie sie ihr Lichtproblem überwunden haben?“

Livion zögerte. Er sah unsicher in die Runde. „*Meine* Theorie ist, dass ... dass sie es gar nicht überwunden haben. Aber ich könnte mir vorstellen, dass sie einen, nun ja, Verbündeten gefunden haben.“ Livion blickte bei diesen Worten auf den Boden. Miranda schnippte laut mit den Fingern und sah Livion anerkennend an. Crepjan und Zetus waren entrüstet.

„Du meinst einen Verräter?“, platzte es aus Zetus heraus.

Crepjans Empörung über diesen unvorstellbaren Gedanken war so groß, dass er aufsprang. „Sag, dass das nicht Dein Ernst ist“, forderte er Livion mit drohender Stimme auf. Der hätte sich am liebsten in Luft aufgelöst.

„Ich denke, er hat Recht“, sagte Miranda leise, um Livion aus der Schusslinie zu nehmen. „Alles andere macht keinen Sinn.“

„Wie kann etwas weniger Sinn machen als das?“, fragte Zetus bedrückt.

Für eine Weile schwiegen sie alle. „Ich denke, unsere Schwierigkeit wird darin bestehen, herauszukriegen, wer dieser oder diese abtrünnigen Federbolde sein könnten. Mit den Kramlocks werden wir schon fertig“, meinte Miranda.

„Ach ja? Und womit wollen wir uns gegen sie zur Wehr setzen? Ich hab´ gesehen, wie sie mit Livion umgesprungen sind“, gab Crepjan zu bedenken.

„Ok“, sagte Miranda und trug ihren Optimismus offen zur Schau. „Aber da hattet ihr *das* noch nicht!“ Sie holte etwas Rundes unter ihrem riesigen Kittel hervor und hielt es triumphierend in die Luft.

Die drei Federbolde reagierten im Chor: „Eine *Zwiebel*?“, fragten sie ungläubig.

Miranda nickte bedeutungsvoll. „Jawohl, eine Zwiebel! Ihr werdet nicht die ersten Federbolde sein, denen dieses in jeder Hinsicht wertvolle Gemüse das Leben rettet.“

Crepjan schüttelte den Kopf. „Ehrlich gesagt: Ich kapiere keine einzige Silbe. Ich hab´ zwar gehört, dass diese Dinger voller Vitamine stecken sollen. Aber würdest Du uns bitte trotzdem erklären, worauf Du mit Deinen schwer verständlichen Andeutungen hinaus willst?“

„Gern“, antwortete Miranda gnädig. „Ihr hättet Euch allerdings selbst schon längst fragen müssen, wie es sein kann, dass eine wehrlose alte Schachtel unbehelligt in relativer Nachbarschaft zu Kreaturen leben kann, die es sich am liebsten zum Hobby machen würden, allen anderen Spezies, die höher entwickelt sind als Regenwürmer, das Lebenslicht auszublasen.“ Crepjan schnippte mit den Fingern und meldete sich wie ein übereifriger Musterschüler. Als Miranda ihn ansah, gab er seine Erkenntnis preis: „Weil Du Zwiebeln futterst wie nix Gutes?!“

„Genau, Du Schlaumeier.“

„Da drängen sich mir zwei Fragen auf“, schaltete sich Zetus ein, dem es gefiel, dass Crepjan die hochnäsige Alte ein wenig auf die Schippe nahm. „Nummer eins: wie bist Du drauf gekommen, dass die Kramlocks Deine Zuneigung zu Zwiebeln nicht teilen? Und Nummer zwei: macht das Dein Darm auf Dauer mit?“

Miranda ignorierte diese Unterbrechung und fuhr unbeeindruckt mit ihren Erklärungen fort. „Die Kramlocks haben sich vor vielen, vielen Jahren auf der Rückseite dieses Felsmassivs eingenistet. Ich denke, dass sie dort ein Höhlensystem gefunden haben, das ihren Ansprüchen gerecht wird. Ich war noch ein junges Mädchen, als sie mich angriffen.“ Ihre drei Zuhörer dachten alle dasselbe, wagten es aber nicht auszusprechen. Allerdings stand es ihnen auf der Stirn geschrieben. „Ja, das *ist* lange her“, bestätigte Miranda.

„Sie überfielen mich in der Abenddämmerung. Ich stand mit dem Rücken zum Eingang, als sich plötzlich etwas auf meine Schultern legte, das immer schwerer wurde. Ich hatte an diesem Abend keinerlei Substanzen zu mir genommen, die halluzinogene Wirkungen hätten hervorrufen können. Außerdem spürte ich gleich, dass etwas Fremdartiges, Böses in meine Höhle eingedrungen war. Ich drehte mich um und da sah ich sie: Drei glühende, grünliche Augenpaare, die langsam auf mich zuschwebten. Ich hatte keinen Zweifel, dass sie gekommen waren, um mir den Garaus zu machen. Also griff ich zum Nächstbesten Gegenstand, den ich zu fassen bekam und ging zum Gegenangriff über. Aber mein Besen konnte sie nicht erwischen. Er ging glatt durch sie hindurch. Sie schienen sich geradezu einen Spaß daraus zu machen, dass ich immer wieder mit voller Wucht ins Leere schlug. Plötzlich nahm ich nur noch wahr, dass sich eines der Augenpaare direkt vor meinem Gesicht befand. Und kurz danach konnte ich nichts mehr sehen. Ich war absolut blind. Noch immer versuchte ich mich zu wehren. Ich hatte den Eindruck, dass sie mich austoben lassen wollten. Als ich völlig erschöpft dastand und mich darauf gefasst machte, dass mein letztes Stündchen geschlagen hatte, legte sich ein unvorstellbares Gewicht auf meinen Körper und zwang mich unnachgiebig auf den Boden. So sehr ich mich auch dagegen stemmte, ich hatte keine Chance, auf den Beinen zu bleiben. Ich ahnte, dass ich endgültig verloren haben würde, wenn ich erst einmal hilflos auf den Steinen lag. In meiner Panik wirbelte ich noch einmal herum, um doch noch eine wirksame Waffe in die Hände zu bekommen. Aber alles, was ich zu greifen bekam, war eine Zwiebel. Ich begann, mich selbst damit zu schlagen, in der Hoffnung, ihre unsichtbaren Leiber, die an mir kleben mussten, zu treffen. Und auf einmal war der Spuk vorbei. Ich konnte wieder sehen und hatte genug Kraft, um mich zurück in die Vertikale zu bringen. Rechts und links von mir befanden sich gallertartige Pfützen. Ich nehme an, dass jedenfalls zwei von ihnen an der Zwiebel krepiert sind. Den dritten habe ich verfolgt. Aber das ist auch für jemanden wie mich nicht einfach, weil man die Biester ja nur an ihren Augen erkennen kann. Und da es bald finstere Nacht war, bin ich natürlich nicht allzu weit gekommen. Irgendwann machten meine Rezeptoren Feierabend, und ich verbrachte die nächsten Stunden auf einem Felsplateau. Ich kann nur vermuten, wo und wie sie wirklich leben. Den Weg dorthin kann ich Euch allerdings beschreiben.“

Miranda sah in drei gebannte Augenpaare. „Ich weiß, das klingt bescheuert. Aber an Eurer Stelle würde ich mich nicht zu den Kramlocks wagen, ohne eine kräftige Zwiebelsuppe zu mir genommen zu haben und mich von Kopf bis Fuß mit ihrem Saft eingeschmiert zu haben."

„Womit klar wäre, was es zum Mittag gibt", stöhnte Crepjan.

„Dann besteht wohl kein ernsthafter Zweifel, wer mich gestern so unfein ins Jenseits befördern wollte", meinte Livion.

„Nee, wirklich nicht." Miranda schüttelte den Kopf. „Ihr habt Euch ja geradezu auf einem Silbertablett präsentiert. Der Kramlock, der dieser Versuchung widerstehen könnte, müsste wohl erst noch geboren werden."

Zetus kam ihr akutes Zeitproblem in den Sinn. „Ok, wie finden wir also den Weg zu den Kramlocks und vor allem: wonach sollen wir dort suchen?", fragte er.

Miranda begann herumzudrucksen. „Sie müssen über eine äußerst starke Energiequelle verfügen. Etwas, das in der Lage ist, eine Plasmakuppel dieses Ausmaßes zu errichten und zu kontrollieren. An dieses Kraftpaket müsst Ihr herankommen und es vermutlich in direkten Kontakt mit dem Plasma bringen. Denn das Energiefeld der Kuppel wird von außen gesteuert. Es spricht sehr viel dafür, dass es kollabiert, wenn sein externer Kontrollmechanismus ausfällt."

Livion stimmte ihr zu: „Jedes System hat eine Schwachstelle. Und wo dürfte die bei einem so monströsen Ding liegen?"

Zetus rieb sich nachdenklich das Kinn. „Da, wo der Feind sie nicht ohne Weiteres sehen und erreichen kann."

„Also oben", meinte Crepjan und wies auf seine fluguntauglichen Flügel. „Vielleicht gibt es so eine Art Schlüssel zu der Kuppel, den die Kramlocks verwahren."

„Schlaues Kerlchen", kommentierte Livion.

„Was lässt Euch da so sicher sein?", hakte Zetus nach.

„Wer sagt denn, dass ich mir sicher bin?", war Mirandas Gegenfrage. „Ich lasse mich gern belehren, wenn ich falsch gelegen habe sollte. Aber im Moment denke ich, dass Euch nichts anderes übrig bleibt, als der Einschätzung der einzigen in okkulten Dingen bewanderten Person zu folgen, die zufällig gerade anwesend ist."

Da gab es nichts zu widersprechen. Miranda wandte sich ihrer Kochstelle zu und begann mit den Vorbereitungen für die Suppe.
„Ich hab´ noch gar keinen Hunger", maulte Crepjan.

„Du sollst auch nicht essen, um satt zu werden, sondern um zu überleben“, wies Zetus ihn zurecht.

„Zieht Eure Sachen aus“, wies Livion sie an. Er schnappte sich ein scharfes Messer, halbierte die Zwiebel, die noch an der Stelle lag, an der Miranda gerade gesessen hatte und begann, Zetus damit einzureiben.

Als Crepjan an der Reihe war, äußerte er eine Bitte. „Versprecht mir eins: wenn wir es schaffen sollten, bleibt dieser Teil des Heldenepos aber unter uns!“

Die beiden anderen nickten. „Du hast Sorgen“, stöhnte Livion.

Miranda gab ihnen noch weiteren Proviant und eventuell nützliche Gegenstände mit, unter anderem für jeden einen kleinen, offensichtlich selbst gefertigten Rucksack, ein langes Seil, für jeden ein Messer und natürlich noch mehr Zwiebeln. Dann aßen sie stumm und verstauten schließlich ihre Sachen, während ihnen Miranda den Weg zu den Kramlocks erklärte. Irgendwie wünschten sich alle, dass er noch wesentlich länger wäre, als Miranda ihn beschrieb. Miranda holte ein Tau aus einer Ecke, an dessen Ende sich ein Haken befand. Sie trat neben den Kessel in der Mitte des Raums und warf den Haken mit einem einzigen geübten Wurf durch die kreisrunde Öffnung über dem Kessel. Dort oben musste sich ein Stein auf der Glasplatte befinden. Jedenfalls gab es ein helles Geräusch und das Tau war fest. „Seid so gut und werft mir den Haken wieder herunter, wenn ihr oben seid. Dann kann ich mir den Kraftakt sparen, ihn loszuzerren.“

Zetus hatte das ungute Gefühl, dass noch zu viele wichtige Dinge ungeklärt waren. Er räusperte sich umständlich, um die Aufmerksamkeit der anderen auf sich zu lenken. Alle sahen ihn an, aber er wusste einfach nicht, wie er eine vernünftige Frage formulieren sollte.

„Spuck´s aus, mein Kleiner, was bereitet Deiner zarten Seele Sorgen?“, veralberte Livion ihn.

Zetus gab sich einen Ruck: „Sag mal, was soll das denn bitte schön für ein Himmelfahrtskommando sein, das wir da vorhaben? Die Kramlocks leben in einer H-Ö-H-L-E! Wenn sie einen von uns als Verbündeten haben, wissen sie auch, dass wir eingehen, wenn wir länger als fünf Minuten kein Sonnenlicht bekommen. Sie werden ihr kleines Juwel schon tief genug im Berg versteckt haben, damit es für uns unerreichbar ist."

„Niemand hat behauptet, dass wir da einfach hineinspazieren können, unsere Westen an der Garderobe abgeben, kurz nach diesem mächtigen Ding fragen, das dort lagern muss, es uns unter den Arm klemmen und anschließend freundlich grüßend wieder abdüsen," stellte Livion trocken fest.

„T´schuldigung, wollte ja nur wissen, ob Ihr meint, dass wir wenigstens ´ne Minimalchance haben", antwortete Zetus kleinlaut. Crepjan sah betreten auf seine Schuhe.

„Die habt ihr", stellte Miranda mit lauter Stimme fest. „Ich verrate Euch drei Gründe, warum. *Erstens*: Die Kramlocks haben sich in ihrem Höhlensystem viele, viele Jahre eingenistet, bevor ihr Plan mit der Plasmakugel umsetzbar wurde. Sie können sich ihr Zuhause sicher nicht nach Belieben umgestalten, sondern müssen mit den Diebstahlsvorkehrungen vorlieb nehmen, die ihre natürliche Umgebung bietet. *Zweitens*: Sie waren bis gestern sicher davon überzeugt, dass es keinen einzigen versprengten Federbold gibt, der sich zum Zeitpunkt ihres Angriffs außerhalb der Kuppel befunden hat. Denn nach Eurer Schilderung muss man ja wohl davon ausgehen, dass sie ganz bewusst in der Dämmerung zugeschlagen haben. Also wähnen sie sich in absoluter Sicherheit. Glaubt mir, Sie denken, dass sie einfach nur abwarten müssen. Der Überraschungsvorteil ist definitiv auf Eurer Seite. *Drittens*: Federbolde sind bekanntermaßen weder in der Führung kriegerischer Auseinandersetzungen noch für ihren Einfallsreichtum bekannt, wenn es darum geht, in einer verzweifelten Lage unkonventionelle Maßnahmen zu ergreifen. Selbst wenn sie Euch entdecken, werden sie Euch zwangsläufig unterschätzen."

Die drei Federbolde sahen Miranda mit etwas vertrottelten Mienen an. Der Funke war nicht gerade auf sie übergesprungen. „Du bist echt ein Motivations-Ass", brachte es Crepjan schließlich auf den Punkt.

„Von welchen ´unkonventionellen Maßnahmen´ sprichst Du?", fragte Zetus.

„Also, wenn ihr mich fragt, muss man die Sache offensiv angehen.“ Miranda unternahm einen zweiten Versuch, den Dreien ein gesteigertes Selbstbewusstsein zu vermitteln. Vergesst nicht, es geht um die Rettung Eurer kompletten Population. Ihr habt nichts zu verlieren! ...“

„Außer unserem eigenen Leben“, widersprach Crepjan.

„Genau“, nahm Miranda den Einwurf auf. „Und genauso entschlossen solltet Ihr vorgehen. Erst sondiert ihr grob die Lokalitäten. Es kann doch nicht so schwer sein herauszufinden, welcher Gegenstand den Kramlocks so wichtig ist, dass sie ihn besonders gut bewachen. Dann starten zwei ein gekonntes Ablenkungsmanöver und ziehen alle Aufmerksamkeit auf sich. Der dritte braucht nur noch im höchsten Flugtempo in die Höhle einzudringen und sich unter Vermeidung jeden Zeitverlustes das Aggregat, oder was immer wir suchen, greifen.“

Zetus sah sich im Kreis seiner Freunde um. „Dann ist die Rollenverteilung ja klar.“

„Richtig“, stimmte Crepjan grinsend zu. „Du hast als einziger einen Flugschein!“

Zetus machte einen semi-begeisterten Eindruck. „Ich glaube, von der prinzipiellen Herangehensweise hast Du Recht. Über die Einzelheiten können wir uns Gedanken machen, wenn es soweit ist. Wie sagte doch mein alter Herr immer? `Manche Veranstaltungen müssen vom Charme der Improvisation leben´.“

Livion und die beiden anderen schulterten die Rucksäcke. Zetus und Crepjan verabschiedeten sich mit einer herzlichen Umarmung von Miranda. Jetzt, wo sie selbst in einer Wolke üblen Geruchs eingeschlossen waren, erschienen ihnen die Ausdünstungen der Alten als geradezu harmlos.

Als Letzter reichte Livion Miranda die Hand. „Hab vielen Dank für Deine Hilfe. Wir werden uns wieder sehen. Versprochen!“

Miranda sah ihn ernst an. „Euer Problem wird der Verräter sein. Gegen die Kramlocks seid ihr gut gewappnet. Würde mich freuen, wenn Ihr bald mal wieder vorbeischauen würdet.“ Livion nickte und stieg hinter den beiden anderen am Tau hinauf.

Gefahr von oben

Als sie nach draußen kamen, stand die Sonne fast senkrecht am Himmel. Crepjan blinzelte nach oben. Er verließ Mirandas Unterschlupf mit einer tiefen inneren Unruhe, die ihn selbst irritierte. Auf eine seltsame Art hatte er sich dort regelrecht geborgen gefühlt. Ihm war klar, dass sie sich nun in unmittelbare Lebensgefahr begeben würden. Gedankenverloren löste er den Haken, wie es Miranda erbeten hatte und legte ihn direkt neben das Loch. Er strich mit dem Fuß großflächig das verdorrte Laub zur Seite, das dort herum lag, und tarnte damit gleichzeitig die Öffnung. Als Zetus ihn fragend ansah, erklärte er es ihm. „Dann hat sie ein wenig mehr Licht. Das ist doch kein Leben, in diesem ständigen Halbdunkel dahinzuvegetieren!“ Zetus spürte, wie bedrückt Crepjan war und erwiderte deshalb nichts.

Livion ging bereits in nordwestlicher Richtung voran, wie Miranda es ihnen aufgetragen hatte. Auch er war wortkarg geworden. Ihre Mission strebte einer Entscheidung entgegen. Die Stunden verstrichen und es wurde Zeit zu handeln. Sie hatten nur noch zweieinhalb Tage zur Verfügung, um ihr Volk zu retten. Aber keiner von ihnen wusste, was wirklich vor ihnen lag. Das Absurdeste an ihrer Situation war die Vorstellung, dass sie mit einem oder sogar mehreren Federbolden würden kämpfen müssen. Der Gedanke, dass es vielleicht dazu kommen könnte, sich auf Leben oder Tod zu duellieren, war so unaussprechlich, dass er Livion regelrecht lähmte.

Auch Zetus fiel es schwer, sich auf diesen Abschnitt ihres Weges zu konzentrieren. `So etwas nennt man wohl die Ruhe vor dem Sturm´, dachte er sich. `Dann sollte das Chaos lieber gleich über uns hereinbrechen. Quälender als diese Anspannung kann das jedenfalls auch nicht sein.´ Als er zu den beiden anderen vor sich aufsah, wurde ihm klar, dass sie alle ziemlich trübselig und unaufmerksam durch die Gegend stapften. Livion war ein ganzes Stück vorangeeilt, wohl um sich zu überzeugen, dass hinter dem Felsblock, auf den sie zusteuerten, tatsächlich der Weg zu einem Berggipfel begann, den sie laut Miranda umkurven mussten, um kurz danach zu einer weiteren

Felswand zu gelangen, die den Anfang des Höhlensystems der Kramlocks markierte. Zetus löste sich aus seiner Erstarrung und legte einen Schritt zu, um zu Crepjan aufzuschließen. Er wollte ihn aufmuntern und dafür sorgen, dass sich alle drei mit geschärften Sinnen in die Höhle des Feindes begaben. ´Wenn sie einen tageslichttauglichen Federbold unter sich haben, würde es Sinn machen, ihn als Spähposten einzusetzen´, ahnte er Schlimmeres.

Kurz bevor er Crepjan erreicht hatte, hörte Zetus einen scharfen Schrei über sich. Gleichzeitig spürte einen leichten Luftzug. Als Crepjan herumwirbelte, sah Zetus in seine entsetzten Augen. In diesem Moment wurde ihm klar, dass ihre Unaufmerksamkeit ihnen das Leben kosten könnte. Ohne nach oben zu sehen, wusste er, welche tödliche Gefahr sich auf sie herabsenkte. „Lauf zu dem Stein vor Dir – schnell!!!“, versuchte er Crepjan noch zu warnen.

Aber es war zu spät. Der Greifvogel hatte seine Krallen schon gierig nach vorn gestreckt und packte den wehrlosen Crepjan unnachgiebig. `Natürlich, er sucht sich den Kleinsten aus´, fuhr es Zetus durch den Kopf. `Aber vielleicht ist selbst der eine Nummer zu groß für Dich´! Mit einem mächtigen Satz sprang Zetus auf den Vogel zu. Er wollte ihn zwingen, sich in die Luft zu erheben, um so zu verhindern, dass er seine Beute der Einfachheit halber gleich an Ort und Stelle tötete. Der Plan funktionierte. Schwerfällig schlug der Raubvogel mit den riesigen Schwingen und setzte sich langsam vom Boden ab. Noch einmal setzte er seinen schrillen Ruf ab. `Freu Dich nicht zu früh´, dachte Zetus grimmig.

Er wusste, dass er wahrscheinlich nur eine einzige Chance bekommen würde, seinen neuen Freund davor zu bewahren, von einem spitzen Schnabel zerstückelt zu werden und als Aufzuchtmittel für den gefiederten Nachwuchs zu enden. Zetus schnellte ebenfalls empor. Er erkannte, dass es sich bei seinem Gegner immerhin um eine Rohrweihe handelte. Ihre helle Kopffärbung mit dem schwarzen Augenband gab ihr eine diabolische Ausstrahlung. Zetus versuchte, solche irrationalen Gefühlswallungen zu unterdrücken. `Es ist nur ein Vogel´, hämmerte er sich ein. `Er folgt lediglich seinen Instinkten. Er ist Dir geistig hundertfach unterlegen. Er hat nur die größeren

Kräfte. Tricks ihn aus! TRICKS IHN AUS!´

Als er über Livion hinwegflog, drang dessen Stimme schwach zu ihm hinauf. „Weiter oben ... ein Tümpel ... stoß ihn ...!“ Zetus begriff, dass der geniale Alte sofort die Situation erfasst hatte und ihm zu verstehen geben wollte, dass er den einzig halbwegs viel versprechenden Weg wählen sollte, Crepjans Leben zu retten. Zetus wusste, dass es nun auf die Kraft seiner Flügel ankam. Er hatte keine Ahnung, was sie zu leisten imstande waren. Bisher hatte er sie nur im rasanten Sturz- und im langsamen Steigflug ausprobiert. Das war etwas ganz anderes, als eine Rohrweihe einzuholen, die ihre Beute in Sicherheit bringen wollte. Er musste *über* sie gelangen. Vielleicht bewirkte Crepjans Gewicht ja, dass sie ihn nicht bemerkte. Er konnte sie nur überlisten, wenn er sie völlig überraschend angriff. Wenn Crepjan nur nicht so herumzappeln würde. „Halt still, Du Vollidiot!“, fauchte Zetus.

Crepjan war sich nicht sicher, ob er wirklich bei Bewusstsein war. `So fühlen sich also die letzten Minuten an, wenn man weiß, dass man stirbt!´ Er hatte das Gefühl, in Zeitlupe über den Berghang zu schweben. Der Griff der Krallen war stahlhart. Zum Glück hatten sie sich nicht in sein Fleisch gebohrt. `Kann das sein?´ fragte er sich. `Kann das sein, dass hier alles zu Ende ist?´ Konnte es sein, dass er nach einem letzten Blick in die Augen eines Raubvogels von dieser Welt abtreten würde? Seine Lage war aussichtslos. Als er sich das vollends bewusst machte, wurde er ruhiger. Er entspannte sich und gab sich keine Mühe mehr, dem Griff um seine Hüften zu entkommen. Fast genoss er es, so dahin zu gleiten und über nichts mehr im Unklaren zu sein. Er ließ Arme und Beine herabbaumeln und ergab sich in sein Schicksal.

Zetus hatte bei seiner Verfolgungsjagd fast den Punkt erreicht, den er anstrebte. Allerdings hatte er gehofft, dass die Rohrweihe nicht ganz so hoch steigen würde. Verschwommen sah er unter sich, dass der kleine See, den Livion gemeint haben musste, in sein Blickfeld geriet. Er musste es wagen! Jetzt! Zetus legte die Flügel an seinen Körper und stieß mit dem Kopf voran in die Tiefe. Er befand sich circa 10 Meter über der Weihe und raste genau auf sie zu. Als er nur noch wenige Zentimeter von ihr entfernt war, öffnete er ruckartig die Flügel, ließ seine Beine nach unten schwingen und rammte seine Füße mit einem kräftigen Tritt zwischen die Flügel des Vogels. Sofort stieß er sich wieder von ihr ab und sah zu, dass er wieder an Höhe gewann. Dieser Angriff hatte seine Wirkung nicht verfehlt. Die Rohrweihe verlor für einen winzigen Moment das Gleichgewicht und öffnete vor Schreck und Verwirrung kurz die Krallen.

Crepjan nahm vollkommen überrascht wahr, dass die Wirkung der Schwerkraft wieder eingesetzt hatte. Der Wind blies ihm ins Gesicht, als er den Blick zum Boden richtete. `Ups! Irrtum! Ich werde gar nicht gefressen, ich werde zerschmettert!´ Zufrieden nahm er zur Kenntnis, dass er auch im Angesicht des Todes noch zu Sarkasmus in der Lage war. Das gab ihm irgendwie ein Gefühl der Überlegenheit über die Mächte, die für seinen frühen Tod verantwortlich sein mochten. Doch dann kniff er die Augen zusammen. Das da unten war Wasser! `Mein Gott, es könnte sein, dass ich es schaffe. Es könnte sein, dass ich NICHT sterbe.´ Er versuchte, mit den Armen zu steuern. Seine Flügel ließ er lieber aus dem Spiel. Wahrscheinlich würden Sie bei dem Versuch, sie zu benutzen, durchbrechen oder jedenfalls ernsthaften Schaden nehmen. Es funktionierte! Er hielt auf die Mitte des Weihers zu. Nur wenige Sekunden später tauchte er in herrlich kühles Wasser ein. Ein Mantel aus Luftblasen umhüllte ihn. Sein Sturz wurde rasch gebremst. Für einige Sekunden verharrte er in dieser köstlichen Stille. Dann strebte er zügig zur Oberfläche.

Mit tiefen Atemzügen sog Crepjan die Luft seines zurückgewonnenen Lebens in seine Lungen. Er ließ sich für einige Augenblicke auf dem Rücken treiben. Dann versuchte er sich zu orientieren. Er wandte den Kopf suchend hin und her. Schließlich fand er den Feind, der ärgerlich zu schimpfen schien und knapp über dem Wasser nach seiner Beute fahndete. Aber die Weihe war weit weg und selbst, wenn sie ihn entdecken sollte, fühlte er sich in diesem Element absolut sicher. „Wir können gern um die Wette tauchen“, rief er dem Greifvogel zu. Doch der nahm ihn nicht wahr, sondern schwebte langsam in Richtung Berggipfel davon. Crepjan lachte laut, um seine

Erleichterung auszukosten. Das Gefühl, unbesiegbar zu sein, ergriff ihn mit ganzer Macht.

Aber dann erinnerte er sich, wem er sein Überleben verdankte. `Zetus´, schoss es ihm durch den Kopf. Als wenn er diesen Gedanken ausgesprochen hätte, erschien sein Retter mit gemächlichen Flügelschlägen direkt über ihm. Er stand praktisch in der Luft und verschränkte selbstzufrieden die Arme vor der Brust. „So ein Bad kann ganz angenehm sein, oder?“, fragte er Crepjan. Der nickte.

„Woher wusstest Du, dass ich schon lange mal wieder Schwimmen gehen wollte?“

„Hab´s mir halt gedacht“, lächelte Zetus seinen verschmitzt grinsenden Freund an. „Wir hätten Livion Bescheid sagen sollen, dass wir einen kleinen Ausflug unternehmen“, meinte er.

„Stimmt, hoffentlich fühlt er sich nicht ausgeschlossen“, pflichtete Crepjan ihm bei. „Wir sollten zu ihm gehen.“ Crepjan kraulte ans Ufer und fiel Zetus um den Hals. Für mehrere Sekunden ließ er ihn nicht mehr los. Zetus spürte seine tiefe Dankbarkeit. Das wohlige Gefühl, in kürzester Zeit zwei Freunden das Leben gerettet zu haben, stieg ihm in den Kopf. Es machte ihn ganz schwindlig. Er konnte sich nicht daran erinnern, sich jemals seines eigenen Wertes so bewusst gewesen zu sein.

Als sich Crepjan von ihm löste, sah Zetus seine Tränen. Crepjan versuchte nicht, sie vor ihm zu verbergen. Er wischte sie mit dem Handrücken weg, schniefte laut und strahlte Zetus an. „Du solltest das beim Bürgerchef als Gewerbe anmelden!“

Zetus musste schmunzeln. „Lebensrettung, meinst Du?“

„Jo, ich finde, das kommt echt überzeugend rüber.“

Zetus schüttelte den Kopf. „Quatsch, das hab´ ich nur gemacht, damit ich von jetzt an zwei mir treu ergebene Vasallen um mich habe, die ich jedes Mal vorschicken kann, wenn es brenzlig wird.“

Crepjan sah Zetus plötzlich ernst an. „Ich weiß, dass das nicht stimmt, aber trotzdem kannst Du jederzeit auf mich zählen. An mir soll es nicht liegen, dass unsere Mission scheitert ... egal, was es mich kostet.“

Als Crepjan Zetus die Hand an den Hals legte, schnaufte Livion schweißnass um die Ecke. Er stieß ein Gebet zum Himmel und sackte zu Boden. Offenbar hatte er sich leicht übernommen. Aber die Angst um das Leben ihres Jüngsten schien ihm Beine gemacht zu haben. Zetus und Crepjan bauten sich vor dem alten Federbold auf, jeweils einen Arm um die Schulter des anderen gelegt. „Scheint so, als wenn wir durch diese Einlage nicht mal Zeit verloren hätten“, stellte Zetus zufrieden fest.

Livion sah die beiden kopfschüttelnd an. „Allzu oft könnt Ihr Euch solche Späße mit einem Greis wie mir nicht erlauben. Ich finde, das reicht jetzt an Todesgefahr. Holen wir uns die Energiequelle und gehen gemütlich ins Dorf zurück.“

Crepjan half ihm auf. „Keine Einwände, Meister.“

Sie gingen weiter bergan. Aber jeder brauchte noch etwas Zeit, um das Erlebte zu verarbeiten. Und so dauerte es noch eine gute halbe Stunde, bis sie wieder in ihr normales Reisetempo verfallen waren. Sie gelangten bald an eine weitere steile Felswand und blieben kurz stehen, um sich bedeutungsvolle Blicke zuzuwerfen. Diese Stelle hatte Miranda erwähnt. Sie mussten nur noch eine lang gestreckte Kurve um diesen Felsen hinter sich lassen und würden praktisch unmittelbar vor der Heimstatt der Kramlocks stehen. Zetus hatte einen Kloß im Hals. Wortlos übernahm er die Führung und schlich von nun an förmlich über den Boden. Alle seine Sinne waren geschärft. Die Stimmung unter ihnen war zum Zerreißen gespannt. Kein Scherz mehr, kein Wortwechsel, kein lautes Atmen.

Vielleicht war es diese Stille, die ihnen erneut das Leben rettete. Zetus hörte als erster, dass etwas auf sie zurollte. Steinschlag! Sein Blick nach oben verriet ihm, dass keine Zeit mehr blieb, um sich mit einem kräftigen Satz in die Luft zu retten. Ein riesiger Steinblock stürzte auf sie herab. Er prallte zwei-, dreimal auf und sprang dabei immer höher ab. Das bot ihnen nur eine Möglichkeit. Bevor Livion und Crepjan realisierten, was geschah, schrie Zetus ihnen zu, wie sie sich verhalten sollten. „Drückt Euch an die Wand!“

Er selbst warf sich ebenfalls gegen den Felsen und schloss zitternd die Augen. Eine Staubwolke fegte über sie hinweg. Aber das bedrohliche Geräusch des Felsbrockens, der sie alle hatte zermalmen sollen, entfernte sich. Crepjan gab sich einem Hustenanfall hin. Er kniete zu Boden, versuchte Zetus in dem Dunst von feinem Staub zu erkennen und wollte gerade dazu ansetzen, ihn erneut zu huldigen. „Also, ehrlich gesagt, Du wirst mir langsam unheimlich. Ich hätte das wieder viel zu spät bem...."

Doch Zetus hörte ihm nicht zu. Blitzschnell entfaltete er seine Flügel und stieß nach oben. Irritiert sahen ihm die beiden anderen nach. Crepjan drehte sich zu Livion um. „Alles okay?"

„Noch ja", bestätigte der Alte. „Aber die Frequenz der Attentate in letzter Zeit beunruhigt mich ein wenig. Meinst Du, so halbmaterielle Schattenwesen wie die Kramlocks sind wirklich in der Lage, Steinblöcke zu bewegen?"

Crepjan sah ihn mit unbewegter Miene an. „Keine Ahnung. Aber wenn das so ist, können wir wohl einpacken. Es macht jedenfalls keinen Sinn, jedes Mal in Euphorie zu verfallen, wenn wir dem Sensenmann noch mal ´ne Nase gedreht haben. Mir scheint, er hat den längeren Atem."

„Abwarten", gab sich Livion kämpferisch.

Nach wenigen Minuten kehrte Zetus zurück. Er machte einen sehr aufgebrachten Eindruck. „Er ist mir entkommen. So ein Sch...."

„Nanana, wovon redest Du denn?", wollte Livion wissen.

Zetus´ Augen verengten sich zu Sehschlitzen. „Von dem VERRÄTER." Crepjan lief ein kalter Schauer über den Rücken, als er vernahm, mit welchem Hass sich die Stimme seines Freundes füllen konnte. Zetus spuckte verächtlich auf den Boden. „Ich hab´ ihn noch hinter einem Felsblock verschwinden sehen. Dann war er weg. Wie vom Erdboden verschluckt."

Crepjan hob langsam den Kopf und fixierte Zetus für einen Moment. Er hatte selbst Angst vor der Frage, die ihm auf der Zunge lag. Aber schließlich siegte die Neugier: „Hast Du ihn ... erkannt?"

Zetus schüttelte den Kopf. „Ich konnte ihn nur von hinten sehen. Er trug eine Weste, die sich nicht wesentlich von denen unterschied, die wir alle tragen."

„Oder trugen", verbesserte Crepjan ihn und zeigte mit dem Finger auf Zetus´ nackten Oberkörper. Der verdrehte die Augen.

„Von jetzt an müssen wir bei jedem Schritt mit einem Hinterhalt rechnen.“ Zetus dachte laut nach. „Unser Überraschungseffekt ist wohl im Eimer. Ein netter Empfang wird das nicht. Hoffentlich ahnen sie wenigstens nicht, dass uns ein ganz konkretes Vorhaben zu ihnen führt.“

Livion bemühte sich, Optimismus zu verbreiten. „Möglicherweise ist die Kommunikation zwischen dem abtrünnigen Federbold und den Kramlocks ja nicht ganz so reibungslos. Ihre gemeinsame Sache bedeutet nicht zwingend, dass sie permanent im Gedankenaustausch stehen. Eventuell kann unser spezieller Freund sie gar nicht so einfach warnen. Vielleicht sind diese Kramlocks ja auch zu arrogant, um sich überhaupt warnen zu lassen.“

„Wie auch immer, gehen wir´s an.“ Crepjan wollte sich die Gefährlichkeit ihrer Aktion nicht zu eindringlich vor Augen führen. Deswegen drängte er darauf, das letzte Stück ihres Weges möglichst schnell hinter sich zu bringen. Zetus und Livion lösten sich von ihren gemeinsamen Spekulationen und erklommen zusammen mit Crepjan die Kuppe des Hügels. Sie alle hielten Ausschau nach der Stelle, die Miranda beschrieben hatte: einen fast quadratischen Steinblock, der einsam auf der Ebene, die sich vor ihnen öffnete, Wache zu halten schien. Miranda hatte ihn als unscheinbar beschrieben. Dennoch fiel er ihnen sofort auf. Aber sie mussten sich eingestehen, dass sie ihm ohne die Worte Mirandas wegen seiner geringen Größe tatsächlich nicht die geringste Beachtung geschenkt hätten.

Zielstrebig gingen sie auf den Quader zu. Als sie vor ihm standen, hielten sie inne. Zetus wiederholte laut, was Miranda ihnen gesagt hatte: „Ihr könnt ihn unbesorgt beiseite schieben. Er deckt nach meiner Einschätzung eine ehemalige Öffnung in der Decke eines Nebengangs der Kramlock-Behausung ab. Weiß der Geier, wie dieser Stein ausgerechnet dorthin gekommen ist. Außer mir hat ihn wahrscheinlich noch kein Federbold berührt. In dieser Gegend ihres Höhlensystems wird sich vielleicht keiner von ihnen aufhalten: eine ideale Stelle, um unbemerkt in ihr Reich hinab zu steigen und die Situation auszukundschaften.“ Crepjan und Livion sahen Zetus skeptisch an.

Der zuckte mit den Schultern. „Bis jetzt hat alles gepasst, was sie erzählt hat." Da konnten Crepjan und Livion nicht widersprechen. Also versuchten sie, den kleinen Felsblock von seinem Standort zu entfernen. Aber das ging nicht so mühelos, wie sie es sich vorgestellt hatten. Keuchend und ächzend schafften sie es schließlich mit vereinten Kräften. Immer noch heftig pustend, legte sich Zetus auf den Boden und sah in das kleine Loch hinein, das nun zum Vorschein kam.

“Was kannst Du sehen?“, fragte Crepjan ungeduldig. Zetus schwieg und starrte in die Dunkelheit vor ihm.

Als Crepjan ihm mit seinem Stiefel leicht in die Seite trat, gab Zetus ein unterdrücktes Grunzen vor sich. „Schätze, wir haben ein Problem." Livion sah ihn fragend an. „Es ist zu finster, um den Boden sehen zu können. Ist vielleicht ziemlich tief. Ich kann mich aber nicht hineinfallen lassen, um es auszutesten."

Crepjan sah sich das Loch an und musterte dann Zetus und Livion. „Scheint so, als wenn eher ich es wäre, der das Problem hat."

Zetus nickte. „Du dürftest als Einziger durch die Öffnung passen, mein Zarter."

Crepjan erinnerte sich an das Versprechen, das er gerade abgegeben hatte, und zögerte keine Sekunde. Er warf seinen Rucksack zu Boden und holte das Seil hervor, das Miranda ihnen mitgegeben hatte. Mit gekonnten Griffen befestigte er es an dem Stein, der diesen Eingang verdeckt hatte und sah die beiden anderen entschlossen an.

„Geh´ kein unnötiges Risiko ein. Du sollst Dich nur kurz umsehen. Die Welt retten wir erst morgen. Und denk dran, nach zwei, höchstens drei Minuten will ich, dass Du wieder am Seil hängst. Wir ziehen Dich hoch." Zetus versuchte, seiner Stimme besonderen Nachdruck zu verleihen. Aber er meinte in Crepjans Augen zu sehen, dass er auch so begriffen hatte, worum es ging.

Livion rieb Crepjan etwas Rundes unter die Nase. „Vielleicht solltest Du Deinen Kramlock-Schutz noch ein wenig aufbessern. Er könnte nachgelassen haben."

Crepjan verzog das Gesicht und musterte das Gemüse in Livions

Hand. „Ich glaub, das Risiko geh` ich ein." Er gab jedem seiner Freunde einen festen Händedruck. Dann klemmte er sich eine Fackel unter den Arm, stopfte sich zwei Feuersteine in die Hosentasche und machte sich an den Abstieg. „Ich geh` dann mal in den Keller. Soll ich jemandem was mitbringen?" Keinen der Zurückbleibenden konnte er zu einem Schmunzeln bewegen.

„Bei Feindkontakt trittst Du sofort den geordneten Rückzug an, okay?" Aber Crepjan antwortete nicht mehr auf Livions Worte. Das tiefe Schwarz zu ihren Füßen hatte ihn bereits verschluckt – als hätten Zetus und Livion von Anfang an allein auf der Ebene gestanden.

Gefangen in der Dunkelheit

Crepjans Puls erhöhte sich sofort, nachdem das Restlicht, das durch die Deckenöffnung eindrang, von der Finsternis verzehrt worden war. Federbolde meiden dunkle Räume nicht nur deshalb, weil sie in ihnen nicht lange bewegungsfähig bleiben, sondern auch, weil das Licht für sie unverzichtbare Voraussetzung dafür ist, sich körperlich wohl zu fühlen. Crepjans Unbehagen steigerte sich noch, als er sich bewusst machte, dass er in kürzester Zeit von Feinden umgeben sein konnte, die sich im Gegensatz zu ihm in dieser Umgebung mit traumwandlerischer Sicherheit fortbewegen konnten. Zum Glück sollte dies nur ein Vier-Minuten-Job werden.

Das Seil war lang genug. Schon bald hatte er festen Boden unter den Füßen. Zum Verstecken war keine Zeit, also beließ er das Tau einfach an Ort und Stelle. Vielleicht würde er ja nachher froh sein, wenn ihm dies eine schnelle Flucht erlaubte. Er fixierte das Seil mit zusammengekniffenen Augen und flüsterte ihm mit verschwörerischer Miene zu: „Du kannst hier solange ein bisschen abhängen, aber verhalte Dich absolut still. Wir kommen sonst in Teufels Küche!“ Dabei legte er den Zeigefinger auf seinen Mund und wandte sich bedächtig ab. Dann stolperte er einige Meter vorwärts, blieb jedoch kurz darauf stehen.

Allerdings wartete Crepjan vergeblich darauf, dass sich seine Augen etwas besser an die Dunkelheit gewöhnten. Denn ihm wurde schnell klar, dass es hier unten nicht die geringste Lichtquelle gab. Er konnte die eigene Hand vor Augen nicht sehen. Es war also völlig ausgeschlossen, sich auch nur ansatzweise orientieren zu können. Deshalb kniete er nieder, legte die Fackel neben sich und schlug mit zittrigen Händen seine beiden Feuersteine gegeneinander. Ihm lief ein kalter Schauer über den Rücken bei dem Gedanken, dass der Schein der Fackel auf eine grinsende Schar von übergelaufenen Federbolden fallen könnte, die bis an die Zähne bewaffnet waren. „Blödsinn“, schimpfte er mit sich selbst. „Die werden wohl kaum zu Jüngern der Finsternis mutiert sein!“

Endlich fing der mit Heu umwickelte Knüppel Feuer. Er nahm die

Fackel in die Hand und richtete sich auf. Als er sich einmal um sich selbst drehte, sah er, dass er sich in einem schmalen Gang befand. Vor ihm machte der Tunnel eine scharfe Biegung nach rechts. Bevor er den ersten Schritt nach vorn setzte, warf er einen Blick zurück. Das Seil hing ruhig hinter ihm von der Decke herab. Vorsichtig folgte er dem Weg. Nach der Kurve erstreckte sich der Gang über mindestens dreißig Meter. Crepjan stöhnte. Irgendwie hatte er gehofft, dass er sich nicht soweit von seinem Einstiegsloch entfernen müsste. Schließlich würde seine Fackel nicht allzu lange durchhalten. Als er auf einmal mitten auf einer Kreuzung stand, wurde ihm bewusst, dass er gerannt war. „Du hast Schiss", sagte er leise zu sich selbst. Das Pochen seines Blutes im Kopf wurde leiser, und er meinte, ein Geräusch zu hören. Ja, da war etwas. Es kam von links. Auf Zehenspitzen schlich er sich Meter für Meter nach vorn. Sein Herz schlug ihm bis zum Hals.

Plötzlich wichen die Wände zu beiden Seiten. Er musste einen kleinen Hügel hinauf. `Eine Kathedrale´, dachte Crepjan aufgeregt. Mit Mühe verkniff er es sich, leise durch die Zähne zu pfeifen. Vor ihm wurde es heller. Er legte die Fackel auf den Boden. Da musste irgendwo ein künstliches Licht sein. Denn die Decke war verschlossen. Auf allen Vieren robbte er voran, bis er schließlich zu einem Stein gelangte, der groß genug war, um sich hinter ihm zu verstecken. Vorsichtig lugte er an ihm vorbei. Er blickte in einen Kessel hinein. Als sich die Szene vor seinen Augen in seinem Gehirn breit machte, konnte er nicht anders, als sein Erstaunen irgendwie herauszulassen. Er unterdrückte ein kehliges Geräusch, verschwand jedoch sofort hinter dem Felsblock, der ihm Deckung gab. Er presste sich die Hand auf den Mund, verfluchte sich dreimal selbst und war vollkommen unentschlossen, was zu tun war. Schließlich wagte er es, erneut in den Raum vor ihm zu blicken.

Erleichtert nahm er zur Kenntnis, dass sein Fauxpas wohl folgenlos geblieben war. Die beiden Gestalten vor ihm befanden sich weiterhin in einem intensiven Dialog. Er schüttelte ungläubig den Kopf: Da war er. Ein junger Federbold, vielleicht in Zetus´ Alter. Da war dieses Scheusal, das es fertig brachte, sein eigenes Volk mit Stumpf und Stiel auszurotten. Am liebsten wäre Crepjan hinuntergegangen, um die Fäuste in die Hüften zu stemmen und ihm seine tiefe Abneigung auszusprechen. Aber daran hinderte ihn der unheimliche Gesprächspartner des Federbolds, der über einem steinernen Gebilde schwebte, das mit etwas Phantasie einem Thron nicht ganz unähnlich war. Ein Kramlock, kein Zweifel. Und doch war er anders, als Crepjan sich diese Monster nach Mirandas Bericht vorgestellt hatte. Er war nicht unsichtbar, sondern bestand aus einem unförmigen, wabernden Stoff, der leicht grünlich leuchtete. Sein Kopf war ungefähr doppelt so groß wie der des Federboldes. Sein Gesicht war eine Fratze. Die Augen verströmten ebenfalls ein grünes Licht. Neben ihm stand eine Öllampe. Und er sprach! Wenn Crepjan sich anstrengte, konnte er verstehen, was er mit seiner knarzenden, schaurig schrägen Stimme zu dem Federbold vor ihm sagte.

„... dummes Zeug! Na und, dann werden es eben drei überleben. Ich habe schließlich schon die gute alte Weihe veranlasst, sich ein kräftiges Mittagsmahl zu gönnen. Es ist nicht mein Problem, dass sie älter zu werden scheint. Ich versteh´ nicht, was Deine Panik soll. Wie sollen Sie es denn schaffen, hier rein zu kommen? Wir reden seit einer Minute und Du bist wegen Eurer lächerlichen Lichtabhängigkeit gezwungen, gleich wieder hier rauszustürmen, damit Du nicht für alle Zeiten erstarrst. Hahaha!“ Das Lachen dieses obskuren Wesens bereitete Crepjan ein körperlich spürbares Unwohlsein.

Der Federbold machte eine ärgerliche Handbewegung. „Geral, wenn Du nicht so unglaublich arrogant wärst, könnten wir uns in Ruhe draußen unterhalten. Du stirbst nicht gleich im Sonnenlicht! Aber nein, jede Unterredung wird bei Dir zu einer Audienz. Du lässt mich hier antanzen wie ein kleines Haustier. Und dass Deine wundersamen telepathischen Kräfte selbst bei einem ausgewachsenen Greifvogel wirken sollen, ist ja wohl auch nur ein schlechter Witz. Deine beschränkten Untertanen kannst Du vielleicht auf diese Weise einschüchtern. Ich bin dagegen immun. Vergiss nicht, wer es Euch ermöglicht, diesen Triumph über die Federbolde zu feiern.“

Die Stimme des Kramlocks wurde noch drohender: „Und vergiss Du nicht, dass wir Dich und Deinen kleinen Helfer nur wegen dieser kleinen hilfreichen Geste verschonen.“ Diese Bemerkung saß. Das konnte Crepjan in den Augen des Federboldes lesen. War diesem Naivling wirklich nicht klar, mit wem er sich da offensichtlich eingelassen hatte? Wie konnte er bei diesen Biestern auf so etwas wie Loyalität hoffen? Wenn Miranda Recht hatte, war dieser arme Tropf nicht viel besser dran als seine Artgenossen, sobald die Kramlocks ihr Ziel erreicht hatten.

Der Federbold änderte seine Taktik. Seine Stimme wurde sanfter, fast schmeichelnd. „Wie Du meinst, Kommandant. Ich wollte Euch nur darauf aufmerksam machen, dass Euer Allerheiligstes unter Umständen in Gefahr sein könnte. Wenn ich Eure Klugheit richtig einschätze, dann werdet Ihr es Euch noch einmal überlegen. Die Information, dass drei Federbolde entkommen konnten und auf dem Weg hierher sind, ist nicht so nutzlos, wie Ihr denkt. Ihr solltet *ihn* in Sicherheit bringen!“

Der Kramlock hatte sein Gegenüber die ganze Zeit aus Augen angestarrt, die zu winzigen Schlitzen verengt waren. Als der Federbold seine Rede beendet hatte, schwebte der Kramlock auf ihn zu. Seine Stimme klang so böse, dass Crepjan unwillkürlich zurückwich. „D-e-r K-r-i-s-t-a-l-l i-s-t n-i-c-h-t i-n G-e-f-a-h-r“, zischte er leise und drohend. Dann schrie er plötzlich und auch der Federbold musste offensichtlich mit sich kämpfen, um nicht unversehens die Flucht anzutreten. „Seit Generationen Eurer niedrigen Daseinsform ruht er jetzt schon auf dem Berg der Berge. Deine Kleinmütigkeit wird mich NICHT veranlassen, daran etwas zu ändern.“

Der Federbold stand unschlüssig herum. Er überlegte, ob er noch einen Versuch unternehmen sollte. Da ertönte eine zaghafte Stimme von außerhalb des Lichtkreises, den die Öllampe warf. „Komm jetzt, wir sollten gehen!“ Das war die Stimme eines Federbolds. Eines weiteren Federbolds!

Crepjan war so überrascht, dass er sich, ohne darüber nachzudenken, gegen den Stein vor ihm lehnte, um besser sehen zu können. Es musste doch möglich sein, einen Blick auf diesen anderen Typen zu werfen. Zu spät merkte er, dass sein Gewicht zu groß für den kleinen Felsblock war, der genau auf der Kante des vor ihm gelegenen Kessels ruhte. Als Crepjan, erschrocken über seine eigene Dummheit, den Stein losließ, hatte der sich schon in Bewegung gesetzt. `Das war mindestens die zweitschlechteste Idee, die ich je hatte ´, zuckte es durch Crepjans Gehirn. `Wenn das nicht sogar noch untertrieben ist!´

Erst rutschte der steinerne Brocken nur langsam den Hang hinab. Aber dann wurde er schneller, schlug auf einen anderen Stein auf und polterte schließlich geräuschvoll auf die Ebene, auf der die beiden Beobachteten standen. Für eine Sekunde stand Crepjan hilflos da. Als er den Blick des Federbolds neben dem Chef-Kramlock einfing, setzte er sich endlich in Bewegung. Eilig stürmte er den Weg zurück, auf dem er gekommen war. Seine Fackel glimmte nur noch schwach. Dennoch griff er nach ihr und rannte so schnell er konnte, den Tunnel entlang, aus dem er gekommen war. Hinter sich hörte er schrille Kommandos des Oberkramlocks. `Der erste Preis im Armleuchten ist mir ja wohl sicher´, dachte Crepjan zerknirscht und sprintete weiter.

Im Laufschritt sah er bei dieser Dunkelheit praktisch nichts. Als er meinte, sich auf Höhe der scharfen Biegung zu befinden, der er auf dem Hinweg gefolgt war, presste er die Augen zusammen und nahm einen scharfen Richtungswechsel vor. Zwar stieß er nicht, wie befürchtet, frontal gegen die Wand des Ganges, aber seine linke Wange machte eine unliebsame Bekanntschaft mit dem kalten Gestein. Crepjan spürte, wie das Blut an seinem Hals entlang lief. Er versuchte, den Schmerz zu ignorieren. Das Seil konnte nicht mehr weit entfernt sein. Er breitete die Arme aus, um sicher zu gehen, dass er es berühren würde, wenn er es erreichte. Obwohl er sich sicher war, dass seine Verfolger ihm dicht auf den Fersen waren, zwang er sich dazu, sich nicht umzudrehen. Er konnte sowieso nichts sehen.

Crepjan war kurz davor, in Panik zu geraten, weil er meinte, dass er die Einstiegsstelle schon passiert haben müsste. Da stieß sein rechter Arm gegen etwas Hartes, das nachgab. Das Seil! Erleichtert atmete er tief aus. Er wollte einen letzten Blick zurück in den Tunnel werfen und sich mit schwungvollen Zügen nach oben ziehen. Aber aus dem Nichts traf ihn ein Schlag mitten ins Gesicht. Crepjan taumelte und griff nach dem Tau, das er durch den Stoß aus den Händen verloren hatte. `Bloß nicht bewusstlos werden´, fuhr es ihm durch den Kopf. Doch der zweite Schlag war zu mächtig. Stöhnend sank er zu Boden, murmelte wirre Flüche, mit denen er die ganze Wut auf seine Gegner ausdrücken wollte, und versuchte noch einmal auf die Beine zu kommen. Aber es bedurfte keines dritten Schlages mehr, um ihn ins Reich der Träume zu schicken. Crepjan sackte in sich zusammen und blieb reglos liegen. Das letzte, was er wahrnahm, war das scharrende Geräusch, das sein eigener Körper erzeugte, als man ihn wegschleifte.

„Ich sag es Dir, da ist was schief gegangen." Zetus umkreiste das Loch im Boden, in dem Crepjan vor wenigen Minuten verschwunden war; wahrscheinlich zum hundertsten Mal. Livion saß auf einem Stein, kaute auf einem Grashalm herum und starrte in die Finsternis hinunter. „Hhm", machte er nur.

„Er kommt nicht. Er kommt nicht!" Zetus´ Stimme klang fast schon hysterisch. Fahrig raufte er sich seine üppige Kopfbehaarung. Livion sah zur Sonne. War sie nicht wirklich schon ein ganz kleines Stück am Himmel weiter gezogen? Normalerweise brauchten Federbolde diese Hilfe nicht, um selbst relativ kurze Zeiträume ziemlich exakt zu messen. Da bei einem Aufenthalt in dunklen Räumen Sekunden über Leben oder Tod entscheiden konnten, hatten sie sich im Laufe der Zeit eine nahezu perfekte innere Uhr angeeignet. Aber auf die wollten die beiden jetzt wirklich nicht hören. Denn sie sagte ihnen, dass Crepjan sie schon vor mehr als sechs Minuten verlassen hatte. Trotzdem hofften sie trotzig darauf, dass sein freches Gesicht plötzlich auf der Bildfläche erscheinen würde.

Als weitere zwei Minuten vergangen waren, gab Zetus das Herumlaufen auf. Wortlos setzte er sich zu Livion und senkte den Kopf. Eine Träne fiel auf den staubigen Boden. Zetus schniefte leise, wischte sich das nasse Gesicht ab und sah Livion ratlos an. „Was tun wir jetzt?", fragte er schließlich mit weinerlicher Stimme.

Livion legte den Arm um ihn. „Ist doch klar, einen zweiten Eingang suchen. Komm!" Livion stand mit ungewohnt energischer Bewegung auf, als wollte er seinem mutlosen Freund demonstrieren, dass sie noch nicht geschlagen waren.

Zetus sah mit müden Augen zu ihm auf. Gedankenverloren schüttelte er den Kopf. „Ich hätte es wissen müssen. Wie konnte ich ihn direkt in die Hände des Feindes laufen lassen?“

Livion reichte ihm die Hand, um ihm aufzuhelfen. „Wir hatten keine Wahl. Und ich denke, das wird uns noch das eine oder andere Mal so gehen. Und dann werden wir wieder ein Risiko auf uns nehmen müssen. Du weißt doch, dass wir möglicherweise scheitern werden. Also lass Dich von diesem Rückschlag nicht gleich entmutigen. Wir bekommen eine nächste Chance. glaub´ mir. Und mit ein wenig Glück nehmen wir sie auch wahr.“

Zetus sah ihn fast verächtlich an. „Ein Rückschlag? Wir haben gerade das jüngste Mitglied eines dreiköpfigen Befreiungsteams verloren. Nach meinen rudimentären Mathematikkenntnissen schmälert das die Aussichten auf ein erfolgreiches Ende dieser Mission um circa 33 %.“

Livion schien nicht zu antworten. Aber bewegte er nicht seinen Mund? Zetus wurde schwindelig. Der Boden verschwamm vor seinen Augen. Er verlor jedes Gefühl für Raum und Zeit und wusste schließlich nichts mehr. In seinem Kopf breitete sich eine gähnende Leere aus. Wie aus dem Nichts stand plötzlich das Gesicht seiner Mutter klar vor seinen Augen. `Josepha´? fragte er sich selbst ungläubig. `Schlafe ich denn? Träume ich etwa´? Sie sah ihn ernst an, sagte nur einen einzigen Satz und verschwand so schnell, wie sie ihm erschienen war: „DU WIRST DAS RICHTIGE TUN!“

Verwirrt drehte sich Zetus zu Livion und sah, dass er den Kopf schüttelte: „Warum so pessimistisch? Vertrau mir. Wir haben ihn nicht verloren. Nicht endgültig. Das spüre ich. Wir werden ihn wieder sehen. Aber nicht, wenn wir hier weiter herumsitzen und in Selbstmitleid zerfließen.“

Zetus atmete schwer. Dann ergriff er Livions Hand und ließ sich von ihr hochziehen. „Wir sollten die Felswand dort nach Zugängen absuchen“, sagte er und ging voran. Livion musste schmunzeln, dass diese wenigen aufmunternden Worte ausreichten, damit Zetus wie selbstverständlich wieder seine Führungsrolle einnahm und dabei auch noch einen entschlossenen Eindruck machte.

Als sie an dem Felsen angekommen waren, suchten sie ihn nach Stellen ab, die eventuell einen Eingang in die Höhle verbergen könnten, welche sie dahinter vermuteten. Denn sie waren sich einig, dass es wenig Sinn machte, die natürliche Öffnung zu dem Tunnelsystem ausfindig zu machen. Dann hätten sie gleich laut rufend bei den Kramlocks vorstellig werden und um Einkerkerung bitten können. Zetus nahm einen faustgroßen Stein und schlug ihn mehrmals gegen die Wand. Als das Geräusch, das er auf diese Weise erzeugte, nicht zu seiner Zufriedenheit ausfiel, bewegte er sich weiter nach links. War da nicht ein kleiner Vorsprung, der irgendwie ein bisschen künstlich aussah? Zetus beklopfte ihn mit seinem Werkzeug. Tatsächlich – das klang viel heller, fast schon nach einem Hohlraum. Aus der Wand lösten sich kleine Steinchen. Zetus schlug noch einmal fest zu und verlor vor Schreck den Stein aus seinen Händen, als sich ein kleines Loch vor ihm auftat. Zetus` Mut kehrte zurück. Er wollte gerade nach einem neuen Schlaginstrument suchen, als er hinter sich ein bedrohliches Knurren wahrnahm. Er sah zu Livion hinüber und bemerkte, dass der genauso angsterstarrt dastand wie Zetus selbst.

Als Crepjan wieder zu sich kam, glaubte er, dass sein Schädel gleich explodieren müsse. Er war sich nicht sicher, ob er die Augen schon geöffnet hatte, denn rings um ihn herum war es stockfinster. Ein kalter Schauer lief ihm über den Rücken, als er sich klar machte, welches Schicksal man für ihn ausgesucht hatte. `Natürlich ´, machte er sich nüchtern klar, `genauso wie die anderen Federbolde in dieser scheußlichen Plasmakuppel werde ich hier stehen bleiben, bis die Verwesung einsetzt und die Maden mich so zerfressen haben, dass mein Körper sich auflöst und auf dem Boden verteilt.´ Crepjan musste würgen, als er an die Boshaftigkeit der beiden Abtrünnigen aus seinem eigenen Volk dachte. `Ausrangiert haben sie mich, wie einen alten Dreschflegel in die Ecke gestellt, wo er nicht mehr im Weg ist.´ Dicke Tränen flossen ihm übers Gesicht, als ihm seine beiden Freunde in den Sinn kamen. Obwohl er nun selbst dem sicheren Tod ins Gesicht blickte, hatte er merkwürdigerweise Mitleid mit Zetus und Livion, weil sie untröstlich darüber sein würden, dass er nicht zurückkehrte.

Als er sich vorstellte, dass sein Dahinscheiden volle fünf Tage dauern würde, trauerte er der Rohrweihe nach, die sicher kurzen Prozess mit ihm gemacht hätte.

Plötzlich glaubte er, wieder Stimmen zu hören. Er konzentrierte sich und versuchte ganz flach zu atmen. Als er erst einmal lokalisiert hatte, woher dieses leise Wispern kam, konnte er sich immer besser darauf einstellen – bis er schließlich verstand, was dort gesprochen wurde. Kein Zweifel, das waren seine Entführer. Offenbar stritten sie sich.

„Wenn sie uns wirklich loswerden wollten, hätten sie uns gemeinsam mit diesem Knaben da unten liegen und verrotten lassen“, hörte Crepjan die energische Stimme des Federbolds, der vorhin mit dem Chef der Kramlocks aneinander geraten war.

Der andere klang wesentlich zaghafter, geradezu verschüchtert. „Vielleicht wollen sie uns einfach noch zur Verfügung haben. Wer weiß schon, was diese Finsterlinge vorhaben? Es darf nie wieder passieren, dass wir in diesem grässlichen Berg über die Zeitgrenze geraten.“

„Das ist nur die Schuld dieses Eindringlings. Hätten wir den nicht zur Strecke bringen müssen, wären wir nicht auf die Kramlocks und ihre geflügelten Helfer angewiesen gewesen, um uns hier wieder rausschleppen zu lassen. Ich kann Eulen nicht leiden.“

Ungezügelter Zorn stieg in Crepjan auf. „Eindringling?“, keuchte er ungläubig, aber leise vor sich hin. \`Da verkennt wohl jemand, wer in diesem Spiel die Bösen sind´, dachte er sich. \`Wenn ich nur einen Finger rühren könnte, würde ich Euch in der Luft zerfetzen.´ Crepjan zwang sich, seine Angriffslust zu unterdrücken, und belauschte die beiden weiter.

Jetzt sprach wieder der kleinere von beiden, der vorhin so überraschend ins Bild gekommen war. „Ich trau ihnen nicht über den Weg. Noch können wir umkehren! Wir haben genügend Zeit, um uns unerkannt davon zu machen und alle zu befreien. Wenn wir uns danach auf die Talseite zurückziehen, auf der der Alte wohnt, haben wir auch vor den Kramlocks nichts zu befürchten. Dort sind wir außerhalb ihrer Reichweite.“ Nach einer kurzen Pause kam die schnippische Antwort des Älteren, dessen kalte Stimme verriet, dass er sich seiner Überlegenheit gegenüber seinem Gesprächspartner bewusst war.

„Soso, der Alte? Der ist übrigens hier! Er hat unseren Gefangenen begleitet. Ich habe ihn gesehen, als ich am Hang versucht habe, die drei zu zermalmen. Und weißt Du, wer der Dritte im Bunde ist?“ Diese Worte sprach er so langsam und mit einem solchen bedrohlichen Unterton aus, dass Crepjan der Atem stockte. `Die beiden kannten Livion und Zetus! Und mehr noch - sie mussten in einer näheren Beziehung zu ihnen stehen.´ Sonst wäre nach diesem Ausspruch wohl kaum eine Totenstille eingetreten, die mehrere Minuten anhielt.

„Lass uns kurz rausgehen“, sagte der Kleinere schließlich mit brüchiger Stimme. `So´n Mist, bleibt hier, ihr Bastarde. Ich will noch mehr erfahren,´ fauchte Crepjan in Gedanken. `Vielleicht gehen sie nur kurz raus, damit sich ihre Rezeptoren wieder öffnen. Außerdem, was nutzt es? Selbst wenn sie zu mir kommen würden, um mir die ganze Geschichte ihres Hasses und ihrer Feindseligkeit zu erzählen, änderte das nichts daran, dass mein Ableben eine bloße Frage der Zeit ist.´

Aber die beiden Federbolde kamen längere Zeit nicht zurück. Dafür tat sich etwas über Crepjan. Er hörte einzelne dumpfe Geräusche, als wenn jemand von außen gegen den Felsen schlug. Crepjan konnte sich keinen Reim darauf machen und wusste nicht, ob er dem irgendwelche Bedeutung beimessen sollte. Plötzlich lösten sich Gesteinskrümel über ihm. Kleinere Steine rieselten ihm auf den Kopf. Schließlich brach ein größerer Brocken aus der Decke heraus und fiel ihm in einer Entfernung von ungefähr einem halben Meter vor die Füße. Waren da nicht auch Stimmen? Crepjan meinte, das Knurren eines großen Tieres zu hören. Waren das etwa seine beiden Freunde, die ihm zu Hilfe kommen wollten, und nun in Gefahr schwebten? Crepjan wollte nach ihnen rufen. Aber er biss sich auf die Lippen, um die Kramlocks und die beiden Federbolde, die vielleicht noch in der Nähe waren, nicht auf das aufmerksam zu machen, was sich über ihm abspielte.

Aber dann kehrte Ruhe ein. Crepjan wusste nicht, ob das ein gutes oder ein schlechtes Zeichen war. Die Ungewissheit nagte unerträglich an ihm. Er stand aber nur wenige Minuten in der Dunkelheit, ohne dass etwas passierte. Denn die beiden Federbolde kehrten tatsächlich zurück. `Na, so langweilig scheinen meine letzten Tage ja doch nicht zu verlaufen. Das Programm ist jedenfalls abwechslungsreicher, als ich dachte.´ Fast wäre der Schalk mit ihm durchgegangen und er hätte den beiden zugerufen: „Hat man denn hier nie seine Ruhe?“ Aber zum Glück beherrschte er sich.

Die Federbolde sprachen nun etwas ruhiger miteinander. Der Ältere ergriff das Wort: „Wir müssen das jetzt durchziehen. Selbst wenn wir es abblasen *wollten*, wie willst Du bitte schön an den Kristall herankommen?“

„Ich weiß“, gab der andere kleinlaut zu: „Er wird rund um die Uhr bewacht. Von dutzenden von ihnen. Und sie brauchen nur zu Dritt zu sein, um einen von uns auszuschalten. Und doch muss es eine Geheimwaffe gegen sie geben. Ich hab´ mal gehört, wie ein Kramlock einem anderen berichtet hat, dass er auf ein Wesen gestoßen sei, das ihn in die Flucht geschlagen habe.“ Er seufzte. „Ich würde mich sicherer fühlen, wenn wir wüssten, was man dazu braucht.“

Der Größere wollte ihn offenbar aufmuntern. „He, irgendwann drehen wir ihnen ´ne lange Nase. Nachdem wir den Federbolden eins ausgewischt haben, kehren wir ins Dorf zurück. Die Kramlocks können schließlich nicht dort hin. Es sei denn, sie erfinden eine schnellere Antriebsart als ihr lächerliches Schweben. Unsere Wege werden sich für immer trennen. Und glaub´ mir, ich werde diese schleimigen Monster genauso wenig vermissen wie Du.“

Der Kleine stöhnte noch lauter bei diesen Worten. „Erinnere mich nicht daran. Ich kann nicht ins Dorf! Die anderen werden uns dafür hassen, dass wir sie tagelang eingesperrt haben.“

Der andere fiel ihm ins Wort: „Wir? *Du*? Was hast Du schon zu diesem Werk beigetragen? Wenn es das sein sollte, worauf es Dir ankommt, dann kann ich Dich beruhigen: Ja, Du kannst Deine Hände in Unschuld waschen. Du hast das Kraftfeld nicht über dem Dorf installiert. Das war ich. Ich allein. Dein bescheidener Beitrag besteht einzig und allein darin, dass Du niemanden gewarnt hast. Und ich schätze, dass Du das auch nur getan hast, weil Dir der Mumm dazu gefehlt hat."

Crepjan wurde speiübel. Und je länger er zuhörte, desto stärker ergriff ihn der Ekel. Er war verwirrt. Denn er war sich nicht sicher, ob der Ältere von beiden so laut wurde, weil er sich darüber beschweren wollte, die Drecksarbeit erledigen zu müssen oder weil er nicht wollte, dass der andere einen Anteil an seinen großen Taten für sich reklamierte. Der Kleine begehrte jedenfalls nicht auf. Seine Stimme klang resigniert. „Dass ich es hab´ geschehen lassen, ist schlimm genug. Ich seh` schon, wie ich auf Darions Sofa um Verzeihung winsele."

Der andere lachte diabolisch. „Na, ich bin mir nicht so sicher, dass es dazu kommen wird. Und außerdem: Hast Du vergessen, was sie uns angetan haben? Sie haben es *verdient*!"

Der Jüngere widersprach; leise, aber bestimmt: „Nein, das haben sie nicht. Ich finde, es ist einfach falsch, ihnen einen solchen Schrecken einzujagen." Damit war das Gespräch beendet. Offenbar hatte der von Reue geplagte Federbold den anderen stehen lassen.

„Wenn Du wüsstest", flüsterte der leise.

„Äh, also ich hab´ Dachse immer für echt sympathische Wesen gehalten", zischte Zetus Livion zu.

„Auf dieses Exemplar trifft das aber eher weniger zu. Der ist bestimmt sauer, weil Du hier so herumgefuhrwerkt hast. Wahrscheinlich wollte er nur pennen."

„Okay, würdest Du ihm das bitte erklären? Ich muss mal kurz austreten!" Aber Zetus konnte nicht einen Schritt zur Seite machen, ohne dass sein Gegenüber ihn mitmachte. „Sag mal, Livion, Du weißt doch alles. Sind Dachse nicht Pflanzenfresser?" Livion antwortete nicht, sondern zog eine seiner Fackeln aus dem Rucksack.

Zetus hob die Augenbrauen. „Ich glaube kaum, dass er einem Waffenstillstand zustimmt, damit Du in Ruhe ein Feuerchen machen kannst.“ Aber Livion ging direkt zum Gegenangriff über. Er schrie so laut er konnte und sprang auf den Dachs zu.

Und der war anscheinend wirklich beeindruckt. Jedenfalls wich er knurrend zurück und war darauf bedacht, nicht von Livions Werkzeug getroffen zu werden. Der Bluff funktionierte also. Zetus feuerte seinen Freund an. „Ja, zeig es ihm! Mach ihn platt.“ Der erste Schrecken war gewichen. Denn Zetus war sich bewusst, dass von diesem Tier keine Todesgefahr für sie ausging. Aber er kam nicht mehr dazu, an diesem Zweikampf, der sich vor ihm abspielte, Gefallen zu finden. Denn plötzlich war da etwas Drittes, etwas viel Bedrohlicheres als ein harmloser Dachs. Zetus spürte die Anwesenheit dieses neuen Feindes körperlich, und zwar bevor er sah, was es war.

`Verdammt, mit welchen teuflischen Kräften sind diese Kramlocks noch im Bunde?´, fragte er sich. Er wollte Livion warnen, der nun offenbar richtig Spaß daran entwickelte hatte, den Dachs immer weiter zurückzutreiben.

„Ich könnte hier etwas Unterstützung gebrauchen“, rief er Zetus gut gelaunt zu. Aber der wurde jetzt ernst.

„Lass uns hier abhauen“, brüllte er zurück. Livion bemerkte seinen besorgten Tonfall und war sofort alarmiert. Er sah sich nach allen Seiten um, konnte aber nichts Verdächtiges bemerken. Der Dachs war sicher so eingeschüchtert, dass er ihm nicht folgen würde. Also ging er erst einige Schritte langsam rückwärts, drehte sich dann um und rannte zu Zetus. Als Livion bei ihm angekommen war, blickte er noch einmal zurück. Was Zetus und er in diesem Moment zu sehen bekamen, ließ ihnen den Atem stocken.

Ein großes schwarzes Tier löste sich aus einem Gebüsch, das sich rechts oberhalb von ihnen an den Hang schmiegte. Mit einem einzigen Satz überquerte es die Strecke, die auf der Freifläche zwischen ihm und dem Dachs lag. Zetus wich unwillkürlich ein paar Schritte zurück, stolperte und fiel auf seinen Hintern. Zitternd griff er nach Livions Hand und ließ sich wieder auf die Beine ziehen. Die Kreatur, die einem Wolf glich, aber ein schmutzig geflecktes Fell hatte, erschien ihnen seltsam ausgemergelt und zerrupft. Es gab ein tiefes Grollen von sich, das die beiden Federbolde erschauern ließ. Giftiggrüner Geifer troff von seinen gefletschten Zähnen. Mit dem armen Dachs, der sich unvermittelt in der Opferrolle sah, machte es kurzen Prozess. Es verpasste ihm einen unbarmherzigen Prankenhieb, so dass der Kopf des Dachses zur Seite flog. Dann versenkte es die scharfen Reißzähne in seinem Hals und biss ein einziges Mal zu. Der Dachs gab ein gurgelndes Geräusch von sich und fiel plump auf die Seite.

Livion zupfte an Zetus´ Hosenbund. „Ich weiß ja, dass Du Jungspund ziemlich gut fliegen kannst, aber ich weiß nicht, über welchen Appetit dieser hässliche Kollege da drüben verfügt. Und deshalb haue ich jetzt ab.“ Zetus stand mit offenem Mund da. Er nickte nur und trat gemeinsam mit Livion den Rückzug an.

Glücklicherweise widmete die Bestie ihre ganze Aufmerksamkeit dem Festmahl, das vor ihm lag. Die beiden Federbolde fingen an zu rennen, sobald sie meinten, dadurch kein Risiko mehr einzugehen. Sie hielten sich immer in der Nähe der Felswand und gelangten bald um eine Kurve. Trotzdem liefen sie noch mindestens zweihundert Meter weiter, bis sie in ein Dickicht gelangten, das sich auf der Rückseite des Hügels befand. Behände kletterte Livion auf den Nächstbesten Baum und kam erst zur Ruhe, als er fast in der Baumkrone saß. Zetus flog zu ihm hoch und setzte sich neben ihn. Beide sahen sich stumm an. Dann schüttelte Zetus ungläubig den Kopf und stammelte immer wieder dieselben Worte: „Es gibt ihn. Es gibt ihn wirklich!“

Wieder vereint

Crepjan brauchte eine ganze Weile, um das Gehörte zu realisieren. Er war erschüttert darüber, Zeuge davon geworden zu sein, welche unheilvolle Entwicklung zwei junge Federbolde nehmen konnten. Gleichzeitig war er zutiefst verwirrt darüber, dass er für den Jüngeren so etwas wie Sympathie empfand. Er machte irgendwie einen unschuldigen Eindruck auf ihn, obwohl er ihm Recht geben musste: seine Selbstkritik war absolut berechtigt: Er *hatte* sich schuldig gemacht. Ganz egal, welchen Einfluss der andere auf ihn ausübte; welche Macht die Kramlocks über ihn hatten; welche Furcht er vor ihnen allen hatte – er hätte sein Volk warnen müssen. Er war genau so ein Verräter wie der Ältere. Oder jedenfalls fast. Denn er schien nicht in die fatale Tatsache eingeweiht zu sein, dass unter der Kuppel nichts als Schwärze lag. Die grauenvolle Konsequenz seiner Untätigkeit war ihm also verborgen geblieben.

Crepjan war so sehr mit seinen finsteren Gedanken beschäftigt, dass er lange gar nicht merkte, welche entscheidende Veränderung sich in seiner Umgebung ergeben hatte. Aber dann drang es mit voller Wucht in sein Bewusstsein. Ein zarter Lichtstrahl fiel schräg durch den Raum. Er malte einen hellen Fleck auf den Boden, nahe der Stelle, an der der Stein gelandet war, der sich aus der Decke gelöst hatte; vielleicht dreißig Zentimeter vor ihm. Crepjan wurde ganz heiß, als ihm klar wurde, dass die Rettung für ihn fast zum Greifen nahe, aber doch unerreichbar war. Er knirschte mit den Zähnen vor Wut. \`Das kann doch nicht wahr sein. Soll ich mir das fünf Tage lang mit ansehen?´ Crepjan mühte sich vergeblich ab, sich auch nur einen Zentimeter von der Stelle zu bewegen. Er ächzte, weil er mit aller Macht versuchte, sich aus seiner Erstarrung zu lösen. Der Trotz, der ihn so prägte und gegen alles aufbegehren ließ, was ihm Grenzen auferlegte, gewann jetzt ganz und gar die Oberhand. Er kontrahierte seine Muskeln, bis er das Gefühl hatte, sie würden zerreißen, und konzentrierte sich auf diese eine Bewegung.

Die Anspannung ließ ihn fast ohnmächtig werden. Der Schweiß trat ihm auf die Stirn und rann bald an seinen Schläfen entlang. „Ich werde hier NICHT sterben“, quälte er aus zusammen gepressten Lippen hervor. Er selbst nahm es nicht mehr wahr, aber sein Körper folgte seinem energischen Befehl tatsächlich. Seine Hacken hoben sich Millimeter für Millimeter vom Boden ab, sein Kopf neigte sich nach vorn. Das rechte Knie drehte sich leicht weg, die rechte Schulter machte diese Bewegung mit. Schließlich hatte Crepjan sich in eine solche Lage gebracht, dass die Biologie der Physik nachgeben musste. Obwohl ihm die Energie des Lichts fehlte, die er für jede seiner Bewegungen brauchte, zwang er seinen Körper dazu, seitlich nach vorn zu stürzen. Mit unverminderter Wucht stürzte er auf die rechte Gesichtshälfte. `Das gibt `ne fette Beule´, dachte er, bevor er das Bewusstsein verlor.

„Glaubst Du, dass er mit den Kramlocks unter einer Decke steckt?“, fragte Zetus Livion mit besorgter Miene. Um zu antworten, stand Livion selbst noch zu sehr unter dem Eindruck dessen, was er gerade mit eigenen Augen gesehen hatte.

„Wie alt musste ich werden, um zu erkennen, dass mache Ammenmärchen nichts als die Wahrheit beschreiben?“, fragte er sich selbst. Dann wandte er sich Zetus zu. „Ich weiß, unsere schöne harmonische Welt ist in den letzten paar Tagen gewaltig aus den Fugen geraten. Wir dachten immer, dass wir auf einer Insel im Strom der Zeiten dahingleiten; dass es die Kategorien von Gut und Böse, die dem Vernehmen nach das Leben der Menschen bestimmen, für uns nicht gibt; dass wir als Gruppe niemals in die Lage kommen würden, am eigenen Leib die Verzweiflung zu spüren, wenn es ums nackte Überleben geht.“ Er machte eine Pause und sah Zetus mit unendlich traurigen Augen an. „Das war eine Illusion, mein kleiner Held.“

Zetus kannte Livion noch nicht gut genug, um die Stimmung, in der er sich gerade befand, einordnen zu können. Er hatte Angst davor, dass sein Begleiter, dessen Zuversicht und Gelassenheit ihm, dem jungen und unerfahrenen Federbold, Stärke zu verleihen schien, resignieren könnte. Erkannte Livion nun auf einmal Zusammenhänge, die ihm selbst verborgen blieben, oder hatte es ihn einfach zu sehr mitgenommen, einem Fabelwesen gegenüber zu treten, über das er sich vielleicht Zeit seines Lebens lustig gemacht hatte? Zetus wagte nicht, seine Gedanken offen auszusprechen, also wiederholte er seine Frage einfach noch einmal. Sie war unverfänglicher als das, was ihn wirklich bewegte.

Livion schüttelte den Kopf. „Ich denke nicht. Sie sind zu verschieden. Die Kramlocks sind ein kleines fieses Völkchen, das von der Gier nach Macht besessen ist; nach der Macht, alles und jeden auszulöschen, der es wagt, sein Recht einzufordern, neben ihnen auf diesem Planeten zu existieren. Der Maulwolf" – Jetzt war es ausgesprochen - „ist definitiv ein Einzelgänger. Ich weiß nicht, wie es ihn auf diesen abgeschiedenen Teil der Welt verschlagen hat. Aber er ist jedenfalls dazu verdammt, hier sein Dasein zu fristen, denn er wird sich kaum in die Welt der Menschen wagen. So hat er keine echten Feinde, mit denen er sich messen kann. Ich glaube, dass ihm das fehlt. Ich glaube, er empfindet es als Strafe, ohne echte Herausforderung leben zu müssen. Hast Du gesehen, wie gelangweilt er den Dachs vom Leben zum Tod befördert hat? Es hatte fast den Anschein, dass er Abscheu für ihn empfunden hat, weil er nicht die Fähigkeit besitzt, ihm im offenen Kampf die Stirn zu bieten. Vermutlich gibt es einen Grund, warum sich diese abscheulichen Kreaturen – Maulwolf und Kramlocks - nur auf dieser Seite des Tals aufhalten. Aber ich denke nicht, dass sie zusammenarbeiten."

Zetus hörte dem weisen Alten aufmerksam zu. „Ich hoffe, Du hast Recht. Dann glaube ich nämlich nach wie vor an unsere Chance." Zetus sah Livion erwartungsvoll an. Er hoffte inständig auf einen ebenfalls optimistischen Kommentar.

Als Livion schwieg, fragte er ihn direkt: „Glaubst Du auch daran?" Livion lächelte milde. Es ärgerte ihn, dass er nicht sensibel genug gewesen war zu erkennen, was Zetus von ihm hatte hören wollen.

Er brauchte nicht zu lügen, um Zetus zu beruhigen. „Ja, das tue ich. Wir werden Crepjan befreien und wir werden die anderen retten."

Zetus Miene hellte sich auf. „Ok, dann komm. Um den Maulwolf kümmern wir uns später." Zetus stieß sich von dem Ast ab, auf dem er gehockt hatte und flatterte ungeduldig vor Livion auf und ab.

Livion hob abwehrend die Hände. „Nein, nein, den überlass´ ich ganz allein Dir. Ich habe vor, meine Karriere als glorreicher Bezwinger der Federbold-Feinde gleich wieder zu beenden, wenn sich diese unschöne Käseglocke über unserer idyllischen Heimat endlich in Nichts aufgelöst hat."

Mit müden Bewegungen machte Livion sich daran, den Baum hinab zu steigen. Zetus hielt sich mit verschränkten Armen senkrecht in der Luft und blieb immer auf seiner Höhe. „Was ist los?", fragte Livion ihn nach einer Weile. „Willst Du etwa zum Ausdruck bringen, dass ich nicht mehr der Schnellste bin?"

„Naja", antwortete Zetus schelmisch, „als Deine Hose noch gestrichen voll war, bist Du jedenfalls zügiger vorangekommen." Livion konnte nicht verhindern, dass sich sein Mund zu einem breiten Grinsen verformte.

„Uaah, ich weiß nicht, wann ich mich das letzte Mal so miserabel gefühlt habe." Crepjan massierte sich voller Selbstmitleid die ziemlich verformte Stelle an seinem Kopf, mit der er aufgeschlagen war. Dann erst registrierte er, dass sein aussichtsloser Plan tatsächlich funktioniert hatte. „Leck mich am Ärmel! Crepjan, was ich Dir schon immer sagen wollte, muss jetzt einfach mal raus. Der Moment ist gekommen, an dem ich nicht mehr länger schweigen kann: DU BIST EIN GENIE!" Ruckartig setzte er sich hin und blickte sofort auf seinen linken Rezeptor. Er war nur einen kleinen Spalt geöffnet. `Vielleicht `ne Minute – nichts wie weg hier.´ Crepjan rannte einfach in die Richtung, aus der vorhin die Stimmen der beiden Federbolde gekommen waren. Auch sie waren darauf angewiesen, rasch ans Tageslicht zu gelangen. Also konnte der Ausgang nicht weit sein. In diesem Moment war es ihm völlig egal, ob die beiden oder auch eine ganze Armee von Kramlocks hinter der nächsten Biegung lauerten. Wenn es sein musste, würde er sie einfach über den Haufen rennen. Das war aber gar nicht nötig. Schon nach der zweiten Kurve war er so gut wie am Ziel. Licht flutete in den Gang.

Nun wurde Crepjan vorsichtiger. Behutsam bewegte er sich weiter, dicht an die Höhlenwand gedrängt. Der Ausgang schien unbewacht. Er war recht niedrig. Crepjan musste sich ducken, um nach draußen ins Freie zu gelangen. Als er die Wärme der Sonne auf seiner Haut spürte, bekam er vor Erleichterung feuchte Augen. Sein Herz machte einen Sprung, als er sich vorstellte, die Wiedersehensfreude in den Gesichtern der beiden anderen zu sehen. Er kniete sich hin und nahm die Umgebung in Augenschein, um sich zu orientieren. Er befand sich an einer Seite des Berges, die nicht allzu weit von der Ebene entfernt war, in deren Untergeschoss er hinab gestiegen war. Das war kein allzu langer Weg zurück. Von Zetus und Livion war allerdings keine Spur zu entdecken. Oder sollten sie für diesen Tierkadaver dort hinten verantwortlich sein? `Ich hoffe doch, dass sie mein Verschwinden nicht gleich mit einem Festmahl gefeiert haben´, dachte er sich.

Crepjan wurde klar, dass er zwar einiges herausbekommen hatte. Immerhin wussten sie nun, wonach sie suchen mussten ... Aber trotzdem wurde der Impuls, jetzt sofort den Weg in Erfahrung zu bringen, der sie unmittelbar zu ihrer Rettung führen könnte, immer mächtiger. Er hielt sich offenbar in einem Bereich auf, der von den Kramlocks nicht sonderlich streng bewacht wurde. Das könnte ein Hinweis darauf sein, dass der Kristall, der die Quelle ihrer Macht zu sein schien, jedenfalls nicht in der Nähe war. Vielleicht konnte er dennoch wertvolle Erkenntnisse gewinnen, wenn er noch einmal von *dieser* Seite des Berges in ihn eindrang.

Einen Versuch war es jedenfalls wert. Er würde vorsichtiger sein als beim ersten Mal. Sein Vorteil bestand zumindest darin, dass er nun etwas gefasster auf das war, was ihn erwartete. Das Mindeste, was bei dieser erneuten Exkursion herausspringen sollte, war der genaue Verlauf eines anscheinend entlegenen und deshalb hervorragend geeigneten Fluchtweges aus dem Felsmassiv. Crepjan wartete noch ein paar Minuten, bis seine Rezeptoren vollständig geöffnet waren. Dann schlich er sich ein zweites Mal an den Feind heran. Er hatte das untrügliche Gefühl, ihm nun einen gedanklichen Schritt voraus zu sein.

Zetus und Livion streiften etwas unentschlossen umher. Die Gegenwart des Maulwolfs schien sie zu lähmen. Zunächst zogen sie in Erwägung, den Hügel einmal zu umrunden, um die Gefahr zu reduzieren, der Bestie gleich wieder zu begegnen. Aber die Tatsache, dass die Sonne ihren Höhepunkt schon lange überschritten hatte, sagte ihnen, dass sie die kürzere, wenn auch risikoreichere Route einschlagen sollten. Sie entschieden sich deshalb, zu der Stelle zurückzugehen, an der sie der Dachs überrascht hatte. Dort mussten sie einfach nur nach dem kleinen Loch suchen, das Zetus, einer Eingebung folgend, in den Hügel geschlagen hatte. Dann hätten sie eine weitere Einstiegsmöglichkeit gefunden, die sich, so schien es jedenfalls, noch erweitern ließ, so dass beide hindurch passten. Livion versuchte, diese Entscheidung zu rechtfertigen. „Weißt Du, der Maulwolf dürfte wie ich nicht mehr der Jüngste sein. Es ist bestimmt Jahre her, dass er das Glück hatte, einen stattlichen Dachs zu erlegen. Sicher liegt er schon irgendwo zusammengerollt in der Ecke und hält ein Verdauungsschläfchen.“

„Ja“, ergänzte Zetus, „und träumt von knusprigen Federboldschenkeln, über offenem Feuer geröstet.“

Livion tat so, als ob er überlegte, wie wahrscheinlich dieser Gedanke war. Dann sah er Zetus kurz an und stimmte zu: „Genau!“

Crepjan bereute es sofort, dass er sich keine Fackel gebaut hatte. Bald war es wieder stockfinster vor ihm. Als er gerade entschlossen war umzudrehen, bemerkte er etwas Merkwürdiges. Über ihm war Bewegung. Er lauschte. Von dort kam ein undefinierbares, konstantes Geräusch. Es klang nicht bedrohlich. Aber es mussten Lebewesen sein, die sich dort verbargen. Dann hielt er vollends inne. Von vorn nahm er aus einiger Entfernung wieder Stimmengemurmel wahr. Wenn er geradeaus weiterginge, würde er ihnen wahrscheinlich ein zweites Mal in die Arme laufen. Er entschied sich dafür, stattdessen ein unbekanntes Risiko einzugehen, das kaum größer sein konnte als die Konfrontation mit den Kramlocks.

Zunächst sprang er mit ausgestreckten Armen nach oben, um zu ertasten, welche Struktur der Gang an dieser Stelle über ihm hatte.

Da war die Decke. Ein zweiter Sprung – da war ein Loch in der Decke. Ein dritter Sprung – am Rand des Lochs war ein Vorsprung, an dem man sich festkrallen konnte. Ein vierter Sprung – Crepjan hing an der Decke. Das schien Unruhe über ihm auszulösen. Ein Rascheln war die Reaktion der unsichtbaren Wesen, die dort verharrten. Crepjan zog sich nach oben. Er schien sich auf einer schrägen Rampe zu befinden, die nach oben führte. Vorsichtig kroch er auf allen Vieren weiter. Zwischendurch zweifelte er daran, dass das, was er tat, wirklich sinnvoll war. `Wo willst Du eigentlich hin?´, fragte er sich. Aber die Neugier war größer als seine Angst. Je weiter er in den Berg vordrang, desto stärker fühlte er sich beobachtet. War da nicht ein Wispern unmittelbar vor ihm, das schließlich zu einem sonoren Summen anschwoll? Crepjan schloss die Augen, obwohl er fast nichts mehr sah. Er dachte daran, dass die Zeit ihm wieder davon lief. `Naja, zurück kann ich ja rutschen; auch wenn ich mir bei der Landung alle Knochen breche´.

Plötzlich brach das Inferno los. Über ihm lösten sich unzählige kleine Körper von der Decke. Flügelschlag rauschte. Crepjan bekam unzählige Ohrfeigen ab. Er hatte das Gefühl, dass immer wieder jemand versuchte, ihm einen Schlag zu verpassen, durch den er den Halt verlieren würde. „Au!", hatte ihn da etwas gebissen? „Aua", noch einmal. Crepjan kauerte sich in seiner Verzweiflung auf den schrägen Boden und hielt sich die Hände über den Kopf. Im ersten Moment war er sich sicher, dass er in eine Falle der Kramlocks getappt war. Aber dann besann er sich darauf, dass er sie wohl kaum körperlich spüren könnte. Nach dem ein drittes spitzes Gebiss in seinem Nacken zugepackt hatte, atmete er auf. `Fledermäuse! – Die bringen mich nicht um.´ Nach wenigen Sekunden war es wieder ruhig um ihn herum. Die kleinen Vampire waren offensichtlich in einem anderen Stollen verschwunden. Und noch etwas hatte sich verändert: Über ihm war es jetzt deutlich heller. Zunächst konnte er sich keinen Reim darauf machen. Aber als er weiter kroch, gelangte er schließlich an einen zweiten Vorsprung, der knapp unter der Decke des Gewölbes endete. Vorsichtig zog er sich hinauf und lugte über den Rand.

Er blickte in eine tiefe Schlucht hinein. In ihrer Mitte befand sich eine spitz zulaufende Erhebung. Sie war rundum beleuchtet. Der Fackelschein malte skurrile Bilder an die Höhlenwände. Unzählige grüne Augenpaare schwebten geschäftig umher – Kramlocks. Crepjan nahm wahr, dass die Fackeln in einem kunstvollen Muster angeordnet waren. Ihre Abstände zueinander nahmen kontinuierlich ab, je höher sie auf diesem unterirdischen Berg angebracht waren. Auf seinem Gipfel berührten sie sich fast und bildeten dort einen Kreis. In ihrer Mitte lag ein gelber Gegenstand, den er von hier aus kaum erkennen konnte. Doch plötzlich wusste er trotzdem, was er dort sah. Crepjan schlug sich vor die Stirn. `Das ist er!´, frohlockte er innerlich. `Das ist der Berg der Berge! Dort liegt der Kristall, der mein Volk retten wird.´ Crepjan brauchte einige Sekunden, um zu realisieren, dass er am Ziel seiner Mission war. Er war in diesem Augenblick fast froh, nicht fliegen zu können. Denn sonst wäre er wohl einfach drauflos geflogen, um ihn sich zu schnappen. Er schüttelte den Kopf bei diesem Gedanken. `Nein, das sollte jemand machen, der ein wenig besonnener ist als ich. Zetus, ich komme. Und ich kann Dir Deine Aufgabe erklären!´ Sachte ließ sich Crepjan die Rampe hinunter gleiten. Jetzt nur keinen Fehler machen.

Zetus und Livion inspizierten die Wand des Hügels genauestens, während sie an ihm entlang schlichen. Wie vom Donner gerührt, blieben sie beide stehen, als sie unvermittelt vor einem nicht ganz kleinen Loch im Felsen standen. Hektisch sahen sie sich nach allen Seiten um. „Das scheint kein Fuchsbau zu sein“, sagte Livion schließlich.

„Nein, es ist ein Eingang zum Höhlensystem“, stimmte Zetus ihm zu. „Und er scheint unbewacht zu sein.“

Als er sich anschickte hineinzugehen, hielt ihn Livion am Arm fest. „Wir sollten unsere letzten beiden Fackeln benutzen.“ Zetus nickte. Die Sorge um Crepjan ließ ihn wohl etwas zu impulsiv werden. Zum Glück war Livion vernünftig genug, um erst nachzudenken, bevor sie sich erneut in Gefahr begaben. Sie knieten nieder, um mit Hilfe ihrer Feuersteine für eine Lichtquelle im Tunnel zu sorgen.

Crepjan war froh, dass der Weg aus dem Berg nicht allzu lang war. Er schleppte sich die letzten Meter in Richtung des Lichts, das von draußen in den Tunnel fiel. Jetzt, wo er seine schwierige Aufgabe doch noch erfolgreich hinter sich gebracht hatte, wurde er sich schlagartig bewusst, wie erschöpft er war. Er fühlte sich unendlich müde und torkelte regelrecht ins Freie. Aber als er sah, wer ihm da geradewegs entgegen kam, verfiel er in einen schlendernden Gang und setzte eine gelangweilte Miene auf. „Grüß Euch!“, posaunte er gut gelaunt in die Gegend.

Den beiden Federbolden vor ihm entgleisten sämtliche Gesichtszüge. Livion fing sich als Erster. Er grinste breit und verpasste Zetus einen kräftigen Klaps. „Hab ich´s doch gesagt! Unkraut vergeht nicht.“ Zetus brauchte etwas länger, um die Erscheinung vor seinen Augen zu realisieren. „Das g-gibt´s d-doch nicht!“, stammelte er überglücklich. Er musste seine Tränen zurückhalten. Langsam ging er auf Crepjan zu und berührte zaghaft seinen Oberarm, unfähig, seine Freude auszudrücken.

Der strahlte ihn genauso an: „Also, wenn Du heulen willst, tu Dir keinen Zwang an. Von mir erfährt niemand etwas.“ Zetus´ Anspannung löste sich in einem lauten Lachen. Er umfasste Crepjans Oberkörper und hob seinen kleinen Freund in die Luft. Der war zu überrascht und auch zu entkräftet, um das Gleichgewicht halten zu können. Gemeinsam fielen sie hin und kugelten sich übermütig am Boden.

Livion hockte sich neben sie und betrachtete mit sorgenvoller Miene Crepjans Blessuren. Da bemerkte auch Zetus, wie zerschunden Crepjan war. „Ehrlich gesagt, ich hatte Dich hübscher in Erinnerung. Was ist das?“ Zetus zeigte auf Crepjans blutverkrustete Wange.

„Ich hatte leichte Orientierungsschwierigkeiten und hab´ einmal unfreiwillig die Tunnelwand geknutscht.“

„Und das?“ wollte Livion wissen.

Crepjan betastete vorsichtig seine Schläfe. „Eine Beule?“ fragte er zurück.

„Und das?“ Zetus und Livion fragten jetzt im Chor. Beide besahen sich angewidert die Bissspuren in Crepjans Nacken. Der kniff die

Augen zusammen. Er richtete sich und gab zischende Laute von sich. Mit drohender Miene umschlich er seine beiden Freunde. Langsam ließ er seine Stimme zu einem kehligen Grollen anschwellen und fauchte mehrmals in Richtung der Federbolde, die sich verständnislos anblickten. Crepjan schlug immer wieder in ihre Richtung. Er war heute irgendwie noch infantiler als sonst. Wie konnte ein einzelner Federbold nur mit solch einem unverwüstlichen Gemüt ausgestattet sein?

Zetus wollte gerade ansetzen, Crepjan an den Ernst ihrer Lage zu erinnern. „Hör mal, Crep. Wir freuen uns wirklich sehr, dass Du noch am Leben bist. Aber für solche Albernheiten fehlt uns dann vielleicht doch die ....“

Crepjan ließ sich nicht beirren und unterbrach ihn mit einem irren Blick in den Augen. „Ihr wollt wissen, wer mir diese Wunden zugefügt hat? Dann nehmt Euch in Acht. Denn die Antwort könnte das Blut in Euren Adern gefrieren lassen“, krächzte Crepjan mit geheimnisvoll verstellter Stimme. Er gab ein gequältes Heulen von sich. „Das ... war ... der ...“ Er machte eine Pause und kam bis auf wenige Zentimeter an die Gesichter von Zetus und Livion heran.

„Dramaturgisch nicht ungeschickt“, flüsterte Livion leise. Sein Tonfall ließ echte Anerkennung für Crepjans schauspielerische Leistung erkennen.

Dessen Augen weiteten sich plötzlich: “MAULWOLF!“, schrie er. Er wollte gerade den Kopf in den Nacken legen, um zu einem ohrenbetäubenden Geheul anzusetzen. Aber das herzhafte Lachen der beiden anderen irritierte ihn völlig.

„He“, beschwerte er sich, aufrichtig beleidigt. „Woher wollt Ihr wissen, dass das nicht stimmt?“

Jetzt trat Livion mit schauderhaft knarrender Stimme an ihn heran: „Weil es dann schon *zwei* davon geben müsste!“

Crepjan sah ihn verwirrt an. Er schüttelte den Kopf. „Ok, Ihr habt ja Recht. Ich hab´s etwas übertrieben. Das liegt an den guten Neuigkeiten, die ich für Euch habe.“ Er lachte. „Respekt, alter Mann. Gut gekontert. Für einen Augenblick hab´ ich Dir das wirklich abgenommen.“ Er sah die beiden an. Doch Zetus und Livion setzten nur ein wissendes Lächeln auf. Crepjans Konfusion steigerte sich noch. „Ich meine, das mit dem Maulwolf. Naja, dass Ihr ihm begegnet seid.“ Seine Freunde nickten nur vielsagend.

Crepjan lachte nervös. „Jetzt kommt schon, das reicht.“

„Da gibt´s aber nichts abzunehmen“, stellte Zetus nüchtern fest. „Es stimmt.“ Crepjan wurde blass. Er musste an den Tierkadaver denken, der weiter hinten auf der Ebene lag. Trotzdem hoffte er immer noch, dass die beiden plötzlich losprusteten und sich diebisch darüber freuten, ihn hoch genommen zu haben.

Aber Zetus riet stattdessen zum Aufbruch. „Kommt, wir suchen uns ein Lager für die Nacht. Du siehst aus, als wenn Du etwas Pflege und was zu beißen gebrauchen könntest. Heute retten wir die Welt ohnehin nicht mehr.“

Livion nickte. „Aber vielleicht morgen.“

„Wenn nicht, spätestens übermorgen“, ließ Crepjan mit triumphierender Stimme verlauten, trottete aber immer noch ziemlich verdattert hinter ihnen her.

Sie schlugen sich ins Dickicht und kletterten ein Stück den Hügel hinauf. Als sie meinten, sich weit genug vom Eingang entfernt zu haben, ließen sie sich an einer dicken Eiche auf den Boden sinken und kramten hervor, was ihnen Miranda als Verpflegung mitgegeben hatte. Ein wärmendes Feuer zu entfachen, wagten sie nicht. Als sie gesättigt waren, kümmerte sich Zetus um Crepjans Wunden. Miranda hatte auch insoweit vorgesorgt und ihnen eine Salbe aus ihrer Hausapotheke mitgegeben, die Crepjan wohl nie mehr als „Giftküche“ bezeichnen würde, nachdem er die wohltuende Wirkung dieser Creme genossen hatte.

Als die Sonne schon fast hinter dem Horizont verschwunden war, machten sie es sich bequem und zogen ihre Umhänge und Decken um ihre Körper. Endlich konnte Crepjan die Nachricht loswerden, die ihrem Unternehmen die Hoffnung zurückgab, nach der sie drei Tage lang gesucht hatten. Die Eule, die sich direkt über ihnen für ihren nächtlichen Raubzug bereit machte, fiel vor Schreck fast vom Baum, als Zetus´ gellender Jubelschrei die abendliche Stille zerriss.

Ein unliebsames Wiedersehen

Crepjan hatte den beglückendsten Traum seines Lebens: Eine unwiderstehlich süße Federboldin, die kaum älter war als er selbst, beugte sich zu ihm herab, formte ihre Lippen zu einem überirdisch verführerischen Kussmund und verpasste ihm einen feuchten Schmatzer auf die Stirn. Als sie sich mit unendlicher Zärtlichkeit wieder von ihm löste, flüsterte sie ihm einen Satz zu, der wie Engelsflöten sein Ohr streichelte: „Du bist unvergleichlich, mein Großer!" Crepjan nickte selbstzufrieden. Einer Märchenfee widersprach man schließlich nicht. Aber als er schlaftrunken in die Morgensonne blinzelte, erblickte er ein schadenfrohes Grinsen. Und das befand sich mitten in Zetus´ Gesicht. Crepjan setzte sich ruckartig auf und wischte sich instinktiv über die Stirn.

„Iiiigitt", entfuhr es ihm mit aufrichtiger Abscheu. „Bist Du irre?", herrschte er Zetus an. „Ich hätte mich fast auf eine wilde Knutscherei eingelassen!"

Zetus machte eine entschuldigende Geste. „Tut mir Leid. Aber ich musste einfach noch mal zum Ausdruck bringen, dass ich wirklich stolz auf Dich bin."

Jetzt musste auch Crepjan schmunzeln. „Is´ ja okay, aber ein einfaches `Gut gemacht, Alterchen´ hätte auch gereicht."

In diesem Moment trat Livion aus dem Dickicht hervor. „Alles ruhig da unten", sagte er zu Zetus gewandt. „Sie scheinen diesen Höhleneingang nicht ganz für voll zu nehmen." Dann nahm Livion wahr, dass Crepjan ebenfalls schon wach war. „Guten Morgen. Ich wette, dass Du exzellent geschlafen hast, großer Scout!"

„Bis auf die letzten zwei Minuten schon", murmelte Crepjan. „Ich glaube, dieser Zugang fällt in den Zuständigkeitsbereich der beiden Federbolde", dachte er laut. „Die scheinen sich mit den Kramlocks nicht so richtig gut zu verstehen. Ist wohl eher so `ne Art Zweckgemeinschaft. Die Federbolde halten sich in diesem Bereich auf, weil sie so schnell ans Tageslicht gelangen können. Und die Kramlocks gehen wohl davon aus, dass der Eingang damit gesichert ist. Sie scheinen sich ganz auf den Kristall zu konzentrieren."

„Das bedeutet also, dass wir jederzeit mit dem Erscheinen dieser beiden Federbolde rechnen müssen“, stellte Livion fest. „Was glaubst Du, wo sie jetzt stecken? Sie können ja schlecht in der Höhle übernachten.“

Crepjan hob die Schultern. „Ich hab´ keine Ahnung. Aber wir haben auch nicht die Zeit, auf sie zu warten, um sie vielleicht überwältigen zu können.“

Zetus grübelte vor sich hin. Schließlich setzte er sich hin und langte zu seinem Rucksack. „Was soll´s? Eine Unbekannte im Spiel – damit müssen wir wohl leben.“ Livion und Crepjan rutschten zu ihm hinüber und kramten ebenfalls etwas Essbares hervor. Schweigend verzehrten sie ihr Frühstück.

Als sie fertig waren, sah Zetus sie unternehmungslustig an. Die beiden anderen registrierten zufrieden, dass er dabei war, wieder in seine Führerrolle zu schlüpfen. „Mein Plan sieht wie folgt aus“, begann er. „Ich denke, dass ich mich aufgrund Crepjans Beschreibung sicher genug im Tunnelsystem orientieren kann. Wenn seine Angaben stimmen, müsste ich es in fünf Minuten schaffen, mich die Rampe hochzuarbeiten, die Situation in der Schlucht zu erfassen und den Diebstahl des Kristalls in Angriff zu nehmen. Zum Glück haben wir noch reichlich Zwiebeln.“ Er klopfte auf seinen Rucksack. „Also gehe ich zunächst allein rein. Für den Fall, dass es nicht mehr für die Flucht reicht, kommst Du nach drei Minuten hinterher, um gegebenenfalls den Kristall zu übernehmen.“ Dabei zeigte er auf Crepjan.

Dann fuhr er fort: “Und Livion bildet das Notfallbergungskommando, wenn wider Erwarten alles schief gehen sollte. Du wartest nach Crepjan weitere drei Minuten. Dann haben wir insgesamt 11 Minuten, in denen jedenfalls einer von uns bewegungsfähig ist. Das muss halt reichen.“ Crepjan und Livion schwiegen. Zetus deutete das zu Recht als einen Mangel an besseren Ideen. Also stand er nach einer Weile auf und klopfte sich die Krümel von seiner Hose. Danach rieb er sich von oben bis unten mit Zwiebelsaft ein und klatschte in die Hände. „Wüsste nicht, worauf wir noch warten sollten.“

Mit diesen Worten setzte er sich in Richtung Höhleneingang in

Bewegung. Die beiden anderen folgten ihm zögerlich. Als sie sich ihrem Ziel näherten, schlichen sie fast auf Zehenspitzen, um jedes unnötige Geräusch zu vermeiden. Crepjan musste lachen, als er daran dachte, wie unvorsichtig und laut sie sich gestern genau an dieser Stelle benommen hatten. Er war sich nicht sicher, ob sie der Stille, die über diesem Ort lag, tatsächlich trauen konnten. Aber letztlich hatten sie keine Wahl. Die beiden Federbolde, die er belauscht hatte, waren wie vom Erdboden verschluckt. Wie sollten sie herausfinden, wo sie sich verbargen und ob sie überhaupt einen Arg hatten? Wahrscheinlich war es in der Tat klüger, umgehend zum Gegenangriff überzugehen. Vielleicht hatten sie ja noch nicht einmal seine Flucht bemerkt. Plötzlich wurde ihm bewusst, dass Zetus und Livion ihn ansahen, als wenn sie auf einen Wortbeitrag von ihm warteten. „Äh, Tschuldigung, war wohl gerade etwas weggetreten. Wie war die Frage?"

Zetus lächelte nachsichtig. „Was für ´ne Frage? Ich sagte, dass ich auf eine Fackel verzichten werde. Dann drehte er sich um und sagte einfach nur: „Bis gleich!"

„Ergreifende Abschiedsszene!", knurrte Livion angespannt. Gemeinsam begannen er und Crepjan, die Sekunden zu zählen. Gleichzeitig legten sie zwei weitere Zwiebeln für sich selbst parat.

Zetus brauchte eine Weile, um sich damit abzufinden, dass er sich schon nach wenigen Metern praktisch in völliger Dunkelheit befand. `Den Rest meines Lebens verbringe ich unter freiem Himmel´, dachte er mürrisch. Es bereitete ihm keine Mühe, die Stelle zu finden, an der er sich auf die nach oben gerichtete Rampe schwingen konnte, die Crepjan beschrieben hatte. Stöhnend robbte er aufwärts. Denn zum Fliegen war kein Platz. Die Decke des Gewölbes war nur wenige Zentimeter von seinem Kopf entfernt. Als er sich vielleicht eine Minute so fortbewegt hatte, troff ihm bereits der Schweiß von der Stirn. Er schielte nach oben. Die Kante, an der ihm ein Blick in die Schlucht möglich sein sollte, konnte nicht mehr weit weg sein. Deshalb stellte er sich schon jetzt auf die Attacken der Fledermäuse ein. Aber zu seiner Verwunderung konnte er in nicht allzu großer Entfernung zwei helle Punkte ausmachen. Das Glück schien ihm dieses

Mal wohl gesonnen zu sein. Die Begegnung mit den kleinen Vampiren fiel wohl aus. Aber warum war das Licht da oben nicht durchgängig? Sekunden später wusste er es. Dort oben saß etwas, ziemlich genau in der Mitte der Abbruchkante. Aber was war das? Es war zu dunkel, um zu erkennen, wer ihm da den Weg versperrte. Für einen Federbold war es zu klein. Es verharrte dort vollkommen regungslos, wie ein Wächter der Grotte, die in seinem Rücken lag. Zetus entschloss sich, langsam weiter zu rutschen. Als ihn noch ein halber Meter von diesem unheimlichen Wesen trennte, erkannte Zetus, wer ihm hier ein Hindernis bereiten wollte. Eine fette Fledermaus hing kopfüber an der Decke und funkelte ihn aus angriffslustigen blauen Augen an. Jedenfalls kam es Zetus so vor. `Oh-oh – da haben uns die feigen Racker wohl bei ihrem großen Bruder verpetzt!´

Furchtlos setzte Zetus seinen Weg fort und flüsterte dem Tier beschwichtigend zu: „Hör mal, könntest Du vielleicht mal kurz die Platte putzen? Papa hat hier oben was Wichtiges zu erledigen. Husch, husch!“ Aber der Säuger neigte nur interessiert den Kopf und rührte sich nicht vom Fleck. Zetus musste handeln. Er nahm all seinen Mut zusammen und stieß dem Vampir seine Faust kräftig vor die Brust - was er sofort bereute. Denn die Fledermaus gab einen giftigen Laut von sich, schlug zwei Mal kräftig mit den Flügeln, ließ den Kopf nach vorn schnellen – und biss zu. Der Schmerz fand seinen Weg sofort in Zetus Hirn. Er unterdrückte mühsam einen Aufschrei. „Aarghh.“ Zetus kochte vor Wut und griff instinktiv nach dem Vampir. Dabei verlor er das Gleichgewicht und stürzte, auf dem Rücken liegend, die Rampe hinab. In seiner hilflosen Lage konnte er sich nirgends festhalten. Endlich gelang es ihm, sich auf den Bauch zu drehen und sich ein wenig aufzurichten. Das bremste seine unfreiwillige Talfahrt. Trotzdem war er praktisch schon am unteren Ende angelangt. Zetus war klar, dass er wieder ins Freie musste, damit sich seine Rezeptoren vollständig öffnen konnten. Also ließ er sich auf den Tunnelboden fallen, lief bis zum Eingang zurück und stapfte zornig nach draußen.

Crepjan und Livion stürmten aus ihren Verstecken auf ihn zu. „Was ist passiert?“, fragten sie hastig.

Zetus wiegelte ab. „Kein Problem, kein Problem. Nur eine winzige … Verzögerung."

„Du blutest wie verrückt", rief Crepjan besorgt.

Aber Zetus machte eine abwehrende Handbewegung. "Nur ein Kratzer." Ärgerlich ging er auf und ab. „Na warte, Du fieses Biest. Mit Dir werd ich im Handumdrehen fertig. Du vermasselst mir die Tour nicht. Du nicht." Crepjan und Livion sahen sich verständnislos an.

„Hä?", machte Livion schließlich. „Fehlt Dir vielleicht ein bisschen Sauerstoff?"

Zetus schüttelte den Kopf. „Nein, nein. Alles im grünen Bereich. Ich muss mich nur noch etwas sammeln, um mit so ´nem widerspenstigen Möchtegern-Federbold fertig zu werden. Pah, die kann ja noch nicht mal sprechen, nicht mal gehen. Aber plustert sich auf, als wenn die Höhle ihr gehören würde."

„Äh, kann es sein, dass Du von einer Fledermaus sprichst?", fragte Livion zaghaft.

„So´n ekliges Monstervieh", bestätigte Zetus. „Aber die schnapp´ ich mir." Er lenkte seine energischen Schritte in ein nahes Gebüsch und griff sich einen verdorrten Ast, der so dick war, dass er ihn kaum tragen konnte. Dann inspizierte er den Zustand seiner Rezeptoren und machte sich auf den Weg, ein zweites Mal in die Höhle einzudringen. Aber Crepjan stellte sich ihm in den Weg. „Was soll das?", fauchte Zetus ihn an.

An Crepjans Stelle antwortete Livion. „Du solltest einen kühlen Kopf bewahren und mehr Verständnis für diese Kreatur aufbringen, die nur ihr Territorium verteidigt. *Du* bist der Eindringling!"

Zetus hielt inne. „Mag sein, aber für politische Korrektheit fehlt mir jetzt wirklich der Nerv. Aus dem Weg." Crepjan gehorchte.

Livion sah ihn an. „Hattest Du ihn nicht einmal als besonnenen Typen bezeichnet? Besessen ist wohl der richtige Begriff."

Crepjan zog Livion in ihre Deckung zurück. „Lass mal. Kann nicht schaden, wenn er sich gleich auf Betriebstemperatur bringt. Dieses dämliche Fledervieh scheint ihn in seiner Ehre gekränkt zu haben." Beide kauerten sich hin.

„Ach, Du heiliger Maulwolf!", entfuhr es Livion nach einer Weile.

„Hast Du daran gedacht, die Sekunden zu zählen?"

Crepjan fuhr der Schreck genauso in die Knochen. „Unser IQ bewegt sich ja wohl nicht mehr im messbaren Bereich. Was schätzt Du, ist eine Minute schon rum?"

„Schwer zu sagen. Wir machen das einfach nach Gefühl. Wenn es uns zu mulmig wird, gehst Du hinterher."

Crepjan zog die Augenbrauen hoch und setzte eine gespielte Miene der Anerkennung auf. „Genialer Plan!"

Zetus trug den Ast wie ein überaus wertvolles Instrument vor sich her, zog sich mühsam auf die Rampe und begann, den gleichen Weg noch einmal hinauf zu klettern. Dabei ließ er die Fledermaus über ihm, die sich weiterhin in Lauerstellung befand, keine Sekunde aus den Augen. Das war sein Glück. Denn er war ihr noch nicht einmal auf halber Wegstrecke entgegen gekrochen, als sie sich plötzlich von ihrem Verteidigungsposten löste und direkt auf Zetus zuflog. Der wäre von der traumwandlerischen Sicherheit, mit der sein Gegner in der Dunkelheit auf ihn zuraste, beinahe zu beeindruckt gewesen, um rechtzeitig in Deckung zu gehen. Doch kurz bevor sie ungebremst auf seinen Brustkorb aufschlagen konnte, drehte er sich blitzartig zur Seite und presste sich, so fest er konnte, an das kalte Gestein. Die Flügelspitzen des Angreifers ließen ihn einen eisigen Hauch im Nackenfell spüren. Zetus rollte sich zurück und warf dem Vampir wütend seinen Ast hinterher. „Warum nicht gleich so, Du Ausgeburt der Hölle?", schrie er ihm nach. Zetus bemerkte, dass er am ganzen Körper zitterte. Er atmete tief durch. \`Bist wohl ein bisschen überspannt, alter Knabe. Das war doch nur ein lauer Auftakt für den Ritt, der jetzt kommt.´

Zetus beschloss, keine weitere Zeit zu verlieren. In gebückter Haltung sprintete er geradezu den Hang hinauf. Kurz darauf war er regelrecht überrascht, dass er so schnell oben angekommen war. Er warf sich auf den Boden, um für seine Feinde unsichtbar zu bleiben, bevor er sich selbst orientiert hatte. Vorsichtig schob er sich Zentimeter für Zentimeter vor und lugte schließlich über den Rand. „Wow", entfuhr es ihm leise.

Die steinerne Landschaft, die sich nun vor seinen Augen ausbreitete, hatte zweifellos eine besondere Magie. Ein Schauer lief ihm über den Rücken, als er die gespenstische Szenerie wahrnahm, die sich in weniger als zwanzig Metern Entfernung vor ihm abspielte. Er sah die Leuchtfeuer, die Crepjan beschrieben hatte, und war fasziniert von dem kunstvollen Muster, das sie in die Eingeweide des Gewölbes malten. Die Schatten, die sie an die Wände warfen, standen in einem bedrohlichen Kontrast dazu. Zetus spürte, wie sich seine Anspannung zu greifbarer Angst verdichtete. Seine Kehle war völlig ausgetrocknet. Er war so sehr von den übermächtigen Eindrücken dieses Ortes gefangen, dass er befürchtete, sein Raum- und Zeitgefühl zu verlieren.

Als er ein hektisches Antippen an seinem Rücken spürte, brauchte er sich nicht umzudrehen, um die Ursache zu ergründen. Es war sein Schwanz, der offenbar ein Eigenleben führte. `Aus irgendwelchen Gründen verfüge ich über ein eingebautes Kramlock-Frühwarnsystem´, registrierte Zetus. Aber darauf war er in diesem Moment wirklich nicht angewiesen. Die unzähligen leuchtenden Augenpaare, die sich in den verschiedensten Höhen durch die Kaverne bewegten, schienen allesamt in seine Richtung zu starren. Er musste sich sehr zusammen nehmen, um sich auf seinen Auftrag zu konzentrieren. „Der Kristall, hol Dir einfach den Kristall!“, beschwor er sich mit gedämpfter Stimme selbst.

Seine Augen folgten den Fackeln im Boden der Schlucht bis auf die Spitze der steilen Erhebung in ihrem Zentrum. Dort lagerte das Objekt seiner Begierde. Über dem Kristall tanzten bunte Prismen an der Decke der Kathedrale. Zetus schluckte. Crepjan hatte ihn nicht so groß beschrieben, wie er ihn nun selbst vorfand. Was, wenn er ihn nicht tragen können würde; wenn er ihn im Flug verlieren oder sogar von ihm zu Boden gedrückt würde? Schlagartig wurde Zetus bewusst, dass seine gestrige Euphorie angesichts der Tatsache, dass das Schicksal seines gesamten Volkes in wenigen Augenblicken besiegelt sein konnte, wohl etwas verfrüht war. Aber er hatte jetzt keine Zeit, Risiken abzuwägen und über eventuell sicherere Pläne nachzugrübeln, um sich in den Besitz dieses gelblich schimmernden Kleinods zu bringen. Er musste handeln. Jetzt. Zetus ließ seinen Blick durch die weite unterirdische Halle schweifen. Sein Fluchtweg stand ihm klar vor Augen. Der Ausgang musste sich direkt unterhalb der Rampe befinden, auf deren Rand er sich nun langsam hinaufzog. Wie in Trance hockte er sich auf den spitzen Fels und verharrte dort für einige Sekunden. Dann stieß er sich mit einem kräftigen Ruck ab und schwang sich in die Luft.

Für einen kurzen Augenblick durchströmte ihn ein herrliches Gefühl der Überlegenheit. *Er* war im Anflug. *Er* griff seine Feinde an. Wenige Flügelschläge würden ihn an die verwundbarste Stelle der Kramlocks tragen. Gleich würde er unbarmherzig zuschlagen und sie ihres wertvollsten Schatzes berauben. Ohne den Kristall waren die Kramlocks nicht mehr als ein Fuchs, dem man sämtliche Zähne und Krallen gezogen hatte. Zetus berauschte sich an dem Gedanken, in diesem Moment die Oberhand in einem Kampf auf Leben und Tod zu gewinnen. Verschwommen nahm er wahr, dass die Kramlocks tatsächlich in ihrer ersten Überraschung zu erstarren schienen. Dann aber drangen sie von allen Richtungen auf ihn ein und hatten ihn in wenigen Sekunden umzingelt. Gerade als er unmittelbar über dem Kristall schwebte, hatte sich ein enger Ring von Gegnern um ihn geschlossen. Zahlreiche Augenpaare befanden sich in weniger als zwei Metern Entfernung in einem dichten Kreis um ihn. Bevor ihn Panik ergreifen konnte, meldete sich sein Gehirn: \`Die Zwiebeln! Du bist sicher vor ihnen. Sie können nichts ausrichten, ohne ihren Tod in Kauf zu nehmen!´ Bei diesem Gedanken hielt Zetus wie in einem Schockzustand inne. Wer garantierte ihm eigentlich, dass sie das nicht tun würden? Es war wirklich nicht allzu abwegig, dass die Kramlocks nicht nur bereit waren, sämtliche anderen Lebewesen auf dieser Welt zu vernichten, sondern ohne weiteres auch die eigene Zerstörung hinnahmen. Zetus schüttelte seine Irritation über diese mentalen Impulse ab und stürzte sich nach unten.

Der Kristall glühte förmlich, als Zetus seine Handflächen auf ihn legte. Er konnte sich keinen Reim darauf machen, woher er diese Wärme aufnahm. Aber es war auszuhalten. Das Gewicht war zwar nicht ganz ohne, doch es gelang Zetus jedenfalls, sich mit dem Kristall in seinen Händen wieder in die Luft zu erheben. Die Kramlocks machten jede seiner Bewegungen mit. Aber sie hielten den Abstand ein. Zetus triumphierte innerlich. „So, meine Herren, ich darf mich dann empfehlen“, grinste er sie übermütig an. Als er, so schnell es sein Gepäck zuließ, dem Ausgang zuschwebte, teilte sich die Wand der Kramlocks vor ihm und bildete eine breite Gasse, durch die Zetus mit vor Anspannung halb geschlossenen Augen hindurchflog. Er spürte die ohnmächtige Wut dieser Wesen und konnte sich nicht erinnern, sich jemals zuvor in seinem Leben so unwohl wie in dieser Situation gefühlt zu haben. `Nichts wie raus hier´, war das einzige, was er denken konnte.

Plötzlich riss die Phalanx der unheimlichen Schattenwesen ab. Sie folgten ihm nicht, sondern blieben in der Höhle zurück. Zetus konnte es nicht fassen. Selbst wenn er wirklich das unbegreifliche Glück haben sollte, dass den Kramlocks keine wirksame Waffe gegen den Saft einer gemeinen Zwiebel zur Verfügung stand: warum ließen sie ihn nicht wenigstens bis zum letzten Augenblick ihren ganzen Hass spüren, um zumindest seine Psyche zu malträtieren?

Zetus hatte jetzt schon fast die Stelle vor Augen, an dem der Durchgang unterhalb der Rampe begann, von der er gestartet war. Weiter hinten meinte er sogar, etwas Tageslicht in das Höhlensystem schimmern zu sehen. Das rettende Ufer war nah und er lag gut in der Zeit! Da veränderte sich etwas vor seinen Augen, das er nicht sofort begriff. Die Luft vor ihm sah plötzlich wie gesiebt aus. Erst als es zu spät war, rastete die Erkenntnis in seinem Kopf ein. Zetus glaubte ohnmächtig zu werden. `*Ein Netz!*´ schrie es in seinem Kopf. Im nächsten Moment prallte er gegen dieses Hindernis, das seinen Flug abrupt beendete. Seine Flügel verhedderten sich. Er griff instinktiv nach den Maschen dieser fast unsichtbaren Wand, um nicht ungebremst zu Boden zu stürzen. Der Aufprall des Kristalls, der laut über den Boden kugelte, hallte unerträglich intensiv in seinen Ohren nach. Zetus gelang es, sich an dem Netz abzuseilen. Sein Trotz erwachte. `Es ist noch nicht alles verloren´, dachte er zornig. Als seine Füße den Grund des Gewölbes berührten, ließ er sich sofort auf die Hände fallen und suchte fieberhaft nach dem Kristall. Er vergaß die

Gefahr um sich herum und fokussierte seine gesamte Aufmerksamkeit auf diesen einen Gegenstand, der sein Volk retten sollte. Als seine Finger ihn endlich berührten, stieß Zetus einen Laut der Erleichterung aus. Er packte den Kristall mit beiden Händen und richtete sich auf. Das Licht war zwar schummrig. Aber Zetus konnte sich ohne weiteres orientieren. Denn die vielen Fackeln in seinem Rücken warfen ihren diffusen Schein bis zu einer Stelle, von der Zetus ahnte, dass sich sein Schicksal hier entscheiden könnte.

Der Anblick, der sich ihm keine zwanzig Zentimeter vor seiner Nase bot, traf Zetus dennoch wie ein Keulenschlag. Sein Verstand setzte komplett aus. Seine Muskeln versagten ihren Dienst. Wieder ließ er den Kristall fallen. Seine Pupillen weiteten sich trotz der gleich bleibenden Finsternis schlagartig. Er hörte sich selbst unverständliche Laute brabbeln. Zetus war fest davon überzeugt, dass sein Gehirn ihm einen Streich spielte. Er torkelte rückwärts. Dann - endlich – erlangte er die Kontrolle über seine Zunge zurück: *„ROOOOKS?"* Sein Gegenüber grinste mit diabolischer Selbstzufriedenheit, als er hörte, mit welcher ängstlichen Ungläubigkeit Zetus seinen Namen in die Länge zog.

„Herzlich willkommen in meinem neuen Zuhause", war seine Antwort, der ein Faustschlag unmittelbar nachfolgte. Zetus fiel wie ein gefällter Baum nach hinten. Mit leerem Blick fixierte er die Höhlendecke über sich. Weil er einfach nicht verstehen konnte, was hier vor sich ging, überließ er sich einer völligen Schicksalsergebenheit und blieb reglos liegen.

„Was ist, willst Du Dich nicht mal wehren? War´s das schon? Hast Du Dein Pulver verschossen?" Die ätzende Gehässigkeit in der Stimme dieses Federboldes, der unmöglich einmal sein bester Freund gewesen sein konnte, ließ Zetus in die Gegenwart zurückkehren. Achzend richtete er sich auf.

Zetus war hin und her gerissen. Sein Herz forderte ihn auf, diese unwahrscheinliche Begegnung ausgiebig zu feiern, das ganze Gewicht seiner Schuldgefühle, die er so lange mit sich herumgeschleppt hatte, abzuwerfen und seinem Gegenüber um den Hals zu fallen. Aber sein Verstand teilte ihm mit, dass es keinen Grund zu überschwänglicher Euphorie gab. Im Gegenteil: Es war eher so, dass er seinen besten Freund gerade zum zweiten Mal verloren hatte. Und zwar nun endgültig und unwiderruflich. Denn es war offensichtlich Rooks, der hinter dem heimtückischen Angriff auf Rubaakon stand und der im Begriff war, seine eigene Spezies auszurotten. Bis zum heutigen Tage hatte Rooks in gewisser Weise weitergelebt – zumindest in Zetus´ Kopf. Er hatte nur eine andere Daseinsform angenommen. Er war zu einem unendlich intensiven Gedanken geworden, zu einer stets präsenten Gewissheit, dass emotionale Verbundenheit über den Tod hinaus bestehen konnte, zu einem beglückenden und gleichzeitig unerträglich schmerzhaften Gedanken. Aber jetzt? In diesem Augenblick durchdrang Zetus das beklemmende Gefühl, der personifizierten Bosheit gegenüber zu stehen. Und sie trug das Gesicht eines Federboldes, der sein gesamtes junges Leben in seiner unmittelbaren Nähe verbracht hatte und den er wie einen Bruder geliebt hatte. Die brennende Wut, die in seiner Brust entstand und sich von dort aus durch seinen Körper fraß, bis sie in jeder Haarwurzel, in jeder Kralle und sogar in seiner Schwanzspitze angekommen war, bewirkte, dass Zetus´ Gehirn die Arbeit wieder aufnahm.

Als er sich zwang, Rooks in ein Gespräch zu verwickeln, hörte Zetus, wie seine eigene Stimme schnarrte und er sein erregtes Schnaufen nur mühsam unter Kontrolle bekam. „Du warst es also, der uns mit einem Felsbrocken zerkrümeln wollte!? Du bist es, der die Verantwortung dafür trägt, dass alle meine Verwandten, Bekannten und Freunde einem aussichtslosen Todeskampf entgegendämmern!? Du ...“

„Ich hab´ so einiges getan, dass Dir nicht gefallen dürfte“, unterbrach ihn Rooks gelangweilt. „Freunde! Als wenn Du wüsstest, was dieses Wort zu bedeuten hat. An Deiner Stelle würde ich es aus meinem Wortschatz streichen. Dein geheucheltes Mitgefühl widert mich an.“

Zetus biss sich auf den Unterkiefer. Er schämte sich dafür, dass er selbst in solch einem Moment das Gefühl hatte, sich rechtfertigen zu müssen. Er senkte den Kopf und schwieg.

Aber dann öffnete er wieder die Augen, sah Rooks direkt ins Gesicht und sagte mit fester Stimme: „Ich dachte, Du seiest tot. Tagelang habe ich nach Euch gesucht. Aber ich konnte Eure Körper einfach nicht finden. Irgendwann habe ich es aufgegeben und mich damit abgefunden, meine besten F..., die besten Jungs, die ich je kannte, nicht vor dem Tod bewahrt zu haben.“ Zetus sah, dass auch Rooks schwer atmete, unfähig zu antworten. Er erkannte jetzt, wie schwer dieser vermeintliche Verrat auf Rooks´ Seele gelastet haben musste. Als ihm die ganze Tragik der Geschehnisse seit diesem Sommertag bewusst wurde, hätte er am liebsten losgeheult und Rooks um Vergebung gebeten, damit er wieder in seine angestammte Rolle schlüpfen würde. Mit ihm an seiner Seite würden sie mühelos mit den Kramlocks fertig werden. Aber Zetus konnte in den Augen seines Gegenübers lesen, dass das nicht mehr möglich war. Rooks hatte sich entschieden. Es ging hier nicht mehr um die Rache eines gekränkten Idealisten, sondern um die konsequente kollektive Bestrafung durch einen kranken Geist.

Zetus unternahm einen letzten Versuch, eine Art persönlichen Waffenstillstand auszuhandeln. „Gib mir den Kristall und lass mich gehen. Die Tragweite Eures teuflischen Komplotts scheint Dir nicht ganz bewusst zu sein.“

Rooks lächelte müde. „Doch, mein lieber Zetus, das ist sie. Das ist sie, glaub´ mir. Stellt sich nur die Frage, was wir mit Dir machen.“

„Wir? Fühlst Du Dich wirklich diesen verabscheuungswürdigen Nachtschattengewächsen zugehörig? Hast Du vergessen, was es bedeutet, ein Federbold zu sein? Hast Du vergessen, welche Werte Du einmal in Dir getragen hast?“ Zetus spürte, wie der schwelende Zorn ihm neue Kräfte verlieh.

Rooks neigte den Kopf etwas zur Seite, ließ Zetus jedoch für keine Sekunde aus den Augen. „Nimm Dir den Kristall und sieh zu, dass er an seinen Platz zurückkehrt. Ich widme mich diesem kleinen Störenfried hier.“ Zetus war irritiert. Mit wem sprach Rooks? Er hatte keines der leuchtenden Augenpaare in ihrer Nähe wahrgenommen. Als sich ein Schatten aus der Dunkelheit löste, glaubte Zetus einen weiteren Faustschlag verpasst zu bekommen. Aber der hier war schlimmer als der echte. Zetus´ Augen füllten sich mit Tränen, bis sie lautlos über seine Wangen rollten und er hörte, wie sie mit irrealer Lautstärke auf den Boden klatschten. Die Enttäuschung, die ihn bei diesem Anblick erfasste, war so übermächtig, dass er glaubte, seine Knie würden ihm jeden Moment den Dienst verweigern. Zetus´ Kinn bebte, als er den zweiten Federbold vor ihm mit ungläubigen Blick ansprach: „Ca-pri-u?“

Der kleinste der anwesenden Federbolde vermied es, Zetus in die Augen zu sehen. Mit gesenktem Kopf schlich er an ihm vorbei und hauchte nur ein verlegenes „Hallo, Zetus!“ Schließlich sah er doch auf. Aber seine Stimme zitterte und war brüchig. „Schön, Dich zu sehen.“

„Na, das sieht unser Kumpel hier wohl anders“, tönte Rooks lachend. Zetus kam sich noch nie so verlassen wie in diesem Augenblick vor. Er fühlte, dass er kurz davor stand, ohnmächtig zu werden. Nur der Triumph in Rooks´ Blick gab ihm die Kraft, sich dagegen zu wehren. Er wollte es nicht zulassen, dass Rooks seine Stärke gerade aus dem Bewusstsein bezog, wie sehr Caprius Beteiligung an diesem Verrat ihn in tiefe Trauer stürzte. Zetus hatte in den letzten Tagen ihrer gemeinsamen Freundschaft bereits eine kleine Vorahnung davon bekommen, dass Rooks sich zu einem problematischen Zeitgenossen entwickeln könnte. Aber Caprius charakterliche Reinheit war für ihn über jeden Zweifel erhaben gewesen.

Zetus drehte den Kopf zu Capriu, dem die Situation erkennbar unangenehm war. Als Capriu den Kristall aufhob, zerflogen Zetus´ mitleidvolle Gedanken. In der Sekunde, als er die Verkörperung der letzten Hoffnung für das Volk der Federbolde berührte, wurde auch Capriu zum Feind. Zetus machte unbewusst eine Bewegung in seine Richtung.

„Die Mühe kannst Du Dir genauso gut sparen“, hörte er Rooks´ scharfe Stimme neben sich. Wir waren clever genug, die Höhle nach Dir zu betreten; allerdings nicht durch den Eingang, den Deine tumben Freunde observieren.“ Rooks grinste breit. „Wir haben also mindestens eine Minute mehr Zeit als Du. Du kannst Dich sicher mit Zähnen und Krallen gegen uns beide zur Wehr setzen. Aber es wird

Dir kaum gelingen, uns den Kristall abzunehmen. Wenn Du hilflos in den Zustand völliger Erstarrung übergehst, können wir in Ruhe die Ordnung wiederherstellen, die normalerweise an diesem Ort herrscht. Und selbst wenn wir es nicht rechtzeitig nach draußen schaffen sollten – was glaubst Du wohl, wem die liebenswürdigen Kramlocks ihre Hilfe zuteil werden lassen, wenn sie hier drei bewegungsunfähige Federbolde vorfinden?“ Rooks machte eine künstlerische Redepause. Zetus´ Gedanken überschlugen sich.

„Ehrlich gesagt,“ fuhr Rooks fort, „solltest Du Dich zu diesem Zeitpunkt besser nicht mehr in diesen Räumlichkeiten hier aufhalten. Denn dann wäre das Schicksal Deiner Artgenossen im Vergleich zu Deinem qualvollen Ende wohl nicht der Rede wert. Die Kramlocks verstehen sich mit einigen Greifvögeln blendend, denen man ein leckeres Federbold-Menü nicht gerade aufschwatzen muss. Und Deine plumpen Kumpane wären auch ganz gut beraten, dieses Gewölbe nicht mehr zu betreten. Könnte sein, dass ich gerade bei diesem Zwerg nicht ein zweites Mal gewillt bin, Gnade walten zu lassen. Meine gestrige Nachlässigkeit war schließlich nur die Belohnung dafür, dass er unsere beiden geschundenen Seelen nach so langer Zeit wieder zusammenführen würde.“ Rooks übte sich in theatralischen Gesten.

Zetus´ Augen verengten sich. Seine Stimme senkte sich zu einem Flüstern und nahm einen bedrohlichen Unterton an. „Es gab eine Zeit, in der ich mich nirgends lieber aufgehalten habe als in Deiner Nähe. Jetzt bereitet mir Dein Anblick körperliches Unwohlsein.“ Rooks quittierte Zetus` plötzlich zur Schau getragenes Selbstbewusstsein mit einem überheblichen Grunzen.

Aber der ließ sich nicht beirren. „Mein lieber Rooks. Von uns beiden warst Du doch schon immer der *Zweitbeste*.“ Zetus gab sich alle Mühe, seinerseits überheblich zu klingen. Er zog die Augenbrauen hoch und fuhr fort. „Und daran wird sich wohl nie etwas ändern. Außerdem neigst Du mal wieder dazu, Deine Chancen zu überschätzen. Ich sehe die Sache eher so, dass das Kräfteverhältnis drei zu eins steht. Aber zu *Deinen* Ungunsten.“ Zetus wartete kurz die Wirkung seiner Worte ab. Er registrierte zufrieden, dass sich Rooks´ Gesichtsausdruck veränderte. Er schien seine unerschütterliche Selbstsicherheit zu verlieren. Das verriet spätestens der irritierte Blick zu Capriu.

Zetus nahm dieses Zuspiel auf: „Auf den würde ich nicht setzen. Er taugt vielleicht als Befehlsempfänger. Aber wenn es ernst wird, kneift er den Schwanz ein. Das müsstest Du besser wissen als ich. Seine Rettungstat bei diesem vermaledeiten Köter war sicher nicht der Ausdruck seiner Unerschrockenheit, sondern seiner grenzenlosen Blödheit. Und wenn ich mir so ansehe, welch jämmerliches Bild er heute abgibt, würde ich ihm mein Leben wohl kaum anvertrauen." Zetus hob beide Hände und machte eine ruckhafte Bewegung auf Capriu zu. Dabei zischte er ihn feindselig an. Erschrocken wich Capriu zurück. Zetus lachte lauthals.

Dann nahm er wieder Rooks ins Visier. „Dir wird kaum entgangen sein, dass meine beiden Begleiter aus anderem Holz geschnitzt sind. Der `plumpe Zwerg´ ist jederzeit bereit, sein Leben für sein Volk auf´s Spiel zu setzen. Und der Alte..." Zetus hielt inne und schenkte Rooks ein herablassendes Lächeln. „Nun, Du kennst ihn ja und was man über seine Fähigkeiten so munkelt." Zetus rieb sich das Kinn, als wenn er angestrengt nachdachte. "Hhm, ich meine mich zu erinnern, dass er Dich schon einmal aufs Kreuz gelegt hat." Zetus spürte, dass er Rooks bald dort hatte, wo er ihn haben wollte. Er ging langsam auf ihn zu. Rooks wich tatsächlich zurück.

Eher zaghaft kam seine verbale Verteidigung. "Du kannst so viel quatschen, wie Du willst. Die Zeit arbeitet gegen Dich, mein Bürschchen." Das war Zetus´ Stichwort. Mit einem gellenden Aufschrei sprang er auf Rooks zu. Der war von dieser Attacke überraschter, als Zetus es erwartet hätte. Es gelang ihm, Rooks am Hals zu packen und nach hinten zu stoßen. Sofort setzte er nach. Zufrieden nahm er aus dem Augenwinkel wahr, dass Capriu sich tatsächlich völlig passiv verhielt. Er schien sich selbst einzureden, dass er sich in dieser Situation voll und ganz der wichtigen Aufgabe zu widmen hatte, den Kristall zu beaufsichtigen. Rooks taumelte rückwärts, fing sich aber rechtzeitig, um nicht von Zetus´ zweitem Angriff zu Boden geworfen zu werden.

„Komm nur! Darauf hab´ ich lange gewartet“, zischte Rooks. Und Zetus ließ sich nicht lange bitten. Er nahm sich vor, nicht kopflos zu werden. Aber angesichts der Adrenalinüberschwemmung in seinem Blut war das leichter gesagt als getan. Auf jeden Fall wollte er es Rooks vorbehalten, sich von seinem Jähzorn zum entscheidenden Fehler hinreißen zu lassen. Als der ihm aber einen weiteren Faustschlag verpasste, gab sich Zetus selbst den Rat, vielleicht doch nicht zu umständlich zu theoretisieren, sondern sich mit aller Energie seiner Haut zu erwehren. Er täuschte vor, von diesem Schlag beeindruckt zu sein und ging in die Knie. Aber als Rooks über ihm war, verpasste Zetus ihm einen gekonnten Aufwärtshaken. Rooks stöhnte laut auf und rieb sich das blutende Kinn. Mit einem grimmigen Knurren stürzte er sich zurück auf Zetus.

Capriu sah hilflos zu, wie sich seine beiden Jugendfreunde keifend und ächzend am Boden wälzten. Er war absolut unschlüssig, was zu tun war. Zwar schämte er sich für diesen Gedanken. Aber er war sich trotzdem sicher, dass er wohl demjenigen den Kristall aushändigen würde, der diesen Kampf gewann. Sein Herz und auch sein Verstand gaben ihm eindeutig zu verstehen, dass Zetus auf der richtigen Seite dieses Konfliktes stand. Aber konnte er jetzt noch zu ihm überlaufen, nachdem er gerade unmissverständlich zu hören bekommen hatte, wie Zetus über ihn dachte?

Capriu war hin und her gerissen. Rooks hatte ihn in der Zeit nach ihrer Trennung von den Federbolden geleitet und dafür gesorgt, dass es ihnen durch die Allianz mit den Kramlocks nicht allzu schlecht ging. Zwar ließ er ihn fast täglich spüren, dass er eher sein Lakai als sein gleichberechtigter Partner war. Aber er hatte schließlich Recht, wenn er Zetus dafür verdammte, dass er sie damals im Stich gelassen hatte. Wieso hoffte Capriu trotzdem insgeheim, dass Zetus als Sieger hervorgehen würde? Wahrscheinlich beeindruckte ihn die Verantwortung, die Zetus jetzt für sein Volk übernahm.

`Und das ist auch mein Volk´, dachte Capriu bitter. `Es könnte Schaden nehmen, weil zwei von ihnen auf einem unfassbaren Rachetrip sind!´ Capriu gab sich einen Ruck und bewegte sich auf den Höhlenausgang zu. Dort warteten Zetus´ Freunde. Er musste ihnen den Kristall übergeben, auch wenn ihn die Bestrafung durch die Kramlocks das Leben kosten sollte. Gerade als er diesen Entschluss gefasst hatte, nahm Capriu wahr, dass sich Zetus in die Luft erhoben hatte, wo Rooks ihn in einen wütenden Zweikampf verwickelte. Die Kämpfenden steuerten direkt auf die „Fledermausrampe" zu, wie Capriu diesen steilen und engen Aufgang nannte.

Zetus stieß Rooks auf die abschüssige Fläche, so dass er einige Meter hinunter rutschte. Doch als er ihm nachsetzte, wurde Zetus von Rooks wieder in Richtung auf die Abbruchkante getrieben. Er bewegte sich rückwärts auf dem Hintern fort und trat nach unten, während Rooks auf ihn eindrang und versuchte, seine Füße zu packen. Als sie am oberen Ende angekommen waren, schwang sich Zetus trotz seiner unglücklichen Lage behände rückwärts in die Luft und verpasste Rooks, noch in der gleichen Bewegung befindlich, einen kräftigen Tritt. Rooks, der sich gerade hinter Zetus hinterher stürzen wollte, spürte den heftigen Aufprall des Stiefels auf seinem Kinn schon gar nicht mehr, sondern verlor sofort das Bewusstsein. Er sackte direkt über dem Felsvorsprung zusammen und kugelte über ihn hinweg. Hilflos stürzte er in die Tiefe und landete nach über drei Metern ungebremstem Flug krachend auf einem vorstehenden Gesteinsbrocken. Zetus zuckte zusammen, als er das Knacken von Knochen hörte. Instinktiv erfasste ihn die Sorge um seinen ehemaligen Freund. Er schwebte zu ihm hinab.

Rooks befand sich immer noch gute fünf Meter über dem Grund des Gewölbes. Einen weiteren Sturz würde er sicher nicht überleben. Als Zetus mit respektvollem Abstand vor Rooks in der Luft zum Stehen kam, richtete der sich keuchend auf. Sein tiefes Stöhnen verriet, dass er starke Schmerzen hatte. Mühsam kam er auf die Beine. Zetus sah, dass sein linker Flügel schlapp herabhing. Mitleid erfasste ihn, als ihm klar wurde, dass Rooks wohl für immer an den Erdboden gefesselt sein würde. Aber der schien seinen eigenen Zustand noch gar nicht bemerkt zu haben. Aus trüben Augen warf er Zetus einen giftigen Blick zu.

Zetus konnte nicht verstehen, was Rooks ihm mit hasserfüllter Stimme entgegen schleudern wollte. Aber seine Warnung, sich nicht vom Fleck zu rühren, kam jedenfalls zu spät. Rooks torkelte auf ihn zu, um sich mit letzter Anstrengung in die Luft zu erheben. Kraftlos fiel er über den Rand dieses kleinen Vorsprungs in die Tiefe. Zetus hörte Caprius angstvollen Entsetzensschrei und entschloss sich, sofort zu handeln. Er stürzte Rooks hinterher und bekam ihn keine zwei Meter vor dem tödlichen Aufprall zu fassen. Mit aller Kraft zog er Rooks in die Höhe, um seine Landung zu entschärfen. Aber er konnte nicht verhindern, dass Rooks dennoch geräuschvoll auf dem Höhlenboden zum Liegen kam.

Als sich Zetus zu seinem Gesicht hinunter beugte, nahm er erleichtert wahr, dass Rooks noch atmete. „Jetzt sind wir quitt", zischte er ihm zu, obwohl Rooks ihn vermutlich nicht hören konnte. Sein nächster Gedanke galt seinen Rezeptoren. Sie waren fast geschlossen! Wo war der Kristall? Und warum war Crepjan noch nicht zur Stelle? Zetus wirbelte herum. Einige Meter von ihm entfernt stand Capriu, der sich ängstlich an die Wand der Kaverne drückte. Zetus ging langsam auf ihn und streckte die Hand aus. „Gib ihn mir!"

Capriu nickte. "Das Problem ist, dass wir zu lange gewartet haben." Capriu wies mit einer knappen Kopfbewegung auf seine eigenen Rezeptoren. „Wir schaffen es beide nicht mehr hier raus." Zetus spürte, wie seine Beine begannen, ihm den Dienst zu versagen. Er fiel auf die Knie und robbte Capriu entgegen. Dann stürzte er stumm vornüber und blieb reglos liegen.

Capriu schloss die Augen. Er schüttelte langsam den Kopf und hörte sich selbst sagen: „Warum hab´ ich das alles nur getan?" Als er seinen Blick in die Kathedrale hinter sich fallen ließ, sah er, wie sich unzählige Augenpaare auf ihn zu bewegten. Sie kamen, um sich ihr Allerheiligstes zu holen!

Schon bald würde eine der Eulen, die ihnen bei Bedarf jeden Wunsch erfüllten, hier sein, um den Kristall auf den Berg der Berge zurückzubringen. Und für seine Untätigkeit würde es wohl nur *eine* Strafe geben.

Späte Einsicht

Capriu wusste, dass es keinen Sinn mehr machte, einen Fluchtversuch zu unternehmen. Aber er würde den Kramlocks auch nicht entgegengehen, um ihnen zu signalisieren, dass er noch zu ihnen gehörte. Sie hatten alles mit angesehen, auch dass er Rooks nicht geholfen hatte. Sollten Sie ihn ruhig töten. Er hatte es verdient, so oder so. Weinend blickte er auf Zetus herab, für dessen durchlittene Qualen er sich ebenfalls verantwortlich fühlte.

„Das frage ich mich auch! Aber vielleicht erklärst Du mir das ja mal in ´ner ruhigen Minute." Capriu blickte verwirrt auf. Da kam der junge Federbold auf ihn zu, den sie gestern gefangen genommen hatten. Offenbar hatte er auf Caprius Selbstgespräch geantwortet. Die gute Laune in Crepjans Stimme erstarb, als er Zetus am Boden liegen sah. Capriu wusste, dass er keine Sekunde mehr verlieren durfte. Er musste ihm etwas Wichtiges mitteilen.

Demonstrativ streckte Capriu Crepjan den Kristall entgegen. „Nimm ihn. Nur er kann Euch retten." Crepjan nickte abwesend. Aber anstatt sich den Kristall zu greifen, kniete er nieder und berührte mit sorgenvoller Miene Zetus` zerschundenes Gesicht. „Ist er ...?"

„Nein", antwortete Capriu ungeduldig. „Hör zu: Ihr müsst den Kristall von oben in das Zentrum der Kuppel fallen lassen.

Crepjan schien nur mit einem Ohr zuzuhören. „Ich weiß, ... das heißt, wir haben es uns zumindest gedacht."

Capriu setzte eine anerkennende Miene auf und fügte mit spöttischem Unterton hinzu: „Na, dann wisst Ihr ja wohl auch, dass derjenige, der das tut, sterben wird." Crepjan sah ihn verstört an.

Capriu verzichtete darauf, auf die Frage nach dem `Warum´ zu warten. Die Zeit drängte. „Die Plasmakugel ist an dieser Stelle von einem extrem starken Kraftfeld umgeben. Es zieht alle Lebewesen, die sich in weniger als zehn Meter Entfernung befinden, an und wird sie vernichten. Wenn sich niemand opfern will, müsst ihr also einen anderen Weg finden, um den Kristall dort zu platzieren." Crepjan nahm den Kristall geistesabwesend in seine Hände und deutete auf die Augenpaare in Caprius Rücken. Der zog die Augenbrauen hoch. „Ich weiß. Wenn sie schon nicht den Kristall kriegen können, wollen sie wohl wenigstens mich. Zetus kannst Du später noch bergen. Sie werden ihm nichts tun.“ Capriu grinste: „Das mit den Zwiebeln war ´ne coole Idee.“

Jetzt war es Crepjan, der ernst wurde. „Und ich hab´ noch ne´ Idee: Komm mit!“ Er packte Capriu ruppig an der Schulter und zog ihn mit sich in den Gang.

Capriu gehorchte und lief mit Crepjan in den Tunnel. „Das ehrt Dich. Aber für mich ist es zu spät“, keuchte er nach wenigen Schritten.

„Das wird sich erst noch herausstellen“, gab Crepjan entschlossen zurück. Nach weniger als zwanzig Metern hörte Capriu, wie sein Begleiter laut anfing zu schreien: „LIVION! LIVION!“ Dann brach Capriu mitten im Lauf zusammen. Seine Rezeptoren hatten sich geschlossen.

Livion sprang auf, als er glaubte, aus großer Entfernung seinen Namen zu hören. Das war Crepjan! Ohne weiter nachzudenken, rannte er in die Höhle. Er meinte, noch gar nicht weit gekommen zu sein, als ihm Crepjan fast in die Arme lief. „Da! Nimm ihn und versteck ihn draußen. Dann komm sofort zurück.“

Livion sah Crepjan entgeistert an. `Das war der Kristall! Sie hatten ihn tatsächlich! Und jetzt sollte er ihn unbeaufsichtigt in ein Gebüsch werfen? Was sollte dieser Unsinn?´

„Vertrau mir“, stieß Crepjan keuchend hervor. Er drückte Livion den Kristall in die Hände, drehte sich abrupt um und verschwand wieder in der Höhle. Verdattert blieb Livion für einen Moment stehen. Dann tat er, wie Crepjan ihn geheißen hatte. Als er wieder ins Freie kam, suchte er sich eine geeignete Stelle im Dickicht und vergrub den Kristall notdürftig in der Erde. Livion gab ein bitteres Lachen von sich. Welche Stelle konnte geeignet genug sein, um dieses kostbare Gut aus der Hand zu legen? Als er die Höhle wieder betreten wollte, hörte er erneut Crepjan nach ihm rufen. Er musste schon wieder in der Nähe des Eingangs sein. Verständnislos sah Livion, wie Crepjan einen jungen Federbold aus dem Höhlensystem schleifte, der ihm bekannt vorkam.

Crepjan nahm die Verwirrung in Livions Gesicht wahr. Er stöhnte unter der Anstrengung. „Eigentlich wollte ich Dich bitten, mit anzufassen. Aber jetzt hab´ ich´s fast allein geschafft. Meine Rezeptoren sind schon zur Hälfte geschlossen. Lauf hinein und hol Zetus da raus. Du kannst ihn nicht verfehlen. Er liegt ziemlich genau am Anfang einer echt großen Kathedrale."

Livion schien heute etwas begriffsstutzig zu sein. „Nun los. Ich erklär Dir alles später. Das schaffst Du doch, oder?" Livion nickte und lief los. „Lass Dich nicht von diesen glitschigen Biestern einschüchtern. Die haben nach wie vor ihr Zwiebelproblem", rief Crepjan ihm nach. „Und greif Dir nicht den falschen Federbold! Den anderen kannst Du ruhig liegen lassen. An dem können die Kramlocks ihre Wut auslassen!"

Crepjan schleppte Capriu einige Meter weit ins Dickicht und legte ihn so, dass seine Rezeptoren genügend Sonnenlicht bekamen. Er wollte sich gerade aufmachen, ein weiteres Mal in die Höhle zu gehen, weil er meinte, dass Livion und Zetus langsam auftauchen müssten. Da erwachte Capriu. Crepjan sah ihn fast freundschaftlich an. „Du musst mir wirklich mal verklickern, wie man sich auf so ´ne super Idee einlassen kann. Ich hab´ eigentlich nicht den Eindruck, dass Du es in Punkto Fiesheit mit Deinem sauberen Kumpel aufnehmen könntest."

Capriu war mit der neuen Situation zu überfordert, um zu antworten. „Wo ist Zetus?", fragte er schließlich.

„Sollte eigentlich jeden Moment hier erscheinen", gab Crepjan zurück. „Ich seh` gleich mal nach dem Rechten. Aber das hier ist erst mal wichtiger." Er zog einen der Rucksäcke aus dem Gebüsch, holte eine große Zwiebel hervor und teilte sie mit seinem Messer in zwei Hälften. „Du solltest Dich damit einreiben, und zwar nicht zu sparsam."

Capriu sah ihn gerührt an. „Danke", presste er schließlich hervor.

Crepjan winkte mit großmütiger Geste ab. „Für die Zwiebel? Kein Problem, unser Abendessen ist deswegen nicht in Gefahr." Capriu konnte nicht anders, als befreit zu lachen. Er wusste gar nicht, wie lange sein letztes Lachen eigentlich schon zurücklag. „Ich geh´ dann mal“, meldete sich Crepjan ab.

Aber in dieser Sekunde teilten sich die Zweige, und Livion ließ sich schwerfällig zwischen die beiden anderen fallen. „Mann, ist der schwer. Nicht mal ganz ausgewachsen, aber ein Gewicht wie ein voll gefressener Marder!“

Livion streckte auf dem Boden alle Viere von sich und atmete tief ein. Als er Capriu mit seiner Zwiebel sah, stützte er sich auf seine Ellenbogen: „Mahlzeit! Ich glaub, die andere Hälfte könnte Zetus gebrauchen. Der hat nichts als Staub auf dem Leib. Die Kramlocks hatten sich schon gierig um ihn gescharrt. Zum Glück muss meine Zwiebelfahne noch gewaltig sein. Als ich mich zwischen sie gestürzt habe, sind sie auseinander gesprungen wie eine Gruppe Schmetterlinge, in die ein Vogel eintaucht.“

Livion grinste zufrieden. „Ist es nicht ein erhebendes Gefühl, seinem Lebensretter das Leben zu retten?“ Crepjan legte den Kopf schief und sah Livion lange an. Der verdrehte bald die Augen. „Ok, lass ihn raus!“

„Wen denn?“, fragte Crepjan mit Unschuldsmiene.

„Na irgend so´n Kalauer, den Du gerade auf den Lippen hast.“

Crepjan tat beleidigt. „Wieso Kalauer? Wollte Dir gerade ein Kompliment machen.“

„Ach ja?“, entgegnete Livion skeptisch. „Hast Du so was in Deinem Repertoire? Dann lass mal hören!“

„Wie Du willst: Ich muss meine Meinung über Dich revidieren. Du bist doch nicht nur ein alter Sack, der den ganzen Tag pseudoschlaue Sprüche absondert und das Tempo verschleppt.“

„Danke, ich fühle mich geschmeichelt“, bedankte sich Livion.

Aber Crepjan sprach einfach weiter: „Manche Sprüche sind gar nicht so blöd.“

Livion beschloss, diese Bemerkung zu ignorieren und wandte sich Capriu zu. „Überrascht, mich zu sehen?“ Capriu nickte verschämt.

„Na, wenn die Jugend nur noch Schwachsinnigkeiten verzapft, muss halt jemand aus der alten Garde reaktiviert werden“, erklärte Livion. Capriu senkte den Blick und blieb stumm. In diesem Moment meldete sich Zetus mit einem leisen Stöhnen. Alle drei drehten sich nach ihm um und nahmen erst jetzt richtig wahr, wie angeschlagen er war. Ächzend setzte sich Zetus auf und blickte mit müden Augen in die Runde. Livion berührte seine Schulter und sah ihn mitleidig an.

Aber Zetus´ ganzes Interesse galt Capriu, den er für mehrere Sekunden musterte. Capriu begann, sich trotz der Freude, wieder in der unmittelbaren Nähe seines alten Idols zu sein, unwohl zu fühlen. Ihm wurde auf brutale Weise bewusst, dass die engen Bande ihrer gemeinsamen Jugend möglicherweise nie wieder geknüpft werden konnten. Und das war seine eigene Schuld. Aber dann bemerkte er die Nachsicht in Zetus´ Gesicht. „Spielst Du jetzt wieder bei den Guten mit?“, fragte der ihn endlich.

Capriu hielt mit Mühe seinem festen Blick stand. „Wenn ich darf“, antwortete er kleinlaut.

Dann wandte sich Zetus Crepjan zu. „Was ist passiert? Wo ist der Kristall?“

Crepjan machte eine schuldbewusste Miene und fing an, mit brüchiger Stimme zu schauspielern: „Es tut mir Leid, aber ...“

Livion unterbrach ihn brüsk und wies ihn scharf zurecht: „Jetzt übertreibst Du´s.“

Crepjan setzte sein spitzbübisches Grinsen auf, über das Zetus sich noch nie so sehr gefreut hatte wie in diesem Augenblick. Crepjan sprang auf, lief zu einer Stelle, an der der Boden auffallend locker aussah und fing an zu graben. Nach wenigen Sekunden drehte er sich wieder zu den anderen um und warf Livion einen tadelnden Blick zu: „So nachlässig gehst Du mit unserem Schatz um?“ Triumphierend hielt er den Kristall in die Höhe, damit alle sehen konnten, wie er golden in der Sonne funkelte. Zetus schloss erleichtert die Augen und ließ sich auf den Rücken fallen. „Wie habt Ihr es geschafft, den Kristall *und* uns beide zu retten? Meine Herren, Ihr seid einfach großartig!“

Aber Crepjan wiegelte ab: „Ich bitte Dich, wozu hat man denn Freunde?“ In der allgemeinen Glückseligkeit, die über dieser Szene lag, entging ihm, dass diese Bemerkung Capriu einen Stich versetzte.

Livion begann, Zetus mit der Zwiebelhälfte einzureiben, die Capriu übrig gelassen hatte. Crepjan sah den beiden zu und meinte skeptisch. „Als kultische Handlung wird sich das wohl nicht etablieren. Sieht schon ein bisschen lächerlich aus!"

„Verstau dieses Juwel gut!", wies Zetus Crepjan an. „Und jetzt sollten wir zusehen, dass wir schnellstmöglich das Örtliche segnen. Wir werden uns beim Tragen abwechseln. Wenn alles glatt läuft, wird dieses Gepäckstück allen das Leben retten."

„Allen bis auf einen", korrigierte Crepjan.

Zetus streckte Capriu die Hand hin, um ihm aufzuhelfen. Dann stutzte er plötzlich und drehte sich zu Crepjan um. „Was soll das heißen? Meinst Du Rooks? Für den gibt es keine Rückkehr in unsere Gemeinschaft, fürchte ich."

Crepjan sah Zetus ernst an, und alle spürten, dass er dieses Mal keine Scherze machte. Er zeigte auf Capriu: „Unser Verräter-Verräter hier kolportiert, dass den Helden, der den Kristall in die Kuppel fallen lässt, ein zwar ruhmreicher, aber eben auch sicherer Tod erwartet. Er hat irgendwas von ´nem starken Kraftfeld gefaselt."

„Stimmt das?" fragte Zetus.

„Leider ja", bestätigte Capriu. „Es zieht einen in die Kuppel. Du musst ziemlich treffsicher sein, wenn Du den Kristall auf dem oberen Zentrum der Plasmakugel platzieren und das überleben willst. Denn dann musst Du ihn aus mindestens zehn Meter Entfernung fallen lassen und wirklich haargenau treffen. Anderenfalls schlägt er einfach durch die Kuppel und die einzige Chance, die Ihr, ... ich meine, *wir* haben, ist im Eimer." Zetus fluchte laut.

In die Stille hinein, die die Ratlosigkeit der Federbolde erzeugte, platzte Capriu mit einem laut vernehmlichen Räuspern: „Also, äh, ich finde, dass die Lösung auf der Hand liegt." Die übrigen sahen ihn gespannt an. „Naja, ich hab´ die Sache verbockt. Und deshalb sollte ich sie auch wieder gerade rücken. Wann hat man schon mal die Chance, einen gigantischen Fehler wett zu machen und dadurch seinem ganzen Volk einen Dienst zu erweisen? Ist diese Aussicht es nicht wert zu riskieren, dass man draufgeht?"

Zu Caprius Überraschung gab es für diesen Vorschlag nicht den geringsten Beifall. Stattdessen nahm Crepjan seinen Rucksack, stopfte den Kristall hinein und klatschte ihn Capriu vor die Brust. „Nette Ansprache an die Gemeinde, aber fürs Erste hilfst Du uns schon, wenn Du ´ne Weile dieses Schwergewicht schleppst." Zetus musste lachen. Der arme Capriu war ein gefundenes Fressen für Crepjans kleine Gehässigkeiten. Und es geschah ihm nur Recht, dass er sie in der nächsten Zeit wahrscheinlich ausgiebig zu erdulden hatte.

„Ich denke, da wird uns schon noch ´ne Lösung einfallen, die keine weiteren Opfer fordert", verkündete Zetus. Auch er und Livion setzten sich in Trab und machten sich auf den Rückweg zum Dorf. Capriu trottete ihnen hinterher. Erst jetzt machte er sich selbst Gedanken über Rooks. Zetus hatte Recht: Es war nicht sehr wahrscheinlich, dass ihn die Kramlocks am Leben lassen würden. Aus ihrer Sicht hatte er nicht nur ausgedient, sondern auch versagt.

Als Capriu zu den drei Freunden aufgeschlossen hatte, zog Livion Crepjan unauffällig beiseite, damit sie sich gemeinsam ein paar Meter zurückfallen lassen konnten. „Ich glaub´, die beiden sollten mal Gelegenheit haben, ein bisschen allein zu texten."

Zetus wusste, dass Capriu das Schweigen nicht von sich aus brechen würde. Deswegen gab er ihm einige Minuten, um die Stille zu nutzen, sich so langsam im Kreis seiner neuen Begleiter aufgenommen zu fühlen. Er sprach Capriu auch nicht direkt an, sondern führte ein Selbstgespräch in möglichst gelassenem Tonfall: „Ich bin mir ziemlich sicher, dass alles gut ausgehen wird. Bisher hat sich jedes Mal eine glückliche Wendung ergeben, wenn wir gerade dachten, in einer Sackgasse ohne jede Aussicht auf Rettung zu stecken. Zum Beispiel haben wir durch einen unglaublichen Zufall..."

„Dann hattet Ihr wohl einen Schutzengel", unterbrach ihn Capriu mit tonloser Stimme, ebenfalls ohne seinen Gesprächspartner anzusehen.

Zetus dachte nach und nickte dann heftig. „Ganz sicher sogar. Die Kramlocks sind schließlich im Unrecht. Ich bin fest davon überzeugt, dass wir mit höheren Mächten im Bunde stehen, die ihre schützende Hand über uns halten."

Capriu runzelte die Stirn. „Seit wann denkst Du in solchen esoterischen Dimensionen?“ Ihm war klar, dass diese Gesprächseröffnung nur ein Vorgeplänkel gewesen war, mit dem Zetus vermeiden wollte, dass Capriu sich sofort in der Rolle des Angeklagten fühlte. Aber es war gar nicht nötig, dass Zetus versuchte, neues Vertrauen in ihm aufzubauen. Denn das war schon in der Sekunde vorhanden gewesen, in der Capriu miterlebt hatte, wie die anderen drei gemeinsam den erfolgreichen Raub des Kristalls feierten.

Doch Zetus blieb beim Thema: „Meine Mama zum Beispiel. Sie weist mir manchmal den Weg. Einer ihrer Ratschläge war es, die Hilfe von jemandem anzunehmen, den man nicht unbedingt zu seinen üblichen Helfern zählen würde.“ Er boxte Capriu in die Seite. „Vielleicht meint sie ja Dich damit, und Du wirst noch eine entscheidende Rolle bei der Befreiung von Rubaakon spielen.“

Capriu blieb stehen. „Deine Mama ist tot.“

Zetus ging einfach weiter: „Was Du nicht sagst! Fehlt Dir wirklich die Phantasie dafür, um sich auf die Erkenntnis einzulassen, dass der Tod nicht zwingend das Ende für die Kommunikation zwischen zwei verbundenen Seelen sein muss?“

Capriu setzte sich in Bewegung. Jetzt war er es, der nachhakte: „Du sprachst von höheren *Mächten.*“

Zetus musste selbst lachen bei dem Gedanken an die skurrile Person, von der er jetzt zu berichten gedachte. „Richtig, es gibt da so ´ne echt abgefahrene Alte. Ohne die wären zu diesem Zeitpunkt mit Sicherheit bei uns allen dreien schon die Lichter ausgegangen. Sie hat einen unglaublichen Zwiebelvorrat. Wenn Du sie siehst, wirst Du sie mindestens auf 700 Jahre schätzen; also, wenn *die* nicht ein lebender Geist ist!“ Capriu ließ sich von diesen übermütigen Andeutungen ein Lächeln entlocken, auch wenn er nichts mit ihnen anfangen konnte. Er musste sich eingestehen, dass er sich in Zetus′ Gegenwart sehr wohl fühlte. Der tat so, als wenn er nicht registrierte, wie sich Capriu körperlich und geistig zu entspannen begann, und schwadronierte einfach weiter: „Nein, im Ernst. Überleg doch mal. Uns ist so ziemlich das Schlimmste passiert, was man sich vorstellen kann, aber unsere Zwischenbilanz kann sich trotzdem sehen lassen:

Wir sind nach wie vor am Leben, haben das Gegengift zu diesem Schlangenbiss der Kramlocks in der Tasche und sind mittlerweile sogar ein Federbold mehr, der für die gerechte Sache streitet.“

Capriu schüttelte den Kopf. „Wahrscheinlich muss man diese prägenden Ereignisse selbst miterlebt haben, um den Optimismus zu entwickeln, die Plasmakugel beseitigen zu können, ohne dass jemand von uns drauf geht.“

Zetus berührte Caprius Ellbogen. „Lass uns dieses Gespräch genau an dieser Stelle bei einem Glas Smuu in Jendricks Schenke fortsetzen.

„Hätte nichts dagegen“, stimmte Capriu zu. „Wenn ich meine alte Mutter wieder sehen darf, trinke ich sogar mit Genuss ihren Huflattichsud!“

Zetus tat empört. „Der ist doch wirklich lecker, jedenfalls zu gebratener Zaunkönigleber.“

Crepjan und Livion führten ein ernsteres Gespräch. „Hast Du schon mal überlegt, was die Alternative dazu ist, dass Capriu die Sache mit der Einstöpselung des Kristalls übernimmt?“, fragte Livion.

„Da gibt´s ja wohl nicht viel zu überlegen. Selbst wenn ich feststellen sollte, dass meine Flügel schon einsatzbereit sind – glaubst Du im Ernst, dass Zetus mich den Job übernehmen lassen würde?“

Livion verzog das Gesicht. „Natürlich nicht. Ich weiß noch nicht, wie. Aber wir müssen uns unter allen Umständen etwas ausdenken.“

„Was hältst Du von ihm?“, wechselte Crepjan das Thema, indem er auf Capriu zeigte.

Livion zuckte mit den Achseln. „Was soll ich von ihm halten? Ich kenne ihn doch. Er ist ein guter Junge!“

Crepjan verschlug es die Sprache. *„Ein guter Junge?* Dieser Knabe hat sich an der versuchten Ausrottung unseres Volkes beteiligt!!! Und was heißt eigentlich kennen? Du bist ihm meines Wissens ein einziges Mal begegnet, und nach Zetus´ Schilderung hat er sich dabei reichlich daneben benommen.“

Livion blieb bei seinem unterkühlten Tonfall. “War das wirklich nur einmal? Hhm, könnte schon sein. Aber das reicht doch wohl auch. Alles andere über seinen Charakter und sein Mitwirken an

Rooks´ Verbrechen wird sich schon noch aufklären.“ Crepjan machte diese Nachsicht so fassungslos, dass er eine Weile lang nur vor sich hin schnaubte und keine Lust mehr hatte, Konversation mit dem alten Kauz neben sich zu betreiben.

Capriu spürte, dass es nun an der Zeit war, sich Zetus gegenüber zu offenbaren. Also begann er ungefragt zu reden, weil er wusste, dass Zetus darauf wartete. Denn er hatte ein Recht darauf, alles zu erfahren, ohne extra nachfragen zu müssen. „Dieser Köter war ein verdammt wildes Biest. Er hatte Rooks fest im Fang. Ich selbst konnte mich nur mit größter Mühe an ihm festhalten. Meine Aktion war natürlich großer Quatsch. Wie sollte ich Rooks in dieser Situation zu Hilfe kommen? Schließlich gelang es Rooks, sein kleines Messer zu zücken. Ich bekam im Augenwinkel mit, wie er heftig auf den Hund einstach. Der wurde immer wütender, blieb aber einfach nicht stehen. Er glaubte wohl, uns nur durch sein hohes Lauftempo irgendwann abschütteln zu können. Plötzlich hörte ich das Tier wild aufheulen. Wahrscheinlich hatte Rooks sein Auge erwischt. Der Hund knickte linksseitig regelrecht ein und geriet ins Straucheln. Zu unserem Unglück befanden wir uns gerade an dem Steilufer der Wachau, diesem kleinen Bach, der an dieser Stelle allerdings ganz schön reißend wird. Als er schließlich stürzte, fielen wir zu dritt kopfüber in die Tiefe. Das muss ausgerechnet an diesem mehrstufigen Wasserfall gewesen sein, der mit unzähligen scharfkantigen Steinbrocken durchsetzt ist. Als der Hund dort aufschlug, wurden Rooks und ich gnadenlos unter die Wasseroberfläche gedrückt. Wir waren unendlich lange im Wasser gefangen. Der Hundekörper schleifte leblos über die Felsen und kam erst wieder frei, als das Wasser etwas tiefer wurde. Zu diesem Zeitpunkt war ich der Ohnmacht nahe und absolut sicher, dass ich sterben würde. Völlig benommen nahm ich wahr, wie sich dieses haarige Monster von mir entfernte. Aber ich wusste nicht, wo oben und unten war. Ich hatte komplett die Orientierung verloren.“

„Er ist ans Ufer getrieben worden. Vielleicht ist er tot. Allerdings war sein Körper schon kurze Zeit später nicht mehr an Ort und Stelle. Sein Mensch könnte ihn geborgen haben“, flocht Zetus in

Caprius Schilderungen ein.

„Du hast ihn gesehen?“, fragte Capriu erstaunt. „Aber wo *warst* Du denn?“

„Ich stand am Ufer, glaub´ mir, ich hab´ es stundenlang abgesucht, wieder und wieder. Aber ich konnte Euch nicht finden. Auch nicht am Tag danach und am Tag danach und am Tag danach und ...“ Zetus konnte nicht verhindern, dass sich seine Augen mit Tränen füllten, wie immer, wenn er über dieses Thema sprach oder auch nur daran dachte.

Caprius Stimme hörte sich noch dünner an, als er begann, weiter zu sprechen. „Das glaub´ ich Dir. Denn ich war gegen einen Stein geprallt, der ungefähr in der Bachmitte lag. Das Wasser presste mich an ihn und mein Körper wurde in eine Mulde gedrängt, in der es sich schäumend teilte. In dieser Stellung war ich praktisch bewegungsunfähig. Aber meine Nase befand sich knapp über der Wasseroberfläche. Die Gischt spritzte mir ununterbrochen ins Gesicht, und jedes Mal, wenn ich versuchte, Luft in meinen Mund zu lassen, bekam ich eine volle Ladung Wasser verpasst. Ich muss praktisch unsichtbar für Dich gewesen. Möglicherweise war ich auch tatsächlich längere Zeit ohne Bewusstsein. Irgendwann war ich der Meinung, dass mein Körper sich etwas erholt hatte und sich der Versuch lohnen konnte, mich aus meinem Gefängnis zu befreien. Ich stieß mich nach unten ab und nahm es in Kauf, über viele Meter unter Wasser zu treiben. Erst als es begann, wesentlich ruhiger dahin zu fließen, gelang es mir, den Kopf ins Freie zu bringen. Schon bald konnte ich mich ans Ufer retten und mich völlig ausgepumpt ins Gras fallen lassen. Zu diesem Zeitpunkt war es schon fast dunkel. Aber als ich mich aufrichten wollte, um nach Rooks zu suchen, bemerkte ich, dass ich nicht laufen konnte. Zu meinem Entsetzen musste ich feststellen, dass ich eine unschön klaffende Wunde am Bein davon getragen hatte.“

Capriu blieb stehen, zog sein rechtes Hosenbein hinunter und zeigte Zetus eine deutlich ausgeprägte Narbe, die vom Knie aufwärts diagonal über den Schenkel lief. Zetus pfiff unwillkürlich durch die Zähne.

Dann gingen sie weiter und Capriu fuhr fort: “Rooks war es, der mich so fand. Aber er war in einem noch erbärmlicheren Zustand als ich. Er torkelte durch die Gegend. Das Blut lief ihm aus mehreren Wunden am Kopf den Hals hinunter. Er musste mit hoher Geschwindigkeit den Bach hinab gespült worden sein. Denn er schien schon seit längerem wieder auf dem Land zu sein. Seine Kleider waren so gut wie trocken. Wortlos griff er unter meine Achseln und schleifte mich zu einem nahe gelegenen Felsen. Dort verbrachten wir die Nacht im Freien, in unmittelbarer Nähe zu einem Höhleneingang.“

Capriu lachte bitter. „Ohne es zu ahnen, hatte Rooks uns direkt zu den Kramlocks geschleppt, die dort eine Art Außenposten haben. Dieses Gesteinsmassiv auf dem Gebiet der Menschen muss über mehrere Umwege mit dem Höhlensystem verbunden sein, das an das Tal von Rubaakon angrenzt.“

Capriu stockte. „Die Kramlocks – wahrscheinlich haben sie uns das Leben gerettet.“ Zetus´ Blick wurde ungläubig. Aber Capriu blieb dabei: „Ja. Rooks hatte eine schwere Gehirnerschütterung. In den Tagen danach war er manchmal vollständig weggetreten. Wenn er bei Sinnen war, redete er meistens nur wirres Zeug. Einige der Bisswunden, die über seinen ganzen Körper verstreut waren, entzündeten sich und abends stieg sein Fieber oft dramatisch an. Dann bekam er diesen glasigen Blick, war absolut nicht ansprechbar und sah mit starren Augen durch mich hindurch. Heute denke ich, dass sein Gehirn wirklich etwas abbekommen hat. Ich selbst konnte ihm nicht richtig helfen, weil ich kaum in der Lage war, mich fortzubewegen. Es kostete mich schon viel Kraft, mich hin und wieder zum Bach zu schleppen und uns beiden mit Hilfe unserer Westen kalte Umschläge zu machen. Zum Glück wurde es nachts nicht allzu kühl. Aber ich denke, dass wir dort wahrscheinlich verhungert wären. Wenn, ja wenn die Kramlocks nicht gewesen wären.“

Zetus war gespannt auf die Erklärung für dieses überraschend altruistische Verhalten. „Das versteh´ ich nicht. Erstens hab´ ich diese hässlichen Schattenwesen so eingeschätzt, dass sie sich liebend gern an Eurem Dahinscheiden geweidet hätten. Und zweitens: Wie haben sie Euch Nahrung beschafft? Verfügen sie etwa über telekinetische Kräfte?"

Capriu schüttelte den Kopf. „Nein, aber sie sind in der Lage, mit einigen der Waldtiere zu kommunizieren. Eine Elster scheint mit ihnen zu kooperieren, und auch andere Vögel sind mit ihnen im Bunde. Capriu grinste. „Wahrscheinlich haben es uns unsere entfernten gefiederten Verwandten übel genommen, dass wir die kleinen Singvögel mit Pfeil und Bogen jagen. Vielleicht sollten wir darüber nachdenken, sie von unserem Speiseplan zu streichen. Wie auch immer, jedenfalls schwirrten die Kramlocks die ganze Zeit um uns herum. Sie können durchaus für ein bis zwei Stunden draußen im Tageslicht überleben. Für uns sind sie dann allerdings so gut wie unsichtbar. Zunächst sprachen sie nicht mit uns und beobachteten uns nur. Dann bemerkte ich, dass es unter ihnen eine feste hierarchische Struktur gibt. Kleinere Kramlocks meldeten in regelmäßigen zeitlichen Abschnitten den größeren, wie unsere gesundheitliche Entwicklung war. Nach zwei Tagen waren sie wohl zu der Überzeugung gelangt, dass wir eine realistische Chance hatten durchzukommen. Von da an unterhielten sie sich laut miteinander. Zu unserer Überraschung beherrschen sie unsere, also, das heißt ja eigentlich, die *menschliche* Sprache. Ich hatte fast den Eindruck, dass sie uns erst belauscht und dabei in rapidem Tempo gelernt haben. Ich glaube, es war der dritte Tag nach dem Unfall, als eine Elster zielstrebig auf die Höhle in unserem Rücken zuflog. Sie gab dort ihre typischen krächzenden Laute von sich und führte offensichtlich mit einem Kramlock ein Gespräch. Von meinem Standort aus konnte ich aber nur sie sehen. Anschließend flog sie weg und war nach wenigen Minuten mit ein paar Beeren im Schnabel zurück. Sie deponierte ihre Beute zwischen Rooks und mir auf dem Waldboden und wiederholte das unzählige Male. Dankbar griffen wir beide zu."

Capriu sah Zetus prüfend an, wie, um sich zu vergewissern, dass er ihm überhaupt noch zuhörte. „Anfangs misstraute ich dem Federvieh", sprach er weiter. „Ich konnte mir in meiner Phantasie gut ausmalen, dass wir nur gemästet und auf einem Scheiterhaufen geröstet werden sollten. Aber da ich nie gesehen hatte, dass die Kramlocks feste Nahrung zu sich nahmen, fühlte ich mich bald sicherer. Was konnten sie uns schon antun? Sie waren doch körperlos und schwebten einfach nur gelassen durch die Gegend. Erst später wurde mir klar, dass diese Harmlosigkeit nur vorgetäuscht war. Aber als sie anfingen, mit uns zu sprechen, waren meine Zweifel jedenfalls vorübergehend beseitigt. Ich fand sie zwar nicht sonderlich sympathisch, aber sie waren stets zuvorkommend und behandelten uns betont korrekt, fast freundlich. Allerdings hatte ich immer das Gefühl, dass diese Fürsorge letztlich gespielt und mit Sicherheit von höherer Stelle angeordnet war. Ich blieb also skeptisch. Zu gern hätte ich die Elster gefragt, was sie von der ganzen Sache hielt."

Zetus biss sich auf die Lippen. Das Bild, das Capriu von den Kramlocks zeichnete, passte so gar nicht in seine Vorstellung von diesen Kreaturen. Deshalb wollte er erreichen, dass Capriu endlich zu dem entscheidenden Wendepunkt in seiner Erzählung kam. „Und eines Tages trat ihr Anführer auf den Plan und schlagartig wurde Euch bewusst, dass Ihr nur deshalb so willkommen wart, weil Ihr die Hauptrolle in einem teuflischen Plan spielen solltet, durch dessen Vollendung die störende Federbold-Population im Tal von Rubaakon für immer beseitigt werden sollte."

Capriu war wie vom Donner gerührt. Er vermied es, Zetus ins Gesicht zu sehen. „Wie meinst Du das?" Seine Stimme war belegt. Er musste sich mehrfach räuspern, als würde ihn das Reden plötzlich anstrengen. Zetus nahm diese Reaktion mit Erleichterung zur Kenntnis, zeigte sie ihm doch, dass Capriu nicht in die volle Tragweite der Kramlock-Attacke eingeweiht worden war. „Die Kuppel ist eine tödliche Falle", erklärte er knapp.

Capriu schluckte. „Glaub´ mir, das wusste ich nicht. Mir wurde allerdings tatsächlich bald bewusst, dass etwas nicht stimmte." Zetus hörte an Caprius Tonfall, dass eine bittere Erkenntnis begann, sich in seinem Gehirn einzunisten.

Mit tonloser Stimme berichtete er weiter. „Rooks´ Verstand schien sich regelrecht aufgelöst zu haben. Er genoss die Aufmerksamkeit, die der Boss der Kramlocks, dieser Geral, ihm schenkte. Und der Typ ist ein ganz schön gewiefter Taktiker. Geschickt konzentrierte er sich auf Rooks, den er – zutreffender Weise – für den entschlosseneren und auch den rachsüchtigeren von uns beiden hielt. Er deckte ihn mit Komplimenten zu, schmeichelte ihm, indem er genau jene Eigenschaften an ihm lobte, von denen er bald wusste, dass Rooks sie zu gern besäße. Als er sich schließlich seines uneingeschränkten Vertrauens gewiss sein konnte, begann er, ihn gezielt aufzuwiegeln; gegen den vermeintlichen Freund, der ihn so schmählich im Stich gelassen hatte." Zetus zuckte zusammen. „Er höchstpersönlich habe gesehen, wie er – Du – schnurstracks geflohen sei, ohne sich um seine verunglückten Begleiter zu kümmern. Auch in den Tagen danach, seiest Du nicht ein einziges Mal an den Ort des Geschehens zurückgekehrt. Auch kein anderer aus unserem Volk habe sich bequemt, nach uns zu suchen." Capriu blickte auf den Boden. Er brauchte nicht aufzusehen, um zu wissen, welche Wirkung diese Worte auf Zetus hatten.

„Unter diesem Einfluss entwickelte sich Rooks immer mehr zu einem echten Psychopathen. Nach einigen Wochen konnte ich nur noch an den Stimmen unterscheiden, aus welchem Munde die gleichermaßen kranken Wortbeiträge der beiden kamen. Sie schaukelten sich gegenseitig immer höher. Und eines Tages war der Moment gekommen, dass der Oberkramlock Rooks für reif befand, in seine Rolle als – *wie ich jetzt weiß* - Sterbehelfer für alle verhassten Federbolde eingeweiht zu werden."

Zetus schniefte und wischte sich die Nase. Traurig hob er den Kopf. „Und Du?", fragte er leise. „Warum hast Du uns nicht gewarnt? Wieso hast Du zugesehen? Weshalb hast Du nicht das getan, was jeder vernünftige Federbold in Deiner Situation getan hätte?"

Capriu dachte lange über seine Antwort nach. Er seufzte laut.

„Du brauchst Dich nicht zu rechtfertigen. Nicht vor mir. Ich will es nur einfach verstehen", stellte Zetus klar.

Capriu lachte bitter. „Ich begreif es doch selbst nicht. Es ging doch nur um einen Denkzettel, dachte ich. Irgendwie konnte ich mich diesem Sog, der da entstand, nicht entziehen. Ich geriet in eine ganz merkwürdige Starre, eine Passivität, die meine Lebensgeister lähmte. Rooks wurde so dominant, dass ich es immer weniger verstand,

Opposition zu beziehen. Anfangs hielt ich vehemente Gegenreden. Ich versuchte, Rooks zu überreden, ins Dorf zurückzukehren. Aber er gab mir zu verstehen, dass die Kramlocks über geheime Kräfte verfügten, die mich an jedem Ort der Welt aufspüren könnten. Er warnte mich vor ihrer unvorstellbaren Grausamkeit. Sie seien mit jedem Greifvogel des Waldes im Bunde. Du weißt ja, welche Angst ich vor Bussarden, Sperbern und diesen ganzen Viechern habe. Schließlich überzeugte er mich, dass ich nur die Wahl zwischen einem sicheren Tod oder der Unterstützung ihrer Allianz hatte. Irgendwann erstarb meine Loyalität mit den Federbolden. Ich hatte das Gefühl, dass Ihr unendlich weit weg wart. Ihr wart nicht mehr als eine Erinnerung, eine vage Ahnung von dem, was `Heimat´ sein konnte. Mein neues Zuhause war bei diesen widerlichen Geschöpfen – ob ich wollte oder nicht. Aber glaub´ mir, ich wusste nicht, auf welche heimtückische Weise sie die Kuppel einsetzen wollten. Das habe ich gar nicht an mich heran kommen lassen. Aber es hätte mir natürlich klar sein müssen, dass sie das Dorf haben wollten – und zwar ohne Federbolde."

Zetus war auf eine unangenehme Weise beeindruckt von der offensichtlichen Präsenz dieses Chef-Kramlocks. „Hat dieser Knabe auch einen richtigen Namen oder nur diesen merkwürdigen Titel?"

„Oh", erwiderte Capriu. „Ich jedenfalls habe sehr viele Bezeichnungen für ihn. Aber das sind eigentlich alles Schimpfwörter. Er bildet sich sogar ein, über hypnotische Fähigkeiten zu verfügen. Doch so weit geht sein Machtpotenzial bestimmt nicht; jedenfalls habe ich das nicht an mir bemerkt."

Zetus legte Capriu die Hand auf den Rücken.

„Du brauchst mich nicht zu trösten. Ich muss dem, was ich angerichtet habe, ins Auge sehen. Und ich werde mein Leben einsetzen, um es wieder gut zu machen." Capriu blieb stehen und blickte feierlich zum Himmel. „Das schwöre ich!"

Zetus ließ diesen Tiefpunkt in Caprius Stimmung verstreichen. Als er sicher war, dass Capriu nicht plötzlich einen dramatischen Heulanfall bekommen würde, drehte er sich zu Livion und Crepjan um, die beinahe aufgeschlossen hatten. „Aber erstmal will ich Dir dieses

Faktotum vorstellen, von dem ich Dir berichtet habe." Und zu den beiden anderen gewandt: „Was haltet Ihr davon, Miranda einen kleinen Besuch abzustatten? Ich finde, sie hat es verdient, unser kostbares Kleinod zu Gesicht zu bekommen."

„Und ich finde, wir haben es verdient, uns ordentlich von ihr bekochen zu lassen. Mit gefülltem Magen lässt es sich besser beratschlagen, was zu tun ist", stimmte Crepjan zu.

Capriu zeigte sich unschlüssig. „Ich weiß nicht. Warum lasst Ihr mich nicht einfach ins Tal fliegen, um den Spuk zu beenden?"

„Weil diese Strafe für Dich zu billig wäre", erklärte Crepjan lapidar.

In die Stille, die darauf hin entstand, stellte Zetus fest: „Jedenfalls bist Du überstimmt, Capriu. 3:1, wenn ich richtig sehe."

„Na, diese basisdemokratischen Spielregeln werden wir ihm wohl erst wieder neu beibringen müssen", meinte Livion in einem aufmunternden Tonfall. „Aber wenigstens können wir Dir mal Dein Gepäck abnehmen. Komm, es ist nicht mehr weit."

Ein kompliziertes Vorhaben

Die vier Federbolde überquerten eine Lichtung und schwenkten auf einen Pfad ein, der sie zu dem Weg zurückführen sollten, den sie heute Vormittag benutzt hatten. „Wir müssen ihr auf‘s Dach steigen“, sagte Livion. Capriu verstand diese Bemerkung nicht. Crepjan wollte gerade erläutern, dass sie von oben in Mirandas eigenartige Behausung einsteigen würden. Aber ein leises Geräusch im Hintergrund lenkte ihn ab. Zetus hatte es auch gehört. Er hielt Livion an und legte seinen Zeigefinger auf die Lippen.

Capriu erschrak. „Meinst Du, Rooks ist uns gefolgt?“, fragte er im Flüsterton. „Das kann eigentlich nicht sein“, beantwortete er seine eigene Frage. „Die Kramlocks müssen erst Kontakt mit einem der Waldtiere aufnehmen, um ihn aus der Kathedrale zu schleppen.“

„Das kam aus der Luft“, flüsterte Zetus zurück. „Ich bin zwar kein Medizinmann, aber nach meiner laienhaften Einschätzung braucht Rooks in der nächsten Zeit keinen Gedanken ans Fliegen zu verschwenden. Bleibt hier im Gebüsch!“, forderte er Livion und Capriu auf. „Wir sehen mal nach dem Rechten. Komm, Crep. Wir müssen aufs freie Feld, aber halt Dich im Schatten.“ Crepjan war stolz, dass Zetus ihn auch jetzt noch als seine rechte Hand ansah, obwohl sein alter Kumpel unter ihnen weilte.

Livion und Capriu wollten sich zurückziehen, wie Zetus ihnen geheißen hatte. Aber in diesem Moment platzte das Geräusch wieder in die angespannte Stille hinein. Nur diesmal viel lauter und länger: „Pfffffft. Pffft.“ Es klang, als griffe sie jemand direkt von oben an. Livion stolperte vor Schreck und fiel auf die Nase. Dabei verlor den Rucksack, den Crepjan offensichtlich nicht richtig verschlossen hatte. Der Kristall rollte heraus und stieß gegen einen Stein. Zetus warf Livion einen missbilligenden Blick zu. Capriu wollte sich Zetus´ Zorn nicht auch noch zuziehen und verbarg sich im Farn am Wegesrand. Crepjan suchte den Himmel ab, um zu erkunden, woher die Bedrohung kam. Aber das dichte Blätterwerk über ihm versperrte ihm die Sicht. Zetus gab ihm zu verstehen, dass auch er sich ducken sollte. Livion barg den Kristall und ließ sich rückwärts in einen kleinen Laubhaufen fallen. Zetus selbst schlich in gebückter Haltung durch das Dickicht. Als er aus dem Schatten der Baumkrone über ihm heraustrat, lugte er nach oben. Die anderen konnten aus ihren Verstecken sehen, wie sich seine Augen weiteten und sein Kiefer nach unten klappte. Aufgeregt zeigte er himmelwärts. „Was ... ist ... das?“, stammelte Zetus.

Jetzt sahen die anderen einen dunklen Schattenriss, der nicht weit von ihnen über den Boden wanderte. Zetus bedeutete ihnen, dass sie zu ihm kommen sollten. Behutsam setzten sie sich möglichst unauffällig in Trab und folgten seinem Blick. „Hat irgendjemand schon einmal so ein Ungetüm gesehen?“, fragte Zetus in die Runde.

Crepjan war der Einzige, der antwortete: „Negativ.“ Die beiden anderen schüttelten einfach nur den Kopf. Fasziniert verfolgten sie dieses gigantische Objekt, das dort oben über sie hinwegschwebte. Noch einmal kam das laute Zischen.

„Da! Feuer!“, rief Capriu erschrocken. Tatsächlich. Der riesige Ball, der den Großteil dieses seltsamen Luftschiffes ausmachte, besaß unten eine Öffnung. Und genau dort hinein schlug eine blau-orange Flamme. Anschließend stieg die Kugel weiter an. Sie schien sich auch schneller zu bewegen. Die Federbolde waren sprachlos. „Erst Kramlocks, dann ein Maulwolf und jetzt diese merkwürdige Daseinsform“, murmelte Livion vor sich hin.

„Das ist kein Lebewesen, das ist eine Maschine“, entgegnete Zetus.

„Das sehe ich auch, Du Genie. Aber wer oder was steuert es?“

„Dafür braucht man ja wohl nicht besonders viel Phantasie“, meinte Capriu.

Darauf reagierte Crepjan, wie nicht anders zu erwarten, ein wenig gereizt. „Ach ja? Und würde unser weltgewandter Kenner fremder Kulturen auch die gnädige Güte besitzen, seine überlegenen Kenntnisse der Allgemeinheit zugute kommen zu lassen?“

„Gern“, konterte Capriu knapp. „Kommt mit auf diesen Baum. Dann müssten wir es eigentlich alle sehen können. Geschickt kletterte Capriu die nächstgelegene Eiche hinauf. Zetus und Crepjan verloren keine Zeit, ihm schnell zu folgen. Livion blieb lieber am Boden. Die Aufgabe, auf den Kristall aufzupassen, war ihm eine willkommene Begründung dafür, von dieser anstrengenden Leibesübung Abstand zu nehmen.

Als sich die drei einige Meter über dem Waldboden befanden, hatten sie wirklich eine wesentlich klarere Sicht auf den Ball am Himmel, auch wenn er sich kontinuierlich und nicht gerade langsam von ihnen entfernte. Unterhalb dieser durch die Luft gleitenden Kugel war ein rechteckiger Gegenstand angebracht, der aussah wie eine Kiste. Mit Seilen war sie an dem runden Etwas über ihr befestigt. Irgendwelche Apparaturen waren ebenfalls darin untergebracht. Und außerdem – Hatte sich da nicht etwas bewegt? Capriu drehte sich zu Crepjan und Zetus um.

„Gesehen?“, fragte er, bemüht, einen möglicherweise belehrend wirkenden Tonfall zu vermeiden. Zetus nickte. Aber Crepjan knurrte ärgerlich.

„Menschen“, ließ Zetus ihn wissen.

„Wow“, entfuhr es Crepjan. Denn er wusste genauso gut wie die beiden anderen, welche Gefahr sich daraus für die Federbolde ergab.

Zetus löste sich als erster aus der Beklemmung, zu der diese neue Sorge führte. „Ich denke, wir müssen den Bürgerchef warnen. Die in letzter Zeit immer auffälligeren Häuser einiger geltungssüchtiger Federbolde sollten zurückgebaut werden. Das alte Credo, keine größeren Freiflächen zu bebauen, sondern sich immer hübsch im Schutz der Bäume anzusiedeln, muss wieder belebt werden.“

Capriu stimmte ihm zu. „Hast Recht. Aber eins nach dem anderen. Erstmal muss die Plasmakuppel weg.“

Capriu und Crepjan machten sich auf den Weg zu Livion. Als sie schon längst am Stamm herunterrutschten, sahen sie, dass Zetus ihnen nur sehr zögerlich folgte. Er machte einen gedankenverlorenen Eindruck. Als er wieder in der Mitte seiner Freunde angekommen war, blickte er verständnislos in die Runde. Mit schwerer Zunge fragte er seine Freunde: “Sagt mal, ist Euch allen Ernstes verborgen geblieben, was wir gerade gesehen haben?“

„Was Ihr gesehen habt“, korrigierte Livion ihn ungeduldig.

„Nö", erwiderte Crepjan. „War ja nicht zu übersehen: Die Menschen haben gelernt zu fliegen. Find ich auch erstaunlich. Demnächst pflücken sie noch die Sterne vom Himmel."

Zetus verpasste ihm einen Klaps auf den Hinterkopf. „Capriu, was hast Du gerade gesagt?" Capriu dachte nach. „Äh, ich glaube: `Erstmal muss die Plasmakuppel weg.´"

Zetus nickte heftig. „Genau. Das waren Deine Worte."

Crepjan schlug sich vor die Stirn.

Capriu pfiff anerkennend durch die Zähne. „Ok, ich kann Dir folgen. Dein kreativer Elan in allen Ehren, aber wie um Himmels willen willst Du in der Kürze der Zeit, die uns noch zur Verfügung steht, herausbekommen, wie so ein Ding funktioniert, wie man es baut und wie man es lenkt?"

„Keine Ahnung", antwortete Zetus. „Darüber denken wir beim Essen nach."

Crepjan schürzte unzufrieden die Lippen. „Sollten wir nicht nach Lösungswegen suchen, deren Umsetzbarkeit ein klitzekleines bisschen realistischer ist?"

„Doch, sollten wir", entgegnete Zetus. „Fang schon mal damit an." Mit diesen Worten stapfte er los und ließ seine verdutzten Begleiter einfach stehen. Nach ein paar Metern drehte er sich um und ging rückwärts weiter. „Wer nicht fliegen kann, sollte wenigstens zusehen, dass er beim Gehen Tempo macht. Livion, soll ich Dir das schwere Ding nicht lieber abnehmen?"

„Nein!", knurrte der. „Ich hasse es, wenn er in Bruchteilen von Sekunden zur Arroganz in Person mutiert und uns wie seine debilen Lakaien behandelt."

„Da möchte ich Dir nicht widersprechen", pflichtete Crepjan ihm bei.

Zügig marschierten sie weiter und gelangten schließlich zu dem Plateau, auf dem sich der Eingang zu Mirandas Versteck befand. Sie spürten die Glasscheibe unter ihren Füßen und suchten kurz nach der Öffnung, die sie beim letzten Mal mit Blättern getarnt hatten. „Da ist es", wies Livion sie auf ein Loch im Boden hin.

Crepjan beugte sich darüber und rief hinein: „Huhu, werte Dame!

Wir begehren Einlass." Plötzlich schleuderte sein Kopf ruckartig zurück. Crepjan fiel auf den Hosenboden, ein scharfer Gegenstand flog durch die Öffnung. Zetus fing ihn geistesgegenwärtig auf. Livion bog sich vor Lachen. Nur Capriu konnte mit dieser Szene nichts anfangen.

Crepjan stand grinsend auf. „Also, ihren schrägen Humor hat sie nicht verloren." Zetus befestigte das Seil an einem nahe liegenden Stein und bedeutete Crepjan, dass er den Anfang machen sollte. Nach ihm ließ sich Livion an dem Tau herunter.

Capriu bestaunte immer noch den gläsernen Boden unter seinen Füßen. „Wer hat denn so etwas erschaffen?", fragte er mit echter Bewunderung in der Stimme.

„Wenn wir die Zeit dafür haben, kannst Du das ja mal in Livions Gegenwart ergründen. Du wirst sehen, er wird sich geschmeichelt fühlen. Auch wenn er selbst nicht der verantwortliche Baumeister ist", antwortete Zetus. „Du gehst als nächster. Ich stärk Dir den Rücken. Du bist zwar ohnehin nicht der Protzertyp. Aber es wäre trotzdem klug, wenn Du Dich darauf einstellen könntest, die nächsten zehn Minuten einen auf Leisetreter zu machen. Miranda braucht immer ´ne gewisse Zeit, um sich an die Gegenwart von Fremden zu gewöhnen. Es wird Dir zwar sowieso nicht gelingen, aber: unterbrich Sie am besten nicht."

Capriu schluckte und nickte stumm. Mit klammen Fingern packte er das Seil. `Von Höhlen hab´ ich eigentlich erstmal die Nase voll´, dachte er sich. Aber als er das Loch in der Glasterrasse passiert hatte, stellte er zu seiner Überraschung fest, dass ein großer Teil des einfallenden Sonnenlichts in dem darunter liegenden Raum auch ankam. Dort war es zwar etwas schummerig, aber Angst um seine Rezeptoren brauchte man nicht zu haben.

Miranda benötigte nur einen hastigen Wimpernschlag, um wahrzunehmen, dass dieser dritte Federbold nicht der wohlerzogene Junge vom letzten Mal war, der so eine eigenartige Ausstrahlung hatte und von den übrigen in seiner Führungsrolle nicht in Frage gestellt wurde. `Was bildeten diese frechen Rotznasen sich ein? Einen Fremdling an diesen geweihten Ort zu führen, ohne vorher demütig ihre Erlaubnis einzuholen!´

„WassehenmeinealtersschwachenunddurchjahrzehntelangesDämmerlichtgetrübtenAugen?WeristdieserKerl?Machtaufmichirgendwieeinenverschlagenen Eindruck.Ichdusselige,plumpnaiveNärringestatteesEuch,meinebisherwohlgehüteteHeimstattlebendzuverlassen,ichvertraueEuchinmeinersentimentalenHilfsbereitschaft,ichgewähreEuchfastschonZugangzumeinersensiblenSeele.IchbangeumEuerWohlergehen.IchsetzemichmitallengutwilligenMächten,dieichvonhierauserreichenkann,inVerbindung,umEuchihrenSchutzzukommenzulassen.UndwastutIhr?Ihrdanktesmir,indemIhrdashalbeDorfhierherschleppt.WasglaubtIhr,wasdashierist?EinMarktplatz?"

Capriu bewegte sich unwillkürlich rückwärts, als die Alte, die er erst auf den zweiten Blick als Federboldin erkannte, ihn auf diese Weise anfuhr. Aber schon nach zwei Schritten stieß er gegen Zetus, der ihn sanft wieder in Richtung der Raummitte zurückschob. Diese Geste, die Capriu wohl signalisieren sollte, dass es keinen Grund zur Beunruhigung gab, trug allerdings nicht gerade zur Steigerung seines Wohlbefindens bei; schon wegen des atemberaubenden Geruchs, den Miranda verströmte und dem er so noch intensiver ausgesetzt war. Livion schien regelrecht amüsiert zu sein über diesen Schnellkurs, durch den Caprius Erfahrungshorizont in Sachen Kommunikationstechnik schlagartig dramatisch erweitert wurde. Crepjan lümmelte sich entspannt auf einen nicht ganz ungefährlich wirkenden Einrichtungsgegenstand, der tatsächlich so etwas wie eine Sitzgelegenheit darzustellen schien.

Capriu drehte sich Hilfe suchend nach Zetus um. Der schien genauso irritiert über das plötzliche Versiegen des Redeschwalls dieses Faktotums zu sein wie Livion, der fast schon enttäuscht dreinblickte. Aber nach einem kurzen Augenblick atmeten beide erleichtert auf. Sie hatte nur Luft geholt.

„Also,washabtIhrzuEurerVerteidigungvorzubringen?WolltetIhrnichtdiekompletteFederboldpopulationretten?WarumgebtIhrEuchdannmiteinemmickrigenExemplarzufrieden?Versuchtnicht,michhintersLichtzuführen.DieKuppelstehtnoch.Habmichvorhinnochdavonüberzeugt.UndichhabEuchfürentschlosseneJungsgehalten.Aberjetztmussichleide rfeststellen,dassdieseKrisewohlneNummerzugroßfürEuchist.DannmusssichdiegutealteMirandawohlmalwiederselbstumAlleskümmern.UndglaubtjanichtdasIhrVersagerEuchhierauchnochdieBäuchevollschlagenkönnt.IhrhabtmirschongenugZeitgest...“

Crepjans breites Grinsen zeigte, dass er es ungeniert genoss, Mirandas verbale Kaskaden mit einer einzigen Geste gestoppt zu haben. Lässig war er zu Livion geschlendert, hatte in seinen Rucksack gegriffen und mit hochgestellter Augenbraue den gelblich schimmernden Kristall in die Luft gereckt. Lange konnte er diese triumphale Geste allerdings nicht durchhalten. Dazu war das Ding einfach zu schwer. Miranda konnte nur noch ein erstauntes Krächzen von sich geben. Das war der richtige Zeitpunkt für Livion, mit ein paar wohlgesetzten Komplimenten Mirandas Wandlung zu einer hingebungsvollen Gastgeberin zu bewirken.

„Ähem“, hüstelte er dezent. „Meine liebe Miranda. Es ist uns eine überaus große Ehre, eine besonders honorige Person wie Dich als erste Vertreterin des Volkes der Federbolde mit der Nachricht vom durchschlagenden Erfolg unserer Mission zu beglücken. Deine wertvollen Ratschläge und tätigen Hilfeleistungen waren ohne Zweifel der Garant für diesen epochalen Sieg über die hinterhältigen Kreaturen, die es sogar einmal gewagt haben, Deine allerheiligsten Räumlichkeiten durch ihre Anwesenheit zu besudeln.“

Mirandas Blick pendelte hektisch zwischen dem Kristall in Crepjans Händen und Livion hin und her. Sie war völlig überfordert mit dieser Situation und konnte sich nicht entscheiden, ob sie sich den schmeichelnden Höflichkeiten dieses Charmeurs hingeben sollte, oder ob sie ihre ganze Konzentration diesem Kleinod widmen sollte, um dessen Erbeutung sie ihre Gedanken so lange hatte kreisen lassen. Ihre furchtbare Angst, diese reizenden Kerlchen nie wieder zu sehen, sie vielleicht mit einer viel zu gewagten Aufgabe belastet zu haben, eventuell sogar bald die Letzte ihrer Art zu sein – all diese Empfindungen, die sie den Tag über bedrückt hatten, fielen in diesem Moment von ihr ab. Miranda blickte bewundernd in die vier seligen Augenpaare vor ihr.

„Soso, Ihr habt es wirklich geschafft. Meinen Glückwunsch! Aber

Ihr konntet ja auch auf eine teuflisch gute Vorarbeit zurückgreifen. Und das ist bei großen Vorhaben schließlich stets das Wichtigste. Na, dann will ich mal nicht so sein. Setzt Euch, Ihr habt Euch eine ordentliche Mahlzeit verdient. Als wenn ich es geahnt hätte, dass Ihr so früh wieder hier erscheinen würdet! Jedenfalls ist das Essen gerade fertig.“ Das waren die ersten Worte, die auch Capriu verstand. Er gab einen undefinierbaren Laut der Überraschung von sich. Das erinnerte Miranda daran, dass dieser hübsche Junge sich noch gar nicht vorgestellt hatte. Ohne sich umzudrehen, forderte sie ihn deshalb dazu auf: „Nun, mein Kleiner – Willst Du nicht meine Neugier befriedigen? Ich hätte zu gern das Vergnügen, Deine Bekanntschaft zu machen.“

Capriu druckste herum. Bevor die Anderen es verhindern konnten, ließ er sich zu einem devoten Einleitungssatz hinreißen: „Äh, ich bin mir nicht so sicher, ob Sie das wirklich als Vergnügen empfinden. Ich bin nämlich einer dieser Unglücksraben, die für den ganzen Schlamassel verantw...“

Blitzartig wirbelte Miranda herum. Mit einer schweren Holzkelle stürzte sie sich auf Capriu.

„Was?DubisteinerdieserVerräter?DannführstDuDichwohlgeradesel bstzurSchlachtbank?Gut,dannkommher.Daserledigenwirnochschnell vordemEssen.HabmirsowiesonochnichtdieHändegewaschen.“

Geistesgegenwärtig stieß Zetus Capriu kräftig zur Seite, so dass der Hieb, zu dem Miranda schon ausgeholt hatte, ihn knapp verfehlte. Auch Livion und Crepjan kamen Capriu zu Hilfe. Sie ahnten, was diese Furie sonst anrichten konnte.

„Das ist ein Missverständnis“, schrie Zetus, so laut er konnte. Mit entschlossener Miene baute er sich vor dem zitternden Capriu auf. Crepjan und Livion hatten große Mühe, Miranda im Zaum zu halten.

Wütend funkelten Mirandas Augen Zetus an. „Ein Missverständnis? Gut, dann hast Du exakt zweieinhalb Sekunden Zeit, es auszuräumen“, zischte sie ungewohnt bedächtig durch ihre fast geschlossenen Zähne.

Zetus hob beschwichtigend die Hände. „Das ist mein alter Freund Capriu. *Er* hat uns den Kristall gegeben. Beruhige Dich! Er ist auf unserer Seite. Was glaubst Du – dass wir so bescheuert sind, einen unserer Todfeinde hierher zu bringen? Was er meint, ist, dass er an der Bedrohung für unser Dorf nicht ganz unschuldig ist. Aber lass´ uns das in Ruhe besprechen.“ Mirandas Körper entspannte sich spürbar.

Immer noch etwas barsch, machte sie sich von Livion und Crepjan los. „Ich *bin* ruhig“, stellte sie klar und wandte sich wieder ihrem Küchenbereich zu. Capriu hob entschuldigend die Hände, als er in sechs tadelnde Augen blickte. Aber Livion gab ihm einen aufmunternden Klaps. „Am besten überlässt Du uns das Reden. Sonst wird das hier noch ein stressiger Abend.“ Capriu nickte mehrfach.

Bei einem wieder einmal exorbitant deliziösen Mahl, dessen geschmackliche Güte auch dieses Mal einen auffallenden Kontrast zu seinem optischen Zustand aufwies, berichtete Zetus Miranda von den Geschehnissen, seit sie an diesem Tag gemeinsam aufgebrochen waren, um zum großen Schlag gegen die Kramlocks auszuholen. Livion schmunzelte, als er hörte, wie klein Zetus seinen eigenen Beitrag redete und wie wertvoll demgegenüber das hervorragende Zusammenwirken seiner Freunde gewesen war. Dabei schien Zetus überhaupt nicht vor den anderen zu kokettieren. Es war einfach seine natürliche Bescheidenheit, die ihn diese Dinge in der Rückschau vor seinem inneren Auge wahrscheinlich genau so wahrnehmen ließ, wie er sie jetzt schilderte. Gekünstelt waren wohl eher diese gelegentlichen spielerischen Anflüge einer Überdramatisierung. Besonders betonte Zetus die Heldenhaftigkeit von Capriu, der zunächst von einem üblen Fürsten der Finsternis auf die schräge Bahn gelockt worden war, aber dann die Kurve bekam und im Augenblick größter Not den drei aufrechten Federbolden zur Seite sprang. Zetus log nicht wirklich, aber er gab doch eine reichlich geschönte Version zum Besten. Trotzdem wäre Capriu vor Scham am liebsten im Boden versunken. Angestrengt fixierte er den Inhalt seiner Schüssel, in der Hoffnung, dass Miranda diesen kleinen Betrug nicht bemerken würde. Noch so einen Wutanfall würde sein angespanntes Nervenkostüm bestimmt nicht überstehen. Aber Miranda ließ sich von Zetus´ Ausführungen geradezu fesseln. Gebannt hing sie an seinen

Lippen. Die Tatsache, dass diese Worte nicht aus Crepjans Mund kamen, schien ihr die Gewähr zu geben, dass sie Zeugin der Wahrheit wurde.

„Und Du warst natürlich unser erstes Ziel, um zur Ruhe zu kommen und über unser weiteres Vorgehen zu beratschlagen", endete Zetus.

Erschöpft pustete Miranda die letzte Rauchwolke einer mächtigen Zigarre in den Raum, die sie sich einfach hatte anzünden müssen, um diesen spannenden Bericht verkraften zu können. Dann fiel ihr Blick doch auf Capriu: „Schmeckt Dir mein Essen etwa nicht?", fragte sie. Und in ihrer Stimme schwang echte Fürsorge mit.

„Oh, doch, doch", stotterte Capriu aufgeregt. „Es ... es ist nur so, dass ich mir Sorgen darüber mache, wie es jetzt weiter geht."

Miranda beäugte Capriu argwöhnisch. „Du musst mir bei Gelegenheit noch einmal begreiflich machen, wie es dazu gekommen ist, dass Du von Zetus getrennt wurdest und die Gesellschaft eines kaltherzigen Verräters der seinen vorgezogen hast."

Capriu bemühte sich, Mirandas bohrendem Blick stand zu halten. „Gern", antwortete er mit brüchiger Stimme.

„Er ist ein bisschen schüchtern", erklärte Crepjan. `Beziehungsweise eingeschüchtert´, dachte er, ohne es auszusprechen.

Es schien, als habe Miranda nur auf einen Gesprächsbeitrag von Crepjan gewartet. Jedenfalls wandte sie sich ihm sofort zu und setzte einen fast bettelnden Gesichtsausdruck auf. „Darf ich ihn noch einmal sehen?" Crepjan sah unschlüssig zu Zetus hinüber. Der schloss zum Zeichen seiner Zustimmung kurz die Augenlider. Also griff Crepjan stolz in den Rucksack und holte den Kristall ein weiteres Mal hervor. Unwillkürlich beugten sich alle fünf Federbolde vor, um ihn in Augenschein zu nehmen.

„Wie können so grässliche Figuren wie die Kramlocks etwas so Reines und unendlich Schönes besitzen?", fragte sich Livion laut. Miranda sah Capriu erwartungsvoll an. Nun *musste* er den Mund aufmachen. Denn nur er verfügte über näheres Wissen über diese Schattenwesen. Capriu entging Crepjans Blick nicht, den er zutreffend so deutete, dass er ja keinen Mist bauen solle.

Nervös räusperte er sich. „Also, ich weiß wirklich nicht alles über die Kramlocks. Ich verfüge nicht über die vielfältigen Erkenntnisse, die Rooks bei seinen zahlreichen Gesprächen mit ihrem Boss erlangt haben dürfte. Dabei glaub´ ich nicht einmal, dass er sie bewusst vor mir verborgen hat. Ich hatte einfach kein Interesse daran, Einzelheiten über sie zu erfahren. Von Anfang an waren sie mir unheimlich. Ich fand sie abstoßend. Ihr Oberster, der Geral, hat das wohl auch gleich gemerkt. Wir haben nur wenig Kontakt gehabt."

„Komm schon," bohrte Miranda nach. „So lasse ich mich nicht abspeisen. Was sind das für Wesen? Woher kommt diese Triebfeder, Böses zu tun? Warum trachten sie anderen Daseinsformen nach dem Leben?"

Capriu seufzte. „Denkt nicht, dass ich Euch irgendetwas verheimlichen wollte. Aber ich kenne sie im Grunde auch nicht. Ich hab´ mich instinktiv von ihnen ferngehalten. Ich kann Euch nur Bruchstücke wiedergeben, die entweder meiner Wahrnehmung entsprechen oder aber meinen Mutmaßungen."

„Dann tu das", knurrte Miranda ungehalten. Capriu fühlte sich immer unwohler. Er wünschte sich, über die sprachliche Eloquenz von Livion oder Zetus zu verfügen; oder wenigstens über Crepjans Schnoddrigkeit, die den Mangel an diesen Gaben wenigstens oberflächlich wettmachte.

„Ok." Capriu setzte erneut an. „Sie leben nicht nur in der Dunkelheit. Sie ... sie ernähren sich von Finsternis! Die Abwesenheit von Licht ist ihr Lebenselixier." Capriu sah, wie die anderen ihre Stirn in Falten zogen. „Ich hab´ es gesehen!", rechtfertigte er sich trotzig. „Die Wachen am Kristall werden in einem festen Rhythmus nach ein paar Stunden abgelöst. Sie bewegen sich von dort schnurstracks an die dunkelsten Stellen im Gewölbe. Denn in der Nähe des Kristalls ist es wegen der Feuer etwas heller als in der sonstigen Umgebung. Einigen von ihnen bin ich einmal heimlich gefolgt. Sobald sie in den schwärzesten Ecken verschwunden waren, gaben sie schmatzende und schlürfende Geräusche von sich. Es klang, als wenn sie genüsslich essen und trinken würden. Aber ich garantiere Euch: Da unten gibt es nichts als Dunkelheit."

Capriu wartete ab, wie die anderen auf diese Informationen reagieren würden.

Aber nur Crepjan sagte etwas. „Das ist eklig. Aber es passt zu ihnen. Und deshalb glaube ich Dir."

Livion sah Capriu direkt an. „Gut. *Das* hast Du mit eigenen Augen gesehen. Aber was ist mit den Spekulationen, von denen Du vorhin sprachst?"

Capriu zuckte zusammen. „Ach, das ist nur so metaphysisches Zeugs. Wisst Ihr, wenn man zu lange in so schlechter Gesellschaft ist, dann beginnt man, sich obskure Gedanken zu ..."

„Ich *liebe* metaphysisches Zeugs", posaunte Miranda in die Runde.

Capriu gab sich geschlagen. „Also gut. Ich konnte mir nie erklären, wie so ein anorganisch wirkendes Lebewesen wie ein Kramlock überhaupt entstehen kann. Wie werden sie ... geboren?"

Zetus hörte interessiert zu. Genüsslich knabberte er an einem Geflügelknochen. „Was ist Deine Theorie?", fragte er.

Capriu nahm ersichtlich all seine Entschlossenheit zusammen, um nicht noch mal darum bitten zu müssen, von seiner Berichtspflicht entbunden zu werden. „Ich denke ..." Er blickte in vier gebannte Augenpaare. „Ich denke, sie bestehen aus Energie. Sie sind nur der Abfall, der bei den positiven mentalen und psychischen Prozessen dieser Welt entsteht. Sie sind einfach der moralische Abschaum, der in jedem von uns lauert. Hin und wieder verselbstständigen sich gehässige Elemente, die in den Lebewesen dieser Welt schlummern."

Caprius Zuhörer sahen ihn skeptisch an. Seine Stimme senkte sich, bis sie kaum noch zu vernehmen war.

„Und dann versammeln sie sich in diesem Höhlensystem, um gemeinsam Gestalt anzunehmen und sich Fiesheiten auszudenken?", kam es von Crepjan.

„Wäre doch möglich!", war Caprius leise Antwort.

„Stimmt. Möglich ist Vieles. Sag mal, wer von Euch beiden hatte noch mal diese schwere Gehirnerschütterung? So´n Bums auf den Schädel kann die Schubladen hier oben ganz schön durcheinander bringen", meinte Crepjan und tippte sich an die Stirn.

„Lass ihn“, vermittelte Zetus. „Letztlich ist es doch egal, wer oder was die Kramlocks wirklich sind. Dieser Frage gehen wir genauer nach, wenn wir uns der Aufgabe widmen, sie auszulöschen.“

„Uuh“, spöttelte Livion mit gespielter Furcht. „So martialisch kenne ich Dich ja gar nicht.“

Zetus ging nicht auf diese Bemerkung ein. „Erzähl uns von dem Kristall“, forderte er stattdessen Capriu auf.

„Zu dem kann ich fast noch weniger sagen“, entschuldigte sich Capriu.

„Dann spekulier doch noch ein bisschen“, forderte ihn Crepjan mit vollem Mund auf. „Das war eben doch ganz witzig.“

Jetzt war Capriu etwas gekränkt. „Ein bisschen weiß ich schon, aber nur so pauschale Dinge.“

„Was denn zum Beispiel?“, fragte Miranda interessiert nach.

„Naja, ich hab´ mitbekommen, wie der Kramlock-Boss Rooks stolz von einem Diebstahl berichtete.“ Capriu schüttelte es regelrecht bei dem Gedanken an dieses belauschte Gespräch. Nachts hatte er schon oft von der schaurig scheppernden Stimme des Anführers geträumt. Aber während ihn die offen zur Schau getragene Boshaftigkeit dieses Widerlings zutiefst abstieß, schien Rooks auf seltsame Weise von diesem unverfälschten Charakterzug angezogen zu werden.

„Wie überraschend“, meinte Crepjan. „Und ich dachte schon, sie hätten ihn mit ihrem besonders ausgeprägten Sinn für ästhetische Formen und ihre beneidenswerten handwerklichen Fähigkeiten selbst geschliffen.“ Zetus warf ihm für diese Bemerkung einen tadelnden Blick zu, den Crepjan mit einem trotzigen Grunzlaut quittierte.

„Du bist wirklich ein naseweiser Possenreißer“, setzte sich Capriu, durch Zetus´ Unterstützung gestärkt, erstmals gegen Crepjans Spott zur Wehr. Dann fuhr er fort: „Aus irgendeinem Grund bildeten sich die Kramlocks auf diesen Coup mächtig viel ein. Die Art und Weise, wie sie abfällig von den Bestohlenen sprachen, erinnerte mich frappierend an ihren Hass auf uns Federbolde. Offensichtlich besteht die Liste ihrer Feinde nicht nur aus dem Volk von Rubaakon.“

„Hhm.“ Zetus grübelte angestrengt nach. Er sah die anderen nachdenklich an. „Was glaubt Ihr, woher sie das Ding haben?“

„Vielleicht von den Menschen“, warf Livion ein.

Zetus wiegte den Kopf hin und her: „Könnte sein, aber ... glaub´ ich nicht dran. Hast Du einen Verdacht, Miranda? Du kennst doch bestimmt sämtliche Spezies, die in einem Umkreis von mehreren Quadratkilometern diesen Flecken Erden bevölkern.“

„Das mag wohl sein“, entgegnete sie. „Aber mir fällt beim besten Willen niemand ein, der dafür in Betracht käme, ein so vollkommenes und noch dazu mit mystischen Kräften ausgestattetes Schmuckstück zu fabrizieren.“

Zetus warf Capriu einen gut gelaunten Blick zu. „Ein paar Geheimnisse müssen wir uns ja schließlich noch für die Zeit nach diesem Abenteuer aufheben. Wer weiß, welche rätselhafte Erkenntnis dahinter steckt? Wir haben heute schon einmal feststellen müssen, dass manche Legenden wahr sind. Was die Herkunft des Kristalls angeht, müssen wir uns halt fürs Erste damit zufrieden geben, dass soeben eine neue Legende geboren wurde – nämlich die von den kristallschleifenden Gnomen.“

„Wieso Gnomen?“, fragte Crepjan mürrisch.

„Na, weil ich denke, dass sich die feigen Kramlocks an niemanden heranwagen, der wesentlich größer als sie selbst ist“, begründete Zetus seine Spekulation.

Dem alten Livion kam bei dieser Unterhaltung eine leise Erinnerung an ein fast vergessenes Gerücht, das über viele Generationen überliefert worden war, aber schon seit ein paar Jahren aufgehört hatte, die Runde zu machen. Doch er wollte das Gespräch nach diesem ereignisreichen Tag nicht überfrachten und zusätzliche Halbwahrheiten über uralte Sagen in die Runde streuen.

„Aber wie?“, dachte Crepjan laut nach. Als er die fragenden Augen der anderen sah, vervollständigte er seinen Satz: “*Wie* haben sie ihn in ihre Macht gebracht? Wen haben sie als Dieb eingesetzt?“

„Keine Ahnung“, antwortete Capriu. „Aber wer oder was auch immer das war. Er kann den Kramlocks an Gehässigkeit in nichts nachstehen.“

„Wie kommst Du darauf?“, fragte Zetus, der plötzlich hellhörig geworden war.

„Weil sich jedes Mal eine mächtige Portion Ehrfurcht in die Stimme des Chefs der Kramlocks mischte, wenn er von diesem Wesen sprach. Seine Verbindung zu ihm klang nach einem unseligen Bündnis böser Kreaturen.“

Zetus und Livion tauschten vielsagende Blicke aus, sagten aber nichts. „Im Moment ist doch nur wichtig, dass wir den Kristall haben. Bist Du sicher, dass Du weißt, wie er funktioniert?“, fragte Livion Capriu, um die Gedanken aller in eine andere Richtung zu lenken.

Der nickte bedächtig. „Er lag stets in einer Art Schatulle aus einer wabernden, glänzenden Masse, die ständig die Farbe wechselte. In einem Augenblick war sie dezent rosa, im nächsten schimmerte sie zart gelblich, um sich sofort in ein zurückhaltendes Grün zu verwandeln. Eines Tages war diese Schatulle weg und der Kristall lag zum ersten Mal auf dem nackten Stein. Geradezu achtlos zurückgelassen kam er mir vor, so als wäre sein gallertartiges Kissen das wirklich Wertvolle an ihm. Als ich Rooks darauf ansprach, machte er nur ein verschwörerisches Gesicht und blöde Andeutungen, mit denen ich damals nichts anfangen konnte: „Der Kristall wird an anderer Stelle erwartet! Dort, wo er Nützliches tun kann.“

Einen Tag später sah ich von weitem die Plasmakuppel. Auf ihrem Scheitelpunkt konnte ich das rhythmische Glimmen erkennen, das ich aus der Höhle kannte. Als ich nachsehen wollte, ob der Kristall noch dort war, fand ich ihn in einer aufrechten Position. Er stand senkrecht auf seiner Spitze, obwohl er scheinbar durch nichts gehalten wurde. Rooks war so gnädig, meine Konfusion aufzulösen, indem er mir von dem Kraftfeld erzählte, das den Kristall mit der Plasmakugel verband. Es werde in sich zusammenstürzen, wenn der Kristall wieder an seinen angestammten Platz zurückkehrt, erklärte er mir. Allerdings sagte er auch, dass das nach circa drei Tagen von ganz allein passieren würde.“ Capriu seufzte. „Und ich Schaf hab´ ihm das geglaubt!“

Obwohl sie ihnen schon den Rücken zugewandt hatte, spürte Miranda, wie die vier Federbolde betretene Blicke austauschten. „Ok, wo ist das Problem?“, fragte sie ungerührt und schlürfte zu ihrer Kochecke.

Ächzend stand Miranda auf. „Ich würde sagen, dass erledigt Ihr morgen. Heute ist es zu spät dafür. Ab in die Fallen, meine Herren.“

„Ooch, da gibt´s nur noch ´ne kleine Schwierigkeit zu überwinden“, heuchelte Crepjan. Diese schlecht verborgene Verharmlosung verfehlte ihre Wirkung nicht. Miranda drehte sich energisch um und funkelnde die sitzenden Federbolde an.

Zetus hob ratlos die Hände. „Einer von uns wird dabei wohl draufgehen“, ließ er die Katze aus dem Sack.

„Bring doch mal ein paar Zahnstocher mit. Dann können wir knobeln, wen es treffen soll“, rief Crepjan Miranda zu.

„Was soll der Blödsinn?“, fuhr sie ihn an. Dann wandte sie sich Livion und Zetus zu, wahrscheinlich weil sie von ihnen erwartete, die gebotene Ernsthaftigkeit aufzubringen. „Es ist das Kraftfeld, nicht wahr? Wer sich ihm nähert, um den Kristall abzuwerfen, wird hineingezogen, nehme ich an.“

Wie auf Kommando nickten die beiden.

„Dann gibt´s ja wohl nichts zu knobeln!“, rief Miranda und lachte. „Glotzt nicht so begriffsstutzig! Wer ist hier wohl mit Abstand die älteste Person im Raum? Wer steht dem endgültigen Abtreten am nächsten?“

„Die erste Frage könnte ich beantworten“, meinte Crepjan trocken. „Aber ich bin mir nicht sicher, ob Dein Körper nicht schon so konserviert ist, dass er sich darauf eingerichtet hat, ewig in dieser Behausung zu lustwandeln.“ Als er die betroffenen Blicke der anderen einfing, biss sich Crepjan auf die Lippe. Diesen Spott hatte Miranda nicht verdient. Schließlich hatte sie sich als Hilfsbereitschaft in Person entpuppt. „T´schuldigung“, nuschelte er leise.

Miranda strafte ihn mit Nichtachtung. „Ihr müsstet mich nur irgendwie da hoch bringen. Den Rest würde ich gern erledigen. Aber meine Flügel machen´s wohl kaum noch.“

„Dieses Problem hast nicht nur Du“, klärte Livion sie auf.

`Vielleicht hat sie ja wirklich ´ne Chance zu überleben´, dachte sich Crepjan. `So´n Kraftfeld hat möglicherweise auch seinen Stolz´. Aber er hütete sich, das auszusprechen.

Stattdessen ergriff Zetus das Wort: „Danke, aber todeswillige Helden haben wir genug. Wir sind auf der Suche nach ´ner besseren Idee. Auf dem Weg hierher haben wir ein merkwürdiges Himmelsgefährt der Menschen gesehen. Das schien im Prinzip nachbaubar zu sein; auch wenn uns dafür nur ein Tag bleibt.“ Miranda sah ihn skeptisch an.

„Doch, doch“, bekräftigte Zetus. „Das war so ein Ball mit einem Korb, der mit Feuer angetrieben wird und gemächlich dahin gleitet. Wir könnten es im Miniformat imitieren.“

„Ein Heißluftballon!“, erläuterte Miranda zur Verblüffung der anderen.

„Du kennst diese Maschine?“, fragte Livion beeindruckt.

Miranda nickte. „Aber leider keine Einzelheiten. Der Bauplan dazu fehlt mir. Es kommt sehr selten vor, dass sich mal eines von diesen Dingern hierher verirrt.“

„Zum Glück“, bemerkte Capriu.

Zetus hakte nach: „Hältst Du es für realistisch, so ein Teil in einem Tag zu bauen?“

Miranda legte den Kopf schief und stülpte ihre Unterlippe um. „Denke schon. Das Problem dürfte der Antrieb sein.“

In exakt dieser Sekunde fiel Zetus einer der letzten Sätze ein, die Josepha ihm zuletzt mit auf den Weg gegeben hatte: `Nimm Hilfe von jemandem entgegen, von dem Du es am wenigsten erwartest!´

„Ich habe einen Plan!“, rief er aufgeregt. Dann fing er an, sich das Kinn zu reiben und gedankenverloren im Kreis herumzumarschieren.

„Und verrätst Du ihn uns auch?“, fragte Livion nach einer Weile.

„Nur, wenn ihr mir versprecht, ihn umzusetzen, auch wenn er noch so utopisch klingt.“

Die anderen tauschten kurze Blicke aus und nickten schließlich. „Ich fürchte, wir haben nur diese eine Chance, ein unfreiwilliges Federbold-Opfer zu verhindern“, stellte Capriu fest.

„Dann setzt Euch hin! Es ist gleich dunkel“, befahl Zetus. Alle gehorchten und hörten ihm gespannt zu. „Miranda, Du nähst aus all diesen Stoffen, die hier rum liegen, ein großes Tuch, das wir als Ballon benutzen können. Livion und Crep, Ihr baut einen Korb, der groß genug für zwei Federbolde sein muss, und die nötige Aufhängung für den Ballon. Dann schafft Ihr alles zum Dorf. Dort treffen wir uns. Ich hoffe, dass Capriu und ich am Nachmittag wieder bei Euch sein werden."

Crepjan wollte ihm widersprechen, weil es ihm nicht gefiel, dass Capriu Zetus begleiten durfte. Aber er sah ein, dass der nun mal fliegen konnte. Und für langwierige Fußmärsche fehlte die Zeit. Also stellte er nur zerknirscht die Frage, die auch gut lesbar in Livions und Mirandas Gesicht stand: „Und was treibt *Ihr* in der Zwischenzeit?"

„Wir holen Hilfe", erklärte Zetus.

„Aha. Und von wem, wenn ich fragen darf?", wollte Crepjan wissen.

Zetus ließ einige Sekunden vergehen, bis er meinte, dass die Spannung in ihrer konspirativen Runde der Bedeutung dieses Augenblicks angemessen war: „VON DEN MENSCHEN!"

2. Teil

Die Befreiung

Eine Begegnung der besonderen Art

Bendiks hatte wieder mal seinen Schulranzen einfach in die hinterste Ecke seines Zimmers gefeuert, mit einem kurzen Blick in die Küche festgestellt, dass es wohl kein Mittagessen geben würde und nach Isis gepfiffen, um mit ihr zu einem Spaziergang aufzubrechen. Seine Hündin hatte sich schon auf dieses immer gleiche Ritual der letzten Wochen eingerichtet. Binnen Sekunden stand sie mit ihrer Leine im Fang und heftig wedelnder Rute vor ihm, als er durch die Terrassentür in den Garten trat. Bendiks kniete sich vor ihr auf den Boden und streichelte sie ausgiebig. Dann wurde ihm schlagartig klar, dass er etwas Wichtiges vergessen hatte. „Geht gleich los", beruhigte er Isis, die ihm traurig hinterher blickte, als er noch einmal ins Haus zurückging. Vorsichtig drückte er die Klinke zur Wohnzimmertür herab und öffnete sie einen Spalt breit.

„Ich mache meine Runde, Mama", rief er mit gedämpfter Stimme in das großzügig dimensionierte, völlig abgedunkelte Zimmer. Dann wartete er ein paar Sekunden, obwohl er wusste, dass er keine Antwort erhalten würde. Er machte sich nicht die Mühe nachzusehen, ob seine Mutter dort im Bett lag, und ob sie überhaupt wach war. Warum sollte das heute anders sein? Bendiks zwang sich dennoch, sich zumindest immer bei ihr abzumelden. Anderenfalls hätte er das Gefühl gehabt, dass er begann, sich ebenso von ihr zu entfernen wie sie von ihm, von ihrer Familie und – so befürchtete er jedenfalls - von der ganzen Welt. Es war schon das zweite Mal in dieser Woche, dass er diese für ihn selbst bedeutsame Geste beinahe vergessen hätte.

Isis begrüßte ihn mit lautem Kläffen, als Bendiks das Haus wieder verließ. Er leinte sie an und ließ sich von ihr zu dem nahe gelegenen Feldweg zerren, wo er sie laufen ließ. Gedankenverloren schlang er sich die Leine diagonal um den Körper und marschierte los. Er brauchte diese Pause in seinem Tagesablauf, um nicht nahtlos nach einem anstrengenden Schulvormittag in einen deprimierenden Nachmittag mit seinen Eltern einzutauchen. Mit dem heutigen Unterricht war er allerdings ganz zufrieden. Er hatte sich noch mehr Zurückhaltung als sonst auferlegt, als die Lehrer seine Klasse mit unzähligen Fragen belästigt hatten. Dadurch waren die Stunden zwar extrem zäh verlaufen, aber so hatte er sich wenigstens die bohrenden Blicke in seinem Rücken erspart, die es ihn spüren ließen, dass fast alle seiner Mitschüler ihn argwöhnisch beäugten und ihn schlicht und einfach für einen langweiligen Streber hielten.

Bendiks hatte für diese Sichtweise durchaus Verständnis, auch wenn er sie selbst als eindeutig zu eindimensional erachtete. Die meisten Jungs und Mädchen in seinem Alter hatten eben einfach kein echtes Interesse am Unterrichtsstoff. Sie quälten sich höchstens mühselig damit ab, ihn einzupauken, wenn sie bei nahenden Zeugnissen Ungemach befürchteten. Anders als er selbst hatten sie keinen Blick für den rätselhaften Zauber der Natur, die Reinheit einer mathematischen Gleichung oder den Reiz eines komplizierten physikalischen Experiments. Bendiks hatte sich schon vor längerer Zeit dazu entschlossen, die eigene Begeisterung für biologische, chemische oder geometrische Zusammenhänge nicht grundsätzlich dem Wunsch unterzuordnen, durch betonte Coolness eine größere Anerkennung zu erlangen.

Es ging ihm überhaupt nicht um Zensuren oder die Hochachtung der Lehrer. Aber sollte er sich bewusst dümmer stellen als er war? Der jetzige Zustand war außerdem ganz erträglich. Denn es war keineswegs so, dass er wirklich unbeliebt gewesen wäre. Nein, aber die meisten machten halt lieber einen Bogen um ihn. Er kam ihnen wohl unheimlich vor. Dabei war er nach seiner eigenen Einschätzung mindestens genau so ein Kindskopf wie die meisten anderen, vielleicht sogar ein noch größerer. Er genoss es auch geradezu, ein 14jähriger zu sein, der in den Augen der meisten Menschen noch ein Junge war, kein so genannter Jugendlicher. Es gab doch überhaupt keine größere Freiheit, als ein Kind zu sein.

Bendiks drehte sich mürrisch nach allen Seiten um. Wo war Jojo? `Mist, die fühlt sich mal wieder als Alpha-Tier und meint, sich ungefragt in die Büsche schlagen zu können!´, dachte er missmutig. Er hatte keine Lust, schon wieder die Belehrungen der hiesigen Landwirte über sich ergehen lassen zu müssen: `Du weißt doch wohl, dass Hunde in der Leg- und Setzzeit an der Leine zu führen sind!´

Einmal hatte er es sich nicht verkneifen können, einem Rentner, der gut mit seinem Großvater befreundet gewesen war, das Tragen eines Sheriff-Sterns anzuraten, nachdem dieser ihn gemaßregelt hatte. Dass diese Bemerkung für den Mann wahrscheinlich mit dem Zusammenbrechen seines persönlichen Wertegefüges verbunden war, hatte ihm später selbst Leid getan.

Also rief er jetzt laut nach Isis, die auch gehorsam unmittelbar vor ihm aus einem vertrockneten Bachlauf hervorsprang, in dem das brackige Wasser lange zurückliegender Regenfälle stand. Er nahm es ihr nicht übel, dass sie trotz ihres schlammverkrusteten Fells liebevoll an seinem Hosenbein vorbeistrich. Sie würde dafür mit einer ausgiebigen Dusche büßen müssen. Bendiks ließ seine Hündin gewähren. Denn weit und breit war niemand in Sicht, dessen Belehrungen er fürchten musste. Nur Frau Schliephake kam ihm auf ihrem klapprigen Damenrad entgegnete und klingelte freundlich, als sie den blonden Nachbarjungen erkannte.

Er liebte es, Isis zuzusehen, wenn sie sich ihrem unbändigen Bewegungsdrang hingab. Mit einer schier unerschöpflichen Energie sprang sie über Gräben, verfolgte hartnäckig die Krähen auf den Feldern oder schnüffelte die Route der anderen Hunde aus dem Dorf ab.

Bendiks Ziel war wie immer die große Doppelulme, die mit ihren weit ausladenden Ästen einsam am Wegesrand stand. Hier ließ er sich meistens nieder und legte sich ins Gras, um seinen Tagträumen nachzuhängen. Er stellte sich vor, dass die drei, vier Meter zwischen den beiden Stämmen, deren Baumkronen miteinander verwoben zu sein schienen, den Eingang zu einer Phantasiewelt markierten, in der es statt infantiler Frühpubertätsgenossen liebenswürdige Fabelwesen gab, die ihn freundlich in ihre Mitte nahmen. Dort wäre er vermutlich deutlich besser aufgehoben als in einem Kreise Gleichaltriger, in dem er sich manchmal so deplatziert fühlte wie ein Pony auf dem Sofa.

Isis konnte in dieser Zeit den nahen Waldrand inspizieren. Denn zu dieser Stunde war mit Rehen, die sie möglicherweise aufstöberte, nicht zu rechnen. Er vergewisserte sich kurz, dass Isis noch nicht aus seiner Rufweite verschwunden war, dann setzte er sich mit einem Seufzer unter einen der beiden großen Bäume und beobachtete zwei Goldammern, die sich in einem Busch gegenseitig jagten. Schließlich lehnte er sich an den Stamm und schloss die Augen. Er war müde.

Schlaftrunken blinzelte er immer wieder in die Mittagssonne, um seine Hündin zu kontrollieren und sich selbst am Einschlafen zu hindern. Aber dann musste es doch passiert sein. Denn er meinte, zwei dünne Stimmchen über sich zu hören, die aus dem Astwerk an sein Ohr drangen. War das wirklich eine aufgeregte Unterhaltung, die er da bruchstückhaft wahrnahm oder spielte ihm sein Gehirn einen Streich? Bendiks zwang sich, die Augen zu öffnen. Vorsichtig lugte er nach oben. Jetzt war alles still. `Ich glaub´, ich hab´ schon Hallus´, dachte er und ließ seinen Rücken wieder gegen den Stamm sinken. Isis kehrte gerade von ihrem kleinen Ausflug zurück. Mit geöffnetem Fang und zitternder Zunge legte sie sich neben ihn. Bendiks tätschelte seine Hündin zärtlich. „Na, wollen wir wieder los? Da warten noch ein paar Schularbeiten auf mich“, fragte er sie in dem liebevollen Tonfall, der sie stets dazu veranlasste, ihren Körper ganz dicht an ihn zu drängen.

„Mahlzeit! Hübsches Tier! Zu welcher Rasse gehört es denn? Zu den provinziellen Hechelmonstern?“

Bendiks erstarrte. Entweder war sein Verstand dabei, sich aus seiner physischen Herberge zu verabschieden, oder aus der Baumkrone hatte wirklich jemand zu ihm gesprochen. Bendiks versicherte sich kurz, dass kein Mensch in der Nähe war, der Zeuge eines bizarren Selbstgesprächs werden konnte. Dann entschloss er sich, mit seinem Standardspruch zu antworten: „Nein, das ist eine kaukasische Steinkohlendogge.“ Suchend blickte er in das Blätterdach über seinem Kopf. Aber da schien niemand zu sein.

Doch plötzlich raschelte es und auf dem untersten Ast landete mit einem eleganten Schwung ein Wesen, das aus einer anderen Welt stammen musste. Bendiks bekam seinen Mund nicht mehr zu. Sogar Isis schien so verblüfft zu sein, dass sie prompt verdrängte, an dieser Stelle des Geschehens eigentlich zu einer furchteinflößenden Drohgebärde, unterlegt mit lautem Gebell, verpflichtet zu sein. Dieses groteske Kerlchen vor seinen Augen schien seine Sprachlosigkeit auch noch zu genießen. Mit einem schelmischen Blick legte es den Kopf schief, verschränkte die Arme vor seinem Bauch und sah ihn belustigt an.

Erst nach einer Weile kehrte sein ansonsten unerschöpfliches Vokabular in Bendiks Gehirnwindungen zurück. „Wow, ... niedlich“, stieß er hervor.

Der geflügelte Kobold rümpfte verächtlich die Nase. Als Bendiks diese Reaktion bemerkte, war er endlich für seinen ersten Dialog mit einem Geschöpf aus der Fabelwelt bereit. Mittlerweile war es ihm absolut gleichgültig, ob ihn eventuell jemand beobachten und für klappsmühlenreif befinden könnte. Er musterte sein Gegenüber eingehend: Aufrechter Gang, krauses Haupthaar, Schuppenpanzer auf der Brust, ziemlich spitze Schnauze, in der sich nur vier Kegelzähne zu befinden schienen, ein wippender Schwanz mit einem Pinsel, sechs Gliedmaßen, davon zwei gefaltete Flügel, die gefiedert, aber wie bei einem Flugsaurier geformt waren, und eine ... eine blaue Hose und ein paar Stiefel?

Dieser bizarre Eindruck, der sich seinen Augen bot, gab Bendiks die Sprache zurück. „Wer bist Du? Lass mich raten: ein Taschendrache! Nein, ein fliegender Wombat! Nee, auch nicht. Ich hab´s: ein Flughund, dem noch niemand gesagt hat, dass seine Rasse kopfüber an Ästen hängt. Egal, was immer Du sein solltest: Du bist anscheinend ziemlich aus der Art geschlagen.“

Das angesprochene Tier legte die Stirn in Falten, offensichtlich weil es nicht wusste, ob dieser kleine Mensch da ernsthaft mit ihm sprach oder ihn nur veralbern wollte. Majestätisch schwang er sich auf einen gegenüber liegenden Ast, so dass sich Bendiks zu ihm umdrehen musste. Dort spreizte es die, gemessen an der geringen Körpergröße, durchaus imposanten Flügel und stellte sich in einem fast schon herablassenden Tonfall vor. Vielleicht war es ja wirklich beleidigt. „Ich bin Zetus von Rubaakon!“

Bendiks schüttelte ungläubig den Kopf: „Ich werd´ elektrisch! Du sprichst meine Sprache! Wie kann das sein?“

„Nun“, antwortete Zetus. „Das ist in der Tat eine äußerst komplizierte Geschichte. Falls wir einmal die Zeit dazu finden sollten, werde ich Dich gern in dieses Geheimnis einweihen. Im Übrigen scheinen meine persönlichen Kommunikationsfähigkeiten im Umgang mit Deiner Rasse ein wenig unterentwickelt zu sein. Ich verstehe nämlich nicht alles von dem, was Du von Dir gibst."

„Äh, das könnte aber auch an meinem etwas jugendtümlichen Slang liegen", räumte Bendiks ein.

„Nee, der ist mir durchaus geläufig. Ich finde eher, dass Du ein bisschen gestelzt quatschst."

„Ich bin Bendiks", stellte er sich endlich vor. „Bendiks Marquardt. Ich wohne in dem Kaff dahinten." Er zeigte auf die Häuser, die man am Horizont erkennen konnte.

Zetus´ Blick folgte seinem ausgestreckten Arm. „Soweit hab´ ich mich noch nie in Eure Welt getraut. Exakt an diesem Baum hier neigt sich meine Traute dem Ende."

„Das trifft sich gut", entgegnete Bendiks. „Das ist auch mein Wendepunkt. Willst Du nicht runterkommen und mir erzählen, zu welcher Gattung Du wirklich gehörst? Mein Nacken wird langsam steif."

Zetus zögerte. Er schien nur mittelmäßig begeistert von dieser Idee zu sein und blickte nervös zu dem schwarzen Hund, der mit aufgesetzten Ohren neugierig in seine Richtung blickte. „Ach so, Du hast Schiss wegen Isis. Ich denke, sie merkt, dass wir beide uns verstehen und keine Gefahr von Dir droht."

Aber Zetus blieb unschlüssig. „Weißt Du, meine persönlichen Erfahrungen mit Hunden sind nicht gerade die Allerbesten."

Bendiks erkannte, dass Zetus´ Mut nur noch einen kleinen Schubser benötigte. „Also, wir stehen hier doch quasi stellvertretend für unsere beiden Rassen. Meinst Du nicht, dass es dem zarten Pflänzchen unserer beginnenden diplomatischen Beziehungen gut tun würde, wenn wir beide es mit gegenseitigem Vertrauen wässerten? Und außerdem passt Du nicht in ihr Beuteschema."

Zetus gab sich geschlagen. Vorsichtig glitt er zu Boden. Als Isis neugierig auf ihn zutrottete, wich er trotzdem sicherheitshalber ein paar Schritte zurück. Er bereitete sich darauf vor, in der nächsten Sekunde seine verborgene Kralle auszufahren. Die Hündin honorierte dieses Zeichen von Schwäche mit einem leisen Knurren. „Ist gut, Isis. Reg Dich ab und mach Platz.“ Isis gehorchte nur halb, indem sie sich hinsetzte. Bendiks hockte sich in einen Schneidersitz, um halbwegs auf Augenhöhe mit Zetus zu sein. „Also, ich lausche Dir mit maximaler Aufmerksamkeit.“

Zetus räusperte sich. „Ich bin ein Federbold. Mein Volk lebt in dem Wald dort hinten. Es gibt da ein verstecktes Tal, das durch eine besondere Felsformation von der Außenwelt abgeschnitten ist. Man erreicht es nur über einen langen Höhlengang. Glücklicher Weise ist der Eingang zu ihm viel zu klein für Euch neugierige Menschen. Dein wandelnder Flohzirkus würde vielleicht geradeso hindurchpassen.“

Bendiks quollen die Augen über. „Wahnsinn! Du siehst wirklich aus wie ein Wesen aus der reichhaltigen Fantasy-Literatur für pubertierende Mädchen.“ Dass Zetus offensichtlich auch diese Bemerkung nicht verstand, schien ihm nichts auszumachen. Der Federbold hielt sich die Nase zu und sah Isis vorwurfsvoll an. „Ich weiß, sie verströmt ein Aroma wie der Mageninhalt eines verendeten Dachses“, entschuldigte Bendiks sich. Dann blickte er Zetus nachdenklich an. „Hhm, ich könnte mir vorstellen, dass Du Dich nicht aus Langeweile geoutet hast. Dafür gibt es einen Grund, stimmt´s?“

Zetus nickte bedächtig. „Du scheinst nicht gerade das begriffsstutzigste Exemplar Deiner Art zu sein. Wir brauchen Hilfe“, sagte er leise.

Bendiks munterte ihn auf, weiter zu sprechen: „Was immer in meiner Macht liegt, will ich für Euch tun. Was ist los?“

Zetus ächzte: „Es scheint in unserem Tal noch mehr Wesen zu geben, von denen Ihr Menschen keine Ahnung habt. Aber nicht alle sind mit so einem harmlosen Gemüt gesegnet, das uns Federbolde auszeichnet. Von dieser wesentlich übleren Sorte sind auch die Kramlocks. Sie sind so eine Art Schattenwesen, die permanent Böses im Schilde führen. Sie sind körperlos, wabern durch die Weltgeschichte und können einem mit ihren glühenden Augen einen ganz schönen Schrecken einjagen.“

„Klingt nach einer Optik wie der von verstrahltem Gemüse aus dem Weltall“, warf Bendiks ein.

„Ich kann Dir zwar nicht folgen, aber wahrscheinlich liegst Du nicht ganz falsch. Ein paar Verräter in unserer Runde ...“

Bei diesen Worten raschelte es im Blätterwerk über ihnen. Bendiks sah nicht einmal hoch, als er feststellte: „Du bist wohl nicht allein hier. Schätze, Du hast Deinen Begleiter gerade gekränkt.“

Zetus nickte. „Ja, er ist nicht ganz unschuldig daran, dass die Kramlocks unser ganzes Dorf unter einer Plasmaglocke verschwinden lassen konnten. Nur eine Handvoll Federbolde konnte entkommen. Den anderen läuft die Zeit davon. Siehst Du das?“ Zetus strich das Fell auf seinen Schultern auseinander. „Das sind Lichtrezeptoren. Wir sind vom Sonnenlicht abhängig. Wird es uns über viele Tage vorenthalten, gehen wir gnadenlos ein. Und in der Kuppel herrscht tiefe Finsternis. Uns bleibt nur noch der heutige Tag.“

Bendiks pfiff durch die Zähne. „Habt Ihr schon einen Plan?“

„Es gibt zwei Möglichkeiten“, fuhr Zetus fort: „Entweder einer von uns opfert sein Leben oder ... oder Du erklärst uns, wie ein Heißluftballon funktioniert und hilfst uns außerdem, ihn zu bauen.“

Bendiks ließ seine Schultern sinken. Er hatte sich schon als glorreicher Retter eines geheimnisvollen Kobold-Volkes gesehen. „Wie gesagt, ´was immer in meiner Macht liegt´.“ Die Enttäuschung zwang Zetus, sich ebenfalls hinzusetzen.

„Weißt Du, es ist nicht das Problem zu wissen, wie er funktioniert, sondern ihn an einem Nachmittag zu bauen.“

Zetus sprang wieder auf. „Na, das machen ja auch meine Kumpels!“

Bendiks lächelte nur müde. „Das wäre schon von Vorteil. Ich selbst bin nämlich eher der Theoretiker.“

„Na dann, lass mal Dein theoretisches Wissen auf mich überspringen“, forderte Zetus ihn aufgekratzt auf.

Bendiks ließ sich von diesem Aktionismus nicht so recht mitreißen, gab aber bereitwillig Auskunft: „Das Prinzip ist an sich absolut simpel. Man braucht nur ´ne Menge erwärmter Luft.“ Zetus klatschte aufgeregt in die Hände. Bendiks versuchte, seinen Enthusiasmus etwas abzukühlen. „Aber die konkrete Ausführung ist schon haarig. Die Ballone sind echte Hightech-Teile.“

Zwischen Zetus´ Augen entstand eine steile Falte, die seine Irritation zum Ausdruck bringen sollte. Bendiks beschloss, solche Anglizismen zukünftig zu vermeiden. Aber die folgenden komplizierten technischen Ausführungen konnte er ihm nicht ersparen: „Man muss eine möglichst hohe Auftriebskraft anstreben. Zu diesem Zweck werden zahlreiche Stoffpaneelen zu einzelnen Bahnen vernäht. Der Hüllenstoff muss hohe Temperaturen aushalten. Deshalb ... Hhm, wenn ich Dich richtig verstanden habe, bist Du nur am Aufbau der Feuerungseinheit interessiert, stimmt´s? Den Rest vermurks..., äh erledigen Deine Leute.“ Zetus nickte heftig.

„Ok, also man braucht einen atmosphärischen Brenner nach dem Bunsen-Prinzip. Als Treibstoff dient reines Propangas in flüssiger Form, das bei der Erdölverarbeitung als leichteste Kohlenwasserstoffverbindung anfällt. Dieses Gas wird durch Verdampferspiralen geleitet, wodurch es eben verdampft und danach durch ein spezielles Düsensystem mit Luft gemischt und gezündet wird.“ Bendiks sah den irritierten Federbold mitleidig an. „Ich weiß: es sieht so simpel aus, ist aber im Feldversuch bestimmt extrem schwierig nachzustellen.“

Zetus bemühte sich, seine aufkommende Verzweiflung vor dem Menschenkind zu verbergen. Trotzig hob er den Kopf. „Wir haben uns auf dieser Mission schon so oft in einer absolut ausweglosen Situation befunden. Immer hat eine glückliche Fügung dafür gesorgt, dass sich das Schicksal für uns zum Guten gewendet hat. Ich kann es nicht akzeptieren, dass wir jetzt noch scheitern sollen. Wir müssen halt wieder mal improvisieren. Das wird schon gut gehen. Kannst Du mir die Teile besorgen, die wir benötigen?“

Bendiks sah durch Zetus hindurch. „Du wirst derjenige sein, der sich opfert, wenn es schief gehen sollte, hab´ ich Recht?“

„Richtig“, bestätigte Zetus.

„Besorgen kann ich Vieles, aber wohl kaum die komplizierten Instrumente, die Ihr braucht“, beantwortete Bendiks die Frage. Er stand auf und ging grübelnd hin und her. Isis setzte sich ebenfalls nervös in Bewegung.

Auch Zetus wurde unruhig. „Was ist? Hilfst Du uns nun?“, fragte er den Jungen unsicher.

Bendiks sah ihn an. „Na klar, ich überlege nur, ob es nicht noch einen besseren Ausweg gibt. Weißt Du, mein Schulkamerad Lennart ist so´n komischer Vogel, der jedes neue Hobby mit Fanatismus betreiben muss. Kann er auch, weil sein Alter ein stinkreicher Sack ist, der sich zwar nie blicken lässt, aber seine Kinder mit reichlich Kohle versorgt." Zetus verstand offensichtlich nicht, worauf er mit diesen weitschweifigen Ausführungen hinaus wollte. Deshalb versuchte Bendiks, auf den Punkt zu kommen. „Der hat so ein megateures Modellflugzeug – ein Riesenvieh. Du könntest da bequem drin Platz nehmen – und Dein Kumpel da oben noch dazu."

Zetus hörte sich diese Geschichte mit ausdruckslosem Gesicht an. „Und wo ist dann der Haken?"

Bendiks´ Miene verfinsterte sich. „Es sind wohl mindestens zwei: Erstens ist Lennart wegen einer Beerdigung verreist. Er kommt erst morgen zurück. Ich müsste mir den Flieger also ungefragt ausborgen. Wäre zwar nur ´ne straflose Gebrauchsanmaßung, aber trotzdem ... Und zweitens hab´ ich das Ding noch nie geflogen. Das ist aber sicher nicht ganz einfach."

Zetus nickte. „Und genau aus diesen Gründen bleiben wir bei unserem Ursprungsplan. Die Zeit läuft gegen uns. Dein Ausweichvorhaben birgt zu viele Unwägbarkeiten."

Bendiks zog einen Flunsch. „Na gut, ich laufe heim und besorge Dir einen Gaszylinder aus dem Schuppen meines Papas. Da müsste auch noch ein alter Bunsenbrenner stehen. Das Material ist aber nicht gerade leicht. Bis zum Wald kann *ich* den Bollerwagen ziehen. Durch die Höhlengänge kommt Ihr damit aber nur, wenn Isis sich als so gnädig erweist, Euch ebenfalls zu helfen. Du solltest Dich deshalb um Ihr Vertrauen bemühen."

Zetus schluckte. Einen Hund streicheln, der deutlich größer war, als er selbst? Naja, daran sollte es ja nicht scheitern. Er imitierte Bendiks´ übertrieben freundliche Stimme und strich Isis zaghaft über die weiße Brust. „Ja, Du bist eine ganz hübsche schwarze Dame – mit Deinem weißen Lätzchen, den vier weißen Pfoten und der hellen Schwanzspitze! Wenn Du magst, zeig´ ich Dir unser Allerheiligstes: das Dorf von Rubaakon. Ist ohne Frage einen Trip wert. Du musst Dich nur als Packesel zur Verfügung stellen. Ja, willst Du?“ Isis honorierte diese liebevolle Zuwendung, indem sie brav Pfötchen gab und Zetus laut ankläffte, so dass er sich erschrocken die Ohren zuhielt.

„Was meinst Du, wie lange Du brauchst?“

Bendiks überlegte. „Ich denke, in anderthalb Stunden kann ich wieder hier sein. Reicht das?“

Zetus sah zum Himmel. Die Sonne hatte ihren Zenit gerade überschritten. „Es muss reichen.“ Als Zetus sich auf den Weg in die Baumkrone machte, rief Bendiks ihn noch einmal zu sich zurück. „Ich glaube, ich weiß, wo der Eingang in den Felsen ist, von dem Du gesprochen hast. Wir können uns also dort treffen. Nur ...“

„Was ist – noch ein Problem?“, fragte Zetus ungeduldig.

„Nein“, antwortete Bendiks traurig. „Ich fürchte nur, wir werden uns nur noch einmal treffen. Ich bin zwar sonst kein Miesepeter, aber ich denke, Ihr fordert Euer Glück zu sehr heraus. Gibt es wirklich keinen anderen Weg? Wenn ich in das Tal hineingelangen könnte - meinst Du nicht, dass ich das Kraftfeld mit Gewalt beseitigen könnte? Ich seh´ zwar schmächtig aus, aber ...“

Zetus kehrte noch einmal auf den Boden zurück. „Es ehrt Dich, dass Du meine Haut retten willst, aber die Plasmakuppel überragt Dich um ein Mehrfaches. Wir reden hier von meinem kompletten Volk, das darunter gefangen ist.“

Bendiks dachte nach. „Ich könnte die Feuerwehr rufen!“

„Du meinst, andere Menschen?“ Zetus schüttelte den Kopf. Ich habe unsere Existenz bereits leichtfertig aufs Spiel gesetzt, indem ich es gewagt habe, Dich in dieses Geheimnis einzuweihen. Es tut mir Leid, das sagen zu müssen, aber von Deiner Rasse entdeckt zu werden, ist keine erstrebenswerte Alternative.“

Bendiks seufzte. „Das sehe ich ein. Aber Du musst mir bitte noch einen Gefallen tun!“

„Gern“, erklärte sich Zetus bereit. „Das heißt, wenn es schnell geht“, schränkte er ein.

„Das kann ich nicht beurteilen“, gab Bendiks zu. „Ich würde gern begreifen, wieso wir miteinander sprechen können. Hast Du mich mit einem Zauber oder so etwas belegt?“

Zetus lachte laut. „Wenn ich dazu in der Lage wäre, hätte ich Dich in ein technisches Genie verwandelt, das unser rettendes Vehikel nur so aus dem Ärmel schütteln könnte. Also gut, aber Du bekommst nur die Ultra-Kurzfassung: Vor unzähligen Generationen kommunizierten wir noch über ein beschränktes Repertoire an Pfeiflauten. Einer unserer Vorfahren war zerfressen von Abenteuerlust. Mein Papa meint, wir seien über eine Million Ecken mit ihm verwandt. Das stimmt sicher auch. Denn so besonders groß ist unsere Population ja nicht. Dieser Federbold – er hieß Walusian - verstieß ununterbrochen gegen die Ausgangsregelungen und wagte sich immer weiter in die Gebiete der Menschen vor. Er verbarg sich zunächst in Bäumen und lauschte ihren Gesprächen. Schließlich schreckte er nicht einmal davor zurück, sich in ihre Behausungen zu schleichen, um in Erfahrung zu bringen, wie sie lebten, was sie dachten, ob sie wirklich so grobschlächtige Kreaturen waren, wie es gemeinhin hieß. Und eines Tages kam es, wie es kommen musste.“

Zetus genoss es, dass Bendiks ihm mit offenem Mund zuhörte und jedes seiner Worte verschlang. Er geriet kurz in Versuchung, ihm ein phantastisches Märchen aufzubinden. Aber er fand, dass dieser nette und hilfsbereite Knabe ein solches Späßchen nicht verdient hatte. Er hielt ihn für absolut aufrichtig. Also wollte er es ihm gegenüber ebenfalls bleiben.

„Die Menschen töteten ihn“, sagte Bendiks mit schuldbewusstem Gesichtsausdruck.

Zetus tat enttäuscht. „Na, dann wär diese Erzählung ja wohl vorbei, ohne dass sie Deine Frage beantworten könnte, oder?“

„Äh, ja richtig“, räumte Bendiks kleinlaut ein.

„Aber es ist schon interessant, wie Du selbst über Deine Mitmenschen denkst“, dozierte Zetus. „Nein, Walusian blieb für lange Zeit verschwunden. Wir dachten wirklich, dass er tot sein müsse. Es vergingen mehrere Jahre. Und die meisten seiner Zeitgenossen hatten Walusian sicher schon völlig vergessen. Doch eines Tages spazierte er einfach mir nichts Dir nichts auf den Marktplatz und redete in eier Sprache auf die erstaunten Federbolde ein, die niemand von ihnen jemals gehört hatte."

Bendiks war noch immer wie gebannt. „Aber wie hat er die Sprache der Menschen gelernt?", rief er aufgeregt.

„Er war in Gefangenschaft geraten", klärte Zetus ihn auf. „Einer der Menschen musste Walusians besonderes Interesse geweckt haben. Er hielt sich ständig in seiner Nähe auf und wurde deshalb bald unvorsichtig. Seinem sonst so sicheren Instinkt musste es entgangen sein, dass dieser Mann seine Anwesenheit schon längst bemerkt hatte. Als er ihm schließlich eine Falle stellte, tappte er blindlings hinein."

Zetus machte eine effektvolle Pause. „Aber dieser Typ war wohl von ähnlichem Kaliber wie Du. Er hielt Walusian nur anfangs in einem Käfig. Denn wie der Federbold selbst auch, spürte er, dass die beiden sich im Grunde genommen viel mitzuteilen hatten und es nur den eigenen Horizont in ungeahntem Maße erweitern konnte, wenn sie einander intensiver kennen lernten. Die beiden entwickelten eine tiefe Bindung. Sie wurden zu den besten Freunden, die man sich vorstellen kann, über alle Grenzen der Natur hinweg. Und er lehrte dem Federbold seine Sprache."

Bendiks gluckste vor Vergnügen bei diesem Gedanken. Doch jetzt wurde Zetus´ Stimme trauriger. „Aber der Mann war schon sehr alt. Er wurde krank und starb schließlich. Walusian versuchte ihn zu pflegen, so gut es ging. Aber zum Schluss konnte er ihm nur noch seinen letzten Wunsch erfüllen, indem er das Haus, in dem der Mann völlig zurückgezogen gelebt hatte, anzündete. Mit beinahe gebrochenem Herzen kehrte er nach Rubaakon zurück. Und dort veränderte sich, wie Du Dir wohl denken kannst, mit einem Schlag praktisch alles. Heute spricht man ehrfürchtig von `Walusian, dem Menschenfreund´. Jedes Kind kennt seinen Namen. Er ist ein echtes Idol. Unser Volk hat im Laufe der Evolution so manch merkwürdige Kehrtwendung vollzogen. Aber diejenige, die jetzt folgte, war sicher die spektakulärste." Bendiks war sichtlich gerührt.

„Wie gesagt, die abgekürzte Version. Wir sehen uns am Felsen." Zetus flatterte wieder nach oben. Aber dann kehrte er noch ein zweites Mal zurück, dieses Mal von sich aus. „Bendiks! Cooler Name, fast schon federbold-tauglich."

„Findest du? Einige in meiner Klasse meinen, meine Eltern hätten zu viele Gallien-Comics gelesen. Aber immerhin haben sie mir das `x´ erspart!"

Zetus zeigte ein weiteres Mal die wellenförmige Variante seiner Stirn. „Ich glaub´, zwischen uns gibt´s wirklich ´ne Sprachbarriere." Dann sah er Bendiks prüfend an. „Dich bedrückt auch etwas, nicht wahr?"

Bendiks war überrascht, dass soviel Feingefühl in einem so kleinen Wesen stecken konnte. „Oh, das ist wohl eher ´ne ganze Batterie dunkler Gedanken, die ich mit mir rumschleppe. Aber im Ernst: Meiner Mutsch, äh, meiner Mama geht´s ziemlich schlecht. Sie hat eine Lichtallergie, die beängstigende Züge annimmt. Manchmal fürchte ich, dass sie sich etwas antun könnte. Sie ist seit einigen Tagen richtig apathisch."

Zetus kniff die Augen zusammen. „Möglicherweise kann ich ..." Er dachte kurz nach: „ ... oder jemand von meinen Freunden ... Deiner Mutter helfen. Aber wenn Du nichts dagegen hast, erst morgen. Komm schlag ein!" Zetus streckte Bendiks seine kleine Hand entgegen. „Na los, so macht Ihr Menschen das doch, wenn Ihr eine Vereinbarung schließt, oder?"

Bendiks nickte. „Ja, aber Du brauchst keinen Vertrag, um Dir meiner Hilfsbereitschaft sicher sein zu können." Trotzdem reichte er Zetus seinen Zeigefinger.

Zetus zögerte keine Sekunde mit seiner Entgegnung: „Ich weiß! – Oh, sieh mal, ein `Brauner Bär´!" Freudig zeigte er auf einen bunten Schmetterling. Das ist ein gutes Zeichen."

Bendiks sah ihn verwirrt an. „Ich glaub´ nicht, dass der Eiswagen bis hier raus kommt."

Dann trennten sich ihre Wege.

Bendiks bedauerte es zutiefst, nicht sein Fahrrad genommen zu haben. Und Zetus raunte Capriu, der gespannt über ihm gewartet hatte, zu: „Was mir jetzt so alles durch den Kopf geht, nennt man wohl `Kulturschock´. Ist die Luft rein?"

„Ja, es ist weit und breit kein anderer Mensch zu sehen. Ich denke, dass Du mit dem Jungen eine gute Wahl getroffen hast. Und ich weiß auch, woran Du bei der Lösung seines Problems denkst. Du wirst dieses Versprechen persönlich einhalten können. Das schwöre ich Dir."

Zetus gab Capriu einen Klaps. „Das wird sich zeigen. Vielleicht musst Du das ja auch für mich übernehmen."

Capriu schüttelte energisch den Kopf. „Nein, ich muss etwas ganz anderes für Dich tun." Mit diesen Worten flog er zurück in Richtung Wald. Zetus folgte ihm.

Maulwolf mal zwei

Crepjan meldete sich mit einem herzhaften Gähnen aus der Traumwelt zurück. Verschlafen linste er in die Richtung, aus der diese ungemein störende Geräuschkulisse an sein Ohr drang. Mit einem halb geöffneten Auge nahm er schemenhaft den alten Livion wahr, der mit geübten Fingergriffen eine Tafel aus Weiden flocht. Stöhnend ließ er sich auf seine Decke zurückfallen „Ich hasse diesen übertriebenen Aktionismus am frühen Morgen."

„Wieso früher Morgen?", gab Livion zurück. „Die Sonne steht fast im Zenit."

„Du willst mir wohl mit Macht ein schlechtes Gewissen einreden?", maulte Crepjan. Er reckte sich im Liegen und drehte sich geräuschvoll auf die Seite, um einen Blick auf Zetus´ Nachtlager werfen zu können.

„Die sind schon lange weg", klärte Miranda ihn auf. Ruckartig setzte Crepjan sich auf. Tatsächlich, es war bereits so hell in ihrer Unterkunft, dass er sie selbst in der hintersten Ecke gut erkennen konnte. Sie nähte fleißig mehrere Stoffbahnen zusammen und fluchte im Minutenabstand, weil sie sich mit ihrer groben Holznadel ständig in die Finger stach. „Verdammte Krötenpisse!", fluchte sie lauthals. „Entweder ist mein Augenlicht im Begriff, sich auf die andere Seite zu verabschieden oder die Gicht in meinen Knochen hindert meine Hände an der Befehlsausführung."

„Oder beides", kommentierte Livion trocken. Miranda warf ihm einen giftigen Blick zu.

„Das erinnert mich an die Schule: Bastelgruppe, Leistungskurs!", meinte Crepjan. „Aber im Ernst: Wieso habt Ihr mich nicht geweckt? Wenn ich mich nicht irre, läuft uns heute die Zeit davon."

„Nach den gestrigen Strapazen hast Du Dir ´ne Extra-Portion Schlaf redlich verdient. Siehst auch längst nicht mehr so zerknautscht aus. Könnte mir außerdem vorstellen, dass auch heute die eine oder andere Anstrengung auf uns wartet. Kann also nicht schaden, ausgeruht zu sein", sagte Livion.

„Und so hast Du uns wenigstens nicht mit Deiner Quatscherei gestört“, ergänzte Miranda.

Crepjan kratzte sich am Hinterkopf. „Habt Ihr schon einmal überlegt, wie wir den ganzen Kram ins Dorf kriegen?“, fragte er.

„Wir beide teilen uns die fünf Platten für den Korb, den wir erst im Tal zusammensetzen. Miranda kommt mit. Sie trägt den Ballon“, erklärte Livion.

„Aha, und den Kristall lassen wir hier?“, konnte sich Crepjan nicht verkneifen nachzusetzen. „Nee, den schnallt sich der ausgeschlafenste Federbold um“, konterte Miranda. „Wir sind bald soweit, hau´ Dir ein Frühstück rein, verpass Deiner Haut ´ne frische Zwiebelkur und dann können wir bald los.“

Ächzend stand Crepjan auf und schleppte sich in den Küchenbereich. „Ich wusste doch, dass Euer Großmut einen Haken hat.“

Eine halbe Stunde später standen sie schwer bepackt an der Felswand. Besonders Livion rief sich in Erinnerung, dass sie hier ihren ersten Feindkontakt mit den Kramlocks gehabt hatten. Diesmal würde niemand seinen Absturz verhindern. Denn wenn er sich zu den beiden anderen umsah, konnte er kein flugtaugliches Mitglied in seiner Mannschaft erkennen. ´Unser unangenehmer Körpergeruch wird sie uns vom Leibe halten´, sagte er sich. Crepjan bot Miranda nonchalant an, ihren Teil des Gepäcks zu tragen, bis sie die schmale Felskante hinter sich gelassen haben würden. Sie fühlte sich zwar geschmeichelt, aber tapfer lehnte sie ab. Diese Härte gegen sich selbst ging allerdings zu Lasten ihrer Reisegeschwindigkeit. Als sie sich auf dem Abstieg ins Tal befanden, hielt Miranda jedoch wieder erstaunlich gut mit.

Trotzdem kamen sie langsam voran. Alle drei hatten schwer zu tragen, und ihr Gepäck war äußerst sperrig. Livion hatte für sich selbst zwei der Korbwände und den Boden mit dem Loch zusammen gebunden. Dieses Bündel trug er abwechselnd über der linken oder der rechten Schulter. Das Gewicht hinterließ schon bald blutunterlaufene Striemen auf seinem gebrechlichen Körper. Mit nicht viel weniger musste sich Crepjan abmühen. Zwar hatte er nur zwei Wände zu tragen. Aber über der anderen Schulter baumelte der Rucksack mit dem Kristall, der diese Körperhälfte geradezu auf den

Boden zu zerren schien. Jedes Mal, wenn Crepjan diese Gewichte umverteilt hatte, machte sich schon nach einigen Minuten das Bedürfnis bemerkbar, das Ganze wiederum rückgängig zu machen. Miranda kam da noch am Besten zurecht. Der fest verschnürte Ballonstoff auf ihrem Rücken ließ sie zwar tief gebückt gehen, so dass sie noch missmutiger und gramgebeugter als sonst durch die Landschaft schritt. Aber ihr Vorwärtskommen war jedenfalls am Wenigsten behindert. So kämpften alle drei stumm mit ihrer Last. Es wäre wohl klug gewesen, die Zahl ihrer Pausen zu erhöhen, doch keiner von ihnen wollte dieses Begehren in zu kurzen Intervallen anmelden. Als sie aber wieder einmal nicht anders konnten, ließen sie sich ins sonnengewärmte Gras fallen und streckten sich allesamt auf dem Rücken aus.

Livion keuchte laut und vernehmlich, so dass Crepjan begann, sich ernsthaft Sorgen um ihn zu machen. „Na, mein Alter, Du wirst Deine Lebensenergie doch nicht gerade jetzt aushauchen? Wenn Du versuchen solltest, mir auf diese hinterhältige Weise Dein Gepäck auch noch aufzudrücken, werde ich mich weigern, Dich jemals in meine Nachtgebete einzuschließen."

„Mich würde diese Drohung nicht am Krepieren hindern", stellte Miranda klar und setzte sich mit einem leisen Seufzer hin.

„Keine Angst", gab Livion zurück. „Es macht mir nur zu schaffen, dass Du wahrscheinlich nicht mehr lange durchhältst und ich mir dann mit Miranda die komplette Ausrüstung teilen kann!"

„Oh, ich komm schon klar. Dann kann´s ja weitergehen!" Crepjan versuchte, dieser geheuchelten Unternehmungslust Nachdruck zu verleihen, indem er munter aufsprang und so tat, als würde er sein Bündel schnüren.

„Sekunde noch", lachte Livion.

„Wenn Ihr die braucht", meinte Crepjan nachsichtig und setzte sich neben Miranda. Als sich auch Livion umständlich wieder aufrichtete, hockten sie zu dritt im Gras und besahen sich die steile Strecke, die nun vor ihnen lag.

„Da, seht Ihr?", fragte Crepjan schließlich. Livion kniff die Augen zusammen und folgte Crepjans ausgestrecktem Arm.

Er nickte: „Zetus´ Weste! Na, die kriegen wir auch noch mit. Dann können wir ihm eine kleine Freude bereiten."

„Ich hoffe nur, er kann sie auch morgen noch gebrauchen", unkte Miranda unheilvoll. Livion stand auf und betrachtete das Gelände zu seiner Linken etwas genauer. Der Hügel schwang sich abseits des Weges, der vor ihnen lag, sanft ins Tal.

„Wir sollten einen kleinen Umweg in Kauf nehmen", verriet er seine Gedanken. „Ich weiß, es klingt bescheuert. Aber so blind, wie wir drei durch die Gegend tapern, stürzen wir noch und brechen uns das Genick. Außerdem geht dieser Abstieg ganz schön auf meine knorrigen Gelenke. Wenn wir uns vielleicht fünfzig Meter in dieses lose Buschwerk schlagen, kommen wir sicher wesentlich bequemer voran. Wir müssen dann nur über eine kleine Kuppe und stoßen gemütlich von der Seite zum Dorf. Was haltet Ihr davon?"

„Was gibt´s davon schon großartig zu halten?" knurrte Miranda. „Du hast natürlich Recht. Aber rein motivationstechnisch ist mir der direkte Weg schon lieber. Da hat man sein Ziel wenigstens vor Augen." Die Entscheidung war damit gefallen. Livion setzte sich noch einmal auf einen Steinblock und atmete tief durch. `Und außerdem kommen wir meiner Erinnerung nach an einem kleinen See mit klarem Wasser vorbei, an dem ich mich ein wenig erfrischen kann!´, dachte er. Wie die beiden anderen auch war er mit den Gedanken schnell bei Zetus und Capriu. Alle drei hatten sie das dumme Gefühl, abseits des eigentlichen Geschehens zu sein. Aber das sollte sich bald dramatisch ändern ...

Als Crepjan Miranda behilflich war, das Stoffbündel auf ihren Rücken zu laden, bemerkte er einen merkwürdig geformten schwarzen Fleck auf dem beigefarbenen Material. „Was ist das?", fragte er interessiert. „Sieht cool aus."

„Das ist das Logo für unsere Rettungsaktion", gab Miranda wie selbstverständlich zurück.

Livion trat heran, um es sich aus der Nähe anzusehen: "Ein stilisierter Federbold, der triumphierend auf einem angedeuteten Halbkreis hockt – Wow!" Anerkennend piff er durch die Zähne. „Hut ab, verehrte Dame! Ihre künstlerischen Ambitionen verleihen dem ganzen Unterfangen eine überlegene Note. Ich denke, Zetus wird sich geehrt fühlen, wenn er sich in dieser heldenhaften Pose wiedererkennt, die ihn offensichtlich bei der Zerstörung der Plasmakuppel darstellen soll.“

Crepjan schüttelte den Kopf. „Ich hoffe wirklich, das mir in Zukunft niemand mehr das Gefühl zu vermitteln versucht, *ich* sei hier der Kindskopf!“ Dann brachen sie auf.

Nach circa hundert Metern ging die Grasvegetation in eine Buschlandschaft über und schließlich mussten sie sich durch das Dickicht schlagen. Als ihr ein Zweig ins Gesicht schlug, den der vor ihr gehende Crepjan achtlos zur Seite gebogen hatte, drehte sich Miranda zu Livion um und fauchte ihn an: „Es war nicht die Rede davon, dass wir ein Buschmesser brauchen würden.“

„Reg Dich ab“, gab Livion zurück. „Wir kommen gleich auf eine freie Fläche, an deren Rand ein Tümpel liegt. Wir halten uns am Ufer. Wenn wir ihn halb umrundet haben, biegen wir schon wieder auf die alte Strecke zurück und sind im Nu zurück am Hang. Zwischendurch gönnen wir uns einen Schluck dieses köstlichen Wassers und haben maximal eine halbe Stunde in den Umweg investiert – dafür aber die steilste Stelle umgangen.“ Miranda grummelt etwas Unverständliches. Livion lachte. „Genau, ich finde auch, dass ich eine echte Bereicherung für unseren Trupp bin“, zog er Miranda auf.

Als Crepjan an den Teich trat, legte er sein Gepäck aus der Hand, kniete sich nieder und wollte gerade sein glühendes Gesicht in das Wasser tauchen, um es zu kühlen. Aber ein unbekanntes Geräusch, aus dem Gebüsch seitlich von ihm, ließ ihn wieder hochfahren. Erschrocken drehte er sich zu Livion um. „Habt Ihr das gehört?“, fragte er über Miranda hinweg. Livions Augen wurden schmal. Statt zu antworten, lauschte er angespannt. Da wieder dieses leise Grollen, das sich zu nähern schien.

„Miranda – meinst Du, Du schaffst es auf den Baum dort?“ Crepjan ließ die grüne Blätterwand vor ihm nicht aus den Augen, als er der alten Federboldin zu verstehen gab, dass sie sich besser aus dem Staub machen sollte. Miranda war zu irritiert, um Crepjan mit einer Schimpftirade zu belegen, auch wenn sie, wie Livion sicher war, sich wegen dieser despektierlichen Frage als dafür legitimiert ansah. Livion zog sie sanft nach hinten. Zu seiner Überraschung ließ sie sich das widerstandslos gefallen, indem sie ihm rückwärts entgegen kam. Mit Nachdruck schob er sie eine alte Birke hinauf, die zwar nur fürs Erste Sicherheit bot, aber mangels besserer Alternative im Moment als Zufluchtsort herhalten musste. Ängstlich sah Miranda Livion von dem Ast aus an, auf dem sie sich ächzend niederließ. „Keine Sorge, nur ´ne Vorsichtsmaßnahme“, raunte er ihr zu. Aber wegen der dunklen Ahnung, die die beiden teilten, wussten sie, dass diese Beruhigung einer Heuchelei gleich kam.

„Crep, kannst Du schon etwas erkennen?“, fragte Livion leise.

„Nee, mir läuft der Angstschweiß in die Augen. Denn mich beschleicht ein echt sparsames Gefühl.“

Beide zuckten zusammen, als Crepjan auf einen trockenen Zweig trat, der unter seinem Stiefel zerbrach. „Sag mal, wir denken doch beide, dass es der Maulwolf ist. Aber wieso hab´ ich dann das Gefühl, dass wir umzingelt werden?“

„Warte ´ne Sekunde. Bin sofort wieder da“, war Livions Antwort.

Crepjan traute seinen Ohren nicht. „Bist Du wahnsinnig? Verpfeifst Du Dich etwa?“, fragte er ungläubig mit brüchiger Stimme. Dabei traute er sich nicht, sich umzudrehen. Denn er hatte das Gefühl, dass jeden Moment eine Bestie aus den Büschen auf ihn zuspringen würde. „Äh, wenn das so ist, dann geh´ ich auch mal lieber austreten.“

Doch gerade, als sich Crepjan zur kopflosen Flucht wenden wollte, trat das beeindruckendste Lebewesen aus dem Gebüsch, das er jemals gesehen hatte. Geschmeidig bewegte es sich auf ihn zu. Die Augen des schwarz-blauen Raubtiers ließen keinen Zweifel daran, dass es Crepjan zu töten gedachte. Aber sein Gang und sein permanentes leises Grollen verliehen ihm eine derartig hoheitliche Aura, dass Crepjan nicht in der Lage war, die Todesgefahr zu realisieren, in der er sich gerade befand. Gebannt bestaunte er das pechschwarze, seidig glänzende Fell seines Gegenübers, die makellose, weiß getigerte Zeichnung seines Gesichtes, die wie eine bizarre Maske wirkte, die ästhetischen Muskeln und Sehnen, die bei jeder Bewegung sichtbar wurden und die spitzen Reißzähne, die so gewaltig waren, dass man ihre Enden auch bei geschlossenem Fang sah. Crepjan war wie paralysiert. Das Tier brauchte sich nicht einmal die Mühe zu machen, seiner Beute nachzustellen. Und es schien diese Reaktion der devoten Hingabe in die Unentrinnbarkeit des eigenen Schicksals zu kennen. Dennoch ließ es Crepjan nicht aus den Augen. Aber genau das war sein Fehler.

Denn der zweite Federbold, der eben noch hinter seinem Opfer gestanden hatte, war keineswegs geflüchtet. Mit einem wilden Kampfschrei sprang er plötzlich von der Seite auf den Angreifer zu, rammte ihm einen angespitzen Ast in die linke Flanke und stellte sofort wieder einen angemessenen Abstand her. Der Maulwolf schrie vor Wut und Schmerz laut auf. Konsterniert starrte er auf das Stück Holz in seinem Körper, das eine beachtliche Wunde hinterlassen hatte. Der Räuber verlor Blut. „Hier“, rief Livion Crepjan zu und warf ihm einen weiteren angespitzten Ast zu. Crepjan griff zu und besah sich die Waffe in seinen Händen.

„Ich wusste immer, dass Fischen ein nützlicher Sport ist“, murmelte er, als er erkannte, dass es ein Stab war, mit dem einige Federbolde die kleineren Fische in solchen ruhenden Gewässern erlegten.

„Wir dürfen uns nicht auf die Verteidigung verlassen“, meinte Livion. „Unsere Überzahl nutzt uns nur etwas, wenn wir sie im Angriff umsetzen.“

Da wirbelte Crepjan herum. Von hinten näherte sich ein Schatten. „Welche Überzahl?“, rief er zurück.

Livion sah an Crepjan vorbei. „Diesen lausigen Abklatsch eines ehemals wahrscheinlich eleganten Maulwolfs kenne ich. Wir haben Dir doch berichtet, dass wir das zweifelhafte Vergnügen hatten, seine Bekanntschaft zu machen.“

Crepjan schluckte, als er die widerwärtige Fratze dieser zweiten Bestie vor Augen hatte. „Sieht aber nicht aus, als wollte er aus Wiedersehensfreude Männchen machen.“ Dieses verwahrloste und mit zahlreichen Narben und anderen Kampfspuren übersäte Tier konnte sich für eine gegenseitige Belauerung oder ähnliche Spielchen nicht erwärmen. Mit zwei mächtigen Sätzen stand er unmittelbar vor Crepjan. Livion wusste, was nun folgen würde und ließ in der Erwartung, Zeuge von Crepjans raschem Tod zu werden, seine Lanze sinken.

Der Maulwolf würdigte Crepjan nur eines kurzen Blicks in die Augen und sprang ihm direkt an die Kehle. Doch bevor er seine Hauer in sein Fleisch senken konnte, sah Crepjan einen kleinen Körper vom Himmel fallen, der auf dem Schädel des Angreifers landete und sich dann stöhnend von ihm herunter rollte. Für einen kurzen Moment lag der Maulwolf benommen am Boden. Crepjan reagierte sofort. Mit aller Kraft rammte er ihm seinen Speer in den Bauch. Sein Hieb war so kräftig, dass das Holz splitterte und schließlich abbrach. Crepjan spürte das warme Blut, das sich über seine Hände ergoss und zog den Stumpf seines Werkzeuges wieder aus dem Tier heraus. Seinen Sieg konnte er nicht auskosten. Denn in dieser Sekunde hörte er Livions schrillen Warnruf: „Pass auf!"

Crepjan wirbelte herum. Das zweite Raubtier kam auf ihn zugeschossen. Ehe er die kümmerlichen Reste seiner Waffe gegen seinen Angreifer richten konnte, hatte der zugepackt. Aber er hatte es offenbar gar nicht auf den Federbold abgesehen. Mit weit aufgerissenem Fang schnappte der Maulwolf nach der Tasche, die an Crepjans linker Körperseite baumelte. Der Trageriemen stellte kein Hindernis dar. Sofort platzte er von Crepjans Schulter.

„Der Kristall!", schrie er. „Oh nein, den kriegst Du nicht." Wütend schlug er mit seinem Holz auf den Kopf des Tieres ein. Tatsächlich ließ es den Beutel fallen. Livion kam hinzugesprungen und griff nach ihm. Es gelang ihm, sich die Tasche zu schnappen. Schnell drehte er sich um und lief weg. Doch schon nach wenigen Metern hatte das Raubtier ihn wieder eingeholt. Mit einem einzigen Prankenhieb streckte es ihn zu Boden. Livion rang mit einer Ohnmacht. Er spürte, dass ihm sein Blut aus fünf kleinen Wunden am Körper herab rann. Mühsam drehte er sich auf den Rücken. Er starrte direkt in den Fang des Feindes, der nun offenbar kurzen Prozess machen wollte. Geistesgegenwärtig langte er nach der Tasche, die neben ihm lag und stopfte sie dem Tier so weit in den Rachen, wie er nur konnte. Dabei verletzte er sich an den scharfen Zähnen des Maulwolfs. Doch er ließ nicht nach. Das Tier röchelte. Es rang verzweifelt nach Luft, taumelte rückwärts und stieß gegen einen Baumstamm. Crepjan sprang behände herbei. Er forderte Livion mit einem Blick auf, ihm den dritten Stab zuzuwerfen, der neben ihm am Boden lag. Livion begriff. Sekunden später hallte ein grässliches Gurgeln, das ein lauter Schrei hätte werden sollen, durch den Wald. Livion und Miranda hielten sich die Ohren zu. Ein kalter Schauer lief ihnen über den Rücken. Danach war wieder die himmlische Ruhe hergestellt, die Livion an diesem Ort einmal so geliebt hatte, aber nun wohl nie mehr wirklich genießen würde können.

Nachdem der Maulwolf seinen kurzen Todeskampf hinter sich gebracht hatte, ließ sich Livion auf den Rücken sinken, um zu verinnerlichen, was gerade geschehen war. Auch Crepjan ließ sich auf die Knie fallen und schnaufte hörbar. Im Liegen fragte Livion ihn mit bitterem Sarkasmus: „Und? Wie legt sich der Geschmack des Tötens auf Deine Seele?“

Crepjan steckte sich demonstrativ den Finger in den Hals. „Mich befällt ein heftiger Würgereiz. Könnte nicht mein Hobby werden!“

Livion lachte schnarrend. „Aber immerhin schließt Du auf meiner persönlichen Helden-Rangliste dicht zu Zetus auf.“

Crepjan tat empört. „Ich dachte eigentlich, dass das Abmurksen von zwei Maulwölfen innerhalb von ein paar Minuten zur Führung reichen müsste.“

„Da geb´ ich Dir prinzipiell Recht“, bemerkte Livion zustimmend. „Aber was das angeht, hast Du schließlich auch nur die halbe Punktzahl eingefahren.“

Crepjan sah ihn erst fragend an und drehte sich dann langsam um. Ungläubig starrte er auf die Stelle, an der er das extrem hässliche Exemplar dieser unsympathischen Rasse niedergestreckt hatte. Aber außer einer enormen Blutlache, die den moosigen Untergrund tränkte, gab es dort nichts mehr zu sehen. Entschlossen zog Crepjan den Holzpfahl aus der Tierleiche neben sich und folgte der unübersehbaren Blutspur, die ins Dickicht führte. „Der kann noch nicht weit sein.“

Doch Livion hielt ihn zurück. „Wir brauchen Dich hier. Ich möchte auch, dass dieser Spuk endgültig vorbei ist, aber wir sollten die Aktion „Kuppelabriss“ nicht gefährden.“

Crepjan ließ seine Waffe sinken. „Du hast Recht.“

Aus einem Haufen abgestorbener Blätter hörten sie plötzlich ein Stöhnen. „Ich unterbreche Eure tiefsinnigen Erörterungen ja höchst ungern, aber könnte jemand einer alten Frau mal wieder auf die Beine helfen?“ Crepjan und Livion sahen sich schuldbewusst an: Miranda!

„Ooch, unser Diskurs war ohnehin gerade beendet. Wir würden gern gehen. Kommst Du?“, fragte Crepjan lapidar.

„Nachdem meine Verdienste um die Rettung Eurer unbedeutenden Federbold-Existenzen angemessen gewürdigt wurden: gern!“

Livion reichte Miranda die Hand und strahlte sie an. „Danke, Ma ´am!“, war sein knapper Kommentar. „Wenn die Aufgabe nur darin besteht, möglichst geschmeidig in die Tiefe zu plumpsen, ist Dein ehrwürdiger Körper noch zu erstaunlichen Leistungen fähig.“

Miranda richtete sich ächzend auf. „Na, mit diesem weltmännischen Kompliment will ich mich mal zufrieden geben.“

In Crepjans Gesicht spiegelte sich aufrichtige Anerkennung. „Alles noch dran?“, fragte er sie.

„Natürlich, denkst Du, in meinem Alter brech ich mir noch was? Der Heilungsprozess würde sich doch gar nicht mehr lohnen.“

Nachdenklich betrachteten sie das tote Tier in ihrer Mitte. „Ein Weibchen“, stellte Livion fest. „Die Gesichtszeichnung könnte ein Altersmerkmal sein. Manche Lebewesen gewinnen in der zweiten Lebenshälfte deutlich an Eleganz.“ Crepjan zog bei diesem Satz spöttisch eine Augenbraue hoch und blickte vielsagend in Mirandas Richtung. Die zog es vor, diese Geste nicht zu kommentieren.

„Dann könnte dieses struppige Etwas, das sich eben verdünnisiert hat, ja vielleicht ihr Sohn sein“, schlussfolgerte Crepjan.

„Na, super“, kam Mirandas Kommentar. „Dann könnt Ihr Euch ja demnächst um ein rachedurstiges Waisenkind kümmern.“ Mühsam raffte sie ihr Bündel zusammen und mahnte auch ihre beiden Begleiter zur Eile: “Was ist, wollt Ihr dem Vieh noch ein Staatsbegräbnis zukommen lassen?“ Da hörten sie plötzlich Stimmen und das Geräusch schlagender Flügel.

Als Crepjan wieder seinen Holzstab an sich nehmen wollte, beruhigte ihn Livion. „Etwas spät, aber ich denke, da kommt Hilfe.“ Und tatsächlich waren es Zetus und Capriu, deren kleine Körper sich vor dem Hintergrund der grünen Baumkronen abzeichneten.

Schockiert drehten sie eine Runde über dem Ort, der sich ihnen offensichtlich als Kampfplatz präsentierte, und landeten schließlich in der Mitte ihrer Freunde.

„Das ist nicht der Maulwolf, den wir gestern gesehen haben“, stellte Zetus fest.

„Oh, danke der Nachfrage, uns geht´s gut“, antwortete Crepjan.

„Das sehen wir“, meinte Capriu.

Aber Zetus legte Crepjan lobend eine Hand auf die Schulter. „Respekt! Wie habt Ihr das hingekriegt?“

„Ganz einfach“, plusterte sich Crepjan auf. “Meine beiden Kollegen hier haben die Ablenkungsmanöver durchgeführt und ich habe einen Maulwolf nach dem anderen zur Strecke gebracht.“

„Siehst Du jetzt schon Gespenster?“, lachte Zetus.

„Es stimmt“, sagte Livion. „Ein zweiter Maulwolf war ebenfalls an der Attacke beteiligt. Crep hat ihn schwer, wenn nicht sogar tödlich verletzt. Ich hab´ ihn davon abgehalten, ihn zu verfolgen. Die Zeit drängt schließlich.“ Zetus nickte.

„Dieses Herzchen hier“, deutete Miranda auf den Leichnam „wollte uns den Kristall mopsen.“

Capriu pfiff durch die Zähne, als er das hörte und griff nach der Tasche. Mit einiger Anstrengung gelang es ihm, sie aus dem Fang der Maulwölfin zu ziehen. Dann hielt er sie in die Luft und stülpte ihre Öffnung nach unten. Doch es tropfte nur rötlicher Schleim heraus, der sich auf seinem Stiefel sammelte. „Und wo ist er jetzt, wenn ich fragen darf?“

Crepjan und Livion seufzten. „Hier bleibt einem auch nichts erspart“, stöhnte Crepjan.

„Ich kann Euch nicht folgen. Sagt uns bitte, dass Ihr wisst, wo er steckt.“ Zetus klang ungeduldig und leicht nervös.

Die beiden nickten und verzogen wie auf Kommando das Gesicht. „Im Magen-Darm-Trakt dieser Bestie! Hast Du etwas Spitzes dabei?", fragte Crepjan.

Livion kramte in seinen Hosentaschen. Er zog einen winzigen Feuerstein hervor, eher ein Bruchstück davon. Miranda zog die Augenbrauen hoch. „Na wenigstens können wir damit ein Feuerchen machen."

„Und was soll das bitte schön bringen?", fragte Capriu gereizt. „Manchmal muss man halt um die Ecke denken", erklärte Miranda. Das scheint nicht gerade Deine Stärke zu sein. Liegt doch auf der Hand: Wer noch im Todeskampf Kostbarkeiten klaut, erhält dafür ´ne Feuerbestattung! Wir brauchen allerdings ein bisschen trockenes Gras, um die Dame in Brand zu setzen. Wenn der Klunker kein Imitat ist, sollte er das problemlos überstehen."

Capriu nickte. „Einen umständlichen Ausweg hätten wir also schon mal. Aber gibt´s nicht auch eine einfache Lösung?"

Zetus hatte sich in der Zwischenzeit neben das tote Tier gekniet. Mit beiden Händen tastete er seinen Hals ab. Dann rief er Crepjan zu sich. „Hilf mir mal. Wir müssen den Kopf überstrecken."

Crepjan begriff. „Soll ich, oder willst Du?"

„Es ist Deine Trophäe", grinste Zetus. „Es wäre Frevel, wenn ich es wagen würde, mich an ihr zu vergehen. Nein, nein, Dir gebührt selbstverständlich der Vortritt." Zetus klopfte seinem Freund auf die Schultern und stellte sich etwas abseits. Dann gab er Crepjan mit einer aufmunternden Handbewegung zu verstehen, dass er zur Tat schreiten möge.

Der zog einen Flunsch, war aber keineswegs auf ein Streitgespräch aus. Also umfasste er entschlossen den Holzstab, visierte einen imaginären Punkt unterhalb des Kehlkopfes an und stach fest in den verendeten Leib hinein. Eine rote Fontäne spritzte ihm entgegen und besudelte seinen ganzen Körper. „Gut, dass meine Weste ohnehin rot ist, aber sieh Dir meine schöne grüne Hose an: komplett eingesaut!"

Seine Waffe verursachte ein schmatzendes Geräusch, als er sie wieder heraus zog. Angewidert drehte sich Capriu zur Seite. Mühsam kämpfte er gegen den Wunsch seines Körpers an, sich seines Frühstücks zu entledigen.

Zetus hockte sich vor die neue Öffnung im Körper des Maulwolfs und begutachtete sie. „Gute Arbeit“, meinte er trocken.

Dann stützte sich Crepjan mit der linken Hand auf dem Brustkorb der Tierleiche ab und griff mit der rechten Hand hinein. Vorsichtig tastete er sich zu dem Bereich vor, in dem seiner Schätzung nach der Kristall hängen geblieben war. „Ich hab´ ihn“, gab er schon nach ein paar Sekunden Meldung. Er zerrte und zog an dem Objekt seiner Begierde.

„Soll ich die Öffnung weiten?“, fragte Zetus.

Doch Crepjan schüttelte den Kopf. „Er ist nur etwas unhandlich.“ Schweißperlen traten ihm auf die Stirn. Sein Arm war nun fast bis zur Schulter verschwunden. Aber kurze Zeit später machte er ein zufriedenes Gesicht. Crepjan drückte seine linke Hand in die Flanke des Leichnams und schließlich kamen erst sein rechter Ellbogen und danach sein Handgelenk zum Vorschein. Er zog die Hand heraus und kniete sich mit seinem ganzen Körper auf den Hals des Tieres. Ein roter Klumpen glitt aus dem Körper und plumpste in das schon zuvor blutbefleckte Gras. Crepjan ging zu dem See, wusch sich sauber und erfrischte sich mit dem klaren Wasser.

Als er zurückkam, wandte sich Zetus wie ein großer Bruder an ihn: „Ich will Deinen Triumph ja nicht schmälern, aber falls das Gefühl, ein Lebewesen getötet zu haben, Dir Alpträume bereiten sollte, kann ich Dich wohl beruhigen.“ Crepjan begriff nicht. „Das Vieh wäre an diesem Brocken so oder so erstickt. Deine Tat fällt also eher in die Kategorie Sterbehilfe. Aber das Söhnchen von diesem edlen Geschöpf läuft ja noch frei herum. Du kannst Dir Deinen Ruf als unerschrockener Maulwolftöter also noch nachträglich verdienen.“ Crepjan wusste nicht, ob er sich freuen oder ärgern sollte.

Zetus ging zu Livion. „Nach dem, was ihr mir geschildert habt, gebührt der Ruhm dann ja wohl Dir, mein Alter.“ Anerkennend boxte er ihm in die Seite.

Crepjan verengte seine Augen zu schmalen Schlitzen und zog den verdutzten Livion mit einem grässlich heiseren Knurren auf. „Du machst mir Angst, gnadenloser Killer!“

Capriu lachte erleichtert. Er hob den Kristall auf, befreite ihm von dem Schmutz, der an ihm klebte und packte ihn wieder in die Tasche, nachdem er sich zuvor von ihrer Gebrauchstauglichkeit überzeugt hatte. Zetus sah sich das Material an, das die anderen bei sich getragen hatten. Er wollte es sich nicht anmerken lassen, aber sein Optimismus bekam einen herben Dämpfer. Es überstieg seine Vorstellungskraft, dass sich aus diesen Teilen ein flugfähiges Vehikel bauen lassen sollte. „Na, das sieht doch viel versprechend aus", log er. Er hob zwei Korbwände auf und bedeutete den anderen, die restlichen Stücke untereinander aufzuteilen. „Kommt! Die übrigen Apparaturen werden pünktlich geliefert."

Crepjan sah ihn mit großen Augen an. „Erzähl!", forderte er Zetus aufgeregt auf. „Ihr habt wirklich etwas erreicht?"

„Hast Du daran gezweifelt?", fragte der selbstgefällig zurück. Livion und Miranda stillten noch ihren Durst. Dann brachen sie auf. Ohne sich noch einmal bitten zu lassen, berichtete Zetus von dem ungewöhnlichen Pakt, den sie gerade ausgerechnet mit einem Menschen geschlossen hatten. Selbst Livion und Miranda verbargen ihre Bewunderung für diese mutige Tat nicht. „Und das Beste kommt erst noch", steigerte Zetus gekonnt die Spannung. Wie beiläufig bückte er sich, hob seine Weste auf, derer er sich an dieser Stelle vor zwei Tagen entledigt hatte, klopfte sie aus und blickte genüsslich in die erwartungsvollen Augen von drei Federbolden. Mit einem breiten Grinsen ließ er schließlich die Katze aus dem Sack: „Den Transport des Ballonzubehörs von der Welt der Menschen in unsere übernimmt ausgerechnet ..." Er warf Capriu einen spöttischen Blick zu. „ ... ein Hund!" Über die entgleisten Gesichtszüge, aus denen ihn seine drei Freunde anglotzten, hätte er sich ausschütten können.

Stockende Logistik

Bendiks raste atemlos den Weg ins Dorf zurück – sehr zu Isis` Freude. Endlich kam dieses Bürschchen mal aus sich heraus. Und siehe da – er *war* gar kein Bewegungslegastheniker. Sein Tempo war nicht schlecht und der Laufstil überraschend rund. Isis hatte dennoch keine Mühe, ihn laufend zu umkreisen, hin und wieder ein Stück vorzusprinten und ihn kläffend zu noch größerer Eile aufzufordern. Bendiks quittierte die Ausgelassenheit seines Hundes mit einem zerknirschten Lächeln: „Willst Du, dass ich tot umfalle?"

Als die Häuser des Dorfrandes vor ihm lagen, verfiel er in einen langsameren Schritt und ging bald nur noch, um auszuschnaufen und zu überlegen, wo er die Gegenstände, die er suchte, zuletzt gesehen hatte. Obwohl er versuchte, diesen Gedanken auszusparen, grübelte er zwangsläufig über die Erfolgsaussichten dieses Vorhabens nach. „Nein, nein, nein", schimpfte er sogleich vor sich hin. „Es muss einen besseren Weg geben. Denk nach! Sie werden sich zu Tode stürzen. Zum ersten Mal in Deinem Leben könntest Du so etwas wie einen echten Freund gefunden haben, und nach einem verheißungsvollen Auftaktgespräch kannst Du ihn gleich wieder abschreiben: Das darf nicht sein!"

Bendiks malte sich seinen exotischen Geheimbund mit den Federbolden in den schillerndsten Farben aus. Mochte sein, dass er aufgrund seines wahrscheinlich merkwürdigen Verhaltens aus der Sicht seiner beschränkten Klassenkameraden endgültig zum versponnenen Sonderling mutieren würde. Er war jedenfalls bereit, sich auf dieses speziesübergreifende Bündnis voll und ganz einzulassen. Zetus konnte sein Ticket zum zeitweisen Verlassen seiner tristen Lebensumgebung werden. `Bloß, es wird nicht funktionieren!´, meldete sich wieder sein Verstand mit erbarmungsvoller Nüchternheit. Und als ob er selbst mit seinem Gehirn kommunizierte, nickte er gedankenverloren. „Das stimmt leider."

Niedergeschlagen bog er in die Straße ein, in der ihr Haus stand. Dann blieb er abrupt stehen und sah auf die Uhr an seinem Handgelenk. Er hatte nur 13 Minuten gebraucht. Vielleicht blieb noch genügend Zeit für ein Ausweichmanöver. Er leinte Isis wieder an und trabte los. Wenig später stand er vor dem Reihenhaus, in dem Lennart mit seinen Eltern lebte. Verstohlen blickte er sich nach allen Seiten um. War das jetzt schon Hausfriedensbruch? Mit einem unbehaglichen Gefühl in der Magengegend schlich Bendiks um das Haus herum, um nachzusehen, ob er einen kurzen Blick in das kleine Backsteingebäude in dem Garten der Hausmanns werfen konnte. Er wusste, dass sie dort sämtliche Utensilien ihrer zumeist kostspieligen Hobbys aufbewahrten. Doch als er nur gerade mal sein Näschen um die Ecke gereckt hatte, fuhr er auch gleich wieder zurück. In dem abgezäunten Rasenstück vor diesem Nebengebäude lag jemand, der aus Bendiks´ Sicht im Moment überhaupt nicht ins Bild passte: Charlie, der Rottweiler. Der Knabe war ziemlich griffig. Offenbar hatte er sich vor kurzem den Magen voll geschlagen und machte sein Verdauungsschläfchen. Zum Glück hatte Bendiks Isis´ Leine so kurz gefasst, dass sie den ebenfalls nicht allzu sehr von ihr geschätzten Köter nicht sah. Als sie anfing, witternd die Nase zu heben, schlich sich Bendiks genauso behutsam rückwärts, wie er gekommen war.

`So ein Generalmist!´, fluchte er innerlich. Lennarts Großeltern hüteten das Haus ein. Er konnte den Opa nicht leiden, weil der immer nur übelgelaunt durch die Gegend lief und anscheinend Gefallen daran hatte, dass die Leute aus Respekt vor seinem Rottweiler die Straßenseite wechselten, wenn er ihn ausführte. Dass diese Vorsicht hauptsächlich in der Sorge begründet war, der alte Hausmann könnte auf dem Asphalt zerschmettert werden, wenn seine im vollen Saft stehende Töhle sich beim Anblick eines zu verbellenden Passanten ins Zeug legte, schien ihm dabei bisher entgangen zu sein.

Missmutig stand Bendiks kurz darauf erneut in der Straße, in der er wohnte. Er öffnete das Gartentor, das wie immer fürchterlich knarrte und ließ es gedankenverloren aus seiner Hand gleiten. Geräuschvoll zog es die rostige Metallfeder zurück, so dass die Tür mit einem lauten Krachen ins Schloss fiel. „Na klasse, da hätte ich ja gleich an der Haustür klingeln können“, schimpfte Bendiks mit sich selbst. Und der Erfolg, den er mit seiner Nachlässigkeit erzielt hatte, sollte sich auch sogleich einstellen. Als Bendiks auf die hinter dem Haus gelegene Terrasse zustrebte, kam sein Vater aus der rückwärtigen Haustür auf ihn zu.

„He, Bendiks, was liegt an?“

Bendiks hatte ein ausgesprochen gutes Verhältnis zu seinem Vater, auch wenn er manchmal etwas zu verschroben war, um als Ersatz für einen gleichaltrigen Freund dienen zu können. Aber wenn er sich mit einer solchen Ansprache anbiedern wollte, dann stand meistens ein klärendes Gespräch unter Männern bevor. Bendiks war deshalb alles andere als überrascht, den nächsten Satz aus dem Mund seines Vaters zu hören. „Wir müssen mal miteinander reden. Hast Du kurz Zeit?“

`Sehr durchschaubar, diese pädagogisch angehauchte Verwendung einer rhetorischen Frage!´, dachte sich Bendiks. `Nein´, wollte er seinen Papa einfach nur knapp bescheiden. Aber es wäre reichlich naiv gewesen zu glauben, dass die Unterhaltung damit ihr vorzeitiges Ende gefunden hätte.

Sein Vater würde sich kaum nach dem Motto damit zufrieden geben: `Ok, schade, dann komme ich ein anderes Mal auf Dich zu. Schönen Tag noch, mein Junge´.

Also antwortete Bendiks nur halb abweisend, indem er zurückfragte: „Was gibt´s denn?“

„Es geht um Mama“, erklärte sein Vater.

`Nein´, dachte sich Bendiks insgeheim. `Es geht um Dich!´ Bendiks war nicht entgangen, dass sein Papa seit geraumer Zeit im Begriff war, sich von Grund auf zu ändern. Er war nicht mehr länger der tüchtige Beamte, der zuverlässig und zur vollen Zufriedenheit seiner Vorgesetzten seinen Job erledigte. Stattdessen entwickelte er eigene Interessen, betonte auffällig den letzten Rest seiner Jungenhaftigkeit und genoss ausgiebig die angenehmen Seiten des Lebens. Es kam nun häufiger vor, dass er schon am frühen Nachmittag zuhause war, um z. B. den Sonnenschein eines Junitages zu genießen oder sich Bendiks´ kleinem Bruder zu widmen, obwohl er nach eigenem Bekunden eigentlich eine wichtige Fristsache fördern müsste. Bendiks fand diese Lebenseinstellung im Grunde sehr sympathisch. Denn er wusste genau, dass dieser Sinneswandel nicht auf einer sog. Midlife Crisis beruhte oder gar eine heimliche Geliebte dahinter steckte. Sein Vater hatte einfach nur das Gefühl, das kostbare Geschenk seiner realen Existenz nicht ausreichend zu würdigen, wenn er sich weiterhin mit so profanen Zielen wie einer optimalen Karriereplanung und der Aufrechterhaltung seines Rufes beschäftigte, ein Perfektionist zu sein. Trotzdem empfand Bendiks so etwas wie Mitleid mit seinem Papa. Denn er war sich sicher, dass er letztlich – und zwar nicht nur wegen der Erkrankung seiner Mama - unglücklich war und eine Metamorphose anstrebte, von der er selbst noch nicht genau wusste, wie sie aussehen sollte.

„ ... schlimmer geworden, findest Du nicht?“ Der Redeschwall seines Vaters riss Bendiks aus seinen Gedanken.

Er erschloss sich blitzschnell den vermutlichen Anfang dieses Fragefragmentes und antwortete möglichst unverfänglich. „Hhm, ich denke eigentlich, dass die Krankheit stagniert. Aber zugegebenermaßen kann ich nicht ausschließen, dass mir die aktuellste Entwicklung entgangen ist. Weißt Du, es ist mir manchmal einfach zu frustrierend, ständig neue Versuche zu unternehmen, sie in ein Gespräch zu verwickeln. Aber ich weiß natürlich, dass diese nachlassende Sorge gefährlich sein kann. Gleich nachher werde ich mich noch einmal zu ihr setzen.“

Sein Vater nickte. „Vielleicht stellt sich ja eine Besserung ein, wenn der Herbst kommt. Dann sticht das Sonnenlicht nicht so gnadenlos durch die Gardinen. Ich hab´ schon daran gedacht, dickere Vorhänge zu kaufen. Aber würde das ihre Empfindlichkeit nicht noch verstärken?“

Bendiks sah ihn hilflos an. „Ich weiß es nicht“, antwortete er ehrlich. Sein Papa seufzte und beide sahen sich eine Weile stumm in die Augen.

„Was hast Du eigentlich heute Nachmittag vor? Wir könnten doch eine Radtour unternehmen. Der Kleine ist noch bis fünf bei Oma Hilde.“

Bendiks hatte diese Frage befürchtet. Er wollte seinen Vater ungern enttäuschen. Aber er konnte ihn auch kaum in sein Vorhaben einweihen. „Äh, ich muss einem Kumpel noch was vorbei bringen. Und danach hab´ ich echt ´ne Menge Hausaufgaben zu erledigen. Hab´ in letzter Zeit ziemlich geschludert“, log er und spielte seinem Papa ein verlegenes Grinsen vor.

Aber der ließ sich nicht so leicht abschütteln. „Ich könnte Dir bei beidem helfen“, bot er an. „Was suchst Du denn?“ Bendiks wurde leicht panisch. Eine weitere Lüge konnte er sich jetzt nicht erlauben. Denn wenn es ihm nicht gelang, seinen Vater bald los zu werden, würde er viel Zeit in ein aufwendiges Ablenkungsmanöver investieren müssen.

„Ooch, Jan und Frederik wollen ein Experiment durchführen. Sie haben so ´ne Art Heißluftballon gebaut und ...“ Bendiks sah in große Erwachsenenaugen. Offenbar hatte sein Vater das Verständnis für solche kindlichen Unternehmungen verloren.

„Und was kannst Du dazu beitragen?“, fragte er.

Bendiks bemühte sich, möglichst gelangweilt zu klingen: „Ich hab´ Ihnen versprochen, eine Propangaskartusche und einen Bunsenbrenner zur Verfügung zu stellen. Oder meinst Du, dass das gefährlich ist?“

Sein Vater zuckte mit den Achseln. „Kommt drauf an. Direkt in die Flamme würde ich das Gas jedenfalls nicht strömen lassen. Aber wenn sie es erst in den Ballon bringen und dieses Gemisch dann nachträglich erwärmen, könnte es vielleicht funktionieren. Aufsteigen wird das Gerät allerdings wohl kaum.“

Bendiks zuckte innerlich zusammen, zwang sich jedoch, äußerlich die Ruhe zu bewahren. „Und wieso nicht?“

„Naja, der Wärmeverlust durch die Ballonhülle ist bestimmt zu groß. Da braucht man schon professionelles Material.“

Bendiks unterdrückte seine Enttäuschung. „Schade, aber trotzdem würde ich gern mein Versprechen einhalten.“

Sein Vater nickte. „Das ist ein feiner Zug von Dir“, lachte er. „Komm, ich glaub´, ich weiß, wo ich das Zeug gelagert habe.“ Sein Vater ging zu dem alten Schuppen, holte den Schlüssel aus einem Blumentopf, der auf dem Fensterbrett stand und als, wie Bendiks fand, lausiges Versteck diente. In diesem Moment hörten sie ein schwaches Klingeln.

„Das Telefon!“, stellte Bendiks´ Vater fest. Er machte noch Licht in dem Schuppen, zeigte in die hintere rechte Ecke und machte auf dem Absatz kehrt. „Der Zylinder ist ganz schön schwer. Warte lieber, bis ich zurück bin.“

`Von wegen´, dachte sich Bendiks. `Vielen Dank für Deine Hilfe, aber ab jetzt komme ich allein zu Recht!´ Mit großer Mühe quälte er sich durch einen gigantischen Berg von Plunder. Die meisten Geräte, die hier unordentlich übereinander gestapelt lagen, machten einen halb zerstörten Eindruck oder hatten allenfalls noch antiquarischen Wert. `Dass der nicht mal was entsorgen kann!´, ärgerte er sich zum zigsten Mal über diese Eigenschaft seines Vaters. `Ist es wirklich so schwer, sich von einer gesplitterten Holzlatte mit drei krumm geschlagenen, rostigen Nägeln zu trennen?´ Als er sich bis an die Rückwand der Laube durchgeschlagen hatte, entdeckte er den Gaszylinder endlich. Er lag ganz oben auf einem beachtlichen Stapel unterschiedlichster Gerätschaften. Aber das steigerte seine Laune nur unwesentlich. Denn sein Vater hatte Recht: Sie war mit Sicherheit schwer. Und unhandlich dazu. Also suchte er erst nach dem Bunsenbrenner, überzeugte sich davon, dass er gebrauchsbereit war, steckte ein paar Streichhölzer in die Hosentasche und ging noch einmal nach draußen.

Isis umkreiste ihn dabei wie ein treuer Satellit. Sein Vater war noch nicht wieder zu sehen. So redselig, wie sein alter Herr in letzter Zeit war, konnte er selbst den gewieftesten Telefonvertreter aus einem dieser unsäglichen Calling Center zur Verzweiflung bringen. Eilig lief Bendiks um das Haus und holte sich den gummibereiften Bollerwagen aus der Garage, den sein Vater in einem Anflug aus Harmoniesucht für gemeinsame Familienpicknicks gekauft hatte. Der Aufkleber mit dem sensationell günstigen Preis klebte noch auf der Seite. Bisher hatte er nur als weitere Lagerungsmöglichkeit gedient. Mit schnellen Griffen entleerte Bendiks ihn und fuhr ihn vor den Schuppen. Hinein bekam er ihnen leider nicht. Dafür war die Laube einfach zu voll gestopft.

`So, dann wollen wir doch mal sehen, wozu diese muskelbepackten Schraubstöcke alles in der Lage sind´, machte sich Bendiks über den erbärmlichen Zustand seiner Oberarme lustig. Er hasste es, wenn er in der Schule als `Spatzenärmchen´ betitelt wurde. Entschlossen griff er nach dem Zylinder, zog ihn nach vorn und wollte ihn mit einem eleganten Schwung auf den Boden zerren. Doch er hatte dessen Gewicht deutlich unterschätzt. Bendiks schaffte es nicht, die Kartusche festzuhalten, so dass sie auf ihn zustürzte und ihn zu einem instinktiven Ausweichschritt veranlasste. Rückwärts taumelnd, stieß er gegen irgendeinen sperrigen Gegenstand, so dass er wieder nach vorn gedrückt wurde und der Zylinder, der Schwerkraft gehorchend, mit voller Wucht gegen sein Schienbein fiel. Sofort raubte ihm ein unerträglicher Schmerz fast die Sinne. Sein weit aufgerissener Mund entließ einen martialischen Schrei. Tränen schossen ihm in die Augen, als er vornüber fiel und sich keuchend auf dem Gerümpel zu seinen Füßen abstützte.

`Der ist durch´, schoss es ihm durch den Kopf. `Ich hab´s verbockt. Ich hirnrissiger Vollidiot hab´s einfach versaut´. Behutsam tastete er die Stelle ab, an der er das Schmerzzentrum wähnte. Er war weder über die bemerkenswerte Schwellung noch über die Tatsache verwundert, dass an seinen Fingerkuppen hellrotes Blut klebte. Ihm war übel. Die Tränen, die er jetzt vergoss, waren solche der Verzweiflung. „Das werd´ ich mir nie verzeihen“, schluchzte er. Isis gesellte sich winselnd zu ihm und leckte ihm aufgeregt das Gesicht ab.

„Weg“, fuhr eine barsche Stimme den verstörten Hund an. „Was ist passiert? Warum hast Du nicht auf mich gewartet?“ Sein Papa hatte schon einen feuchten Lappen dabei und einen Verbandskasten. Bendiks hielt seinem tadelnden Blick stand.

„Weil ich ein Penner bin, ein Riesenrind, ein Kamelofant“, gab er sich kleinlaut. Er drehte sich um und setzte sich auf den Fußboden. Tapfer unterdrückte er ein Stöhnen, als sein Papa die Wunde abwischte. Geübt säuberte er sie, presste Mull darauf und verpasste ihm eine straffe Bandage, allerdings ohne es sich nehmen zu lassen, ununterbrochen den Kopf zu schütteln.

„Geh ins Haus und leg Dich hin. Am besten leistest Du Mama Gesellschaft. *Ich* bring diesen Kram zu Deinen Kumpels. Wo wohnt denn dieser Jan?“ Bendiks antwortete nicht, um Zeit zu gewinnen. Jetzt kam es darauf an, die Angelegenheit herunter zu spielen. Andernfalls würde sein Paps nicht mit sich reden lassen.

Bendiks ließ sich von ihm aufhelfen und tat so, als könnte er fast schmerzfrei auftreten. „Es geht schon“, quetschte er zwischen den Zähnen hervor. „Aber es wäre nett, wenn Du mir dieses Ungetüm auf den Wagen laden könntest.“

Sein Vater sah ihn fassungslos an. „Du bist genau so ein sturer Bock wie Deine Mutter. Aber von mir aus. Ich muss sowieso weg. Ulrich braucht jemanden, der ihm beim Hausbau zur Hand geht.“

`Die erste wirklich gute Nachricht heute´, dachte Bendiks, zeigte seine Freude darüber aber natürlich nicht. Bendiks´ Papa besah sich noch einmal das unbeholfene Hinken seines Sohnes, verkniff sich jedoch jede weitere Bemerkung und machte sich auf den Weg zu seinem Wagen. Dabei ließ er sein Schlüsselbund um seinen Zeigefinger kreisen und pfiff eine Melodie, die so schräg war, dass er sie sich selbst ausgedacht haben musste.

„Falls es zu sehr weh tut, ruf ich Jan einfach an, dass er sich seinen Krempel abholen soll“, rief Bendiks ihm nach, der plötzlich das Bedürfnis hatte, sein halsstarriges Verhalten in ein einsichtigeres Licht zu rücken. Sein Papa drehte sich um und nickte ihm nur kurz zu. Bendiks fühlte sich miserabel. Vielleicht hätte er seinen Vater doch einweihen sollen. Er war schließlich immer sehr verständnisvoll und hilfsbereit. Naja, die Gelegenheit, das Alles hier klarzustellen, würde sich bestimmt noch einmal ergeben.

Mit schmerzverzerrtem Gesicht humpelte er noch einmal zum Schuppen zurück. Er suchte ein paar belastbare Taue und zwei Dachlatten, die die richtige Länge hatten, um daraus ein Geschirr für Isis zu bauen. Als er meinte, alle Utensilien auf seinen Wagen geladen zu haben, hockte er sich hin, um seine Hündin zu streicheln. „Dein großer Auftritt kommt schließlich noch“, flüsterte er ihr ins Ohr. Isis genoss die Zuwendung ihres geliebten Rudelführers und drängelte sich ganz eng an ihn heran. Bendiks sah auf die Uhr. `Mist, das hat definitiv zu lange gedauert´. Schnell warf er eine Decke über den Inhalt des Bollerwagens und machte sich endlich rumpelnd auf den Weg. `Zetus wird schon ungeduldig warten.´ Er hätte ihm sein Mobiltelefon geben sollen. Bei diesem Gedanken musste er lachen: Ein Federbold mit einem Handy am Ohr? Das war eine bizarre Vorstellung! Schon nach wenigen Metern wurde ihm klar, dass er mit seinem lädierten Bein nicht so recht vorankam. `Das wird bestimmt bald besser´, dachte er sich. Er rief sich einen beliebten Spruch seines rustikalen Opas in Erinnerung: „Schmerz ist Schwäche, die den Körper verlässt!" Wenn das wirklich so war, schien sein ganzer Körper aus Schwäche zu bestehen.

Als die fünf Federbolde in der Talsohle angekommen waren, suchten Zetus und Capriu gemeinsam eine Stelle, die ihnen angesichts des leichten Westwindes als sinnvoll für ihr Startvorhaben erschien. Sobald sie begannen, den Korb zusammenzusetzen, indem sie die Wände mit den Schnüren verbanden, die Miranda mitgenommen hatte, erstarben ihre Gespräche. Immer lähmender legte sich die Gewissheit auf die kleine Gruppe, dass sich nun das Schicksal ihrer Mission vollenden würde. Keiner von ihnen war so naiv, die Unzulänglichkeit ihres Flugapparates zu verkennen. Und doch verdrängte jeder einzelne von ihnen den Gedanken daran, dass diese Rettungsaktion scheitern könnte und sich einer von den beiden halbwüchsigen Federbolden aus ihrer Mitte würde opfern müssen. Als die vier Seitenteile verbunden waren, legten sie das halbfertige Produkt Ihrer Arbeit auf die Seite und setzten den Fußboden ein. Zetus kontrollierte noch einmal die Größe der Öffnung, indem er sich den Kristall geben ließ und ihn hindurch steckte. `Perfekt´, dachte er, sprach aber nicht einmal dieses Lob für seine Kameraden aus. „Verstau ihn wieder in der Tasche", wies er Capriu stattdessen an.

Als nächstes entfalteten sie die Ballonhülle. Es war müßig, Miranda zu fragen, woher diese vielen unterschiedlichen Stoffteile stammten. Einige sahen allerdings so skurril aus, dass die Antwort auf die Frage, zu welchem Zweck sie einmal gewebt worden waren, sicher interessant gewesen wäre. Als Zetus den Stoffberg geglättet hatte, stand er unschlüssig an der Stelle, die seiner Meinung nach die Öffnung darstellte. Hilfe suchend blickte er zu Miranda. Sie griff in eine der vielen Taschen in ihrer Kleidung, holte vier schmale, aber durchaus stabil wirkende Seile hervor und legte sie, ohne zu zögern, auf vier ganz bestimmte Punkte auf dem ausgebreiteten Stoff. Zetus´ und Crepjans Blicke trafen sich. Crepjan hob die Schultern, als wollte er sagen: `Was soll´s? Versuch macht kluch!´ Dann begann er, die Schnüre mit den vier Eckpunkten des Korbes zu verbinden. Und schließlich richteten sie ihn auf.

„Ich hab´ den Eindruck, dieses Gefährt möchte sich schnellstmöglich in die Lüfte erheben“, durchbrach Zetus die Stille mit mühsam geheuchelter guter Laune. „Mal sehen, was die geschätzte Spezies der Menschen zu diesem Projekt beitragen kann. Komm, Capriu.“

Bevor sie in Richtung des Waldrandes davonflogen, machte er seinen Freund auf das Logo aufmerksam, das sich deutlich auf der oben liegenden Stoffbahn abzeichnete. „Mir scheint, Miranda scheint Dir den Ruhm nicht zu gönnen. Du wolltest mich doch begleiten, oder?“

„Bist Du sicher, dass *Du* das sein sollst? Ich meinte eigentlich, mich erkannt zu haben“, gab Capriu zurück.

„Das ist doch nur ein Sinnbild für uns alle“, erklärte Miranda schnell.

„Schon klar“, verabschiedete sich Zetus. Schnell waren die beiden zwischen den Baumkronen verschwunden. Sie ließen drei tief bedrückte Federbolde zurück, deren Angst, sie könnten doch noch scheitern, immer mehr mit Händen zu greifen war.

Zetus und Capriu verzichteten wie schon in der Mittagszeit darauf, sich durch den Tunnel zu kämpfen und flogen lieber über das Felsmassiv hinweg. Dadurch waren ihre kleinen Körper zwar überdeutlich am Himmel zu sehen, aber übertriebene Vorsichtsmaßnahmen gegen eine Entdeckung durch die Menschen konnten sie sich jetzt nicht mehr leisten. Durch den niedrigen Gang im Gestein mussten sie schließlich schon auf dem Rückweg. Denn Isis würde ihnen wohl kaum den Gefallen tun, dort ganz allein durchzumarschieren. Als sie am verabredeten Treffpunkt ankamen, war von Bendiks nichts zu sehen.

Capriu sah Zetus unsicher an. „Keine Sorge“, beruhigte der ihn. „Er wird kommen, ganz sicher.“

„Fragt sich nur, wann“, unkte Capriu und blickte mit sorgenvoller Miene zum Himmel. Zu dieser Jahreszeit waren rasch aufziehende Wärmegewitter keine Seltenheit. Wenn das heute passieren sollte, konnten sie im wahrsten Sinne des Wortes einpacken.

Da zog ihm Zetus am Ärmel. „Da“, er wies auf die Stelle, an der der Feldweg die Waldgrenze durchbrach. Die Menschen hatten ihn von diesem Punkt an mit Schotter ausgelegt, so dass Bendiks jetzt erkennbar schwerer vorankam, zumal es bergan ging. Zetus runzelte die Stirn. „Es scheint etwas dazwischen gekommen sein. Ich hatte seinen Gang runder in Erinnerung.“ Eilig flogen sie ihm entgegen.

Bendiks schleppte sich keuchend den Hang hinauf. Als er die beiden Federbolde auf sich zukommen sah, hielt er kurz inne, rieb sich den Schweiß von der Stirn und kippte die Deichsel in die Vertikale. „Puh, tut mir Leid, dass ich ein bisschen spät komme.“

Isis verfolgte fasziniert die Bewegungen der geschickt um sie herum schwirrenden Federbolde. Zetus verharrte mit heftigem Flügelschlag auf der Stelle und wies auf seinen Begleiter. „Darf ich vorstellen? Das ist Capriu.“ Und zu Isis gewandt: „Er hat ein kleines Hundeproblem!“ Die Hündin schien das zu spüren. Jedenfalls legte sie sich hin, vielleicht um möglichst klein und harmlos zu erscheinen, und kläffte Capriu freundlich an.

Bendiks schloss für einen Moment ergriffen die Augen. „Sehr angenehm, aber ich denke, zu diesem Zeitpunkt hätte ich Dich lieber nicht kennen gelernt. Du scheinst mir genauso sympathisch zu sein wie Zetus. Und zwischen Euch beiden wird es sich wohl entscheiden, wenn unser Plan fehlschlägt, oder?“ Capriu nickte ernst.

Zetus versuchte, die beiden aufzumuntern, indem er empört die Hände in die Hüften stemmte. „Hast Du da etwa ernstzunehmende Zweifel?“ Bendiks versteckte seine Tränen, die ihm über das Gesicht liefen, nicht. Seine Stimme versagte ebenfalls. Deshalb nickte er nur stumm.

„Es wird schon gut gehen.“ Zetus landete auf dem Bollerwagen und berührte Bendiks zärtlich am Ellenbogen.

„Dann lass mal sehen, was Du da Schönes hast", bemühte sich Capriu, Bendiks´ dunkle Stimmung aufzuhellen. Während er das Innere des Bollerwagens inspizierte, sah Zetus Bendiks fragend an und legte seine Hand auf den Verband an seinem Bein.

„Das geht schon", versicherte Bendiks.

„Was ist passiert?"

„Das berichte ich Dir, wenn wir uns das nächste Mal treffen", antwortete er.

Bendiks nahm den Griff wieder in die Hand und begann, den Wagen auf den Hügel zu ziehen, auf dessen Kuppe sich der Eingang zum Höhlensystem befand. Er kannte die Stelle sehr gut. Niemals hätte er vermutet, dass sich dahinter solche Wunder verbergen könnten, wie sie heute über ihn hereingebrochen waren. Schnaufend teilte er den beiden Federbolden seine diffusen Vorstellungen über die Konstruktion eines Heißluftballons mit solchen erbärmlichen Mitteln mit, wie sie ihnen in der Kürze der Zeit zur Verfügung standen. „Also, das Prinzip ist eigentlich ganz simpel. Ihr lasst das Gas in Eure Stoffhülle strömen und ..." Bendiks bemerkte den unsicheren Blick, den Capriu Zetus zuwarf. „Äh, ihr habt doch eine Stoffhülle, oder? Ansonsten können wir uns den Akt hier nämlich getrost sparen."

„Na klar", beruhigte ihn Zetus im Brustton eines festen Glaubens an den Erfolg ihres Vorhabens.

Bendiks blieb skeptisch, fuhr aber fort. „Und dann erwärmt ihr das Gemisch in dem Ballon, indem Ihr den Bunsenbrenner von unten in die Öffnung haltet. Am Besten richtet Ihr die Flamme aber nicht direkt auf das Ventil der Kartusche. Wer weiß, ob das Ganze nicht doch explodiert."

Zetus nickte eifrig. „Verstanden, großer Meister. Wir müssen doch nur gute zehn Meter nach oben kommen. Dann kann das Ding meinetwegen verrecken."

„Ja, ich finde auch, dass wir nicht viel mehr erwarten sollten. Aber das wird wahrscheinlich schwierig genug. Irgendwie graut mir vor diesem Feld- und Wiesenversuch. Gut, dass ich ihn nicht live miterleben muss", stöhnte Bendiks.

Als sie vor dem Höhleneingang standen, machte sich Bendiks daran, das Geschirr für Isis zusammen zu basteln. Ohne aufzuschauen, gab er den Federbolden eine Empfehlung: “Also, wenn Ihr wirklich wollt, dass Isis Euch in diesen dunklen Schlund folgt, dann wäre es jetzt an der Zeit, sich ihrer uneingeschränkten Zuneigung zu versichern. Aber wenigstens habe ich an eine Taschenlampe gedacht.“ Zetus begriff. Isis rutschte tatsächlich auffallend nervös auf ihrem Hintern herum. Es war ihr wohl nicht entgangen, dass der Chef ihr nun die Bewältigung einer eher unangenehmen Aufgabe abverlangen würde.

Deshalb herzte Zetus sie ausgiebig und lobte sie mit schmeichelndem Tonfall. Capriu tat sich damit weitaus schwerer, folgte aber tapfer dem Vorbild seines Freundes. Isis honorierte diese überraschende Zuwendung mit einem wohligen Grunzen und ließ sich genüsslich auf den Rücken fallen. Dann kam auch schon das Kommando: „Isis, komm.“

Unentschlossen machte die Hündin ein paar halbherzige Schritte auf Bendiks zu. Der führte vorsichtig ihren Kopf durch eine Seilschlaufe, an deren Seiten sich zwei Holzlatten befanden, die er mit der Lenkstange des Bollerwagens verknüpft hatte. Sehr Vertrauen erweckend schien das Konstrukt auch für ihn selbst nicht zu sein. Isis hatte seinen kleinen Bruder auf ähnliche Weise schon ein paar Mal im Winter mit dem Schlitten gezogen. Die Rolle des Zugpferdes war ihr deshalb nicht fremd. Trotzdem sah sie ihn vorwurfsvoll an.

„Das Wichtigste ist, dass sie nicht in Panik gerät. Ihr solltet immer ganz nah bei ihr bleiben und nicht das Gefühl aufkommen lassen, sie sei allein in der Höhle.“ Dann wandte sich Bendiks an seine Hündin und sprach zu ihr wie zu einem Menschen. Sie schien wirklich begriffen zu haben, was alle von ihr erwarteten. Jedenfalls ging sie zielstrebig auf den Eingang in der Felswand zu, als Zetus sie aufforderte, mit ihnen zu kommen.

„Ich warte hier auf Dich“, rief Bendiks seiner Hündin hinterher. Doch als sie und Zetus von der Schwärze des Steinmassivs verschluckt wurden, winkte er nur noch Capriu hinterher, der wieder über den Felsen hinwegflog. Dann drehte sich Bendiks um und rannte wie vom Teufel gehetzt ins Dorf zurück. Gegen die aufkommende Verzweiflung behalf er sich mit dem Zusammenpressen seiner Kiefer. Mehrmals stolperte er über herumliegende Äste, weil er trotz seiner Verletzung den direkten Weg durch das Dickicht wählte, in der Hoffnung, hierdurch weniger Zeit zu verlieren, als wenn er sich an den gewundenen Waldweg gehalten hätte.

Zetus redete ununterbrochen beruhigend auf Isis ein und führte sie geduldig den schwierigen Weg durch den Tunnel entlang. An einigen Stellen verengte er sich bedrohlich, so dass er fürchtete, der Wagen würde stecken bleiben und einen irreparablen Schaden nehmen. Doch Isis entwickelte ein erstaunliches Geschick dafür, sich durch den Gang zu schlängeln. Trotz des spärlichen Lichts der Taschenlampe gelang es ihr, immer im richtigen Augenblick eine Kurve einzuleiten oder sich leicht zu bücken, um nicht mit dem Kopf gegen die mitunter sehr plötzlich auftretenden Gesteinswucherungen an der Höhlendecke zu stoßen. Zetus lobte sie jedes Mal. Selbst den heikelsten Punkt ihrer Strecke meisterte Isis im ersten Anlauf, indem sie mit ein paar schnellen Schritten das Tempo erhöhte und so den Karren durch eine Spitzkehre bugsierte, ohne die steinernen Wände auch nur zu berühren. Als sie ungefähr die Hälfte des Weges hinter sich gebracht hatten, stand ihnen die Nagelprobe bevor.

Zetus hatte Bendiks nichts von diesem Problem erzählt, obwohl er genau wusste, dass die ganze Unternehmung ohne weiteres daran scheitern konnte. Er musste Isis jetzt allein lassen, wenn er noch eine realistische Chance haben wollte, rechtzeitig aus der Dunkelheit heraus zu kommen.

„Sitz." Zu seinem Erstaunen schien diese Situation Isis´ Gelassenheit nichts anhaben zu können. Ohne zu zögern, folgte sie seinem Befehl und sah ihn geduldig an. „Hör zu, meine Schöne, ich muss mich jetzt dringend verpieseln. Du wartest hier bitte einen Moment. Der liebe Capriu taucht in Kürze hier auf und übernimmt den Rest des Weges. Hörst Du? Bitte nicht umkehren! Wir lassen Dich nicht allein." Isis hechelte mit weit heraus hängender Zunge und legte den Kopf schief. Zetus war sich nicht sicher, ob sie begriffen hatte, was er von ihr wollte. Aber er konnte sich keine weiteren Ausführungen mehr erlauben. Die ersten Schritte ging er noch rückwärts und wiederholte mehrfach ein Kommando, von dem er hoffte, dass es die Hündin in ihrem Repertoire hatte: „Bleib! Bleeeib! Bleib!"

Schließlich machte er auf dem Hacken kehrt und lief, so schnell er konnte, in Richtung Ausgang. Als er hörte, dass sich Isis hinter ihm geräuschvoll aufrichtete, fluchte er leise, verlangsamte seinen Lauf aber nicht. Nach circa 30 Metern kam ihm Capriu entgegen. „Könnte klappen!", rief er ihm zu. Als sie sich begegneten, klatschten sie sich lautstark ab und übergaben einander die Taschenlampe. Kurz bevor sich seine Rezeptoren vollständig schlossen, erreichte Zetus das andere Ende des Tunnels und ließ sich erschöpft ins Gras fallen.

Capriu rief Isis schon von weitem laut ihren Namen zu, als er ihre weiße Brust vage im Dunkel erkennen konnte. An der Bewegung des Bollerwagens konnte er ablesen, dass sie sich freute, ihn zu sehen. Laut schlug ihre wedelnde Rute gegen ihr improvisiertes Geschirr. `Wer hätte gedacht, dass mich die Gelehrsamkeit eines Hundes mal so in Verzückung versetzen könnte´, schoss es Capriu durch den Kopf. Mit aufrichtiger Erleichterung streichelte er den großen Hund. Eigentlich hätte sie jetzt vor Freude bellen sollen, aber die bedrückende Umgebung schlug ihr wohl doch ein wenig auf´s Gemüt. Bereitwillig folgte sie dem Federbold, dessen Aufgabe auf dem abschüssigen Endstück des Ganges vor allem darin bestand, Isis zu zügeln und zu einer etwas gemächlicheren Gangart zu veranlassen. Bald schon traten auch sie ins Freie. Zetus empfing sie, indem er beiden lobend auf die Schulter klopfte.

Obwohl Capriu ein wenig mitgenommen war und sich am liebsten erst einmal einem Sonnenbad hingegeben hätte, versagte Zetus ihnen ein kleines Päuschen, sondern trieb sie an, ihren Weg zum Dorf fortzusetzen. Dort erwarteten sie schon drei äußerst gespannte Federbolde, denen der Respekt vor diesem zotteligen Ungetüm deutlich ins Gesicht geschrieben war.

„Na endlich", rief Crepjan, versteckte sich dabei aber halb hinter Livion und Miranda. Zetus befreite Isis von ihrem Gepäck und führte sie gleich wieder zum Höhleneingang zurück. Er empfand es als richtiger, wenn sie sofort wieder den Heimweg antrat. Auf den Bollerwagen müsste Bendiks erst einmal verzichten. Isis ließ sich ohne Umstände zu dem Tunnel zurückführen und machte sich, ohne zu murren, auf, um zu ihrem Menschen zurückzukehren.

Als Zetus wieder bei seinen Freunden war, fiel ihm gleich auf, dass sie alle mit betretenen Gesichtern imaginäre Punkte auf dem Boden fixierten und offensichtlich darauf warteten, dass er Ihnen Instruktionen gab. „Was ist das denn für ´ne ätzende Atmo hier? Charmantes Wesen, diese Isis, oder? Sie hat sich zweifellos ein Leckerli verdient." Aber dann sah er ein, dass dieser hilflose Versuch, die allgemeine Stimmung zu heben, zum Scheitern verurteilt war. Auch er musste sich der Tatsache stellen, dass der Zeitpunkt der Entscheidung gekommen war. Es machte keinen Sinn mehr, davor die Augen zu verschließen.

Ballon in Flammen

Zetus merkte, dass er nun vollends das Kommando übernehmen musste. Alle Augenpaare waren erwartungsvoll auf ihn gerichtet. Also tat er so, als wüsste er ganz genau, was zu tun war. „Komm Capriu, als Erstes müssen wir uns völlige Klarheit über die Windverhältnisse verschaffen."

Gemeinsam flogen sie senkrecht nach oben, stellten ihre Flügel in den Wind und gingen jeweils für einige Sekunden in den Gleitflug über. So konnten sie feststellen, in welche Richtung und mit welcher Kraft der Wind sie trieb. Dabei hielten sie aber einen respektvollen Abstand zum Zentrum der Kuppel, um nicht in das Kraftfeld zu geraten, das ihnen dieses gesamte Ballon-Manöver aufzwang. Nach ein paar Minuten kehrten sie zu den anderen zurück.

„Wir haben uns gar nicht so schlecht positioniert", teilte Capriu ihnen mit. „Der Korb muss vielleicht zehn, zwölf Meter den Hang hinauf, also ostwärts getragen werden. Da ich nicht einschätzen kann, wie schnell wir ihn nach oben bekommen, sollten wir mindestens 15 Meter Abstand zur Plasmawand halten." Zetus widersprach nicht, sondern machte sich daran, das Material entsprechend Caprius Vorschlag auf eine Stelle zu schleppen, die ihm als Startplatz günstig erschien. Den Bollerwagen zogen sie gemeinsam. Als letztes trugen sie den Korb auf eine kleine Erhöhung, die es ermöglichte, ihn annähernd eben zu platzieren.

Dann befestigten sie die Stoffhülle am Korbrand und bemühten sich, dem Konstrukt einen verhältnismäßig symmetrischen Aufbau zu verleihen. Zetus inspizierte aus dem Augenwinkel die Gesichter der anderen. Jeder schien mit sich und seinen Gedanken beschäftigt. Crepjan schielte auffällig oft zu Capriu hinüber. Die Tasche mit dem Kristall hatte er achtlos ins Gras geworfen. `Er spekuliert darauf, dass Capriu den Helden mimt und sich opfert´, dachte Zetus. `Und das ist auch nicht sehr fern liegend´, bestätigten ihm dessen nervöse Handbewegungen. Fahrig nestelte er an den Schnüren zwischen Ballon und Weidenkorb herum. Schweißperlen liefen ihm über die Schläfen.

Livion hielt sich abseits. Skeptisch beäugte er die Apparatur. `Ich versteh´ nichts davon, aber ich weiß jedenfalls, dass es nicht funktionieren kann´, schienen seine Augen zu sagen.

Nur Miranda brummelte wie immer Unverständliches vor sich hin und stellte damit ihren immer gleich bleibenden Gemütszustand zur Schau, der den anderen bedeuten sollte, dass sie eigentlich schon viel zu lange auf diesem Planeten war und bereits in grauer Vorzeit Dinge erlebt hatte, die wesentlich aufregender waren als dieses kleine Intermezzo hier.

`Und Du?´, fragte sich Zetus plötzlich. `Wie geht es Dir?´ Zu seiner eigenen Überraschung stellte er fest, dass er tatsächlich vollkommen ruhig war. Er spürte nicht die geringste Angst in sich. Die Erkenntnis, dass er sterben könnte, stand ihm in voller Schärfe vor Augen. Und dennoch beunruhigte ihn das nicht. Alles schien sich zu fügen. Wenn die Rettung seines Volkes seinen Tod verlangte, würde er dieses Opfer bringen - durchaus ungern, aber er würde nicht zögern, entschlossen das Nötige zu tun. Und es war nicht einmal so, dass er sich dafür mit dem Gedanken trösten müsste, die gemeinsame Mission seiner Freunde zu dem erhofften Erfolg geführt zu haben, der sie alle für den Rest ihres Lebens mit Stolz erfüllen würde. Er brauchte diesen Trost gar nicht. Zetus von Rubaakon hatte einfach nur noch zu erledigen, was ihm als Wichtigstes in seinem kurzen Leben aufgetragen worden war.

Sein Tod würde nicht vergebens sein. Das war entscheidend. Er würde es den Federbolden ermöglichen, weiter zu existieren. Er würde seinen Gefährten die Chance geben, sich allen Herausforderungen zu stellen, die sich ihnen in Zukunft bieten würden. Sie würden auch den zweiten Maulwolf besiegen. Und sie würden eines Tages die Kramlocks in die Schranken weisen. Vielleicht würden sie ja sogar das Rätsel des gelben Kristalls lösen? `Die nächste gute Tat eines Federbolds wird es jedenfalls sein, einem Menschen die Fähigkeit zurückzugeben, das Geschenk des Sonnenlichts entgegenzunehmen ´, dachte er voller Stolz.

Zetus spürte, wie er sich immer mehr in sein Schicksal ergab. Fast schien es ihm, als wenn er einen Pakt mit einer höheren Macht schloss, die ihm eine helfende Hand reichte und ihn auf eine andere Seite des Daseins ziehen wollte - wissend, dass er sich nicht sträuben würde. Es kam ihm vor, als bewegte sich sein Bewusstsein außerhalb seines Körpers. Er überblickte jetzt die ganze Szenerie vor ihm. Oder spielte sie sich nicht schon längst unter ihm ab? War er es nicht selbst, der da vorne stand, die anderen beobachtend und die betriebsamen Geräusche ihrer Vorbereitungen belauschend? Dabei gab es doch gar nichts zu hören. Vollkommene Stille hatte sich in seinem Kopf ausgebreitet. Kein Ton drang an sein Ohr.

Zetus drehte sich langsam um. Hatte ihn da nicht jemand an der Schulter berührt? Wer war es, der mit ihm Kontakt aufnehmen wollte? `Mutter!´, dachte er. `Mutter?´ Fragend horchte er in sich hinein. Seine eigenen Bewegungen kamen ihm unendlich langsam vor. Für einen kurzen Moment schloss er die Augen und genoss diesen himmlischen Zustand absoluter Ruhe und Selbstgewissheit. Als Crepjans mürrische Stimme ihn in die Gegenwart zerrte, war es ihm, als wenn sein eigener Geist in seinen schwerelosen Körper zurückschnellte.

„Wir sind fertig!!!“ Crepjan klang, als wenn er dieses Wort schon zum zehnten Mal wiederholte. Seine zusammen gekniffenen Lippen verrieten Zetus, dass er die ganze Prozedur immer noch für reinen Schwachsinn hielt und stattdessen eine Lösung bevorzugte, die er selbst als „sauber“ bezeichnete: `Capriu hat uns diesen Schlamassel eingebrockt, er kann die Sache auch wieder geradebiegen.´ Zetus nickte abwesend. Dann blickte er Crepjan, Livion und Miranda aufmunternd an. „Es ist schön, so optimistische Mitstreiter zu haben“, lachte er, als er in ihre betretenen Gesichter blickte.

„Deinen Sarkasmus kannst Du Dir sparen. Ich war schon auf Beerdigungen, bei denen mir wärmer ums Herz geworden ist als bei diesem Himmelfahrtskommando hier“, grantelte Crepjan. Da stieß Capriu Zetus aufgeregt in die Seite und deutete mit dem Kopf auf das entfernt liegende Felsmassiv, das zu Mirandas Höhle hinaufführte. Ein kleiner Körper zeichnete sich dort gegen den Himmel ab. Zetus kniff die Augen zusammen. Er tauschte einen vielsagenden Blick mit Capriu aus.

„Selbst wenn er geläutert sein sollte, könnte er uns jetzt nicht mehr helfen. Die Kramlocks haben ihn zwar anscheinend verschont. Aber er wird für immer ein flugunfähiger Krüppel bleiben.“ Crepjan entging diese Unterhaltung nicht. Wütend ballte er die Fäuste. „Aber seiner gerechten Strafe können wir ihn immer noch zuführen.“

Zetus verstand seinen Zorn. Dennoch besänftigte er ihn: “Ein anderes Mal, Crep. Die Dämmerung setzt bald ein.“

Zetus wandte sich um und schob den Bollerwagen ächzend neben den Korb. „Miranda und Livion! Stellt Euch bitte auf den Rand und haltet die Hülle möglichst hoch, damit ich das Gas in die Öffnung strömen lassen kann.“ Als sie seinen Anweisungen folgten, machte Zetus ein unzufriedenes Gesicht und bat Crepjan, sie zu unterstützen.

„Capriu, Du nimmst den Bunsenbrenner. Wenn ich es sage, entzündest Du ein Streichholz, drehst an der Schraube hier, öffnest den Hahn am Brenner und hältst die Flamme dagegen. Dann richtest Du den Brenner direkt in die Ballonöffnung. Aber halt bitte Abstand zu meiner Gasflasche. Ich möchte nicht, dass wir alle in einer Stichflamme verpuffen. Wenn wir den kompletten Trupp grillen, steht die Kuppel morgen noch. Und das wäre ein ziemlich unbefriedigendes Ergebnis unserer Bemühungen.“

„Und außerdem gönn´ ich unserem Publikum diesen Triumph nicht“, zischte Crepjan. Statt einer Erwiderung drehte Zetus am Ventil der Gaskartusche. Hörbar strömte das Propan in die Hülle. Der Stoff wölbte sich leicht. Angespannt folgten die Federbolde Zetus ´ Anweisungen: „Miranda, etwas höher. Crepjan, stell Dich ein bisschen weiter links auf.“ Dann schloss Zetus ruckartig das Ventil und gab Capriu im selben Moment ein Zeichen. Der setzte sofort den Brenner in Gang. Als er das Feuer in die Ballonöffnung richtete, gab es ein ploppendes Geräusch, aber keinen Knall, keine Verpuffung, keine Explosion. Zufrieden nahmen die Federbolde wahr, wie sich die Ballonhülle aufblähte. Crepjan unterdrückte ein Jubeln. Die Stoffkugel füllte sich überraschend schnell.

Mit Livions Hilfe wuchtete Zetus die Gasflasche auf den Korbrand und öffnete das Ventil erneut. Kraftvoll dehnte sich der Stoff nun und der Korb erzitterte unter ihren Füßen. Er bewegte sich! Er löste sich vom Boden! Capriu konzentrierte sich weiter darauf, das Gas in der Hülle zu erhitzen. Zetus nickte den drei anderen zu. Auf dieses Zeichen hin stießen sich Crepjan, Livion und Miranda vom Korbrand ab und sprangen auf den Boden. Miranda fiel stöhnend auf die Seite und rollte wie ein Bündel Lumpen gegen einen Stein. Als Crepjan ihr zu Hilfe kommen wollte, rief Zetus ihm zu: „Der Kristall! Würdest Du ihn bitte holen?"

Crepjan schlug sich vor die Stirn. „Ups, den hätte ich beinah vergessen, Euch mitzugeben. Mein Fehler." Er wollte in die Tasche greifen und ihn herausholen.

Aber Zetus schüttelte den Kopf: „Soweit sind wir noch lange nicht." Also schwang Crepjan die komplette Tasche über den Korbrand. Und das war jetzt auch nötig. Denn der Ballon erhob sich tatsächlich in die Lüfte. Er schwankte bedrohlich hin und her und glitt alles andere als gleichmäßig dahin. Aber er stieg. Er bewegte sich in Richtung Himmel!

Zetus schaute nach unten. Drei freudig erregte Federbolde sahen ihnen nach. Livion half gerade Miranda auf die Beine und Crepjan hüpfte wie wild auf der Stelle. Schnell waren sie gute drei Meter hoch in der Luft. Zetus konnte nicht einmal mehr verstehen, was Crepjan ihnen wie ein Wahnsinniger hinterherbrüllte. „Guter Job", flüsterte er Capriu zu, der in seiner Anspannung lediglich ein verlegenes Lächeln zustande bekam.

Aber ihre Freude währte nur kurz. Die Fahrt stockte. Zetus reagierte sofort: „Jetzt wird´s kritisch!" Er öffnete das Gasventil vollständig und leerte die Flasche. Dann beugte er sich nach unten und zeigte auf die Kartusche. Die Federbolde am Boden begriffen. Sie spritzten auseinander und brachten sich in Sicherheit. Zetus stieß die Flasche von sich und ließ sie in die Tiefe stürzen. Dann griff er nach dem Brenner. Doch Capriu hielt ihn fest und sah Zetus trotzig ins Gesicht.

„Gib ihn her. Wir sind zu schwer. Für Dich ist die Fahrt hier beendet", sagte Zetus bestimmt.

Capriu schüttelte den Kopf. „Nein, wir schaffen das nur zusammen. Wie willst Du gleichzeitig mit dem Brenner feuern und kontrollieren, ob die Richtung stimmt?“

Mit ruhiger Stimme beharrte Zetus darauf, dass Capriu seinen Anweisungen folgen sollte. „Das Gas ist leer. Wir haben noch nicht die nötige Höhe. Und wir werden sie auch nicht erreichen, wenn Du Deinen kleinen Federboldhintern nicht langsam hier raus schwingst!“

Capriu sah Zetus aus wütenden Augen an. „Was ist, wenn es nicht klappt, wenn Du an der Kuppel vorbeisegelst? Was wirst Du dann tun?“ Seine Stimme überschlug sich jetzt fast. Capriu war nicht bereit, klein beizugeben. Dennoch lockerte sich sein Griff.

Unnachgiebig zog Zetus den Brenner an sich, hielt ihn weiter in die Ballonöffnung und schob Capriu langsam auf den Korbrand zu. „Geh!“, befahl er knapp. Capriu gehorchte widerwillig und ging einige Schritte rückwärts. Als er die Korbwand im Rücken spürte, gab er seinen Widerstand auf. Eine Träne rollte ihm über die Wange.

„Es tut mir Leid“, stammelte er.

Zetus nickte. „Ich weiß. Und jetzt mach ´nen Abflug.“

Doch als Capriu sich rückwärts über den Korbrand rollen wollte, um sich ins Freie fallen zu lassen, wurde der Ballon von einer heftigen Böe erfasst. Capriu taumelte gegen Zetus, der mit Mühe den Bunsenbrenner in der Hand behielt. Der Wind drückte die Hülle ein. „Wir sind über den Baumwipfeln“, rief Zetus. „Hier ist der Wind stärker. Er drückt uns weg!“

Capriu blickte an Zetus vorbei. Er hatte Recht. Viel zu schnell bewegten sie sich auf die Plasmawand zu. Sie waren noch nicht hoch genug, um über sie hinweg zu gleiten. Wenn jetzt nicht ein Wunder geschah, würden sie gegen die Kuppel prallen. „Spring endlich, Du Idiot“, schrie Zetus.

Capriu schüttelte den Kopf: „Es ist zu spät!“

Zetus drehte sich um. Der Korb bekam jetzt Schlagseite. Ein Seil löste sich. Der Ballonstoff klatschte Zetus ins Gesicht. Er fiel nach hinten und konnte sich nur mühsam wieder aufrichten. Zu spät bemerkte er, dass der Brenner direkt auf den Ballon gerichtet war. Sofort griff das Feuer auf die Hülle über. Zetus spürte, dass sie sanken.

Der Wind hatte nun ein leichtes Spiel mit ihnen. Sie hatten keinen Auftrieb mehr und segelten wie ein Blatt im Wind seitwärts auf das Dorf zu, das Zetus so gerne noch einmal gesehen hätte.

´Wir scheitern!´, schoss es ihm durch den Kopf. Aber dann kehrte sein kühler Verstand zurück. `Natürlich scheitern wir, was hattest Du denn gedacht.´ Für einen kurzen Augenblick beschäftigte ihn der Gedanke, dass ihm diese ganze Aktion wahrscheinlich nur dazu gedient hatte, seinen letzten Weg mit etwas mehr Fassung antreten zu können. Jetzt, wo alle Hoffnung dahin war, doch noch mit heiler Haut davon zu kommen, ließ es sich bestimmt viel leichter ertragen. Ihre Konstruktion gab nun alle aerodynamischen Fähigkeiten preis. Der Korb legte sich auf die Seite und der Ruck, der nun durch ihre Körper fuhr, gab ihren Gehirnen die Meldung weiter, dass das Plasma im Begriff war, sie einzuatmen.

„Der Kristall", rief Zetus Capriu aufgeregt zu. Er hatte doch eben noch zu seinen Füßen gelegen! Panik machte sich in seinem Kopf breit. Zetus war für einen Moment unfähig, die Situation zu erfassen. Dann erst begriff er. Er sah zu Capriu hinüber, der sich bereits flügelschlagend außerhalb des Korbes befand - die Tasche mit ihrem kostbaren Inhalt um seinen Körper geschlungen. Mit einem wütenden Satz ließ Zetus ihr brennendes Gefährt hinter sich, das sich kurz an die Plasmakugel schmiegte, aber schon nach einem Wimpernschlag darin verschwunden war. Zetus biss unbewusst auf seine Backenknochen, als er sah, wie das Logo mit dem siegessicheren Federbold von der bläulichen Kuppel aufgesogen wurde, bevor es vollständig von den Flammen gefressen werden konnte. Wutschnaubend wandte er sich von diesem Anblick ab und fixierte Capriu, der auffällig darum bemüht war, Zetus auf Abstand zu halten.

„Was hast Du vor?", fragte der ihn langsam, obwohl er es doch genau wusste.

„Du hattest Deine Chance", gab Capriu mit bitterem Tonfall zurück. „Jetzt bin ich dran."

Zetus schloss die Augen. `Die Dinge können sich doch immer noch bescheidener entwickeln, als es sich ein intellektuell durchschnittlich begabter Federbold auszumalen vermag´, dachte er. Alles hatte heute Mittag so viel versprechend begonnen. Aber jetzt hatte er das Gefühl, dass ihm jemand einen gebrauchten Tag angedreht hatte. Wie durch einen milchigen Schleier, der sich über seine müden Augen zu legen schien, erkannte er, dass Capriu ihm etwas zurief. Doch die aufgeregten Worte, die sein Mund formte, drangen nicht an sein Ohr. Um ihn herum war wieder völlige Stille. Fast genoss er es, nun die absolute Gewissheit zu haben, versagt zu haben. Solange nur ein Fetzen Hoffnung ihn angetrieben hatte, war in seinem Hinterkopf dieser Schmerz gewesen, der ihn hin und her gerissen hatte. Er fühlte sich, als sei er tagelang dürstend umher geirrt und gelange nun endlich an den Horizont; nur um festzustellen, dass er sich noch immer mitten in einer Wüste befand.

Beinahe erleichtert ließ er sich zu Boden sinken, wo ihn seine Gefährten empfingen und ihm Trost spendeten, indem sie ihn einfach nur in ihre Mitte nahmen. Auch in der Stunde seiner Niederlage war er nicht allein, schienen ihre leeren Augen ihm zuzuflüstern. Dann kam ihm ein furchtbarer Gedanke: `Hatte ihm sein Unterbewusstsein einen bösen Streich gespielt? War es nicht bloß Nachlässigkeit gewesen, den Kristall aus der Hand zu legen? Vielleicht hatte sein eigener Geist, der im Grunde seines Wesens schwächer sein mochte, als er sich einzugestehen bereit war, diese Wendung der Dinge herbeigeführt! Es war doch wohl vorauszusehen gewesen, dass Capriu den Kristall an sich nehmen würde, sobald das Scheitern ihrer Mission ein unumstößlicher Fakt sein würde. Er hatte nie einen Hehl daraus gemacht, dass er willens war, sich zu opfern. Warum hatte Zetus den Kristall dann nicht ununterbrochen bei sich behalten?´

Zetus war, als sähe er in einen Spiegel, aus dem ihn die egoistische Hälfte seiner Seele hämisch angrinste. Sie kniff ein Auge zu, wie ein Sieger, der seinem geschlagenen Konkurrenten die eigene Überlegenheit spüren lassen wollte. Zetus wurde übel. Er wischte dieses unangenehme Bild mit einer fahrigen Handbewegung beiseite.

Mühsam rappelte er sich auf. Aller Optimismus, jeglicher Glaube an das Gelingen ihrer gemeinsamen Operation waren von ihm gewichen. Er wollte nur noch das Leben seines Freundes retten. Gerade als Capriu sich anschickte, auf die Höhe des Kuppelzentrums zu steigen, um seine selbst auferlegte Aufgabe zu erfüllen, rief er ihm mit energischer Stimme zu: „Warte!"

Capriu war ebenso irritiert wie die anderen Federbolde, die sämtlich den Tränen nahe waren. „Warte noch!", wiederholte Zetus.

Capriu sah ihn ernst an. „Du kannst mich nicht umstimmen! Versetz Dich in meine Lage! Ich bin schuld an dieser Situation. Das Schicksal hat mir die Gnade erwiesen, die Sache ins Reine bringen zu können. Wenn Du glaubst, dass ich mir diese Chance entgehen lasse, bist Du dümmer, als ich immer gedacht habe. Sobald Du vom Boden abhebst, gibt es für mich kein Zurück mehr."

Zetus nickte. „Ich will Dich nicht reinlegen", versicherte er in einem versöhnlichen Tonfall. „Ich möchte nur sicher gehen, dass wir nichts übersehen haben. Vielleicht gibt es noch einen anderen Weg, der den Versuch wert wäre, ihn auszuprobieren. Kann doch sein, dass wir viel zu kompliziert an die Sache herangegangen sind. Möglicherweise reicht es, wenn wir den Kristall an die Mitte eines langen Astes anbinden, den wir an seinen Enden transportieren. Dann …."

Caprius heiseres Lachen unterbrach ihn. „Liegt Dir wirklich soviel daran, gemeinsam mit mir zu sterben? Oder willst Du mit diesen Albernheiten erreichen, dass mir die Kraft schwindet, um mich in der Luft zu halten?" Capriu ächzte. „Das hast Du jedenfalls bald geschafft. Das Ding ist echt schwer."

Zetus schüttelte den Kopf. Er blickte zum Himmel. Die Dämmerung hatte eingesetzt. Er wies mit dem Kopf zu einer nahe stehenden Kastanie. „Tu mir einen letzten Gefallen. Setz Dich einen Moment dort hin. Wir haben noch ein wenig Zeit. Wenn wir in fünf Minuten keine zündende Idee haben, lass ich Dich fliegen. Versprochen!"

Capriu beäugte ihn argwöhnisch. Dann stieß er genervt seinen Atem aus und kam Zetus´ Bitte kopfschüttelnd nach. „Ok, aber ich weiß wirklich nicht, wieso Du jetzt noch auf Zeit spielst." Zetus hob hilflos die Schultern. Er wusste es selbst nicht. Flehend sah er seine Freunde an. Aber ihre betretenen Mienen verrieten ihm, dass sie genauso weit von einer Lösung entfernt waren wie er selbst.

Nachdem Capriu auf einem Ast gelandet war, der aus der Silhouette des Baumes heraus stach, vermittelte die Stille allen Anwesenden den Eindruck, dass er und Zetus sich wie zwei Raubtiere belauerten. Die einzige Bemerkung, die Capriu mit finsterer Miene von sich gab, war die Versicherung, dass sein Mut ihn schon nicht verlassen würde. Denn das Ende der Frist fürchte er nicht, sondern sehne es herbei.

Zetus erwiderte nichts. Stattdessen war er selbst es, der schließlich aufstand und aussprach, was allen längst klar war: „Die Zeit ist um. Du musst los. Ich habe nicht die geringste Ahnung, was wir tun sollten, um dieses Ende zu verhindern. Vielleicht ist es ja wirklich Deine Bestimmung."

Capriu schien erleichtert zu sein, diesen Segen seines Freundes zu erhalten. Dankbar sah er ihn an, grüsste die Federbolde stumm und erhob sich in die Luft. Seine vier Wegbegleiter fielen auf ihr linkes Knie und blickten ihm nach – eine Geste des Respekts für ein erbrachtes Opfer, die in diesem Fall aber auch ihre vorweggenommene Trauer zum Ausdruck bringen sollte. Crepjan nahm Zetus´ Hand, als wollte er ihm damit sagen, dass diese Entwicklung zwar seinem eigenen Wunsch entsprach, er ihre Konsequenz aber genauso hasste wie Zetus. Der erwiderte den Druck seiner Finger, sah jedoch nicht zu ihm herüber. Deutliche Rinnsale bildeten sich auf seinen Wangen.

Plan B

Mit wässrigem Blick sah Zetus zu, wie Capriu an Höhe gewann. Jetzt, wo er sich dem möglichen Einflussbereich der übrigen Federbolde entzogen hatte, wirkte er längst nicht mehr so entschlossen wie noch vor wenigen Augenblicken, als er mit grimmiger Miene in der alten Kastanie gehockt hatte. Und Zetus hatte großes Verständnis dafür. Er hätte an seiner Stelle wohl keine wesentlich souveränere Vorstellung geboten. Mit fahrigen Flügelbewegungen flatterte Capriu empor. So unschlüssig sein kreiselnder Senkrechtflug auch sein mochte, zumindest achtete Capriu peinlich genau darauf, der flimmernden Plasmakuppel nicht zu nahe zu kommen. Spielten seine Augen ihm einen Streich oder begann die Rundung der Wand aus Plasma tatsächlich genau auf der Seite rötlich zu leuchten, die Capriu und dem Kristall in seiner Tasche zugewandt war? Zetus wischte sich das Wasser aus dem Augenwinkel. Er konnte die Bedeutung dieses Farbenspiels nicht recht einordnen.

War es die Freude der Schatulle, so bald wieder mit dem Kristall vereint zu sein oder war diese Verfärbung als Abwehrreaktion auf Caprius Rettungstat zu verstehen? Zetus´ schlapper Körper spannte sich. Am Ende drohte Capriu doch noch eine weitere Gefahr, die ihren ganzen Plan zunichte machen könnte! Vielleicht hatten sie sich in ihrem Trennungsschmerz zu sicher gefühlt? Plötzlich wurde ihm mit einer Klarheit, die ihm den Atem abzuschnüren drohte, bewusst, dass diesem Teufelswerk der Kramlocks alles zuzutrauen war. Angstvoll starrte er auf die immer tiefer errötende Stelle auf der Plasmakugel und erwartete, dass sich jeden Moment von dort aus ein glitschiger Arm löste, der Capriu als leichte Beute erfasste und ins Innere der Kuppel zog.

Zetus folgte seinen Instinkten. Was hatten sie jetzt schon noch zu verlieren? Vielleicht könnte er Capriu auf irgendeine Weise unterstützen. Er löste sich aus Crepjans Griff und startete ohne ein Wort der Erklärung durch. Crepjan war zu verblüfft, um ihn aufzuhalten.

Nur Livion rief ihm nach: „Zetus! Was soll das? Komm zurück! Er muss das allein …“ Doch Zetus hörte nicht auf ihn. Schnell verkürzte er den Abstand zu seinem alten Kumpel. Der war offenbar zu sehr mit dem Gedanken an sein nahendes Ende beschäftigt, um Zetus überhaupt wahrzunehmen. Doch Zetus hatte nicht vor, ihn entgegen ihrer Abmachung zu überrumpeln. Als er nur noch weniger als zwei Meter unter ihm war, schrie er ihn mit alarmierter Stimme an: „Vergrößere den Abstand! Es merkt, dass Du kommst, um es zu zerstören." Capriu sackte vor Schreck ab, als er unvermittelt realisierte, dass Zetus ihm doch gefolgt war. Aber im selben Augenblick verstand er auch, dass er das nicht tat, um sich in letzter Sekunde an seine Stelle zu bugsieren.

Er unterdrückte deshalb den Impuls, ihn wütend anzufauchen, sondern gehorchte, indem er sich schräg zur Plasmakuppel stellte und mit wilden Flügelschlägen rückwärts ruderte. Und das war auch nötig. Die Wand vor ihm, die nun blutrot leuchtete, warf eine Blase und schnappte nach seinen Füßen. Millimeter vor ihm leckte sie pfeifend die Luft, um sofort wieder in sich zusammen zu fallen. Capriu hatte große Mühe, das Gleichgewicht zu halten und pendelte ungeschickt das Gewicht des Kristalls aus, das in der baumelnden Tasche stetig zuzunehmen schien. „Nicht mal einen ungestörten Heldentod gönnen die einem", knurrte er. Dankbar wandte er sich Zetus zu: „Woher wusstest Du?"

Der winkte ab. „Nur so eine Ahnung. Dieser Auftrag ist wohl wirklich erst erfüllt, wenn dieses kleine Juwel in seinem Körbchen liegt." Dabei zeigte er auf die Tasche. „Schwer?", grinste er Capriu an.

Der verzog den Mund ebenfalls zu einem Lächeln und nickte. „Aber es ist wirklich nicht nötig, dass Du ihn mir abnimmst."

Zetus hob die Hände wie jemand, dessen Angebot zu einer unbedeutenden Geste der Hilfsbereitschaft gerade abgelehnt worden war. „Dann bleibt mir wohl nur übrig, Dir Geleitschutz zu gewähren."

Capriu schluckte. „Das empfinde ich als große Ehre."

Schweigend flogen sie Seite an Seite das letzte Stück hinauf und sahen von oben in die winzige Öffnung im Zentrum der Kuppeloberseite. Stumm öffnete Capriu die Schnalle seines Behältnisses und zog den Kristall vorsichtig mit beiden Händen heraus. „Hast Du irgendwelche besonderen Wünsche, wie ich dieses Ding dort platzieren soll? Ich würde schätzen, die Spitze in das kleine Loch dort zu rammen, wäre nicht das Dümmste, oder?“

„Jedenfalls fällt mir auch nichts besseres ein“, gab Zetus leise zurück. Noch einmal trafen sich ihre Blicke. Zetus wurde wie schon vor ein paar Minuten, als er noch auf dem Boden gestanden und Capriu nachgesehen hatte, bewusst, dass es in dieser Situation keine angemessenen Worte des Abschieds geben konnte. Wie sollte man diese unendliche Trauer, die sie beide erfasst hatte, in Silben einkleiden, ohne diesen Augenblick der endgültigen Trennung zu entweihen? Auch Capriu schien keine Antwort auf diese Frage parat zu haben. Deswegen schenkte er Zetus nur ein scheues Lächeln, schloss kurz die Augen und nickte ihm noch einmal zu. Zetus konnte nicht verhindern, dass sich seine Augen wieder mit Tränen füllten. `Du bist in den letzten Tagen zu ´ner echten Heulsuse mutiert´, schoss es ihm durch den Kopf. Was für ein lächerlicher Gedanke – angesichts des bevorstehenden Todes seines Freundes!

Capriu drehte den Kristall in seinen Händen so, dass seine Spitze direkt nach unten zeigte. Gerade als er sich abwenden wollte, um mit höchstem Tempo seinem Schicksal entgegen zu eilen, drang etwas in sein Bewusstsein, dass ihn zögern ließ. Was war das für ein merkwürdiges Geräusch? Diese erneute unverhoffte Wahrnehmung hätte ihn eigentlich zu unmittelbarer Vollendung seines Vorhabens antreiben sollen. Doch er war wie paralysiert. Und die Gefühlsregung, die er in Zetus´ Gesicht las, verwirrte ihn vollends.

Zetus´ Augen weiteten sich, sein Mund stand offen, und unendlich langsam drehte er seinen Kopf, um in die Richtung sehen zu können, aus der das Geräusch kam. Obwohl er so etwas noch nie zuvor in seinem Leben vernommen hatte, wusste er, dass es dieses Fluggerät war, von dem sein neu gewonnener Freund gesprochen hatte. Fassungslos nahm Zetus zur Kenntnis, dass dieser Menschenjunge noch einmal zurückgekehrt war, dass er sehr wahrscheinlich ein Nachbarkind beklaut hatte und nun den Federbolden in ihrer höchsten Not ein zweites Mal die Hand reichte. Und zwar nur, um sie davor zu bewahren, ein Opfer unter ihrer übrig gebliebenen Hand voll Aufrechter bringen zu müssen. Er genoss die Erkenntnis dieser selbstlosen Hilfsbereitschaft.

Zetus fing Caprius irritierten Gesichtsausdruck auf. „Bleib!", wies er ihn kurz an.

Capriu keuchte: „Du hast leicht Reden! Der Klumpen hier macht sich ganz schön schwer."

Ohne ihn anzusehen, antwortete Zetus lapidar: „Dann muss ich ihn Dir wohl doch noch einmal abnehmen." Seine Augen suchten den Himmel ab. Es war nichts zu sehen. Dann blickte er nach unten. Von dieser Stelle aus konnte er einige hundert Meter in das Gebiet der Menschen hinüber sehen. Zetus dachte nach. `Er muss am höchsten Punkt stehen. Sonst kann er nicht sehen, wohin er steuern muss.´ Und dann nahm er endlich eine Bewegung war. Auf einem Hügel jenseits der Felswand, die das Tal von Rubaakon umgab, stand jemand. Ein Mensch – kein Zweifel. Obwohl er nur erkennen konnte, dass es ein Halbwüchsiger war, der ein für ihn nicht zu identifizierendes Gerät mit einer langen Antenne in Händen hielt, wusste er, dass es nur Bendiks sein konnte. Trotz der Entfernung war er sich sicher, ein breites Grinsen in seinem Gesicht auszumachen. Wie zur Bestätigung dieser Annahme, löste sich nun ein schwarz-weißer Vierbeiner aus dem Dickicht und tänzelte um den Jungen herum. War da nicht auch schwach Isis´ dunkles Kläffen zu hören? Aber wo war das Flugzeug? Diese Frage wurde schon im nächsten Augenblick beantwortet. Mit einem wenig Vertrauen erweckenden Aufheulen des Motors schwang es sich über die letzten Baumwipfel auf dem Territorium außerhalb des Felsenkessels der Federbolde und hielt direkt auf sie zu.

Bendiks strahlte übers ganze Gesicht. Wenn er die Situation nicht völlig falsch einsortierte, war er gerade noch im rechten Moment erschienen. Die beiden Federbolde dort am Himmel konnten nur Zetus und Capriu sein, auch wenn sie von hier aus kaum mehr als zwei hektisch flatternde Punkte waren. Er freute sich diebisch über die Vorstellung, dass sie jetzt mit fassungslosem Gesichtsausdruck in seine Richtung starrten und sie vermutlich eins der denkbar größten Glücksgefühle durchströmte, die das Leben zu bieten hatte: die

Rückkehr verloren geglaubter Hoffnung. `Na, dann hat sich dieser Aufriss ja wohl gelohnt´, stellte Bendiks zufrieden über sich selbst fest.

Er war wie ein Derwisch ins Dorf gerannt, und zwar direkt zu Lennarts Haus. Glücklicherweise hatte jemand Charlie zum Gassi gehen ausgeführt, so dass der Weg zum Gartenhäuschen frei war. Nachdem er mit einem Blick festgestellt hatte, dass das Flugzeug aufgetankt war und Lennarts Vater es nicht zum Spaß auseinander gebaut hatte, wie er es oft tat, hatte Bendiks es zusammen mit der Steuereinheit auf einem Handkarren verstaut, den er ebenfalls dort vorfand. Mit einer alten Decke konnte er sein Diebesgut vor etwaigen neugierigen Blicken argwöhnischer Dorfbewohner schützen. Und zu Isis´ großer Freude war es im Höchsttempo zurück an den Waldrand gegangen. Dort hatte Bendiks einen alten Waldweg genommen, der seit dem letzten Jahr fast völlig zugewuchert war, weil die Feldinteressentschaft eine neue, komfortablere Schotterpiste angelegt hatte. Er war jetzt nur noch so eine Art Trampelpfad, aber er führte ihn direkt zu dem Hügel am Rande dieser Felswand, die ihm seit heute so mysteriös vorkam.

Und nun stand er schweißüberströmt hier und machte gerade seine ersten autonomen Flugversuche. Lennart hatte es nämlich nie übers Herz gebracht, sein kostbares Spielzeug aus der Hand zu geben. In seinem Übermut winkte Bendiks den beiden Federbolden zu – und ließ dabei fast die Steuerung fallen. Prompt sackte das Flugzeug zur Seite hin ab und drohte, in die Tiefe zu stürzen. Angesichts dieses unerwarteten Manövers fuhr Zetus und Capriu der Schreck in die Glieder.

„Ups!“ Bendiks gelang es, die Kontrolle über das Flugzeug zurück zu gewinnen. „Sorry!“, rief er den beiden zu, obwohl er wusste, dass sie ihn nicht hören konnten.

Zetus stieß Capriu an. „Schätze mal, ich bin wieder im Rennen. Wenn ich mich recht entsinne, ist das ein Zweisitzer.“

„Ok“, lachte Capriu ihn an. „Aber ich sitze vorne.“ Das Motorengeräusch wurde lauter. Bedrohlich raste diese knallrote Höllenmaschine mit dem leicht überdimensionierten Propeller auf sie zu. Die beiden Seitenteile zierte der martialisch anmutende Schriftzug „mean machine." „Erstmal reinkommen", schluckte Zetus. Das Flugzeug drosselte zwar seine Geschwindigkeit, bewegte sich aber trotzdem viel zu schnell, um mal eben so hinein zu gleiten.

„Nicht in Panik verfallen", rief Zetus Capriu zu. „Notfalls gönnen wir uns mehrere Versuche."

„Die werden wir wohl auch brauchen", antwortete Capriu. An einen gleichzeitigen Einstieg war ohnehin beim besten Willen nicht zu denken. Als er meinte, sich endlich selbst in Position gebracht zu haben, war das Gerät auch schon an ihm vorbeigerauscht. Zetus war fast geneigt, sich vom Anblick seines unbeholfenen Freundes amüsiert zu fühlen, als er in Caprius empörte Augen blickte. „Wir brauchen eine Strategie", stellte Zetus fest. „Er scheint ihn nicht so einfach in der Luft parken zu können."

„Na, das ist ja ein tolles Wunderwerk der Technik." Capriu verschränkte missmutig die Arme vor der Brust. „Ich hab´ nicht die Zeit, um einem Jungen beim Spielen zuzusehen."

Zetus ging auf diese unangebrachte Kritik nicht ein. „Wir brauchen insgesamt drei Runden. Erst steigst Du ein. Dann reiche ich Dir den Kristall hinein. Und zum Schluss komme ich."

Capriu dachte kurz nach und schüttelte den Kopf. „Dann muss ich Dir ja den Kristall überlassen."

Zetus rollte mit den Augen. „Mann, ein großer Unbekannter hat die Karten neu gemischt. Alle Trümpfe sind jetzt in *unseren* Händen, falls Du es noch nicht bemerkt haben solltest. Ich bin wirklich nicht mehr sonderlich heiß auf ein Selbstmord-Kommando." Capriu sah ihn skeptisch an. Das Flugzeug hatte seine Schleife fast vollendet und bog wieder auf die Linie ein, die direkt in ihre Arme führte.

„Also, gut", knurrte Capriu. Umständlich verstaute er den Kristall in seiner Tasche, nahm sie sich von der Schulter und hielt sie am Riemen fest. Widerwillig bot er sie Zetus an. „Hier!" Zetus nahm sie in Empfang und hätte sie beinahe fallen lassen, so schwer kam sie ihm nun vor.

„Achtung, es geht los!", warnte er Capriu. „Flieg in dieselbe Richtung und lass Dich von ihm überholen. Dann halt Dich an einem der Streben für die Tragflächen fest. Aber mach nichts kaputt. Das Teil ist schließlich nur geborgt."

Capriu verzog die Mundwinkel. Zetus´ Neigung zu gut gemeinten Ratschlägen war ihm offensichtlich auch in der Stunde der höchsten Not nicht abhanden gekommen. Er tat genau das, was Zetus ihm empfohlen hatte. Mit absoluter Konzentration fixierte er das geräuschvoll näher kommende Flugzeug, nahm selbst Tempo auf und schwang sich elegant in den vorderen Sitz, als er die Verbindungsleiste zwischen Rumpf und Tragfläche zu fassen bekam. Dass der Ruck, der durch seinen Körper fuhr, ihm dabei fast den Arm auskugelte, ließ er sich nicht anmerken. Kaum hatte er Platz genommen, kippte Bendiks abrupt das Fluggerät zur Seite und flog eine lang gestreckte Kurve. Capriu fühlte sich höchst unwohl in seiner Lage. `Fliegen ist echt ´ne tolle Sache´, dachte er sich. `..., wenn man selbst bestimmen kann, wo es lang geht.´ Mit verkrampften Fingern klammerte er sich am Armaturenbrett fest und konnte nach der nächsten Kurve schon wieder Zetus vor sich sehen.

Der strebte ebenfalls vorwärts, so schnell sein gewichtiges Gepäck das zuließ. Jetzt kam die heikelste Phase dieses Unterfangens. Mit einem Blick zum Boden versicherte sich Capriu, dass sie weit genug von der Kuppel entfernt waren, so dass der Kristall nicht seitlich in sie hinein stürzen konnte, falls sie die Tasche verlören. Denn dann würden sie doch noch scheitern. Zetus war jetzt genau vor ihm. Er drehte sich zu Capriu um und ließ sich ein wenig nach rechts hin abfallen.

„Pass auf Deinen Schädel auf", schrie Capriu besorgt. Denn die rechte Tragfläche segelte nur Millimeter über Zetus hinweg. Aber der achtete gar nicht auf diese Gefahr, sondern suchte Caprius Blickkontakt. Als sich ihre Augen fanden, trennte Zetus sich mit einem energischen Schwung von der Tasche und beförderte sie in Caprius Richtung. Der musste sich aufrichten, um sie zu fassen zu kriegen. Erleichtert schloss er seine Finger um den Riemen. „Hier geblieben", ermahnte er die Tasche, als die Schwerkraft sie nach unten zog.

Zetus ballte vor Freude die Faust, als er registrierte, dass der Wurf gelungen war. Zwar kam ihm nun der unangenehme Gedanke, dass Bendiks direkt den Scheitelpunkt der Kuppel ansteuern könnte. Denn es genügte ja, einen der Federbolde in die Gefahr zu bringen, mit dem Flugzeug zusammen in das Kraftfeld der Plasmakugel zu geraten. Aber Bendiks war sich seiner Sache anscheinend ziemlich sicher. Er vollführte das gleiche Flugmanöver ein weiteres Mal und kurz darauf saß auch Zetus im Flieger, mit schmerzverzerrtem Gesicht sein rechtes Schultergelenk massierend. Den neu gewonnenen Optimismus ins Gesicht gemeißelt, schlug er dem vor ihm sitzenden Capriu auf die rechte Schulter: „Alles bereit zur Verklappung?"

Capriu heulte auf. „Aua, mein Arm hängt nur noch an einer perforierten Sehne. Jawohl, großer Meister. Pünktlich zum Abendessen sind wir zuhause."

Auch wenn er es kaum fassen konnte, schon wieder so entspannt zu sein, machte sich Zetus doch bewusst, dass er tatsächlich Hunger hatte! Aber erst einmal verlangte das kurz bevorstehende Finale ihrer Befreiungsaktion seine komplette Aufmerksamkeit. Bendiks hatte offenbar Mühe, das Flugzeug mit den beiden Federbolden auf Kurs zu halten. Er überflog die Kuppel zunächst in großer Höhe, dann wendete er und nahm Anlauf zum entscheidenden Schlag gegen die Kramlocks, die fernab in ihrer Höhle stecken mussten und nun keine Chance mehr hatten, das Fehlschlagen ihrer heimtückischen Attacke aufzuhalten. Wie ein Blitz durchfuhr Zetus der Gedanke an Rooks, der von seiner Position aus einen guten Blick auf ihr Treiben haben musste. ´Möge er sich mit Grausen abwenden und uns für immer den Rücken zukehren´, dachte Zetus grimmig.

Schon sah er die minimale Öffnung in der Mitte der Kuppeloberfläche auf sie zukommen. Die Schatulle, die sich auf dem Scheitelpunkt der Plasmakugel befand, musste verkehrt herum eingesetzt worden sein. Denn ihre Umrandungen ragten nicht nach außen heraus, so dass ihre Form nur an den schmalen Linien ihrer Kanten zu erkennen war. Sie blickten also von oben auf den Boden der Schatulle.

Die Aufforderung an Capriu, ihm den Kristall auszuhändigen, damit er sein Glück versuchen könne, schluckte Zetus wie einen unappetitlichen Brocken hinunter. Er wollte vor den Richter treten können, um zu berichten, dass Capriu seine unaussprechliche Schuld höchstpersönlich abgetragen hatte. Aber diese Aufgabe war alles andere als einfach. „Langsamer“, wollte Zetus Bendiks zurufen. „Langsamer und tiefer!“ Aber es musste auch so gehen, denn eine Kommunikation mit ihrem Steuermann war nun mal nicht möglich. Zetus zog sich ganz und gar in seinen Sitz zurück, um Capriu die größtmögliche Ruhe zu gewähren.

Dann fiel ihm ein, dass Bendiks wohl gehörigen Respekt vor dem Kraftfeld hatte und nicht zu viel riskieren wollte. Und selbst wenn es ihm dabei in erster Linie um das geliehene Flugzeug ging, was Zetus nicht glaubte, hätte er ihm das nicht übel nehmen können. Also würde alles von Caprius Geschick abhängen, ihr Paket auch aus dieser Höhe von gut fünf Metern abzuliefern. Als Zetus nach unten blickte, nahm er erschrocken wahr, dass sich das Plasma rund um die Schatulle purpurrot färbte.

Konnte es sein, dass diese scheinbar tote Materie die Macht besaß, selbst einen perfekten Wurf abzulenken, damit der Kristall abseits der Schatulle in die Kuppel stürzte und sie so weiter existieren konnte? Zetus legte diesen beunruhigenden Gedanken ab wie ein zerschlissenes Kleidungsstück. Es machte jetzt keinen Sinn mehr, die Gefahren ihres Tuns gegen die Chancen abzuwägen. Ihr Vorhaben war nicht mehr in Zweifel zu ziehen. Die Sonne stand schon tief am Himmel und berührte fast den Horizont. In wenigen Minuten würden sie sich vereinigen und ihrem Rettungsversuch das Licht und damit alle Erfolgsaussichten entziehen. Capriu lehnte sich auf dem Sitz vor ihm weit über die Kabinenbegrenzung und fixierte sein Zielgebiet. Den Kristall bewahrte er aber noch fest umschlossen im Inneren des Flugzeugs. Erst im letzten Moment würde er ihn aus der Hand geben.

Zetus verlagerte sein Gewicht auf die andere Seite, um ihren Flug zu stabilisieren. Wenn er über die Brüstung sah, konnte er ein neues Farbspiel erkennen. Innerhalb der rot leuchtenden Oberfläche waberte ein deutlich abgegrenztes Rechteck, das gelblich schimmerte. Genau in seiner Mitte befand sich die Öffnung, in der sie den Kristall versenken mussten. `Die Schatulle lehnt sich gegen den Rest der

Kugel auf und will ihr lang vermisstes Allerheiligstes zurück haben´, dachte Zetus. Konnte ein in Plasma eingehüllter Gegenstand ein Verbündeter sein? Noch dazu, wenn er eindeutig zum feindlichen Lager gehörte?

Capriu schnaufte aufgeregt. Sein Körper spannte sich. Ohne Rücksicht auf die Turbulenzen, die er dadurch verursachte, richtete er sich auf. Dabei musste er allerdings seine Knie ein wenig beugen, um nicht gegen die Tragfläche über seinem Kopf zu stoßen. Das Bewusstsein um die unausweichliche Endgültigkeit der Leistung, die er bei dieser entscheidenden Aufgabe erbrachte, hätte ihn fast zurück in den Sitz gedrückt. Doch da spürte er Zetus´ Handflächen auf seinem Rücken, die ihm sein schwankendes Selbstvertrauen zurückgeben wollten. Und tatsächlich schien es, als wenn dessen Zuversicht in seine Fähigkeiten ihm die nötige Kraft gab, um sich von dem Kristall, der all ihre Hoffnung verkörperte, im richtigen Augenblick trennen zu können.

„Kann der Typ nicht mal mit etwas gebremstem Schaum an die Sache rangehen?“, brummte Capriu vor sich hin.

„Das ist schließlich keine Besichtigungstour“, erinnerte ihn Zetus.

„Danke für die Belehrung.“ Capriu hörte seine eigene Bemerkung nicht. Viel zu sehr konzentrierte er sich auf diesen Bruchteil einer Sekunde, indem er den Kristall freigab. Am liebsten hätte er noch einmal zugefasst, als er spürte, dass er sich nicht mehr in seinen Händen befand. Aber es war zu spät. Der Kristall stürzte auf die Kuppel zu. Die Würfel waren auf das Spielfeld geworfen. Doch Zetus und Capriu blieb keine Zeit, ihm bange Blicke hinterherzuwerfen, um sich Gewissheit darüber zu verschaffen, dass ihnen eine Handvoll Sechsen gelungen war. Denn das Kraftfeld begann plötzlich, ruckartig am Flugzeug zu zerren. Der Motor heulte unregelmäßig auf, weil er nun neben der Gravitation eine weitere Macht zu überwinden hatte, die dieses unerwünschte Flugobjekt vom Himmel pflücken wollte. Zetus drückte den völlig aufgelösten Capriu in seinen Sitz zurück. „Das war ein guter Wurf“, beruhigte er ihn. „Jetzt müssen wir sehen, dass wir hier wegkommen.“

Bendiks schien zu merken, dass das Flugzeug in Gefahr war. Er versuchte, es seitlich aus der Gefahrenzone zu drücken, indem er es leicht kippte. Capriu und Zetus krallten sich in die Seitenwände. Am liebsten wären sie ausgestiegen, um sich auf ihre eigenen Flugkünste zu verlassen. Doch dann wäre ihnen ein schneller Tod im Kraftfeld der Kuppel sicher gewesen.

„Wir hätten uns vergewissern sollen, dass der Knabe ´ne Fluglizenz hat“, stöhnte Capriu.

Zetus linste über den Rand seiner Kabine. „Er kommt ein paar Zentimeter zu weit rechts runter“, rief er aufgeregt. Capriu kauerte sich zitternd vor Angst auf seiner Sitzfläche zusammen. Die Furcht, versagt zu haben, nahm ihm die Entschlossenheit zuzusehen, wie das Schicksal seinen Lauf nahm. Es war gut so, wenn Zetus die Rolle des Kommentators übernahm. „Mist“, hörte er ihn fluchen und hätte sich am liebsten aus der schützenden Hülle des Flugzeugs fallen lassen, um seine gerechte Strafe in Empfang zu nehmen. „Er schlägt auf dem Rand der Schatulle auf“, berichtete Zetus weiter. Dann verschlug es auch ihm die Sprache.

Das Flugzeug beschleunigte auf maximales Tempo. Bendiks hatte erkannt, dass er dem Sog des Kraftfeldes sämtliche Bewegungsenergie entgegensetzen musste, die ihm zur Verfügung stand. Und doch kam das Flugzeug kaum vorwärts. Die beiden Federbolde glaubten, in der Luft zu stehen. Beide pressten sich nun auf den Boden, weil sie Angst hatten, die Macht des Plasmas könnte in Form einer Kralle unter die Tragflächen fahren, sie wie Beutetiere in einer Falle einsammeln und sich in seinen riesigen Schlund einverleiben.

„Wir kommen hier nicht mehr raus“, schrie Zetus. „Wir haben nur noch eine Chance.“

„Und die wäre?“, fragte Capriu, der kurz davor stand, sich der ultimativen Gleichgültigkeit hinzugeben, die einen beim Anblick des bevorstehenden Endes erfasste.

Statt zu antworten, stand Zetus plötzlich senkrecht im Flugzeug. Mit den Füßen pendelte er die ungleichmäßigen Bewegungen aus, mit denen ihr Vehikel auf die diametralen Kräfte reagierte, denen es sich ausgesetzt sah. Zetus lehnte sich weit nach draußen. Seine Kopfbehaarung flatterte in der Zugluft. „Vertrau mir“, hauchte er

Capriu zu. Dann war er auch schon über die Brüstung gesprungen. Capriu wollte ihm sofort nacheilen. Wut und Enttäuschung wallten in ihm auf. Er hätte am liebsten laut aufgejault, so schmerzlich empfand er den Verrat, den sein Freund gerade an ihm begangen hatte. Doch ohne das Gewicht eines der beiden Federbolde machte das Flugzeug einen Satz nach vorn, Capriu fiel nach hinten und schlug sich den Hinterkopf auf. Seine Füße landeten auf dem angedeuteten Armaturenbrett. Als wollte der Motor nun demonstrieren, was in ihm steckte, heulte er laut auf und brachte Capriu schnell aus der Gefahrenzone. Als er wieder richtig bei Sinnen war, konnte er spüren, dass Bendiks die Gewalt über den Flieger zurück erlangt hatte und bereits eine lang gedehnte Schleife einleitete, um zu einer sicheren Landung in der Nähe des Federbold-Dorfes anzusetzen. Entnervt und völlig kraftlos drückte Capriu das Gesicht in seine Hände, unfähig auch nur eine Träne zu vergießen. Er musste sich zwingen, seine trüben Augen auf die Kuppel zu lenken, die nun seitlich hinter ihm lag. Doch was er sah, belebte seine Lebensgeister aufs Neue.

Zetus hatte die Flügel an den Körper gelegt, als er erkannte, dass der Kristall genau auf der Umrandung der Schatulle lag. Er rollte unentschlossen zwischen den gelblich glänzenden und den tiefrot glühenden Bereichen der Kuppel hin und her. Zetus selbst ließ sich ungebremst exakt senkrecht auf die Schatulle stürzen. Irgendetwas in ihm gab ihm die Sicherheit, dass der schützende Charakter der Schatulle eine unumstößliche Wahrheit war. Er war sich durchaus bewusst, dass er absolut irrational handelte und möglicherweise gerade dabei war, sein eigenes Leben sinnlos herzugeben. Er musste an seine Mutter denken. Natürlich war es eine nicht beherrschbare Gefahr, sich in den Momenten größter Verzweiflung auf seine Instinkte zu verlassen, wie sie ihm stets geraten hatte und wie er es jetzt auch tat. Dennoch war sein Glaube an die Richtigkeit ihrer weisen Empfehlungen groß genug, um dieses Wagnis einzugehen und, mehr noch, ohne Groll zu sterben, wenn sich sein blindes Vertrauen als unberechtigt erweisen sollte.

Während er auf die sich in verheißungsvollem Gelb präsentierende

Landefläche zuraste, die nun fast sein ganzes Gesichtsfeld ausfüllte, überschlugen sich seine Gedanken. Lag er wirklich richtig, wenn er aus dem Nichts heraus den Gedanken formte, dass Rooks und die Kramlocks Capriu getäuscht hatten? War es tatsächlich denkbar, dass sie ihm nur vorgespiegelt hatten, jeglicher Versuch, sich der Kuppel aus der Luft zu nähern, müsse wegen des sie umgebenden Kraftfeldes tödlich enden? Oder hatte ihn selbst inzwischen eine regelrechte Gier gepackt, den Kristall um jeden Preis in seinen Besitz zu bringen? Gelassen ließ Zetus auch diese Möglichkeit in sein Gehirn dringen. Denn bevor es sich dieser hässliche Gedanke dort würde bequem machen können, dürften sich alle diese bohrenden Fragen von selbst beantwortet haben.

Ohne sich die geringsten Verletzungen zuzuziehen, prallte Zetus mit ungeminderter Wucht nahe dem Kuppelzentrum auf. Mit unglaublicher Weichheit nahm es ihn in Empfang. Er wurde weder zurück in die Luft geschleudert, noch blieb er benommen liegen. Als bewegte er sich außerhalb aller Elemente und Kräfte dieser Welt, konnte er sich aufrichten und festen Schrittes auf der Hülle umherspazieren. Ein wenig irritiert darüber, dass ihn diese Tatsache in keiner Weise verblüffte, er sie vielmehr nahezu als Selbstverständlichkeit akzeptierte, orientierte sich Zetus. Schräg vor ihm lag noch immer der Kristall. Mit federnden Schritten bewegte er sich auf ihn zu. Erst als er nur noch einen Meter von ihm entfernt war, spürte er die Gegenwehr des roten Plasmas. Die Luft war auf einmal zum Schneiden dick. Röchelnd atmete er sie ein. Brennend heiß floss sie an seiner Kehle vorbei in die Luftröhre und schien sie förmlich zu versiegeln. Es war, als stellte sich vor ihm eine unsichtbare Wand auf. Er musste all seine Kraft aufbringen, um sich auch nur einen einzigen Zentimeter fortzubewegen. Die Luft vor seinen Augen flimmerte. Seine Gesichtshaut spannte sich und fühlte sich an, als könne sie jeden Moment zerreißen. Ächzend ließ er sich auf seine Hände fallen und krabbelte mit gesenktem Kopf voran. Ein enormes Gewicht schien sich nun auf seinen Körper zu legen. Bald konnte er sich nur noch hustend im Kriechgang bewegen. Er schloss die Augen und konzentrierte seine ganze Willenskraft darauf, dem Kristall näher zu kommen. Es war ihm ganz und gar unmöglich, die Augen wieder zu öffnen. Er hatte das Gefühl, dass sie mit einer heißen Nadel zugenäht worden wären. Wenn er in diesem hilflosen Zustand den Kristall verfehlte, würde er geradewegs in das feindliche Plasma tapsen und dort verglühen oder einen sonst wie gearteten Tod erfahren. Als er schon meinte, keinen einzigen Millimeter mehr voranzukommen, stießen seine Fingerkuppen endlich gegen etwas Hartes. Beflügelt von dem Gedanken, am Ziel seiner Träume zu sein, robbte er noch ein kleines Stück vorwärts. Er konnte die Strukturen des Kristalls ertasten. Mit letzter Entschlossenheit zog er seine zweite Hand vor den Körper, so dass auch sie den Kristall zu fassen bekam. Als er ihn endlich fest umklammerte, zog er ihn mit einem Ruck zu sich herüber. In diesem Moment hatte er gewonnen.

Völlig ohne Gegenwehr konnte er den Kristall nach hinten reißen und purzelte, plötzlich dem Einfluss des Plasmas entzogen, kopfüber rückwärts, so dass er bäuchlings zum Liegen kam. Schlagartig strömte wieder reine Luft in seine Lungen. Er hörte, wie sie ein gurgelndes Geräusch von sich gaben. Erschöpft gönnte er es sich, einfach nur an dieser Stelle liegen zu bleiben und nach Sauerstoff zu japsen. Da nahm er erstaunt wahr, dass sein Körper sich bewegte. Er rutschte. Als er sich auf seine Ellenbogen richtete und sich zu seinen Füßen umblickte, sah er, dass die Schatulle sich zu ihrer zentralen Öffnung hin neigte und er nun auf einer Art Rampe lag. Willenlos ließ er es geschehen, indem er sich wieder flach hinlegte, sein Gesicht in das belebend-kühle, gelbe Plasma drückte und den Kristall in seinen ausgestreckten Händen hielt. Er empfand selbst in dem Moment keinerlei Angst, in dem er spürte, dass seine Füße das Loch erreicht hatten und mit einem sanften Glucksen in die Kuppel hinein gezogen wurden. Bald befand sich nur noch sein Oberkörper außerhalb des Plasmas. Verschwommen sah er, wie Capriu in ihrem Flugzeug entschwand. Sein Oberkörper lehnte aus dem Flieger heraus. Vermutlich forderte er gerade die anderen auf, sich erneut in Sicherheit zu bringen. Zetus blinzelte kurz und schon schloss sich die Kugel über ihm.

Als auch seine Hände im Inneren der Kuppel waren, setzte die

Schwerkraft wieder ein. Nachdem er eine Schrecksekunde verdaut hatte, gelang es ihm, sich zeitlich und örtlich neu zu orientieren. Automatisch begann er, mit den Flügeln zu schlagen. Zu seiner Überraschung befand sich der Kristall nicht mehr in seinem Griff. Er sah nach oben. Die Öffnung der Kuppel hatte sich exakt in der Sekunde geschlossen, in der der Kristall in sie hinein gerutscht war. Zetus meinte, einen leisen Seufzer der Erleichterung zu hören, als sich das gelbe Plasma fest um den Kristall schloss. Er war offensichtlich zu Hause angekommen.

Hier im Inneren der Plasmakugel herrschte eine angenehme Ruhe. Aber unter ihm lag alles in stockfinsterer Nacht. Auch wenn er nicht wusste, was als nächstes geschehen würde und ob er die Bewohner ihres Dorfes tatsächlich lebend wieder sehen würde, genoss er dieses Fluidum der Stille. Seine Rezeptoren gaben mit einem leisen Knacken, dem ein kaum hörbares Summen folgte, zu erkennen, dass sie sich schlossen. Aber das war kein Grund zur Panik. Ihm blieben volle fünf Minuten, um in aller Seelenruhe zu Boden zu schweben. Noch konnte er sich allerdings nicht zurücklehnen.

Denn über ihm setzte ein lautstarkes Rumoren ein. Es krachte zweimal ohrenbetäubend. Doch auch das Inferno, welches sich auf diese Weise anzukündigen schien, konnte an Zetus´ Gelassenheit nichts ändern. Im Gegenteil, sehnsüchtig wartete er auf den Sturm, der nun endlich losbrechen sollte. Als sich ein allgegenwärtiges Brausen erhob und sich mit einem gewaltigen Tosen erste Risse in den Wänden aus Plasma zeigten, blickte Zetus immer noch zufrieden dem Kristall nach. Selig glitt er in die Dunkelheit hinab, bis er festen Boden unter den Füßen spürte. Auf dieses Schauspiel hatte er lange gewartet. Er setzte sich hin und versuchte, den Kristall auch aus dieser Entfernung zu erkennen. Er war wie ein kostbares Spielzeug für Zetus, das er jetzt am liebsten in seinen Schoss legen würde. Mit Genugtuung betrachtete er die tiefen Gräben, die nun überall im Plasma auftraten. Die Wände schienen immer dünner und durchlässiger zu werden. Mattes Abendlicht flutete herein. Als die ersten Konturen der Häuser um ihn herum sichtbar wurden, musste Zetus erneut weinen.

Er ließ seinem Schluchzen freien Lauf. Bald stand er ergriffen auf und wandelte ziellos umher. Er befand sich auf dem Dorfplatz. Natürlich! Das Dorf war in einer makellosen Rundform angelegt. Wenn er aus dem Zentrum der Kuppel herabgeschwebt war, dann befand er sich selbstverständlich auch in der Mitte seines Heimatortes. Zetus dachte nach: `Heute müsste eigentlich Markt sein.´ Bei diesem Gedanken musste er lachen. Seine eigene ausgelassene Stimme zu hören, war wie eine Befreiung. Dann erhob sich über ihm ein Rauschen, das ihm die Haare zu Berge stehen ließ. Als er mit angstvollem Blick nach oben sah, erstarrte er. Ein gelbes Rechteck raste auf ihn zu! Mitleid ergriff ihn. Und obwohl ihn diese Gefühlsregung vollständig zu erfüllen drohte, brachte er sich mit einem beherzten Sprung rechtzeitig in Sicherheit. Als er selbst im Staub landete, hörte er neben sich ein gigantisches Krachen. Die Schatulle war in Myriaden Einzelteile zerborsten. Die unzähligen Bruchstücke verloren ihre Farbkraft, zeigten sich in einem schmutzigen Grauton und lösten sich langsam in Nichts auf – wie es die gesamte Plasmakugel ebenso tat. Übrig blieb nur der Kristall, der unversehrt vor ihm lag.

Zetus stand auf, hob ihn hoch und streichelte den Kristall in seinen Händen, als wenn er einem Kind über den plötzlichen Verlust seiner Eltern hinweghelfen wollte. Ein unbeschreibliches Glücksgefühl durchströmte ihn, als Laute in seiner Sprache an sein Ohr drangen. Auf der anderen Seite des Platzes regte sich etwas. Seine Artgenossen schienen die Tortur dieser tagelangen Finsternis überstanden zu haben. Sie hatten es geschafft! Sie hatten ihr gesamtes Volk gerettet! Niemand war zu Schaden gekommen – wenn man mal von Rooks´ gebrochenem Flügel absah, der ihre Erfolgsbilanz mit Sicherheit nicht schmälern konnte. Für einen kurzen Moment erfasste Zetus ein Gefühl der Leere, das er nicht einzuordnen vermochte. Wahrscheinlich war das einfach so, wenn man an ein unerreichbar scheinendes Ziel gelangte. Doch bald schuf sich eine andere Emotion den nötigen Raum in seinem Kopf, seiner Brust, seinem ganzen Körper. Es war unbändige Freude, die er ohne jede Verzögerung mit seinen treuen Weggefährten teilen wollte: vier unerschrockenen Federbolden, einem aufrichtigen Menschenjungen und – einem Hund!

Doch die fällige Feier musste wohl oder übel bis Morgen warten. Denn die Sonne ging nun unter, und tiefe Nacht legte sich über das Tal von Rubaakon.

Es lebe das Leben!

Als der neue Tag erwachte, war Zetus der festen Meinung, dass es sich um den gelungensten Morgen seit Federbold-Gedenken handeln musste. Er hielt dies für einen objektivierbaren, unangreifbaren Fakt, und das Sonnenlicht schien diese Ansicht nur unterstreichen zu wollen. Denn sie tauchte die aus hauchfeinem Ton gebrannten Dachzinnen des Dorfs in reines Gold und gab ihnen einen fast unwirklichen Anstrich. Zetus atmete tief ein, rieb sich den Schlaf aus den Augen und ergötzte sich an dem Anblick der Federbold-Behausungen. Seit Walusians schwärmerischen Berichten über die verschwenderische Architektur der Menschen ahmten praktisch alle Familien in Rubaakon, die etwas auf sich hielten, den Fachwerkstil nach. Einige der großzügiger angelegten Unterkünfte hatten fast den Charakter von Villen, die in bedenklicher Weise geeignet waren, die Aufmerksamkeit luftreisender Menschen auf sich zu ziehen – wie sie nun erfahren hatten. Der Rat von Rubaakon hatte sich schon mehrfach mit dem Thema eines übertriebenen Luxus befasst. Bisher hatte er Darion aber keine Restriktionen nahe gelegt.

Zetus steckte sich den Kristall wie ein Picknick-Bündel unter den Arm und stolzierte schnurstracks in Richtung Bürgerchef-Büro. Auf seinem Weg dorthin nahm er jede Szene wahr, die sich ihm bot, und nahm sich vor, sie nie wieder zu vergessen. Einige der Federbolde, die sich erschöpft in die Arme fielen oder einfach nur auf die Knie sanken, um wer weiß wem für ihre Rettung zu danken, kannte er persönlich. Aber er vermied es, sich in ein Gespräch verwickeln zu lassen, sondern schritt die Passanten, die endlich aus ihrem todesähnlichen Schlaf erwacht waren, wie die Reihen einer Parade ab. Nur einmal, als er am anderen Ende einer Wegkreuzung seine heimliche Liebe Larluna erblickte, ließ er sich zu einem scheuen Winken hinreißen. Er strahlte dieses zauberhafte Federbold-Mädchen an, als gäbe es nur sie auf dieser Welt. Als sie seinen intensiven Blick neugierig erwiderte, wohl dunkel ahnend, dass er in Kürze den Status eines echten Heldes erlangen würde, lief Zetus rot an. Denn er war sich sicher, dass sie sich sehr bald wiedersehen und er nicht umhin kommen würde, für sein unverschämt aufdringliches Grinsen Rede und Antwort zu stehen. Auch wenn er nach Federbold-Maßstäben noch ein Teenager war, so wusste er doch, wie initiativ die weiblichen Exemplare seiner Gattung sein konnten, noch dazu wenn sie sich im Backfischalter befanden. Er hörte schon Crepjans beißenden Spott: „Dieser heiße Feger macht Dich ganz schön wuschig, was?"

Darion, dem Bürgerchef, trat Zetus mit einem unübertrefflichen Selbstbewusstsein entgegen. Er platzte fast vor Stolz, sich ihm gegenüber als Kopf der Befreiungsmannschaft präsentieren zu können. Denn er wusste, dass Darion viel von ihm hielt und wahrscheinlich insgeheim schon immer große Taten von ihm erwartet hatte. Im Überschwang seiner Gefühle konnte er sich gerade noch dazu herablassen, an die Tür zu klopfen. Als er dann vor dem Verwaltungsoberhaupt des Dorfes stand, meldete sich jedoch seine natürliche Bescheidenheit zurück. Zetus meinte, sein eigenes Spiegelbild in den Augen seines Gegenübers erkennen zu können, so groß und gespannt sahen sie ihn an.

„Guten Morgen, mein verehrter Darion. Ist es nicht ein großartiger Morgen? Es sind viel mehr Leute auf den Straßen unterwegs als in den letzten Tagen." Zetus übte sich in überschwänglicher Ironie, obwohl er dafür gar nicht die Zeit besaß. Denn er wollte schließlich schnellstmöglich zu seinen Freunden zurück.

Der Bürgerchef lachte ihn an und entblößte dabei vier makellos gepflegte Kegelzähne. „So tritt nur jemand auf, der weiß, dass er uneingeschränkten Respekt zu beanspruchen hat. Sei mir gegrüßt, mein geschätzter Zetus. Man muss wohl nicht mit hellseherischen Fähigkeiten gesegnet sein, um zu erraten, dass wir diese wundersame Bewahrung vor dem Tode *Dir* zu verdanken haben. Ich hoffe, Du hast nicht aus dramaturgischen Gründen bis zur letzten Minute gewartet."

Zetus hob abwehrend die Hände. „Ja und Nein. Du hast Recht, ich denke, dass ich mich letztlich doch als würdig erwiesen habe, mir Euer aller Anerkennung zu verdienen. Aber sie gebührt mir mitnichten allein. Vor den Toren des Dorfes warten vier weitere Federbolde, die mir in Punkto Tapferkeit in nichts nachgestanden haben."

Zetus schob den Oberkörper nach vorn und senkte verschwörerisch die Stimme. „Aber Ihr werdet im Leben nicht erraten, wer unter ihnen ist."

Als er ein gewisses Amüsement in Darions Gesicht las, fuhr er in unverstellter Tonlage fort: „Und glaubt mir, wir wären gestern gern rechtzeitig zu einem Feierabend-Umtrunk zu Euch vorgedrungen. Aber gewisse Schwierigkeiten haben eine frühere Zusammenkunft verhindert. So bleibt uns wenigstens der komplette heutige Tag, um für den Abend ein zünftiges Fest vorzubereiten. Bis dahin werdet Ihr auch einen vollständigen Bericht von mir erhalten haben. Doch einstweilen bitte ich darum, mir von der moralisch sicherlich gegebenen momentanen Anwesenheitspflicht einen Dispens zu erteilen. Ich muss meinen Mitstreitern meinen Dank und mein Lob zuteil werden lassen. Ich werde erwartet. Und ich denke, Eure Präsenz auf dem Dorfanger dürfte in dieser Minute ebenfalls angemessen sein. Es wäre mir eine Ehre, meine Freunde und mich als Eure Mittagsgäste betrachten zu dürfen."

Der Bürgerchef unterdrückte ein Auflachen angesichts dieser Unverfrorenheit des ehemals als Außenseiter geltenden Federboldes. Stattdessen nickte er nur, denn diese Selbsteinladung konnte er ihm wahrlich nicht abschlagen. Schließlich verdankte er ebenso wie alle anderen Federbolde diesem kleinen Kerl sein Leben. Darion musste sich schwer zusammenreißen, als er Zetus´ gestelzte Rede verfolgte. Er ließ ihn gern gewähren, hätte ihn aber am liebsten umarmt und ausgiebig geherzt. Stand vor ihm wirklich noch der unausgegorene Rotzlöffel, der offensichtlich mit zahlreichen wertvollen Talenten gesegnet war, aber dennoch eine bedenkliche Entwicklung zu nehmen schien? Offenbar nicht.

Also antwortete Darion nur knapp: „Ihr dürft. Die Ehre ist ganz auf meiner Seite." Dann dachte er kurz nach: „Und trotzdem werde ich Dich weiter duzen. Ich kenne Dich, seit Du ein Säugling warst."

„Das sei Euch gestattet", antwortete Zetus gönnerhaft. Als er sich mit einer übertriebenen Verbeugung verabschiedete und gerade auf dem Hacken kehrt machen wollte, konnte sich Darion aber eine bestimmte Nachfrage nicht verkneifen. „Was trägst Du für ein seltsames Ding unter dem Arm?“

Zetus tat so, als müsse er erst nachdenken, um zu ergründen, worauf sich diese Frage bezog. Dann wiegelte er in einem ausgesprochen gelangweilten Tonfall ab: „Ach, das ist nur ein Talisman. Scheint sich zu ´nem echten Fetisch zu entwickeln. Kann mich jedenfalls kaum noch von ihm trennen. Auch dazu später mehr. Jetzt muss ich wirklich los.“

Als Zetus den Rahmen der schweren Holztür durchschritt, hörte er, wie der Bürgerchef einen Satz vor sich hinmurmelte, gerade laut genug, dass er ihn wahrnehmen konnte: „Ich weiß, es klingt nach einer hohlen Phrase, aber ich hab´ immer gewusst, dass in dem Burschen etwas Bedeutendes steckt.“

Mit einem zufriedenen Lächeln trat er ins Freie, ignorierte die verwunderten Blicke der Federbolde, die sich nun vor Darions Amtssitz versammelten und rannte, so schnell ihn seine Beine trugen, aus dem Dorf heraus, um endlich zu seinen Mitstreitern zu gelangen.

Zetus konnte die vier Federbolde schon sehen, als er über die kleine Kuppe gelangte, die sich von der leichten Anhöhe aus, auf der sich das Dorf befand, hinunter ins Zentrum des Tals von Rubaakon schlängelte. Crepjan ritt auf Caprius Rücken und ahmte das Heulen des Maulwolfs nach, wie es Federbold-Kinder in ihren Spielen gern taten. Capriu lachte ausgelassen und lief schnaufend vor Anstrengung um Livion und Miranda herum, die sich an den Händen gefasst hatten und einen albernen Kindergartenreigen tanzten. Zetus sog diese Szene förmlich in sich auf. Als er für die anderen sichtbar wurde, unterbrachen sie ihre Jubelarien und liefen mit lautem Gejohle zu ihm hinüber. Bevor er sich versah, hatten sie einen Kreis gebildet und ließen ihn in ihrer Mitte hochleben. Den Kristall ließen sie achtlos auf den Boden poltern.

Zetus hatte keine Chance, sie zu beruhigen. Einige Male warfen sie ihn so hoch in die Luft, dass sie Schwierigkeiten hatten, sein Gewicht rechtzeitig wieder abzufangen, bevor er im Staub landete. Jeder von ihnen bestand mehrmals darauf, Zetus herzlich zu umarmen und ihm zu versichern, dass er von nun an für alle Zeiten ihr einziges Idol sein würde. Zetus empfand diese Würdigung seiner eigenen

Person als durchaus übertrieben und betonte ständig, dass sie es doch gemeinsam gewesen seien, denen die Befreiung des Dorfes gelungen war.

„Ja, aber Du hast es schließlich vollbracht", stellte Crepjan klar.

„Und das, obwohl Du nicht wissen konntest, ob Du lebend aus dieser Nummer rauskommen würdest", hieb Capriu in die gleiche Kerbe.

„Ihr alle habt Euren Beitrag dazu geleistet. Es erfüllt mich mit Stolz, dass Ihr meine Freunde seid. Und jetzt genug der Selbstbeweihräucherung. Was ist mit Bendiks?" Seine Frage richtete sich vornehmlich an Capriu, da Zetus annahm, dass er es war, der den letzten Kontakt mit ihm hatte.

„Ich hab´ es vorgezogen, die Landung von außerhalb des Flugzeugs zu beobachten und bin vorher ausgestiegen. Aber er hat es ganz gut hinbekommen. Ich denke, das Gerät ist unbeschädigt geblieben. Ich hab´ ihm schon einmal in Darions Namen die unverbrüchliche Verpflichtung des gesamten Federbold-Volkes zugesichert, ihm in Notsituationen allen erdenklichen Beistand zu gewähren; und zwar unabhängig von dem Versprechen, dass *Du* ihm gegeben hast."

Zetus nickte. „Und wie seid Ihr verblieben?"

„Ich hab´ ihm gesagt, dass ich nicht wisse, wie es mit mir persönlich weitergehe. Die Gerichtsverhandlung wird sicher sehr schnell anberaumt werden. Aber er solle es täglich versuchen, Dich an der alten Doppel-Ulme zu treffen, und zwar zu derselben Tageszeit wie gestern. Daraufhin hat er irgendwas von 13 Uhr 30 gefaselt. Es klang aber jedenfalls wie ´ne Zustimmung. Außerdem meinte er, er könne selbst nicht sicher davon ausgehen, in den nächsten Tagen zur Verfügung zu stehen. Er habe lange nicht so einen Mist gebaut, wie es die eigenmächtige Wegnahme des Flugzeugs aus Sicht seines Vaters wohl darstellen werde. Er sei gespannt darauf, ob sein Papa sich in der Zwischenzeit pädagogisch weiter entwickelt habe. Wenn nicht, könne ihn ein Stubenarrest kurzzeitig am Erscheinen hindern. Ich hab´ ihn jedenfalls auf ein Tässchen Smuu eingeladen und ihm zugesichert, dass dieses Angebot zeitlich unbeschränkte Geltung hat."

Zetus lachte und wandte sich dann den anderen zu. Livion fasste diese Geste zu Recht als Aufforderung auf, einen kurzen Bericht von ihrer Warte aus abzuliefern. „Capriu meinte, uns vor der einstürzenden Kuppel warnen zu müssen. Aber auf diesen glorreichen Gedanken waren wir schon selbst gekommen. Wir haben zugesehen, dass wir uns ins Dickicht verpieseln konnten. Dabei durften Miranda und ich wieder einmal feststellen, dass wir zumindest zum Fliehen noch nicht zu alt sind. Allerdings haben wir dadurch den besten Teil der Show wahrscheinlich verpasst. Aber immerhin konnten wir sehen, dass sich das Plasma nicht kampflos ergeben hat. Die Kugel hat einige mächtige Blasen geworfen. Diejenigen, die zerplatzt sind, haben eine eklige rote Suppe in die Luft geschleudert. Ich bin wirklich nicht böse darüber, dass uns der nähere Kontakt mit diesem Auswurf erspart geblieben ist."

„Du hast uns einen schönen Schrecken eingejagt, als Du plötzlich auf der Kuppel gelandet und dann verschwunden bist", ergänzte Crepjan. „Ich war überzeugt davon, dass das ein ernst gemeinter Suizidversuch sein sollte. Wie bist Du nur auf so eine wahnwitzige Idee gekommen?"

„Ach, weißt Du, in der größten Verzweiflung hat man manchmal genau die richtige Eingebung." Mit diesen Worten wandte er sich erneut an Capriu. „Rooks und sein Chef-Kumpane waren Dir gegenüber wohl nicht ganz aufrichtig. Wahrscheinlich haben sie geahnt, dass Du ein Wackelkandidat bei der Umsetzung ihrer gemeinen Pläne sein würdest und ziemlich anfällig dafür, die Seiten zu wechseln, wenn Du hinter das Ausmaß ihrer beabsichtigten Vernichtungsaktion kommen würdest. Natürlich war das Kraftfeld nicht völlig erschwindelt. Es hätte auch bestimmt seine tödliche Wirkung entfaltet, wenn man seitlich in die Kuppel gestürzt wäre. Aber als ich das aufmunternde gelbe Leuchten im Zentrum sah, war mir klar, dass dies alles nicht für den Bereich der Schatulle gelten konnte. Sie war ein Fremdkörper in der Kuppel; genauso ein Gefangener wie die Dorfbewohner. Sie diente einzig und allein dazu, die Macht des Kristalls, mit dem sie in Verbindung stand, auf die Plasmawände um sie herum zu übertragen. Sie selbst ist nicht bösen Ursprungs, ebenso wenig wie der Kristall selbst, glaub´ mir. Beide sind von den Kramlocks für ihre Hinterhältigkeiten missbraucht worden. Die arme Schatulle durfte das Glücksgefühl, wieder mit dem Kristall vereint zu sein, leider nur für einen kurzen Augenblick genießen. Sie ist vollständig zerstört worden.“ Zetus seufzte.

„Naja, wenigstens hat sich das Plasma auch verkrümelt, so dass es uns erspart bleibt, seine Überreste beseitigen zu müssen“, meinte Miranda. „Mir graut schon davor, das Chaos in meiner eigenen Kemenate halbwegs in den Griff zu bekommen.“

Livion ließen Zetus´ Worte keine Ruhe. „Meinst Du wirklich, die Schatulle war zu so etwas wie Emotionen in der Lage? Was glaubst Du, woraus sie bestand, wer sie geformt hat oder woraus sie entstanden sein mag?“

Zetus zuckte mit den Achseln. „Für mich hat der Sturz in die Kuppel auch nicht zu einem Gewinn höherer Erkenntnisse geführt. Das Ganze ist ein Mysterium. Wir werden gemeinsam mit dem Bürgerchef darüber beraten müssen, was wir mit dem Kristall anstellen. Es bereitet mir schon gewisses Kopfzerbrechen, nun im Besitz eines solchen wertvollen Kleinods zu sein.“

Crepjan betrachtete den Kristall vor Zetus´ Füßen. „Eigentlich schade, dass es die Schatulle zerlegt hat. Vielleicht hätte sich mit ihrer Hilfe eine Kuppel errichten lassen, mit der man das Dorf nachts einhüllen könnte. Dann wären wir absolut sicher vor dieser hässlichen Missgeburt von Maulwolf gewesen, ohne auf die Leuchtfeuer angewiesen zu sein.“

Miranda schüttelte den Kopf. „Es bringt nichts Gutes mit sich, auf solche Tricks zurückzugreifen, die Kreaturen wie die Kramlocks ersonnen haben.“

„Und ich hätte es auch nicht austesten wollen, ob sich die Kuppel mit Hilfe des Kristalls überhaupt steuern ließe, wenn er sich nachts *innerhalb* des Dorfs befunden hätte“, ergänzte Capriu.

„Und schließlich bräuchte man einen zuverlässigen Mechanismus, der die Schatulle vor dem allmorgendlichen Herabstürzen bewahrte“, vollendete Livion die Aufzählung von Gegenargumenten.

„Schon gut, schon gut“, lachte Crepjan angesichts dieser Kritikfront. „War ja nur ein Gedanke."

Zetus ließ den Kristall in der Umhängetasche verschwinden, die Capriu nach wie vor bei sich trug. „Was ist los?", fragte er, als er Caprius sorgenvolle Miene bemerkte. „Deine Stirn wellt sich wie ein vergammeltes Stück Wurst."

Capriu stöhnte. „Ich muss an das Spießrutenlaufen denken, das mir bevorsteht, wenn die Wahrheit ans Licht kommt."

Crepjan gab ihm einen aufmunternden Klaps auf den Rücken. „Zum Glück erzählen wir die Geschichte ja zu Ende und verlassen den ersten, in der Tat unrühmlichen Teil ganz schnell wieder, um Deine danach folgenden Großtaten anschließend in den buntesten Farben zu schildern."

Capriu lächelte dankbar. „Vielleicht wäre es aber auch besser, wenn ich gar nicht mitkäme, sondern mich in den Wald zurückziehen würde. Rooks muss in Zukunft schließlich auch wie ein Aussätziger leben."

Zetus schüttelte energisch den Kopf. „Im Gegensatz zu ihm hast Du aber rechtzeitig die Kurve bekommen; und zwar aus eigenem Antrieb. Außerdem ..." Er senkte die Stimme und blickte zu Boden. „ ... hab´ ich Dich schon einmal verloren. Erspar mir bitte ein zweites Mal."

Capriu räusperte sich ergriffen, schwieg aber.

Stattdessen ergriff Miranda das Wort. „Na, das wäre also geklärt. Dann seht es mir bitte nach, wenn *ich* mich jetzt auf meinen beschwerlichen Rückweg begebe. Wie Ihr wisst, liegt mein Heim unendlich weit von hier entfernt und ich bin nicht mehr die Jüngste." Mit diesen Worten wandte sie sich zum Gehen.

„Kommt nicht in Frage!", riefen die anderen im Chor und versperrten ihr den Weg.

„Was soll das?", keifte Miranda. „Wollt Ihr einer alten Frau etwa Gewalt antun?"

Livion lachte sie breit an. „Bevor Du Dich anschickst, zu alter Form aufzulaufen: Wenn´s sein muss, ja. Also komm lieber freiwillig mit. Oder willst Du Dir die Schande zumuten, ins Büro des Bürgerchefs getragen zu werden?"

Miranda ließ demonstrativ die Schultern hängen. „Die einzige Schande, die ich weit und breit erblicken kann, seid Ihr! Einer betagten Seniorin, die kurz vor der Mumifizierung steht, noch zu einem offiziellen Termin zu nötigen! Unfassbar! Ich fühle mich schließlich etwas unpässlich“, murmelte sie.

Doch sie musste es sich gefallen lassen, von den Federbolden eingerahmt, auf den Weg ins Dorf geleitet zu werden. Grinsend nahmen die vier zur Kenntnis, dass Miranda plötzlich so schwer mitgenommen war, dass sie sich nur noch schleppend fortbewegen konnte.

Bendiks fielen schon in der zweiten Schulstunde beinahe die Augen zu. Er musste regelrecht gegen den Schlaf kämpfen. Einiges hätte er dafür gegeben, wenn ihm der Hausmeister einen starken Kaffee verkauft hätte. `Selbst schuld´, dachte er. `Warum musste ich mich auch so an meiner heldenhaften Tat berauschen, dass ich vor Aufregung kein Auge zumachen konnte?“ Die ganze Nacht hatte er mit pochendem Herzen wach gelegen, immer wieder dieselben Szenen vor seinem inneren Auge: Seine perfekten Flugmanöver, die nicht nur das Leben von Zetus und Capriu, sondern auch das Ihrer Artgenossen gerettet hatten; Zetus mutiger Sprung auf die Plasmakuppel; das Bersten dieser glühend roten Kugel; Caprius überschwänglicher Dank. Ohne Frage war der gestrige Tag der aufregendste in seinem ganzen Leben gewesen. Leider hatte er keinen Blick auf das Dorf im Tal von Rubaakon werfen können. Aber das war natürlich gut so. Denn wenn es nur *eine* Stelle im Wald gäbe, von der aus die Behausungen der Federbolde sichtbar waren, würden sie wahrscheinlich schon längst nicht mehr existieren. Sie mussten im Verborgenen bleiben. Und deshalb durfte Bendiks auch kein Sterbenswörtchen von seinem ruhmreichen Abenteuer gegenüber seiner Familie oder seinen Schulkameraden erwähnen. Das war zwar einerseits eine echte Strafe, denn so ein Erlebnis musste man eigentlich mit anderen teilen. Aber andererseits empfand er es auch als großartige Auszeichnung, der einzige Mitwisser der Federbolde zu sein. Er freute sich auf ihre zukünftigen Zusammenkünfte. Und, wer weiß, diesen kleinen Kerlchen war letztlich alles zuzutrauen – vielleicht konnten sie tatsächlich seine Mutter heilen. Das wäre sicherlich das größte Geschenk, das Bendiks sich vorstellen konnte. Aber erst einmal musste er seinem Vater erklären, warum er gestern erst nach Einbruch der Dunkelheit nach Hause gekommen war. Sein Papa war so wütend gewesen, dass er ihn wortlos auf sein Zimmer geschickt hatte, um ihn mit seinem vermeintlich schlechten Gewissen eine Nacht allein zu lassen. Wahrscheinlich hatte er es als höchstpersönlichen Vertrauensbruch empfunden, dass er nicht zur abgemachten Zeit am Abendtisch gesessen hatte. Was würde sein Vater erst dazu sagen, wenn er Lennarts Flugzeug in dem fremden Handkarren entdeckte, der in ihrem Gartenhäuschen parkte? Ach ja, Lennart! Die große Pause musste Bendiks wohl oder übel nutzen, ihm von der Sache zu erzählen. Der Wichtigtuer würde sich vermutlich wieder aufblasen wie ein italienischer Gockel.

Verschwommen nahm Bendiks seine Lehrerin vor der Tafel wahr. Sah sie etwa in seine Richtung? Hatte sie ihn zu einem Wortbeitrag aufgefordert? Wie ein schlecht geölter Roboter blickte Bendiks zur Seite. Alle Augen waren auf ihn gerichtet. Mit halb geschlossenen Lidern richtete er seinen Blick auf Frau Schröder und wollte gerade eine Entschuldigung wie `Verzeihung, aber mir ist nicht gut!´, dahinhauchen. Doch seine Zunge hatte sich offenbar schon zu einem Nickerchen in die Ecke gerollt. Um seine Stimme in den Griff zu kriegen, musste er sich erst einmal ausgiebig räuspern. Als er das Gefühl hatte, wieder Herr über sein Sprechorgan zu sein und er zu einer wortreichen Erklärung für sein merkwürdiges Verhalten ansetzen wollte, erlöste ihn die Pausenglocke. Frau Schröder warf ihm einen vorwurfsvollen Blick zu, der wohl ihre gesammelte persönliche Enttäuschung zum Ausdruck bringen sollte. Aber dann ging sie doch zur Verkündung der Hausaufgaben über, da die anderen Schüler schon aufgestanden waren und dem Ausgang zustrebten. Bendiks sah zu, dass er ihnen nicht gerade als Letzter folgte, um sich eine Gardinenpredigt zu ersparen. Die erwartete ihn schließlich schon auf dem Schulhof.

Als die fünf Federbolde in gemächlichem Tempo ins Dorf kamen, konnten sie hautnah das berauschende Gefühl miterleben, wie ein kleines Völkchen ausgelassen seine Wiederauferstehung feierte. Der Marktplatz war voller aufgeregter Federbolde, die sich zuraunten, was Darion, der Bürgerchef, soeben in aller Kürze öffentlich verkündet hatte. Sie waren über die Frage, wer sie aus der tödlichen Bedrohung errettet hatte, also bereits im Bilde. Aber wie es bei Federbolden so üblich war, entstanden sofort die ersten Gerüchte über Zetus und seine Gefährten, in denen ihre fraglos glanzvollen Verdienste noch mit allerlei Nebengeschichten ausgeschmückt und ebenso mit esoterischen wie mit okkulten Anklängen überhöht wurden. Und über Caprius geheimnisvolle Wiederkehr rankten sich schon bald die seltsamsten Deutungen und Erklärungsversuche. Die fünf Federbolde waren von diesem Bild, das sich ihnen bot, schlicht überfordert.

Nachdem einige vereinzelte Federbolde aus der Menge ihre Namen gerufen hatten, skandierten plötzlich alle: „Zetus und seine Freunde – Sie leben hoch!“ Mit einem mulmigen Gefühl in der Bauchgegend bahnten sie sich einen Weg durch die Menge, die nur zögernd zurückwich. Alle wollten einen Blick auf diese bizarre Schar von Federbolden aus ihren eigenen Reihen werfen. Viele schreckten auch nicht davor zurück, sie anzugrapschen oder spontan zu umarmen. Crepjan bekam sogar den einen oder anderen Kuss von kleinen Mädchen, die in der ersten Reihe standen. Verlegen, aber absolut glücklich sah er zu Zetus hinüber. Der warf einen besorgten Blick auf die Tasche an Caprius Schulter. Doch der hatte sie schon in einen festen Griff genommen. Den Kristall würde er mit seinem Leben verteidigen. Aber eigentlich fürchtete er weder, dass die Stimmung umschwenken könnte, noch hielt er Darion für töricht genug, öffentlich von dem Kristall gesprochen zu haben. Livion beugte sich zu Miranda herüber: „Wir zwei Einsiedler wissen schon, warum wir dieser Meute den Rücken zugekehrt haben, was?“

„Darauf kannst Du einen lassen“, grummelte sie zustimmend.

„Das ist mein Junge“, rief plötzlich eine Federboldin mittleren Alters und zeigte auf Crepjan. Der winkte seiner Stiefmutter stolz zurück. Zetus hielt Ausschau. Aber er konnte weder Caprius Eltern noch seinen eigenen Vater erblicken. Er beschloss jedoch, sich keine Sorgen zu machen. Vielleicht wusste Darion ja etwas über seinen Zustand.

Mit einiger Mühe erreichten sie schließlich die Veranda vor der Eingangstür zum Büro des Bürgerchefs. Doch bevor sie darin verschwanden, kam Zetus der beinahe körperlich spürbaren Erwartung der Menge nach, einige Worte an sie zu richten. Diese Aufgabe kam ihm fast schwieriger vor als sein Ritt auf der Plasmakugel.

Aber es gelang ihm, seine Nervosität zu verbergen und sich mit einem freundlichen Lächeln an seine Artgenossen zu richten: „Habt vielen Dank für Euren überaus freundlichen Empfang. In den letzten fünf Tagen wart Ihr nie allein. Diese Federbolde hier haben so manche Schlacht geschlagen, um das Licht der Sonne zu Euch zurückzubringen. Wir mussten oft die größten Zweifel überwinden, aber zu guter Letzt ist es uns glücklicherweise gelungen, Euch zu befreien. Ihr solltet nicht nur stolz auf Eure Retter sein, wie ihr es uns so eindrucksvoll bewiesen habt; sondern auch auf Euch selbst. Denn wir gehören zu Euch und Ihr seid Federbolde wie wir.“ Grenzenloser Jubel brandete auf. Es dauerte eine Weile, bis Zetus weitersprechen konnte.

Erst eine beruhigende Handbewegung von ihm konnte neuerliche Sprechchöre verhindern. „Aber wir haben nicht nur gute Nachrichten für Euch. Dort draußen ...“ Zetus ersparte sich die theatralische Geste, bei diesen Worten auf den Wald zu zeigen. „... lauern Gefahren, von denen wir bisher keine Ahnung hatten. Wir werden uns ihnen stellen müssen – gemeinsam.“

Ein unsicheres Gemurmel breitete sich in der Menge aus. Doch Zetus hob gleich wieder die Stimme: „Heute jedoch sollten wir unser aller Wiedergeburt gebührend feiern. Und habt keine Sorge: Ihr werdet alle Einzelheiten erfahren.“

Zetus hob noch einmal die Hand, und unter lautstarkem Gejohle zogen sie in das Bürgerchef-Amt ein. Livion sah ihn mit gespielt sorgenvoller Miene von der Seite an: „Du scheinst das Zeug zum Staatsmann zu haben.“

Und Crepjan kniff ihm in die Seite. „Lass Dich nicht so feiern, Du elender Populist!“ Zetus grinste nur, setzte sich wie selbstverständlich an die Spitze der kleinen Gruppe und klopfte lautstark an Darions Bürotür, nachdem sie seine selig lächelnde Vorzimmerdame passiert hatten.

Der Bürgerchef öffnete ihnen höchstpersönlich. Er hatte seine farbenfrohe Amtstracht angelegt, um zu unterstreichen, dass er es als wichtigen offiziellen Termin betrachtete, sie zu empfangen. Zu Zetus gewandt, sagte er: „Das ist er also, der Trupp unerschrockener Federbolde, die die wahrscheinlich glorreichste Tat ihrer Art vollbracht haben. Tretet ein!“

Einen nach dem anderen betrachtete er voller Wohlwollen, legte ihnen jeweils die rechte Hand an den Hals und konnte sie einfach nur anstrahlen. Crepjan hüstelte. Die Spannung, die von diesem feierlichen Moment ausging, war ihm unangenehm. Aber Darion ließ sich nicht davon abhalten, jedem von ihnen ein paar nett formulierte Worte des Dankes zukommen zu lassen. Mit Livion tauschte er vielsagende Blicke aus. Die beiden schienen sich seit Ewigkeiten zu kennen. In ihrer kurzen, aber sehr innigen Umarmung lag eine Vertrautheit, die Zetus warm ums Herz werden ließ. Distanzierter war da schon das knappe Wortgeplänkel zwischen Darion und Miranda. Aber es waren keineswegs Voreingenommenheit oder irgendwelche persönlichen Bedenken, welche diese beiden gegenüber dem jeweils anderen hegten. Vielmehr brachten sie auf diese Weise gegenseitig den Respekt zum Ausdruck, welchen sie füreinander empfanden. Da es zwischen ihnen keine emotionale Verbindung zu geben schien, beließen sie es jedoch ehrlicher Weise bei den gebotenen Höflichkeiten. Darion bemerkte lediglich, dass er es als einen besonderen Beleg für den verschworenen Gemeinschaftssinn der Federbolde erachte, wenn in der Stunde der Not selbst eine Einsiedlerin wie sie zu mobilisieren sei.

Die größte Überraschung spiegelte sich allerdings in Darions Augen wider, als er in dem letzten der fünf Gefährten Capriu erkannte. Doch dem gelang es nicht, seinem Blick stand zu halten. Darion legte den Kopf auf die Schulter. „Mein Gefühl sagt mir, dass Dein unerwartetes Auftauchen in dieser Krise nicht auf einem Zufall beruht. Habe ich Recht?“

Capriu schluckte und nickte stumm.

„Aber wenn ich Zetus richtig verstanden habe, hast Du ebenfalls zu unser aller Errettung beigetragen. Deshalb gebührt Dir in gleicher Weise mein uneingeschränkter Dank.“

Zetus zeigte keine Reaktion auf Darions fragenden Blick, um ihm zu verstehen zu geben, dass er mit seiner Ahnung hinsichtlich einer eher ambivalenten Rolle Caprius in dieser Angelegenheit absolut richtig lag. Überhaupt erlegte sich Zetus von nun an wieder die Zurückhaltung auf, die der Bürgerchef in seinen Amtsräumlichkeiten von einem jungen Federbold erwarten durfte. Im Gegensatz zum Vormittag hielt er die Gepflogenheit ein, sich erst zu Wort zu melden, wenn Darion seine eigene Rede beendet hatte.

Artig nahmen sie alle an einer langen Tafel Platz, an dessen Kopfende sich der Bürgerchef setzte. „Greift erstmal zu. Ich könnte mir vorstellen, dass ihr in den letzten Tagen anderes im Kopf hattet, als Euch den Bauch voll zu schlagen.“

Crepjan klatschte begeistert in die Hände. „Auf jeden Fall macht es hungrig, die Welt zu retten. Mir dampft mächtig der Kohl.“ Und schon griff er beherzt zu. Der Tisch bot alles, was das Federboldherz beglücken konnte: Dörrobst, wilde Erdbeeren, geröstete Marienbienen, Fisch in allen Variationen und sogar Crepjans heiß geliebtes Spatzenhirn. Niemand tadelte ihn für seine Vorwitzigkeit. Auch Darion lächelte nachsichtig. Wortlos erhob er sein Glas und prostete seinen Gästen zu. `Smuu zum Mittag, daran könnte ich mich gewöhnen´, dachte Zetus.

Nach einer Weile geräuschvollen Kauens und Schlürfens ergriff Darion das Wort. „Ich habe den Vormittag genutzt, um mir einen Überblick über die Situation im Dorf zu verschaffen. Es wird Euch sicher freuen, dass alle Eure Familien unversehrt geblieben sind. Einigen der älteren Federbolde geht es zwar nicht sonderlich gut. Denn der lange Entzug von Sonnenlicht und Nahrung hat ihnen mitunter heftig zugesetzt. Dennoch müssen wir uns wohl keine ernsthaften Sorgen um sie machen.“

Er hielt kurz inne. „Leider gibt es aber auch ein Todesopfer zu beklagen.“ Die Federbolde unterbrachen ihr Mahl und sahen Darion erschrocken an. Der fuhr erklärend fort: „Die alte Edonka ist hinübergegangen. Aber zumindest Ihr beide“ - er meinte Zetus und Crepjan – „werdet wissen, dass diese traurige Tatsache nicht allzu überraschend kommt. Sie lag im Sterben und hat sicher nicht lange leiden müssen. Zur Stunde findet die Beisetzung statt.“ Miranda grummelte eine unverständliche Bemerkung vor sich hin. Zetus deutete dies als eine Geste des Bedauerns. Wahrscheinlich war sie einmal mit Edonka befreundet gewesen. Darion machte wieder eine längere Redepause, so dass sich alle ihrem Mahl widmen konnten.

„Heute Abend wird natürlich ein großes Fest stattfinden. Die Vorbereitungen laufen schon auf Hochtouren“, bemerkte der Bürgerchef abschließend; zu Zetus´ Amüsement mit vollem Mund. „Ihr seid selbstverständlich Ehrengäste. Bereitet Euch schon einmal seelisch darauf vor, in einem angemessenen Rahmen geehrt zu werden.“

Als aus Mirandas Richtung ein erneutes Brummen zu vernehmen war, ergänzte der Bürgerchef: „Und ich würde es als Affront gegen meine Person auffassen, wenn Ihr nicht vollzählig erscheinen solltet. Für eine adäquate Übernachtungsmöglichkeit ist gesorgt.“

Wieder gab es ein kurzes Gemeckere, das aber gleich wieder erstarb. Denn Livion stieß Miranda in die Seite und sprach für sie beide. „Wir nehmen Dein Angebot gern an. Dieses Fest darf sich wahrlich niemand von uns entgehen lassen.“

Darion schmunzelte. „Und jetzt erwarte ich den versprochenen Bericht.“ Es dauerte eine Weile, bis Zetus bemerkte, dass alle Augenpaare auf ihn gerichtet waren. Hastig schluckte er den letzten Bissen hinunter, trank noch einen Schluck und putzte sich den Mund ab. Schon nach ein paar Sätzen hatte er sich derart in Rage geredet, dass er Alles um sich herum vergaß und nur noch Darions aufmerksames Gesicht vor Augen hatte.

Einige Male stieß der Bürgerchef ein erstauntes „Oh!“ oder „Ich fass es nicht!“ aus. Doch die meiste Zeit über schüttelte er nur ungläubig den Kopf und hing wie gebannt an Zetus´ Lippen. Sorgenfalten trieben ihm die Passagen über ihre Begegnungen mit den Maulwölfen ins Gesicht und natürlich die ausführlichen Schilderungen über die Kramlocks. Dabei hatte Zetus den Eindruck, dass zumindest ihre Existenz als solche keine Neuigkeit für Darion war. Ihm dürfte auch nicht entgangen sein, dass Zetus Caprius Beteiligung an der Erlangung des Kristalls und seinem Einsatz gegen die Plasmakuppel in aller Ausführlichkeit schilderte, während er die Umstände seiner Zeit bei den Kramlocks nur sehr kursorisch streifte. Doch Darion sagte zu alldem nichts, sondern fixierte Capriu einfach nur mit festem Blick, so dass der ein echtes körperliches Unbehagen empfand. Capriu vermied es jedoch, sein Schuldbewusstsein allzu offen zur Schau zu tragen. Schließlich saß er nicht ohne Grund an dieser Ehrentafel.

Als Zetus zum Schluss kam, sank Darion wie erschöpft in seinen Sessel zurück und sah mit bedeutungsschwangerem Blick in sein halbvolles Glas. Dann leerte er es und stieß einen Seufzer aus. „Vielen Dank für Deine Ausführungen, mein lieber Zetus. Ich hoffe sehr, dass wir in den nächsten Tagen noch einmal die Chance haben werden, Einzelheiten Eures Abenteuers zu vertiefen. Doch nun wollt Ihr sicher zu Euren Familien; besonders Du, Capriu." Nicht nur Zetus war über dieses abrupte Gesprächsende irritiert. Offenbar wollte Darion es bei einer anderen Gelegenheit in kleinerer Runde, möglicherweise auch unter vier Augen fortsetzen. „Ich werde mich nun zum ehrwürdigen Richter begeben, damit er entscheiden kann, ob Capriu sich einem öffentlichen Verfahren zu stellen hat. Es steht mir nicht zu, seine Entscheidung vorwegzunehmen. Aber meine Prognose lautet, dass Du Dir für morgen besser nichts weiter vornehmen solltest."

Capriu sah ihn mit zitternder Kinnspitze an. „Ist gut", brachte er nur hervor.

Zetus ergriff seinen Arm. „Das stehen wir gemeinsam durch." Die anderen nickten.

Darion langte nach seiner Kopfbedeckung. „Auf dem Weg dorthin informiere ich Rooks´ Eltern. Ich bin mir nicht sicher, ob ich mich dabei als Überbringer einer guten oder einer schlechten Nachricht fühlen sollte. Wir sehen uns heute Abend auf dem Fest." Mit diesen Worten ließ er die Freunde allein.

Zetus bot Livion und Miranda an, ihn zu begleiten. Doch die beiden zogen es vor, die Zeit bis zum Abend mit einem ausgedehnten Spaziergang durch das Dorf zu verbringen, vermutlich um in alten Erinnerungen zu schwelgen. Crepjan und Capriu brachen genauso zögerlich zu ihren Häusern auf, als sie mit den drei anderen das Amtszimmer verließen. Es war ein beklemmendes Gefühl, dass sich ihre Gemeinschaft in diesem Moment auflösen sollte; wenn auch nur für ein paar Stunden. Wohl keiner von ihnen hatte es jemals zuvor so stark empfunden, Teil eines Ganzen zu sein. Sie tauschten Blicke aus, in denen Stolz und innige Freundschaft lagen. Jeder von ihnen spürte die Gewissheit, dass die Verbindung zwischen ihnen noch lange Zeit bestehen würde, vielleicht ja auch für immer. „Bis nachher dann“, beendete Zetus schließlich die Stille und trat nach draußen.

„Was ist mit dem Kristall?“, rief Capriu ihm nach, als er bemerkte, dass Zetus ihn hatte liegen lassen.

„*Du* hast doch die Tasche!“, kam es durch die geöffnete Tür zurück.

Crepjan klopfte dem ratlosen Capriu im Gehen auf den Hinterkopf. „Wahrscheinlich möchte er, dass Du ihn Deiner Mama zeigen kannst“, grinste er ihn an.

Capriu rümpfte ob dieses Spotts die Nase. „Ulki*ck*, wahnsinni*ck* ulki*ck*!“ Dann steckte er den Kristall aber doch mit einer würdevollen Geste ein. Als er sich umsah, bemerkte er, dass auch Livion und Miranda bereits den Raum verlassen hatten. Mit einem Seufzer hängte er sich die Tasche um und machte sich nach sehr langer Zeit wieder einmal auf den Heimweg.

Rubaakon in Aufruhr

Ohne, dass sie sich verabredet hätten, trafen sich Crepjan und Zetus nach ein paar Stunden am östlichen Ende des Marktplatzes und betrachteten das bunte Treiben, das sich vor ihren Augen entfaltete. „Hi, Crep", begrüßte ihn Zetus.

Beide hatten sich ordentlich herausgeputzt und standen noch unter dem Eindruck des überschwänglichen Wiedersehens mit ihren Familien. Glücklich war Crepjan von seinen Stiefeltern und Zetus von seinem Vater in den Arm genommen worden. Es hatte gut getan, dass der Stolz über ihre Heldentat dabei kaum eine Rolle gespielt hatte. Dadurch hatten sie die Hoffnung zurückerlangt, dass trotz all der Bedrohungen, denen sie sich in Zukunft wohl stellen mussten, hier im Tal alles wieder so sein würde, wie sie es gewohnt waren.

„Komm, niemand wird erwarten, dass wir uns an den Arbeiten beteiligen. Lass uns das genießen und uns ein bisschen unters Volk mischen. Oder wirst Du jetzt auf einmal schwermütig?", stieß Crepjan seinen Freund an.

Zetus zog die Augenbraue hoch. „Wie kommst Du denn auf diese abstruse Idee?" Aber insgeheim musste er sich doch eingestehen, dass er seine Unbeschwertheit wohl verloren hatte. Darions Gestik und Mimik ihm gegenüber hatten keinen Zweifel daran gelassen, dass er von ihm erwartete, in Zukunft Verantwortung zu übernehmen. Der wollte er sich auch stellen. Aber die Zeit des gedankenverlorenen Herumtollens mit seinen Freunden war damit definitiv vorbei, auch wenn er Capriu zurück hatte.

Überall, wo sie auftauchten, erhob sich sofort ein kleiner Tumult. Sie mussten unzählige Umarmungen über sich ergehen lassen und konnten die unmittelbare Entgegennahme zahlreicher Geschenke nur mit dem Versprechen abwenden, sie später abzuholen. Schließlich trafen sie auf Livion und Miranda, die in ein intensives Gespräch vertieft waren. Gerade als sie von hinten an sie herantraten, umarmte Miranda Livion.

Zetus konnte sich eine spitze Bemerkung nicht verkneifen. „Aus Sympathie kann doch echte Zuneigung werden, nicht wahr?"

Bevor Livion antworten konnte, tat es Crepjan für ihn. „Aber hoffentlich nicht aus Zuneigung Liebe, oder, alter Knabe?“ Livion ging über diese Anspielungen hinweg.

Er sah die beiden jungen Federbolde von oben bis unten an, ließ seinen Blick anschließend über die verdreckten Lumpen gleiten, die er und Miranda am Körper trugen und fasste seine Eindrücke knapp zusammen: „Wie unfair!“

Crepjan drehte eitel den Kopf zur Seite. „Man tut, was man kann!“

„Da drüben steht Capriu“, rief Zetus. Sie verließen den Marktplatz und schlenderten einen Weg hinab, der zu einem kleinen Teich führte. Dort stand der Fünfte in ihrem Bunde. Er beugte sich gerade über das Wasser und war in sein Bemühen vertieft, einen halbwegs annehmbaren Krawattenknoten hinzubekommen.

Als Capriu seine Freunde hinter sich hörte, stöhnte er und machte eine Geste der Hilflosigkeit. „Na, ich seh` ja vielleicht beknackt aus!“

„Und die Krawatte steht Dir auch nicht“, bemerkte Crepjan trocken. „Hat Dich Deine Mama angezogen?“

„Sehr witzig“, knurrte Capriu zurück und musterte Crepjan abfällig: „Na, in *dem* Aufzug erreichst auch Du keine 60 % Coolness.“

Crepjan überhörte diese Bemerkung. „Kommt schon“, trieb er sie stattdessen an. „Die süßen Mädels, die auf uns warten, machen ihre Aufmerksamkeit bestimmt nicht von solchen Äußerlichkeiten abhängig.“

Zetus musste an Larluna denken, hatte aber irgendwie das Bedürfnis, Crepjans vorlaute Art nicht unerwidert zu lassen. „Aber ich denke schon, dass sie sich allenfalls für Jungs interessieren, die wenigstens schon geschlechtsreif sind.“

Capriu nahm diesen Ball dankbar auf: „Womit *Du* ja wohl aus dem Rennen wärst.“ Crepjan schnaufte empört.

Auf dem Festplatz war vor dem Bürgerchef-Amt eine kleine Bühne errichtet worden, an deren Ende sich eine lang gestreckte Bank befand, die offensichtlich die Ehrentafel darstellte. Als Livion dort sechs Stühle sah, wandte er sich scherzend zu seinen Begleitern um. „Ich fürchte, Darion besteht darauf, mit an unseren Tisch zu dürfen.“

Crepjan tat so, als dächte er intensiv darüber nach, was davon zu halten sei. Aber schließlich gab er sich gönnerhaft. „Es ist so ein schöner Tag. Wir sollten ihn gewähren lassen.“

Obwohl sie durchaus mit weiteren Lobpreisungen gerechnet hatten, waren die fünf Federbolde doch überrascht und beinahe peinlich berührt, sogar unzählige Transparente mit ihren Namen zu sehen. Fast erdrückt von diesem Enthusiasmus, der ihnen entgegenschlug, betraten sie den Platz. Bereitwillig bildeten die Bürger von Rubaakon eine Gasse für sie, so dass sie von Darion, der soeben von hinten die Bühne bestieg, mit einem freundlichen Lächeln nach oben gebeten werden konnten.

Der Bürgerchef stellte mit einer einzigen beschwichtigenden Handbewegung vollkommene Stille her und wandte sich an die Menge: „Liebe Federbolde! Dass dieses Fest heute stattfinden kann und möglicherweise eine neue Zeitrechnung für unser Volk einläutet, verdanken wir diesen fünf tapferen Männern und Frauen aus unserer Mitte. Ich war genauso erstaunt, wie ihr es gleich sein werdet, als mir diese Gruppe in ihrer bemerkenswerten Zusammensetzung von den Ereignissen berichtete, die sich außerhalb unseres Dorfes abgespielt haben, während sich über uns eine tödliche Dunkelheit ausgebreitet hatte, die uns in völliger Hilflosigkeit zu einem grausamen Ende führen sollte. Ihr könnt es Euch denken: Das Finale dieser Geschichte ist zwar ein gutes, aber sie hat doch mehr als *eine* beängstigende Seite.“

Ein Raunen ging durch die dicht gedrängt stehenden Federbolde, die nun gespannt der stark zusammengefassten Version Darions lauschten. Zetus musste sich mehrmals ein Grinsen verkneifen, als er Zeuge wurde, wie Darion, wohl nur scheinbar auf Naivität beruhend, ebenso deutlich Caprius Verdienste herausstellte, wie Zetus es zuvor ihm gegenüber getan hatte. Aber auch alle anderen aus ihrer Gruppe ließ Darion in seiner Laudatio nicht zu kurz kommen. Die bedrohlichen Aspekte, nämlich Kramlocks und Maulwölfe, verheimlichte der Bürgerchef seinem Volk kluger Weise nicht, handelte sie jedoch denkbar knapp ab.

„Und nun, da Ihr mindestens auf einer Stufe mit Walusian, unser aller Idol, steht, ist es an der Zeit, sich erkenntlich zu zeigen“, leitete

Darion das Ende seiner Rede ein, indem er sich den Federbolden an seiner Seite zuwandte. Zunächst heftete er ihnen einen Orden an, den sie jederzeit zu tragen berechtigt seien und der sie als Kramlock-Bezwinger ausweisen sollte. Zum Glück entging ihm, dass alle bis auf Crepjan ihn schon nach wenigen Minuten verstohlen in der Hosentasche verschwinden ließen. Dann gab der Bürgerchef bekannt, dass Jendrick, der Wirt des „Rüttelnden Falken“, der einzigen Schenke im Ort, ihnen freies Smuu auf Lebenszeit zugesagt hatte, was Crepjan und Zetus mit einem anerkennenden Pfiff durch die Zähne quittierten.

„Und nun das Wichtigste“, proklamierte Darion feierlich: „Jeder von Euch hat einen Wunsch frei!“ Er räusperte sich verschämt und sprach Miranda als Erste an. „Wie Du weißt, will es guter Federbold-Brauch in derartigen Situationen, dass der oder die Älteste das Vorrecht der ersten Äußerung hat.“ Entschuldigend hob er die Hände.

Miranda verschränkte trotzig die Arme vor der Brust. „Blödsinn, ich hab´ alles, was ich brauche.“ Ein Raunen ging durch die Menge.

„Wenn Du Deine neu erworbenen Sympathiepunkte gleich wieder verlieren willst, ist das an sich ok“, flüsterte Zetus ihr hinter vorgehaltener Hand zu. „Du darfst auch gern in Deiner sozialen Randlage verharren. Aber in diesem Moment stört es schon ein wenig Darions Zeremonie. Also quatsch Dich nicht um Ruhm und Ehre!“

Darion lächelte sie aber auch ohne Zetus´ Hilfe so herzerweichend an, dass Miranda offensichtlich ernsthaft nachzugrübeln begann. Allerdings schien ihr tatsächlich nichts Brauchbares einzufallen. Also half der Bürgerchef galant nach. „Miranda, wenn Du Dich hier so umblickst, fällt Dir dann nicht eine reichhaltige Fülle aller nur denkbaren Lebensmittel auf, die in Deiner, äh, eher etwas abgelegenen Wohnumgebung sicher nur mit einer gewissen Mühe zu beschaffen sein dürften?“

Miranda zog die Stirn kraus. Als sei dies ein von ihrer Seite aus unglaublich großzügiger Kompromiss, rang sie sich zu der Bemerkung durch: „Du hast Recht, es wäre mir schon eine Hilfe, wenn ich für eine Weile bei meinen täglichen Besorgungen Unterstützung erhalten könnte.“

Darion lachte: „Für eine Weile? Wie wär´s mit einem Jahr oder besser noch auf Lebenszeit?“

Crepjan hörte, wie ein beleibter Federbold in der ersten Reihe seinem Nachbar zuflüsterte: „Was wahrscheinlich so ziemlich aufs Gleiche hinauslaufen dürfte, hähä.“

Langsam beugte sich Crepjan zu ihm vor. „He, Grunznar, die Alte hat zwar schon die Geburt Deiner Großmutter erlebt, aber Dich Fettwanst wird sie auch noch locker zu Grabe tragen. Wart´s ab!“

„Nun, Livion, wie steht´s mit Dir? Äußere Deinen Wunsch! Und es ist wahrlich nicht nötig, so bescheiden zu sein wie unsere hoch verehrte alte Dame hier“, forderte Darion den nächsten Federbold auf.

Livion hielt effektvoll inne. Dann sagte er mit betont lauter Stimme: „Freies Rederecht beim morgigen Prozess!“

Darion zuckte zusammen und warf Livion einen vorwurfsvollen Blick zu. Im Publikum begann es zu rumoren. „Prozess? Welcher Prozess?“, rief jemand.

Darion beruhigte die versammelte Bürgerschaft. „Ich nehme an, Livion spielt darauf an, dass unser ehrwürdiger Richter sich entscheiden könnte, schon morgen ein öffentliches Verfahren gegen Capriu durchzuführen, um sein Verhalten in der Zeit zwischen seinem Verschwinden und seinem Hinzustoßen zu diesem Rettungstrupp zu beleuchten.“

Livion lächelte milde. „Wir wissen beide, dass es genauso kommen wird. Und unser Recht sieht es vor, dass der ehrwürdige Richter an sich nach freiem Ermessen entscheidet, wen er zu den Vorwürfen gegen den Angeschuldigten hört. Wem aber vom Bürgerchef das Recht zugesprochen wurde, seine Sicht der Dinge in die Verhandlung einzuführen, dem darf es auch vom ehrwürdigen Richter nicht mehr entzogen werden.“

Darion knirschte mit den Zähnen. Er hatte gegen Livions Begehren an sich nicht das Geringste einzuwenden. Jedoch widerstrebte es ihm, diese Ehrung zu einer Bühne für bevorstehende Akte der Justiz werden zu lassen. Zetus sah Livion voller Bewunderung an. Sicher hatte Livion genau gewusst, dass Zetus exakt diesen Wunsch ebenfalls äußern wollte. Dennoch war Zetus mit dieser Lösung hochzufrieden, und zwar gleich aus mehreren Gründen: Livion war ein angesehener Bürger, der sich trotz seines mitunter ein wenig kauzigen Verhaltens im Laufe der Jahre eine enorme Reputation erworben hatte. Sein Wort hatte also vermutlich trotz Zetus´ fragloser aktueller Popularität besonderes Gewicht. Außerdem war er nicht wie Zetus mit dem Makel behaftet, dass ihn eine dorfbekannte enge Freundschaft mit Capriu verband, so dass er für sich die Rolle eines objektiv betrachtenden Dritten beanspruchen konnte. Und schließlich verschaffte ihm dieses uneigennützige Verhalten des alten Federbolds die Möglichkeit, einen anderen Wunsch zu formulieren, wenn er selbst an der Reihe sein würde. Und der lag ihm ebenfalls sehr am Herzen. Mit halbem Ohr hörte er, wie Darion genervt sagte: „Gewährt."

Als der Bürgerchef nun ihn fragend ansah, kannte er seinen knappen Text ganz genau: „Das Recht auf uneingeschränkten Verkehr mit der Menschenwelt!" Darion blies die Backen auf, vermutlich wie jeder andere Federbold auf dem Marktplatz auch. Crepjan grinste ungeniert. Diese Unverschämtheit war so richtig nach seinem Geschmack. Zetus hielt Darions empörtem Blick das Selbstbewusstsein eines Lieblings der Massen entgegen, der, ohne zu zögern, entgegennahm, was ihm vollmundig zugesagt worden war, nämlich die Freiheit, auf jegliche Bescheidenheit verzichten zu dürfen.

Darion entließ die angehaltene Luft in seiner Mundhöhle mit einem zischenden Geräusch. Er wusste selbst, dass er jetzt keinen Rückzieher mehr machen konnte: „Gewährt!"

Vom Marktplatz drangen plötzlich die unterschiedlichsten Geräusche zur Bühne empor. Allgemeine Aufregung machte sich breit. Vereinzelt brandete Applaus auf. Zetus konnte nicht recht einordnen, ob dies die Bestätigung sein sollte, dass er sich sogar dieses unerhörte Privileg verdient hatte, oder die versteckte Forderung, dass dieses Recht an sich allen Federbolden zustehen sollte. Ehe er näher darüber nachdenken konnte, sah er Darions Gesicht direkt vor seinem. „Darüber wird noch zu reden sein, junger Freund!" Zetus schluckte. Vielleicht war er doch zu weit gegangen! Unsicher blickte er zu Crepjan. Dessen zufriedener Gesichtsausdruck sagte ihm, dass außer ihm selbst jedenfalls eine weitere Person nicht dieser Meinung war.

Als Darion zu Capriu kam, erkannte er die Zwickmühle, in der sich der junge Federbold befand. „Dich werde ich ein ander´ Mal befragen, wenn Du einverstanden bist. Wir sollten zumindest abwarten, was der morgige Tag bringt.“ Capriu nickte zustimmend, sichtlich erleichtert.

Crepjan hingegen wartete gar nicht erst ab, bis Darion sich ihm als Letztem zuwandte. „Ich möchte fliegen dürfen. Und Zetus soll es mir beibringen“, platzte es förmlich aus ihm heraus. Die Reaktion im Gesicht des Bürgerchefs ließ erkennen, dass dieser Wunsch exakt von dem Kaliber war, das er sich vorgestellt hatte: etwas Großes, aber nichts, was die Geltung ungeschriebener gesellschaftlicher Regeln in Zweifel ziehen konnte. So konnte Darion echte Großzügigkeit walten lassen, ohne ein Stück der eigenen Autorität preisgeben zu müssen. „Gewährt.“

Unter dem Beifall der Bürger von Rubaakon erklärte Darion die Ehrung für beendet und das große Fest für eröffnet. Unmissverständlich forderte er das Volk der Federbolde dazu auf, sich allen Vergnügungen hinzugeben, welche die nächsten Stunden ihn böten. Er hatte eine Hand voll unglücklicher Wachen außerhalb des Dorfes postiert, so dass sie sich ganz sicher fühlen und nach einer hemmungslosen Feier getrost auf dem Marktplatz einschlafen könnten. Er verschwieg dabei, dass er die Gewissheit, nicht in Gefahr zu sein, durchaus auch aus dem Umstand herleitete, dass sich der gelbe Kristall in Rubaakon befand. Denn er wollte keine unnötigen Begehrlichkeiten wecken.

Die Federbolde ließen sich auch nicht lange bitten. Ausgelassen machten sie sich über die köstlichsten Speisen und unzählige Fässer frischen Smuus her. Schon bald war die Tanzfläche gut gefüllt. Und während Livion, Miranda und Darion auf ihren Ehrenplätzen die Köpfe zusammensteckten, zogen es Zetus, Capriu und Crepjan vor, sich unters Volk zu mischen und die unbeschwerte Atmosphäre unter ihren Artgenossen zu genießen. „Das war lecker!“, prostete Crepjan dem Bürgerchef mit seinem letzten Rest Smuu im Glas zu. „Aber jetzt müssen wir mal die Lage sondieren.“

Überall herrschte beste Stimmung. Alle bei Federbolden beliebten Musikinstrumente waren im Einsatz: Maultrommeln, hohle Baumstämme, Rasseln aus leeren Kastaniengehäusen, die mit kleinen Samen gefüllt waren. Und natürlich wurde kräftig auf langen Grashalmen geblasen. Es dauert nicht lange und Zetus´ Herzfrequenz potenzierte sich. Denn, ohne dass er sie bemerkt hätte, flötete plötzlich Larlunas helle Stimme in sein Ohr. „Muss ein berauschendes Gefühl sein, wenn einem ein ganzes Volk zu Füßen liegt.“

Zetus wirbelte herum. Sah sie nicht absolut entzückend aus? Sie trug die klassische Federboldinnen-Kleidung: einen Einteiler, der sich nur in Form zweier Stoffringe am Hals und an den Hüften auf die Körperrückseite erstreckte, ansonsten aber lediglich dazu diente, die weiblichen Attribute im Brustbereich zu bedecken. Dieser Schnitt sollte sicherstellen, dass die Flügel der Federboldinnen einsatzbereit waren, ohne dass sie sich ihrer Kleidung entledigen mussten. Larluna hätte sich diesem Diktat an sich nicht unterwerfen müssen. Denn sie war noch nicht in einem flugfähigen Alter. Aber wahrscheinlich fand sie einfach, dass dieses Textil ihre feminine Seite betonte. `Und das zu Recht!´, fand Zetus. Was hätte er in dieser Sekunde nicht alles für eine schlagfertige Erwiderung gegeben! „Ein Großartiges“, antwortete er stattdessen ehrlich. Und verlegen fügte er hinzu: „Denn nur so scheint mir die Bürde abgenommen zu werden, ein gewisses attraktives Federbold-Mädchen anzusprechen.“

„Ist das für Dich denn schwieriger, als eine feindliche Armee zu besiegen?“

„Wenn ich an den Kloß in meinem Hals denke, hat es den Anschein“, krächzte Zetus, dem es vor Aufregung fast die Stimme verschlug.

Crepjan rollte mit den Augen. „Ich glaube, unser überkandidelter Bürgerchef bräuchte nur einen dezenten Hinweis zu bekommen und schon würde er als nächstes eine Traum-Verlobung bekannt geben. Komm, Capriu, wir verdrücken uns.“

`Aber nicht, ohne Zetus eins reinzuwürgen´, dachte der sich. „He, Larluna, wie wär´s mit einem Tänzchen? Zetus hat mir erzählt, dass er es heimlich gelernt hat.“ Zetus schickte ein gespieltes Grollen in Caprius Richtung.

Larluna ging gerne darauf ein: „Wirklich? Na, dann zeig mir mal Deine neu erworbenen Künste!“ Und schon hatte sie Zetus am Ellenbogen gepackt und auf die Tanzfläche gezerrt. Doch seine vor Schadenfreude feixenden Freunde trauten ihren Augen kaum, als sie erkennen mussten, dass die erhoffte Blamage ausblieb. Mit der Sicherheit eines geübten Tänzers schob Zetus Larluna übers Parkett, die, nachdem sie ihre Überraschung überwunden hatte, geradezu dahin zu schmelzen schien.

Capriu schlug Crepjan tröstend auf die Schulter. „Lass gut sein, diese vom Schicksal verwöhnte Lichtgestalt lässt sich von Unsereinem einfach nicht aufs Kreuz legen. Das Thema `Mädchenfreier Freundeskreis´ scheint jetzt wohl durch zu sein. Aber leuchten dahinten nicht zwei Rehaugenpaare in unsere Richtung?“ Bereitwillig ließ sich Crepjan am Kragen packen und durch die wild hüpfende Menge zu zwei jungen Federboldinnen zerren.

Das Fest strebte bald seinem Höhepunkt zu: dem Wettbewerb im Apfelschießen. Dabei traten je zwei Federbolde gegeneinander an. Es ging darum, dass einer von ihnen einen unreifen und deshalb sehr kleinen und harten Apfel mit einem zu einer Keule geformten Ast auf eine Freifläche schlug, auf welcher sein Partner stand und mit einer blitzschnellen Reaktion den Apfel aus der Luft fischen musste. Dabei durfte der Fänger keinen Bodenkontakt haben. Es bot sich also an, dass diese Rolle von einem flugfähigen Federbold ausgefüllt wurde. Traditionell taten sich diejenigen Federbolde zusammen, die sich als beste Freunde bezeichneten. Crepjans Herz war deshalb zum Bersten mit Stolz gefüllt, als Zetus ihn bat, gemeinsam mit ihm anzutreten. Da er jedoch des Fliegens nicht mächtig war, konnte er nur als Schläger agieren. Das tat er aber immerhin so gut, dass sie am Ende einen beachtlichen fünften Rang belegten. Noch erfolgreicher waren jedoch Livion und Capriu, die es sogar zum zweiten Platz brachten und somit unter dem Gejohle der angeheiterten Federbolde einen weiteren Ehrenpreis entgegennehmen konnten.

Schnippisch wandte sich Capriu mit einer Geste des Überlegenen an Crepjan. „Na, was hab´ ich für eine Figur gemacht?“

Crepjan schürzte anerkennend die Lippen. „Ich fand, Dein Gesicht sah beim Fangen irgendwie wie zur Faust geballt aus, aber im Großen und Ganzen geht der Auftritt in Ordnung. Respekt, mein Großer.“

Viel zu früh neigte sich der Abend seinem Ende entgegen. Eine nicht unerhebliche Zahl von schnarchenden Federbolden zierte bereits Tische und Bänke. Einige hatten sich sogar im nahen Gebüsch zusammen gerollt. Stark angetrunken lehnte sich Crepjan an Zetus. „Eigentlich schade, oder?“

Zetus begriff diese Wehmut nicht. „Was meinst Du?“

„Na, das die Zeit unserer Narrenfreiheit nun vorbei ist. Die Leute werden ihr Augenmerk auf uns richten.“

Zetus nickte. „Damit könntest Du Recht haben. Wie sieht´s aus? Schaffst Du´s noch bis nach Hause? Der Stern ist schon im Sinkflug begriffen.“

Crepjan straffte entschlossen seinen Oberkörper, obwohl es ihm sichtlich Mühe bereitete, sich auf den Beinen zu halten. „Was denken Sie denn, Frau Geheimrat? Helden pennen doch nicht auf Marktplätzen!“

„Na, dann komm.“

„Is´ gut. Ich muss mich nur noch von meinen devoten Verehrern verabschieden.“ Damit stellte er sich auf den Nächstbesten Tisch und wandte sich lallend an einige ebenfalls schwer angeschlagene Federbolde in seiner Nähe. „Meine Damen und Herren. Der liebe Crepi geht jetzt nach Hause. Ende der Durchsage.“

Es störte ihn nicht, dass keiner so richtig von ihm Notiz nahm. Wackelig stieg er vom Tisch herab und ließ sich dabei bereitwillig von Zetus stützen.

„Du bist Dir auch für keine Peinlichkeit zu schade,“ murmelte Zetus. Dann griff er ihm unter die Achseln und beide wankten, sich gegenseitig aneinander lehnend, ihren Elternhäusern entgegen.

Gerechtigkeit für Capriu

Zetus holte Crepjan, wie verabredet, nach dem Frühstück zuhause ab. Als er seinen derangiert wirkenden Freund aus der Haustür treten sah, musste er schmunzeln.

Crepjan hielt sich den Schädel. „Du kannst Dir Deinen Spott sparen“, stöhnte er. „Siehst nämlich keinen Deut besser aus, glaub´ mir.“ Gemeinsam gingen sie zu Capriu. Noch bevor sie dort ankamen, wussten sie, dass Livions Prognose zutreffend war. Die fröhliche Feststimmung im Dorf war wie weggeblasen. Überall begegneten ihnen beschäftigte Federbolde, die die Spuren der gestrigen Feier beseitigten und den Marktplatz zu einer Gerichtsstelle umfunktionierten.

Capriu wirkte dementsprechend angespannt, als er ihnen in der Gasse, in denen das Haus seiner Eltern stand, entgegen kam. Dennoch zwang er sich zu einem verkniffenen Lächeln. „Der ehrwürdige Richter war persönlich bei mir. Er hat mich für die Mittagszeit vorgeladen.“ Zetus und Crepjan nahmen diese wenig überraschende Neuigkeit zur Kenntnis. Sie begannen, ziellos durch die Straßen und Wege des Dorfes zu wandern und sprachen dabei wenig. Die Aussicht auf eine harte Strafe für Capriu legte sich lähmend auf sie. Als sie mehr zufällig beim Amtssitz des Bürgerchefs ankamen, erblickten sie Livion und Miranda, die sich gerade von Darion verabschiedeten. Offenbar hatte er ihnen ein Nachtlager mit Frühstück gewährt.

Livion winkte ihnen freundlich zu. „Da seid Ihr ja. Kommt, wir haben noch etwas Zeit. Ich lade Euch auf einen Huflattichsud im „Rüttelnden Falken“ ein. Oder zieht Ihr es vor, von unserem seit gestern bestehenden Privileg Gebrauch zu machen?“ Zetus und Crepjan winkten hastig ab. Schon der Gedanke an ein frisch gezapftes Smuu bereitete Ihnen Übelkeit.

„Vielleicht tut´s ja auch ´ne Limo“, meinte Capriu, der Livions Getränkevorschlag als Selbstkasteiung empfand. „Wie kannst Du an so einem Tag nur so guter Laune sein?“, beschwerte er sich bei dem Senior in ihrer Runde.

„Das will ich Dir sagen, mein Freund“, erklärte Livion. „Erstens ist das nicht der erste Prozess, dem ich beiwohne. Zweitens habe ich vollstes Vertrauen in das Judiz unseres ehrwürdigen Richters."

„Und drittens?", fragte Capriu nach.

„Drittens verfügst Du über einen Fürsprecher, der nicht nur exzellent beleumundet, sondern auch noch ein begnadeter Rhetoriker ist. Es kann also nichts passieren."

Caprius finstere Stimmung hellte sich etwas auf. Dennoch blieb er bei seinem Pessimismus. „Trotzdem hab´ ich Schiss."

„Das hätte ich an Deiner Stelle allerdings auch", räumte Livion lapidar ein.

Die Sonne stand fast senkrecht am Himmel, als sich eine große Anzahl neugieriger Federbolde auf dem Marktplatz versammelte. Es waren jedoch nicht annähernd so viele wie am Abend des Vortages gekommen. Offenbar hatte das Fest doch bei vielen seinen Tribut gefordert. Zetus gab Capriu noch einmal einen aufmunternden Klaps. Dann nahmen er und die anderen drei in der ersten Reihe der bereit gestellten Bänke Platz. Capriu stellte sich etwas abseits auf die Bühne. Er wagte es nicht, sich auf dem Stuhl vor einem kleinen Tisch niederzulassen, der so platziert war, dass er vom Publikum aus im Profil zu sehen war. Erst als der ehrwürdige Richter von hinten die Bühne betrat, ihm freundlich zunickte und sich mit einem lauten Ächzen auf seinen Stuhl plumpsen ließ, fühlte sich Capriu berechtigt, es ihm gleichzutun. Der ehrwürdige Richter wartete, bis völlige Stille eingetreten war. Dann erst begann er mit gedämpfter Stimme zu sprechen. Zetus war froh, in der ersten Reihe zu sitzen. Weiter hinten waren die Zuhörer zwangsläufig darauf angewiesen, sich mucksmäuschenstill zu verhalten, um der Verhandlung auch nur annähernd folgen zu können. Doch niemand wagte es, den ehrwürdigen Richter darum zu bitten, die Stimme zu heben.

„Der Bürgerchef hat mir, wie es seiner dienstlichen Pflicht entspricht, Meldung darüber gemacht, dass ein Verdacht gegen unseren Mitbürger Capriu ..." Bei diesen Worten ließ er seinen intensiven Blick auf Capriu ruhen. Es dauerte jedoch eine Weile, bis der begriff, sich dann aber eilig bemühte, aufzustehen und neben seinen Tisch zu treten, um sich für jedermann zu erkennen zu geben. „ ... besteht, eine Schuld gegenüber unserer Gemeinschaft auf sich genommen zu haben."

Der ehrwürdige Richter hielt kurz inne. „So ungeheuerlich es klingt, soll er mit dem heimtückischen Angriff auf unser Dorf in Verbindung stehen, was bedeuten würde, dass er sich an dem Versuch unserer gezielten Vernichtung beteiligt hätte."

Ein empörtes Gemurmel erhob sich im Publikum, das der ehrwürdige Richter jedoch mit einem einzigen strengen Blick zum Ersterben brachte. Dann wandte er sich an Capriu: „Nun, was hast Du dazu vorzutragen? Ich nehme an, dass Deine Ausführungen einige Zeit in Anspruch nehmen werden. Also gestatte ich Dir ausnahmsweise, Dich hinzusetzen."

Mit dieser kurzen Einführung hatte der Richter sämtliche Förmlichkeiten eingehalten, derer es bedurfte, um einen Federbold zum Angeklagten zu machen. Es war weder erforderlich, dass ein weiterer unabhängiger Amtsträger die Aufgabe der Anklageerhebung übernahm, noch musste ein konkreter Tatvorwurf formuliert werden. Die Federbolde vertraten das Prinzip, dass die Kategorien von Recht und Moral zur Deckung gebracht werden mussten. Hatte jemand etwas getan, das der ehrwürdige Richter möglicherweise für verwerflich halten konnte, so brachte man es dem Bürgerchef zur Kenntnis. Der entschied dann darüber, ob er den ehrwürdigen Richter informierte. Allein in dessen Ermessen lag es, ob sodann unverzüglich eine Verhandlung stattzufinden hatte. Nie wäre es den Federbolden in den Sinn gekommen, an seinem Gerechtigkeitsempfinden zu zweifeln. Infolgedessen war es auch noch nicht vorgekommen, dass sich ein Angeschuldigter seinem Prozess zu entziehen versucht oder im Falle seiner Verurteilung die Strafe nicht ohne weiteres auf sich genommen hätte. Er hatte schließlich die Möglichkeit, sich umfassend zu den Vorwürfen gegen ihn zu äußern. Und da die Federbolde ohne Ausnahme das Lügen verachteten, war er gut beraten, die Wahrheit zu sagen, wovon das Publikum auch zunächst einmal wie selbstverständlich ausging. Das Volk hatte dabei eine entscheidende Möglichkeit der Einflussnahme: Indem sich die Federbolde von ihren Plätzen erhoben, signalisierten sie, dass der Angeklagte ihrer Auffassung nach Milde verdient hatte. War die Mehrheit dieser Meinung, so war der ehrwürdige Richter an dieses Votum gebunden.

Capriu räusperte sich. Unsicher blickte er in die Gesichter der Anwesenden. Seine Eltern saßen direkt neben seinen Freunden. In ihrem Blick lag soviel Vertrauen in seine Integrität, dass er den Mut fand, seine Stimme zu erheben. Zunächst bat er um Verständnis, dass eine weitschweifige Einleitung nötig sei. Dann begann er, erst stockend, aber schon bald immer flüssiger, von seiner Freundschaft zu Zetus und Rooks zu berichten, um danach zu dem schicksalhaften Tag seines Verschwindens zu kommen.

Ohne seinen damaligen Wissensstand zu verfälschen, schilderte er Rooks` Verwandlung in einen Hasser seiner eigenen Art und Kollaborateur mit den gemeingefährlichen Kramlocks. An einigen Stellen wurde ihm zwar bewusst, dass er die zart besaiteten Gemüter einiger Federbolde überforderte. Denn er war dabei, ihre gemeinsame Illusion von einer Insel der Glückseligkeit, in der ausschließlich Frieden und Harmonie herrschten, zu zerstören. Doch bewusst beschönigte er auch an diesen Stellen wenig. Rooks´ Eltern verließen deshalb bald bestürzt den Marktplatz.

Offen räumte Capriu ein, dass er die Augen vor dem Ausmaß der gegen die Federbolde gerichteten Feindseligkeit verschlossen hatte und diese Naivität sicher keine ausreichende Entschuldigung für seine Untätigkeit sei. Was die Rettung Rubaakons anging, insbesondere seinen eigenen Anteil daran, beließ er es, auf Darions Ausführungen vom Vortag zu verweisen. Er habe alles Wesentliche, soweit es in diesem Zusammenhang von Interesse sei, richtig wiedergegeben.

Als Capriu endete, blieb es auf dem Platz absolut still. Alle blickten erwartungsvoll hinüber zu Livion. Denn niemand hatte vergessen, dass er sich sein Rederecht hatte zusichern lassen. Demzufolge erhob er sich, betrat mit schwungvollen Schritten die Bühne und bat den ehrwürdigen Richter, in dieser Angelegenheit sprechen zu dürfen. Damit kam er zwar nur dem Gebot der Höflichkeit nach, aber der ehrwürdige Richter tat dennoch so, als läge diese Entscheidung ausschließlich bei ihm. „Ich erteile Dir das Wort, Bürger Livion."

Der blieb neben Caprius Tisch stehen und wandte sich ans Publikum. Zur Erleichterung Aller sprach er mit fester und lauter Stimme; bedächtig ließ er jeden seiner Sätze verhallen und fuhr erst fort, wenn er das Gefühl hatte, dass ihre Bedeutung bei seinen Zuhörern angekommen war.

„Ich habe Capriu einige Wochen kennen gelernt, bevor er abgetaucht ist. Obwohl ich ihn, bis er vor wenigen Tagen zu uns gestoßen ist, zuvor nur ein einziges Mal gesehen habe, kann ich nachdrücklich bestätigen, dass Caprius Schilderung seines Verhältnisses zu Zetus und Rooks aus meiner Sicht der Wahrheit entspricht. Ich hatte sofort den Eindruck, dass er als Jüngster in diesem Bunde hin- und her gerissen war zwischen den beiden anderen, die trotz ihrer engen Freundschaft kaum von unterschiedlicherem Charakter sein konnten. Rooks war ohne jeden Respekt für seine Mitfederbolde. Ich konnte spüren, dass sein egozentrisches Weltbild sein ganzes Denken dominierte. Auf Capriu hatte das wohl einerseits eine große Wirkung. Andererseits war sein eigentliches Vorbild aber mit Sicherheit Zetus, der wegen seines rationalen und höflichen Verhaltens aber weitaus weniger Anziehungskraft ausstrahlte. Als der ihn nach seiner damaligen Annahme im Stich ließ, blieb Capriu in seiner Rolle als heranwachsender Bursche kaum etwas anderes übrig, als sich an dem einzigen Freund zu orientieren, der ihm geblieben war: Rooks. Es ist sicher leicht, jemandem die volle Schuld für eine begangene Abscheulichkeit zuzuweisen, der heute nicht hier ist und sich deshalb nicht zu verteidigen vermag. Aber Caprius Äußerungen und sein Verhalten von dem Moment an, als er sich in unserer Mitte befand, machen ihn für mich über jeden Zweifel an seiner aufrichtigen moralischen Gesinnung erhaben. Er war regelrecht verzweifelt, als er erkannte, gegen welche Gefahr wir anzukämpfen hatten. Und er hat immer wieder von sich aus angeboten, sein Leben zu opfern, um sein Volk doch noch retten zu können. Die ganze Zeit über war er ein zuverlässiger Hüter des Kristalls, welcher unsere einzige Hoffnung verkörperte. Ohne seine Unterstützung wäre es vielleicht nicht gelungen, die Plasma-Kuppel zu zerstören und Euch alle zu befreien. Deshalb stehe ich hier für ihn und ich bitte Euch, es mir gleich zu tun."

Crepjan wollte sofort aufspringen, um seine Solidarität mit Capriu und Livion zu bekunden. Doch Zetus hielt ihn am Arm fest. „Noch nicht", zischte er. Stattdessen drehte er sich um. Vereinzelt erhoben sich Federbolde von ihrem Platz. Der ehrwürdige Richter beobachtete das Geschehen vor ihm interessiert, aber ohne jede erkennbare persönliche Regung. Nach und nach standen immer mehr Federbolde auf, bis nur noch einige wenige saßen, die offenbar den Schock der tödlichen Gefahr, in der sie sich befunden hatten, nur schwer verdauen konnten. Erst jetzt erhoben sich auch alle Freunde und Verwandte Caprius, die in der ersten Reihe saßen. Schließlich war am Ende nicht ein einziger Federbold auf seinem Platz geblieben.

Der ehrwürdige Richter zog eine Augenbraue hoch. „Bitte nehmt wieder Platz. Ich habe zur Kenntnis genommen, dass Ihr geschlossen für ein mildes Urteil votiert. Daran bin ich gebunden." Seinem zufriedenen Tonfall konnte Zetus entnehmen, dass sich die Einschätzung des gemeinen Volks mit der persönlichen Meinung des Richters vollauf deckte.

„Nun gut." Der Richter stand auf, um sein Urteil zu verkünden. „Du sollst ein Jahr lang von Deiner Familie getrennt leben und unter der Aufsicht eines anerkannten Mitglieds unserer Gemeinde stehen, der dem Bürgerchef regelmäßig einen Bericht über Deine persönliche Entwicklung zu erstatten hat. Seine Auswahl überlasse ich Darion. Ansonsten kannst Du Dich frei bewegen. Danach werde ich entscheiden, ob Du zur Großen Prüfung zugelassen wirst." Er sah Capriu prüfend an. „Nimmst Du dieses Urteil an?" Das war nicht mehr als eine Floskel.

Dennoch erhob sich Capriu feierlich von seinem Stuhl. „Ich nehme es an. Danke", hauchte er.

„Dann ist die Sitzung hiermit geschlossen. Mit einem angestrengten Ächzen verließ der ehrwürdige Richter seinen Sitz und die Bühne.

Zaghafter Jubel erhob sich. Caprius Freunde und seine Familie umringten und beglückwünschten ihn. Plötzlich stand der Bürgerchef neben ihm. „Ich denke, ich kenne den Wunsch, den Du jetzt äußern wirst.“

Capriu nickte fröhlich und sah zu Livion hinüber. Darion schmunzelte. „Ja, das drängt sich wohl auf. Gewährt!“

Im allgemeinen Trubel, der nun entstand, baute sich Zetus vor Livion auf und verneigte sich tief vor ihm. „Was für ein flammender Appell! Wer sollte sich dieser wortgewaltigen Tirade schon entziehen können?“

„Danke, Danke. Ich beabsichtige, mich nun zurückzuziehen. Ich fürchte, ich habe ein Fahrzeug zu reparieren.“

Zetus nickte. „Guddi. Aber ich möchte noch etwas mit Dir besprechen. Warte bitte kurz hier.“ Dann verschwand Zetus im Büro des Bürgerchefs, das dieser kurz vor ihm mit einer Kopfbewegung betreten hatte, die nur als Aufforderung zu einem konspirativen Gespräch zu deuten war.

Als Zetus nach wenigen Minuten zurückkehrte, gesellte er sich zu seinen vier Freunden, die ihn groß ansahen. Die von allen erwartete Erklärung für diese Heimlichtuerei kleidete Zetus zunächst in eine Frage: „Und, seid Ihr Euch einig geworden? Bekommt Capriu Asyl in Deinem hohen Hause?“ Alle nickten.

„Na, dann habt Ihr ab jetzt wohl eine Art 3er-WG“, fuhr Zetus mit gedämpfter Stimme fort. „Keine Angst“, beschwichtigte er gleich wieder. „Ich bleibe noch ein Weilchen Nesthocker. Aber Darion und ich sind der Meinung, dass ein gewisses Kleinod, das von unschätzbarem Wert für Rubaakon ist und deshalb auch enorme Brisanz birgt, bei Euch beiden ganz gut aufgehoben wäre.“

Capriu klopfte auf die Ausbeulung seiner Umhängetasche, die er nun wieder an sich genommen hatte. „Du kannst Dich auf uns verlassen.“

„Na, wie schön, das jetzt alles geklärt zu sein scheint. Ich bin nämlich abreisefertig“, meldete sich Miranda zu Wort.“

„Gut, dann heißt es wohl fürs Erste, Abschied zu nehmen. Crepjan und ich begleiten Dich“, bot Zetus an.

„Ich komm schon allein zurecht“, protestierte Miranda.

„Das kommt gar nicht in Frage“, stellte Crepjan klar. „Hast Du den Maulwolf vergessen, der dort oben lauert?“ Fauchend ahmte er diese nun allgegenwärtige Bedrohung nach.

„Er hat Recht“, meinte Zetus. Widerwillig schnürte er sich seinen Bogen um den Körper und warf sich den Köcher mit den Pfeilen über die Schulter. Er ahnte, dass die Federbolde ohne diese Utensilien nicht mehr aus dem Haus gehen würden, wenn sich die Existenz des Maulwolfs erst einmal in ihren Köpfen festgesetzt hätte. Vielleicht sollten sie den Kadaver des getöteten Muttertieres verscharren. „Außerdem können wir gleich ein paar Lebensmittel für Dich mitnehmen.“

„Und schließlich kann man in der Nähe Deiner Höhle wunderbare Flugübungen machen“, ergänzte Crepjan grinsend.

Livion und Capriu machten sich in entgegen gesetzter Richtung auf den Weg.

„Sobald wir Miranda abgesetzt haben, statten wir Euch einen kleinen Besuch ab“, rief Zetus ihnen nach. „Falls mein halbwüchsiger Schüler hier schon zu einer ersten Talüberquerung in der Lage sein sollte“, schränkte er mit aufreizendem Blick in Crepjans Richtung ein.

„Das hängt ja wohl allein von den Fähigkeiten meines Lehrers ab“, kam es zurück.

Ohne Zwischenfälle erreichten sie am Abend Mirandas bizarre Behausung. Natürlich ließ sie es sich nicht nehmen, Ihnen ein Nachtquartier anzubieten und sie noch vor dem Schlafengehen mit einem opulenten Mahl zu verwöhnen. Das Frühstück des nächsten Tages fiel kaum weniger reichhaltig aus, so dass Crepjan schon befürchtete, allein dieser Umstand würde ihn am Boden halten. Doch schon in seiner ersten Unterrichtsstunde bewies er außerordentliches Talent. Bereits am frühen Nachmittag drehte er vergnügt seine Runden in der Luft.

„Hab ich doch gesagt,“ rief Zetus ihm stolz zu: „Alles eine Frage der Technik.“ Und als Miranda nach draußen trat, um sie zu einem letzten gemeinsamen Essen hereinzubitten, war auch sie begeistert von Crepjans Gelehrsamkeit, wollte es allerdings nur ungern zugeben.

Als er sie, vor ihrem Gesicht flatternd, fragte, was er für eine Figur mache, antwortete sie deshalb: „Wie ein Schwein beim Klettern! Aber Du bekommst trotzdem ein Süppchen ab, also kommt rein.“ Als sie später zu Dritt wieder an der Felswand standen, hinter der sich Mirandas Heim vor neugierigen Blicken versteckte, bekam Crepjan Fracksausen. „Meinst Du wirklich, ich bin schon für einen Flug über das Tal gerüstet?“

„Bist Du ein Mann oder eine Maus?“, fragte Zetus zurück.

„Ein Mäuschen“, antwortete Crepjan kleinlaut. Aber schließlich wollte er sich keine Blöße geben und schwang sich nach einer herzlichen Verabschiedung von Miranda gemeinsam mit Zetus auf, um den erhebenden Blick auf ihre Heimat zu genießen.

Erschöpft kamen sie am Nachmittag bei Livions Haus an. Capriu richtete sich gerade sein Zimmer ein, das Livion ihm zur Verfügung gestellt hatte, während Livion nicht zu sehen war. „Der begutachtet das Ausmaß der Schäden an seinem Fluchtfahrzeug. Lass uns doch mal rüberfliegen.“

Im Formationsflug setzten sie diesen Vorschlag in die Tat um. Am Lagerfeuer ließen sie später den ersten ruhigen Tag seit gut einer Woche ausklingen – und ihre Abenteuer Revue passieren.

Ein Versprechen wird erfüllt

Am Frühstückstisch fühlte sich Livion an jenen Tag erinnert, an dem drei junge Federbolde in fast derselben Besetzung schon einmal seine Wohnung unsicher gemacht hatten. Heute ging es ähnlich laut zu. Crepjan und Capriu fochten ihre übermütigen Streitereien aus.

„Gib mir mal die Butter rüber!"

„Wie heißt das Zauberwort?"

„Eh!"

„Na bitte, es geht doch."

Nur Zetus saß wie damals etwas abseits an dem runden Tisch und ließ seine Finger gedankenverloren über den gelben Kristall streichen.

„Grübelst Du über weltpolitische Zusammenhänge nach oder wartest Du darauf, dass Dir dieses Ding sein Geheimnis verrät?", fragte ihn Livion leise.

Zetus blickte so entrückt auf wie jemand, der sich in eine andere Welt geträumt hatte. „Hast Du ein sicheres Versteck für ihn?", fragte er zurück.

„Sei unbesorgt. Schließlich fühle ich mich extrem geadelt, Hüter dieses besonderen Schatzes sein zu dürfen."

Capriu trat von hinten an die beiden heran. Auch er wurde jetzt nachdenklich. „Eine Bemerkung des obersten Kramlocks über dieses Juwel hier geht mir nicht mehr aus dem Kopf. Er sagte zu Rooks, wenn der Kristall nach Ablauf von sechs bis sieben Tagen in das Dorf stürzen würde, dann ginge er dorthin, woher er auch gekommen sei."

Zetus runzelte die Stirn. „Aber das ergibt doch keinen Sinn. Oder kannst Du Dich daran erinnern, dass unser Volk jemals etwas so Kostbares besessen hätte?", fragte er Livion.

Der schüttelte ratlos den Kopf. „Nein, ich blicke da ebenso wenig durch wie Ihr."

Zetus musste daran denken, dass sich sein Schwanz als eine Art Kramlock-Detektor erwiesen hatte. Gab es wirklich eine geheime Verbindung zwischen diesen beiden so unterschiedlichen Daseinsformen?

Crepjan stellte sich herzhaft kauend zu ihnen. „Wir werden das Rätsel schon noch lösen, meine Freunde. Jetzt, wo die unendlichen Weiten der Lüfte uns gehören." Pathetisch ballte er die Faust und reckte sie in die Höhe.

„Nein danke," winkte Capriu ab. „Meine Unternehmungslust hat sich fürs Erste geerdet."

Diese Bemerkung schien Zetus an etwas Dringendes zu erinnern. „Ach, ich muss ja los: mein Wort halten."

„Soll Dich nicht jemand von uns begleiten?", fragte Crepjan besorgt.

Zetus schüttelte den Kopf. „Erstens hab´ nur *ich* die Genehmigung, mich frei im Menschengebiet zu bewegen." Dabei setzte er eine Miene des Triumphes auf. „Und zweitens sollten wir keine unnötigen Risiken eingehen. Falls ich bis morgen Mittag nicht zurück bin, müsstet Ihr bitte Darion informieren. Denn dann ist etwas schief gelaufen." Zetus sah in die erschrockenen Gesichter seiner Freunde. „Ich rechne aber nicht damit. Schließlich handelt es sich um einen schlichten Krankenbesuch." Mit diesen Worten schwang er sich aufs Fensterbrett. „Hast Du das Präsent für Isis?"

„Klar." Livion reichte ihm ein kleines Bündel. Zetus flog der Einfachheit halber direkt von seinem Sitzplatz aus los.

Als er zur Doppelulme gelangte, saß Bendiks schon dort und spielte mit Isis das alte "Wirf-den-Stock-Spiel." Freudestrahlend sprang er auf, als er bemerkte, dass sich sein exotischer Freund über die Baumkrone anschlich. Isis wedelte so kräftig mit dem Schwanz, dass ihr ganzer Körper hin und her pendelte. Deshalb übergab Zetus ihr auch gleich sein Mitbringsel. „Gedünstete Amselniere", erklärte er Bendiks.

„Nanu, hat sie das inhaliert?", fragte Zetus erstaunt, als er bemerkte, dass sich der Inhalt seines Päckchens bereits entmaterialisiert hatte.

Bendiks lachte. „Nette Geste, aber ich fürchte, die Gute ist andere Portionen gewöhnt." Dann sah er Zetus lange an. „Wie ist es gelaufen?"

„Dank Deines grandiosen Einsatzes hat sich Alles zum Guten gewendet.“ Zetus fand, dass Bendiks Anspruch auf einen detaillierten Bericht über alle Geschehnisse seit dem Einsturz der Plasmakuppel hatte. Also setzte er sich hin und redete und redete. Bendiks hatte das Gefühl, mit jedem Wort seines Gegenübers ein kleines Stück zu wachsen, so stolz war er auf die Rettung dieses sympathischen Völkchens.

Aber ein Umstand ließ ihn grübeln. „Sag mal, Ankläger und Richter in einer Person – haltet Ihr das wirklich für richtig? Klingt für meine Begriffe deutlich nach Inquisition.“

„Ich weiß nicht, was das bedeutet, aber was soll daran schlecht sein?“

„Ach, schon gut. Wahrscheinlich ist Eure Welt doch etwas einfacher als unsere.“

„Und bei Dir?“, fragte Zetus nach einer Weile. „Gab´s großen Ärger?“

„Nein, nein“, log Bendiks. „Nur das übliche Gezeter. Ich muss ja auch zugeben, dass ich weder den Vorhaltungen meines Vaters noch meines Schulkameraden plausible Erklärungen entgegenhalten konnte.“ Zetus sah ihn prüfend an.

Bendiks erwiderte seinen Blick mit leichter Empörung. „He! Natürlich ist über Eure Existenz kein Sterbenswörtchen über meine Lippen gekommen! Denkst Du, ich reiße mit dem Hintern ein, was ich mit den Händen aufgebaut habe? Es ist mir schon klar, dass die Federbolde auf strikte Geheimhaltung angewiesen sind. Mein zweiter Vorname ist Verschwiegenheit.“

Zetus atmete beruhigt durch. „Daran zweifle ich auch nicht. Ich bin übrigens hier, um mein Versprechen einzulösen – wenn Du nichts dagegen hast.“

„Ganz und gar nicht.“ Bendiks richtete sich begeistert auf.

„Gut“, fuhr Zetus fort. „Dann erkläre ich Dir jetzt, wie diese Aktion vonstatten gehen muss.“

Eine halbe Stunde später kehrten Zetus und Isis mit Bendiks´ Bollerwagen zurück.

„Gib ihr zwei Minuten, um sich zu erholen“, meinte Bendiks.

„Mir scheint, seitdem ihr meine Bekanntschaft gemacht habt, hat sich der Anteil von Sporteinheiten an Isis´ Tagesablauf deutlich erhöht“, stänkerte Zetus. Kurz darauf stieg er in das mitgebrachte Gefährt und schlüpfte unter die Decke, die Bendiks wie achtlos zusammengeknüllt drapierte, um Zetus unsichtbar zu machen. „Von mir aus kann´s losgehen“, kam es aus dem Inneren des Wagens.

Bendiks musterte mitleidig seine hechelnde Hündin. „Ich sprach von Menschen-, nicht von Federbold-Minuten.“

„Sie kann sich doch unterwegs ausruhen“, gab Zetus zurück und verschwand endgültig in seinem Versteck. Also setzte sich Bendiks in Bewegung. Isis sprang aufgeregt auf, als wäre sie von der Idee, diesen putzigen Spielkameraden mit nach Hause zu nehmen, ausgesprochen angetan. Immer wieder steckte sie ihre Nase unter die Decke, um sich zu vergewissern, dass Zetus auch noch unter ihr steckte. Nicht einmal sein spielerisches Kneifen in ihren Riechkolben konnte sie davon abhalten. „He, Du kleine Spionin. Deinetwegen fliegt noch meine Tarnung auf.“

„Diese Neugier hat sie von ihrer Mama, einer Berner Sennhündin“, erklärte Bendiks.

„Und ihr Papa?“

„Keine Ahnung. Hat sich seinen Alimentationspflichten entzogen.“

„Das ist ja unerhört.“

„Genau. Und jetzt halt Deinen Schnabel. Wir kommen in die Ortschaft. Und die Leute sollen mich nach Möglichkeit nicht schon in jungen Jahren für so durchgeknallt halten, dass ich Selbstgespräche führe.“

„Wie Sie befehlen, großer Meister!“

Aber schon bald hielt Zetus es in seinem Versteck nicht mehr aus und lugte vorsichtig unter der Decke hervor. Außerdem hatten sich seine Rezeptoren schon fast geschlossen. Was sich seinen Augen und Ohren bot, versetzte ihn beinahe in Panik. Dort standen riesige Häuser, die den ganzen Himmel verbauten. Ein entsetzlicher Lärmpegel herrschte. Unbegreiflich monströse Maschinen, in denen häufig gleich mehrere Menschen saßen, rasten in einem Tempo an ihnen vorbei, dass ihm schwindelig wurde. Besonders der ätzende Geruch, den diese Vehikel verbreiteten, setzte ihm zu. Als Zetus einen vehementen Würgereiz im Rachen verspürte, ließ er sich verstört in das lichtarme Innere des Bollerwagens zurücksinken. Er konnte sich nicht daran erinnern, sich jemals in einer dunklen Umgebung so sicher und geborgen gefühlt zu haben wie jetzt.

„Wir sind gleich da“, flüsterte ihm Bendiks nach einer Weile zu. Kurz darauf schlug er die Decke zurück und besah sich, halb besorgt, halb amüsiert den kreidebleichen Federbold, der sich stumm in eine Ecke gekauert hatte.

„In dieser Umwelt musst Du leben?“, stammelte Zetus, nachdem sich seine Rezeptoren wieder vollständig geöffnet hatten. Aufrichtiges Mitleid schwang in seiner Stimme.

Aber Bendiks beruhigte ihn. „Es ist nicht wirklich so schrecklich, wie es für Dich auf den ersten Blick wirken muss. Wenn sich die Gelegenheit bietet, werde ich Dich mal mit einigen Annehmlichkeiten unserer Welt bekannt machen. Da wirst Du sicher auch blass – aber vor Neid!“

„Nimm´s mir nicht übel. Aber dafür fehlt mir im Moment die Vorstellungskraft.“

„Kein Problem. Wir haben heute auch Wichtigeres vor. Der Augenblick ist günstig. Mein Vater ist noch nicht zuhause. Er holt wahrscheinlich meinen kleinen Bruder von seiner Tagesmutti ab. Dann werd´ ich Dir jetzt mal meine Mutsch präsentieren. Ich hoffe, sie fällt nicht gleich in Ohnmacht.“

In einem kleinen Umzugskarton schleppte Bendiks Zetus ins Haus. Dann schlich er sich auf Zehenspitzen an die Wohnzimmertür. Alles ruhig – wie meistens. Vorsichtig steckte er den Kopf hinein. „Sie schläft“, raunte er Zetus zu, der sich wie ein Eindringling vorkam, obwohl er doch hier war, um zu helfen. Er nahm sich vor, sofort zu verschwinden, wenn sich Bendiks´ Mama gegen die Heilbehandlung sträuben sollte. Doch bevor er weiter über diese Möglichkeit nachdenken konnte, hatte ihn Bendiks schon am Arm gepackt und in das Wohnzimmer gezerrt. Wegen des Halbdunkels in diesem Raum steigerte sich Zetus´ Unbehagen noch. Seine Rezeptoren reagierten sofort auf die vorgezogenen Gardinen. Das war nicht gut für die geplante Prozedur. Doch zunächst mussten sie erst einmal die Patientin davon überzeugen, sich ihr auch wirklich zu unterziehen.

Bendiks rüttelte behutsam an ihrem Ellenbogen. „Mam, Maam!“ Seine Mutter blinzelte müde.

Verschlafen drehte sie ihm ihr Gesicht zu. „Ach, Benni“, murmelte sie. Ihre Stimme klang genervt, obwohl sie sich erkennbar Mühe gab, einfühlsam mit ihrem Jungen umzugehen. „Warum lässt Du mich denn nicht schlafen?“, fragte sie vorwurfsvoll und streichelte zugleich seine Wange.

„Weil ich Dir unbedingt jemanden vorstellen muss, der Dir helfen möchte!“ Bendiks bemühte sich, die freudige Erregung, die er in diesem Moment verspürte, zu unterdrücken.

„Noch ein Arzt? Einer von diesen so genannten Spezialisten?“, fragte seine Mutter gelangweilt.

„Nein, nein, das habe ich Dir doch versprochen. Heute gehen wir mal einen unkonventionelleren Weg. Aber versprich mir, nicht in Hysterie zu verfallen.“ Bendiks´ Mama richtete sich neugierig auf. Ihr Interesse war offenbar geweckt. Bendiks verzichtete auf weitere Erklärungen, sondern fragte nur gedehnt: „Bist Du bereit?“

„Seit vielen Monaten schon“, gab sie mit leerer Stimme zurück.

Zetus wusste, dass die Frage eigentlich ihm gegolten hatte. Eine weitere Aufforderung brauchte er nicht. Er atmete tief durch. Dann stolzierte er um die Ecke der Couch herum, auf der es sich seine Patientin gemütlich gemacht hatte. Zetus wartete ihre erste Reaktion ab. Als sie sich auf einen sperrangelweit geöffneten Mund beschränkte, hielt er sie für gefestigt genug, sogleich mit seinen sprachlichen Fähigkeiten konfrontiert zu werden.

„Guten Tag, mein Name ist Zetus; Zetus von Rubaakon. Ich bin mit Ihrem Sohn befreundet. Er hat meinem Volk einen Dienst von unschätzbarem Wert erwiesen. Es wäre mir deshalb eine außerordentliche Freude, mich dafür erkenntlich zeigen zu dürfen. Ich kenne das Problem, das sie plagt. Glauben Sie mir, ich kann es gut nachvollziehen, wenn Sie der Verzweiflung nahe sind.“

Als Bendiks´ Mutter nicht die geringste Regung zeigte, sondern ihn einfach nur wie paralysiert anstarrte, sah sich Zetus als legitimiert an, seinen kleinen Monolog fortzusetzen.

„Wissen Sie, ich gehöre nämlich zum Volk der Federbolde. Wir sind für unsere Existenz auf Sonnenlicht angewiesen und haben deshalb natürlich eine ganz besondere Beziehung zu diesem Himmelskörper. Ich habe die Fähigkeit, das Tageslicht in Ihr Leben zurückzuholen. Alles, was Sie tun müssen, damit ich Sie von ihrer Qual befreie, ist, mir zu vertrauen. Denken Sie, dass das möglich ist?“

Bendiks sah seine Mutter gespannt an. Sie schluckte nur, vergoss ein paar Tränen und blickte dann zu Bendiks hinüber. Der nahm ihre Hand in seine und drückte sie ganz fest. „Bleib ganz ruhig, Mama, Du bist nicht verrückt geworden, ebenso wenig wie ich. Akzeptiere es einfach, dass man manchmal Hilfe von einer Seite bekommt, von der man sie niemals erwartet hätte.“

Zetus zuckte zusammen bei diesen Worten. Waren es nicht genau dieselben, die auch seine eigene Mutter ihm nahe gebracht hatte? Irritiert musterte er Bendiks, der jedoch ganz und gar damit beschäftigt war, auf seine verstörte Mama einzureden. „Ich möchte Dich wieder an unserer Seite haben. Papa braucht Dich. Niklas braucht Dich. Willst Du es wagen, Dich in die Hände dieses kleinen Kerlchens zu begeben? Er ist keine Illusion, sondern so real wie seine unfassbaren therapeutischen Fähigkeiten.“ Durch den letzten Satz fühlte sich Zetus ein klein wenig unter Druck gesetzt. Schließlich hatte er eine Rezeptorstaub-Behandlung noch nie an einem Menschenwesen ausprobiert. Seine Annahme, dass sie problemlos funktionieren würde, war, bei Licht betrachtet, durch nicht mehr als seinen eigenen Optimismus gestützt. `Das muss aber reichen´, dachte er sich.

Plötzlich schlug Isis an. „Elisabeth? Ich bin da!“, schallte es durch den Hausflur.

Bendiks stand ruhig auf und schlürfte aus dem Zimmer. „Ich lass Euch dann mal alleine. Wenn ich Dich richtig verstanden habe, werde ich nun nicht mehr benötigt. Wie lange brauchst Du?“, fragte er Zetus.

„Nach Euren Maßstäben: eine Viertelstunde. Du findest mich unter dem Sofa." Bendiks schlüpfte hinaus, um sich der Ablenkung seines Vaters zu widmen.

Zetus räusperte sich verlegen. „Äh, sie müssen eigentlich nicht viel tun – außer mich nicht in meiner Konzentration zu stören und …, nun ja, also, äh, … sich auszuziehen." Die Augen seines Gegenübers weiteten sich. Zetus fürchtete, dass sie gleich nach ihrem Mann rufen würde. Aber stattdessen streifte sich Elisabeth Marquardt ihre Bluse über den Kopf, unter der sie nur einen BH trug, und zog sich anschließend umständlich ihre Hosen aus. Als Bendiks´ Mutter Zetus fragend ansah, beeilte er sich klarzustellen, dass dieser Grad an Nacktheit ausreiche.

„Nicht erschrecken", fordert er seine Patientin auf. Doch als er seine Kralle entriegelte, so dass sie mit einem klackenden Geräusch zum Vorschein kam, zuckte Bendiks´ Mutter natürlich doch zusammen und blickte Hilfe suchend zur Wohnzimmertür. Zetus machte eine beruhigende Handbewegung und gab ihr zu verstehen, dass er diese Waffe nur gegen sich selbst einsetzen werde. Dann strich er mit der Rückseite der Kralle über den Lichtrezeptor an seiner linken Schulter. Diese Stimulation bewirkte die Absonderung einer feinen Staubwolke. Zetus ließ sie auf seine Hände rieseln und näherte sich Bendiks´ Mama bis auf wenige Zentimeter.

„Ich werde sie jetzt damit einreiben. Es könnte ein bisschen brennen. Danach sollten sie schlafen. Und morgen nehmen sie diese hässlichen Vorhänge ab, ok?"

„Ok", hauchte sie mit zitternder Stimme. Zärtlich fuhr Zetus ihr mit seinen Händen übers Gesicht. Sofort schloss sie genussvoll die Augen. Ein wohliges Gefühl angenehmer Wärme ließ ihre Haut prickeln. Viele Male wiederholte Zetus dieses Ritual, bis ihr gesamter Körper mit einer feinen Staubschicht bedeckt war, der sich erst ein wenig klebrig anfühlte, dann jedoch wie Samt über ihrem Körper lag. Es entging ihr nicht, dass Zetus´ Bewegungen immer langsamer wurden und ihn zunehmend mehr Kraft zu kosten schienen. „Auch wenn sie sich erkälten sollten, bitte nicht zudecken heute Nacht", hörte sie ihn noch sagen. Dann fiel sie in einen erholsamen Schlaf.

Zetus fuhr seine Kralle ein und krabbelte ächzend von der Couch.

Er fühlte sich, als sei er binnen Minuten um hunderte von Jahren gealtert. Seine Augen versagten ihm beinahe den Dienst und so tastete er sich vor, bis er den Teppich unter seinen Füßen spürte. Schließlich rollte er sich unter dem Sofa zusammen und verlor das Bewusstsein. Sein letzter Gedanke war, dass sein Leben nun in den Händen eines Jungen lag - und in den Pfoten einer Hündin.

Bendiks hatte seinen Vater gekonnt in ein Gespräch verwickelt, indem er ihn mit vielsagender Miene darum bat, am nächsten Tag eine Unterredung unter Männern mit ihm führen zu dürfen. Er stellte ihm in Aussicht, sein gestriges Verhalten zu erklären und ihm selbst einen wertvollen Tipp zur Bewältigung seiner Lebenskrise zukommen zu lassen. Als Krönung machte er einige geheimnisvolle Andeutungen über Mutters baldige Genesung. Sein Vater schmunzelte nachsichtig, als all diese umwälzenden Neuigkeiten nur so aus ihm heraussprudelten.

„So verspielt kenne ich Dich ja gar nicht mehr. Und ich dachte schon, Du wärst vorzeitig zu einem Pseudo-Erwachsenen gereift", lachte er und nahm dabei Bendiks´ Gesicht in seine Hände. „Da bin ich aber erleichtert", fügte er hinzu. „Was meinst Du, wie ich mich auf Morgen freue."

Dann drehte sein Vater sich um und wollte die Küche gerade durch die Terrassentür verlassen. Jetzt war es Zeit, den einen Tropfen Wasser in den Wein zu genießen. „Äh, allerdings habe ich da noch eine Bitte." Sein Papa blieb abrupt stehen. Er drehte sich nicht um und sagte auch keinen Ton, so dass Bendiks nicht erkennen konnte, ob er enttäuscht darüber war, dass Bendiks noch vor der Einlösung seiner rätselhaften Versprechen eine Gegenleistung einforderte. „Sieh heute Nacht nicht in mein Zimmer. Auch dafür erhältst Du morgen eine plausible Erklärung nachgeliefert. Und Mama bleibt heute Nacht am besten auch ungestört. Dafür darfst Du morgen früh die Gardinen beiseite ziehen. Ich garantiere Dir, dass sie damit einverstanden sein wird."

Sein Vater hörte einfach nur zu, immer noch mit dem Rücken zu ihm. „Gut. Ich hoffe nur, dass Du nicht allzu enttäuscht sein wirst, wenn Deine merkwürdigen Pläne nicht funktionieren sollten." Dann ging er nach draußen. Bendiks fühlte sich miserabel, weil er seinem Vater einen solchen Vertrauensvorschuss abverlangte. Mit hängenden Schultern trottete er zum Wohnzimmer zurück. Die Zeit war um. Übervorsichtig zog er Zetus unter dem Sofa hervor und ließ seinen leblosen Körper wieder in den Umzugskarton gleiten, den er vorher mit einem Kissen ausstaffiert hatte. Er trug ihn hinauf in sein Zimmer, stellte sich den Wecker auf vier Uhr und legte sich angezogen aufs Bett. In den Schlaf fand er jedoch nicht.

Bendiks hatte das Gefühl, gerade erst ein paar Minuten zuvor eingedöst zu sein, als ihn das grausame Scheppern seines altmodischen Weckers aus der Horizontalen riss. Hastig schaltete er ihn aus, um niemanden im Haus zu wecken. Sein Schädel brummte. Stöhnend wischte er sich den Schweiß von der Stirn und hoffte, mit dieser Handbewegung auch die diffuse Erinnerung an einen beängstigenden Traum beiseite schieben zu können. Besorgt wandte er sich seinem Schützling zu, der immer noch genau so in der Schachtel lag, wie Bendiks ihn gebettet hatte. Er nahm seine Jacke vom Kleiderhaken und schlich die Treppe hinunter, obwohl er sicher war, dass sein Vater ihn gewähren ließ, selbst wenn er aufgewacht sein sollte. Isis blinzelte Bendiks überrascht an, als sie ihn um diese Stunde in voller Montur erblickte. „Komm, Zeit für einen kleinen Ausflug“, flüsterte er ihr zu.

Sie verließen das Haus auf der Rückseite. Bendiks schnappte sich den Bollerwagen, den er gleich hinter der Tür ihres Gartenhäuschens geparkt hatte und legte den in seinem Gefäß schlummernden Federbold hinein. So leise es ging, machte er sich mit Isis auf den Weg.

Die Sonne lugte schon über den Horizont, als sie endlich den Waldrand erreichten. Wie vor ein paar Tagen schon mühte sich Bendiks mit seinem Wagen ab, als er ihn über den Waldweg und das letzte Stück durchs Dickicht zog, um ihn vor die Felsöffnung zu bugsieren, hinter der sich das fremde Reich der Federbolde, Kramlocks, Maulwölfe und wer weiß, was noch für Kreaturen verbarg. An dem protestierenden Gegrunze aus dem Inneren des Wagens merkte Bendiks, dass Zetus langsam erwachte. Dennoch hielt er erst an, als sie schon am Ziel waren. Denn er war spät dran, wollte er es noch rechtzeitig zurück ins Dorf schaffen, um unauffällig, aber erneut übermüdet, zur Schule gehen zu können. Bendiks beugte sich über den Bollerwagen und öffnete die Deckelklappen des Kartons.

Ein angeschlagener Federbold lächelte ihn an. „Guten Morgen. Wie geht´s Dir?“, fragte Bendiks.

„Exakt so bescheiden, wie ich es mir vorgestellt habe. Lässt Du mir Isis hier?“

„Klar, hab´ ich Dir doch versprochen. Aber ich selbst muss jetzt los. Schließlich will ich den spannenden Moment nicht verpassen, in dem mein Vater unser Wohnzimmer mit Tageslicht flutet. Wir sehen uns morgen zur verabredeten Zeit, in Ordnung?“

„Ich hoffe es“, gab Zetus schwach zurück. Bendiks hob den Karton aus dem Wagen und stellte ihn in das Gras. Zum Abschied tätschelte er Isis und flüsterte ihr etwas ins Ohr. Dann machte er sich eiligen Schrittes mit dem leeren Bollerwagen auf den Heimweg. Obwohl Zetus nun in einem extrem geschwächten Zustand mit einer Hündin allein war, fühlte er sich in ihrer Gesellschaft absolut sicher, geradezu beschützt. Unter größter Anstrengung kletterte er aus den vier Wänden, die ihm als Schlafplatz gedient hatten und krabbelte auf allen Vieren zu Isis. Er gab ihr zu verstehen, dass sie sich hinlegen sollte, was sie auch sofort begriff. Zetus machte es sich auf ihrem Rücken bequem und krallte sich in ihrem dichten Fell fest. „Kann losgehen.“

Ohne dass Isis eine weitere Erklärung benötigt hätte, verschwand sie in der Höhle, deren Eingang vor ihr lag und trug Zetus zurück nach Rubaakon. Als sich seine Rezeptoren schon nach etwa der Hälfte der Wegstrecke wieder schlossen und sie seine Erstarrung spürte, verlangsamte sie ihren Schritt, um ihre kostbare Fracht nicht zu verlieren. Zetus hoffte inständig, dass sich Isis seiner auch noch erinnern würde, wenn plötzlich der süßliche Duft eines zarten Höhlenhäschens in ihre Nase kriechen und ihren Jagdinstinkt wecken würde.

Ein Ruck ging durch seinen kleinen Federboldkörper, als Zetus die

Augen aufschlug. Isis hatte sich hechelnd ins Gras gelegt, so dass er von ihrem Rücken gerutscht war. Zetus wartete, bis sich seine Rezeptoren vollständig geöffnet hatten, dann robbte er sich im Sitzen zu einer Birke, um sich dort anzulehnen. „Danke", sagte er leise zu Isis. „Du kannst mich jetzt allein lassen. Hier bin ich sicher."

Zetus schätzte, dass er gegen Nachmittag seine Ermattung überwunden haben würde, so dass er ohne Hast ins Dorf zurückkehren konnte. Wie er Crepjan kannte, würde er ihm sicher schon bald entgegenkommen, um nach dem Rechten zu sehen.

Isis erhob sich und fuhr Zetus mit ihrer Zunge über die Hand. Zetus unterdrückte den Ausdruck von Ekel, der ihm auf der Zunge lag. „Mach´s gut, meine Schöne." Und schon war Isis wieder im Dunkel des Höhlensystems verschwunden, in dem sie sich mittlerweile genauso gut wie in ihrem Heimatdorf auszukennen schien. Sicher würden sich einige der Bewohner wundern, dass sie ein weiteres Mal ohne menschliche Begleiter durch die Straßen lief. Während Zetus ihr noch nachblickte, hörte er über sich schon den unregelmäßigen Flügelschlag eines kleinen Wesens, das mit seinen neu erworbenen Flugfertigkeiten noch nicht sonderlich vertraut zu sein schien.

„Crepjan, alte Krachlatte! Schon hier? Ich werd´ elektrisch!"

„Hä?"

„Ach, vergiss es!"

Abschiede

In den nächsten Tagen und Wochen hielt der Alltag allmählich wieder Einzug in Rubaakon. Zetus beobachtete belustigt, wie bei den Federbolden das Bewusstsein, gewissermaßen ein zweites Leben geschenkt bekommen zu haben, nach und nach in den Hintergrund trat. Stattdessen setzten die alten kleingeistigen Nachbarstreitigkeiten wieder ein. Lästereien über Darions Amtsführung machten die Runde, und Zetus selbst war schon nach ein paar Monaten wieder ein ganz normaler Federbold, der sich durch nichts von seinen Artgenossen unterschied. Im Gegenteil, war er nicht seit der Zuerkennung dieses abstrusen Privilegs, regelmäßigen Kontakt mit der Menschenwelt zu pflegen, sogar etwas eingebildeter geworden? Von dieser Einschätzung war es nur noch ein kleiner Schritt bis zu der weit verbreiteten Meinung, dieser Günstling Darions sei ein hochnäsiger Kerl, was seine übertriebene Freundlichkeit nicht zu kaschieren vermochte.

Zetus war über diese Entwicklung alles andere als beunruhigt, zeigte sie ihm doch, dass im Dorf alles wieder in Ordnung war und die Federbolde ungestört ihrem Tageswerk nachgingen. Auch die Erinnerung an die dramatischen Schilderungen der Gefahren, die ihnen von feindlich gesonnenen Kreaturen drohten, verblasste zunehmend. Zwar wurden weiterhin allabendlich die althergebrachten Leuchtfeuer entzündet. Doch sie hatten wie schon vor dem Angriff der Kramlocks mehr den Charakter einer beschaulichen Illumination, die ein heimeliges Fluidum verströmte. Auch dies war Zetus durchaus Recht. Zumal er ohnehin bezweifelte, dass sich dieses schreckliche Mischwesen, dessen kalte Augen ihm immer noch gelegentlich den Schlaf raubten, sich davon beeindrucken ließ. Eher wären zu deutliche Signale wohl geeignet gewesen, der Bestie den Weg ins Dorf zu weisen. Aber dessen bedurfte es ebenfalls nicht. Diesbezüglich gab sich Zetus keinen Illusionen mehr hin. Wenigstens trugen diese Routinemaßnahmen zu dem allgemeinen Gefühl bei, in einer harmonischen Oase der Sicherheit zu leben. Auf diese Weise kam niemand auf die Idee, nach dem Verbleib des Kristalls und seiner eigentlichen Bedeutung zu fragen. Mit dieser weit verbreiteten Gleichgültigkeit gegenüber den Rätseln, die sich vor dem Volk der Federbolde aufgetan hatten, konnte Zetus gut leben. Er selbst schwor sich jedoch, in seiner Wachsamkeit nie wieder nachzulassen.

Seine Tage waren stets gut ausgefüllt. Die meiste Zeit verbrachte er fraglos mit Crepjan. Die beiden waren seit ihrem gemeinsam überstandenen Abenteuer unzertrennlich. Für seine häufigen Rendezvous mit Larluna konnte sein Freund die nötige Nachsicht aufbringen: „Feminine Beanspruchung bedarf keiner Rechtfertigung", dozierte Crepjan altklug; auch wenn sich seine eigene Hoffnung auf einen erhöhten Attraktivitätsgrad bei den weiblichen Federbolden bisher als unberechtigt erwiesen hatte. Zusammen statteten sie Livion und Capriu an jedem Wochenende einen Besuch ab. Hin und wieder stand auch ein Ausflug zu Mirandas Felsen auf dem Plan. Oft lud Darion Zetus zu einer Unterredung in sein Amt ein. Hierdurch war Zetus praktisch immer über alle wichtigen, aber wie er fand, auch unwichtigen Vorgänge in Rubaakon im Bilde. Auf Wunsch des Bürgerchefs hospitierte er, wann immer ihm danach war, beim ehrwürdigen Richter. Sogar der Rat von Rubaakon lud ihn zu einer seiner Sitzungen ein.

Am wertvollsten erschienen Zetus jedoch die Gespräche mit Bendiks, die er beinahe täglich führte. Sein menschlicher Freund fühlte sich geehrt, dem wissbegierigen Federbold allerlei neugierige Fragen beantworten zu können und Zusammenhänge auf den unterschiedlichsten Themengebieten erklären zu dürfen, ohne dafür als Streber gelten zu müssen. Es dauerte nicht lange und Bendiks hatte Zetus Schreiben und Lesen beigebracht, was den praktischen Nutzen hatte, dass sie sich unter einem losen Stein der halb verfallenen Brücke nahe der Doppelulme schriftliche Nachrichten zukommen lassen konnten. Zetus fand Bendiks´ Bezeichnung dieser Kommunikationsart als „toter Briefkasten" zwar etwas merkwürdig, nahm diesen schwer nachvollziehbaren Namen aber ebenso hin wie zahlreiche andere Floskeln und Redewendungen der Menschen, die ihm ähnlich bizarr vorkamen.

Ein ganz besonderes Ereignis ließ Zetus´ Verhältnis zu ihrer Nachrichten-Austauschstelle allerdings endgültig zwiespältig werden: Als er, wie verabredet zu den beiden Ulmen kam und Bendiks dort nicht vorfand, erwartete Zetus, unter dem Stein eine Entschuldigung für eine kurzfristige Unabkömmlichkeit vorzufinden. Doch der Brief, der dort lag, war von jemand anderem.

Mit zittrigen Fingern las Zetus die Zeilen, die so plötzlich über ihn hereinbrachen, dass sein Gehirn die irreale Note dieser Situation nicht zu bemerken schien: „Mein lieber Junge! Ich schäme mich sehr dafür, auf diese Weise ein letztes Mal in Dein Leben zu treten. Doch es wäre wohl für uns beide unerträglich gewesen, wenn ich Dich noch einmal in Deinen Träumen besucht hätte. Wie ich es Dir prophezeit habe, hast Du alle Prüfungen, die Dein Weg für Dich bereitgehalten hat, mit Bravour gemeistert. Obwohl Du mehr als einmal kurz davor warst, Mut und Zuversicht zu verlieren, hast Du es doch nur Dir allein zu verdanken, dass sich alles zum Guten gewendet hat. So wird es auch in Zukunft sein, wenn Du nicht den Fehler Deines Freundes machst, an das Gute in jedem anderen Federbold zu zweifeln. Er wartet übrigens auf Dich. Im Wald. Doch ich muss jetzt gehen. Ich bin sehr stolz auf Dich! Josepha.“

Zetus´ Verstand weigerte sich, die Bedeutung der Worte in sich aufzunehmen, die dort geschrieben standen. Er wünschte, niemals lesen gelernt zu haben. Eine Leere, die ihm die Luft in seiner Kehle abschnitt, nahm ihn gefangen. Seine Tränen ließ er achtlos auf das Blatt Papier in seinen Händen tropfen. Sie machten die Schrift milchig und unlesbar, bis sich die Buchstaben schließlich vollständig aufgelöst hatten.

Weinend saß er da, keinen Gedanken daran verschwendend, dass ihn ein Mensch sehen könnte. `Nie wieder?´ Sein Gehirn ließ nur diese eine Frage zu: `Nie wieder wirst Du zu mir kommen?´

Und auf dem Zettel formte sich ein letzter Satz: „Nie? Gibt es diese zeitliche Dimension überhaupt?“

Zetus stand auf, stopfte den Brief in seine Hosentasche, wischte sich Hände und Nase an beiden Oberarmen ab und ging ein Stück seines Rückweges zu Fuß. Dann erhob er sich in die Luft und flog in den Wald.

Bald hatte er den Tunnel hinter sich gelassen und wandelte wieder auf dem Boden von Rubaakon. Weniger der geheimnisvollen Andeutung seiner Mutter als einer Eingebung folgend, setzte er sich an eine alte Eiche und kaute auf einem Grashalm herum. Er hatte ein verdächtiges Geräusch gehört und den Schatten eines Wesens wahrgenommen, das nicht viel größer sein konnte als er selbst. Er hatte nicht das Gefühl, in Gefahr zu sein. Noch ganz benommen von der Erkenntnis, dass er gerade einen Moment durchlebt hatte, vor dem er seit Josephas Tod stets Angst gehabt hatte, zog er die Knie mit seinen Händen an und ließ den Kopf auf seine Arme sinken. Es dauerte nicht lange, als tatsächlich eine altbekannte Stimme zu ihm sprach.

Auf der anderen Seite des mächtigen Baumes saß sein alter Weggefährte. „Ich dachte immer, Helden gäben eine schneidigere Figur ab."

„Nun, das dürfte nicht Dein einziger Irrtum über Deine Artgenossen gewesen sein, Rooks!" Zetus sprach diesen Namen mit der größtmöglichen Verachtung aus, zu der sein Herz und sein Sprachorgan in der Lage waren.

„Da hast Du wohl Recht", war die kurze Antwort.

Zetus wusste nicht, ob es echte Resignation war, die er meinte, aus Rooks´ Tonfall heraus zu hören. „Wie kommt es, dass dieser Geral Dein Leben geschont hat? Glaubt er etwa, Du könntest ihm auch als fluguntauglicher Krüppel noch von Nutzen sein?"

Das schien zu sitzen. Denn Rooks ließ sich Zeit, auf diese Frage einzugehen. „Unsere Wege haben sich getrennt. Ebenso wie deine und meine. Das ist wohl auch gut so. Jemand wie ich ist besser heimatlos. Ich tauge nicht zum Mitglied einer Gemeinschaft."

Zetus hätte sich selbst dafür ohrfeigen können, das er in diesem Augenblick so eine Gefühlsregung wie Mitleid empfand. Doch bevor sich dieser Anflug noch zu einem Friedensangebot verdichten konnte, stimmte er Rooks lieber zu. „Jedenfalls solltest Du Dich nicht dem ehrwürdigen Richter stellen. Denn für das, was Du getan hast, kennt unser Rechtssystem keine adäquate Strafe."

„Ist es denn nicht Strafe genug, dass ich wie der alte Maulwolf durch die Wälder dieses Tals streifen muss, bis mich ein Unfall oder eine überlegene Kreatur ausmerzt?“ Zetus biss sich auf die Lippen. Sein Zorn auf Rooks war zu groß, um ihm die Gnade einer Antwort zu gönnen.

Nach einigen Minuten war ihm klar, dass er wieder allein war. Obwohl sein Kinn bebte, zwang er sich, keine weiteren Tränen zu vergießen. Er bedauerte den Verlust von Rooks aufrichtig. Doch er hatte sich seinen Weg selbst verbaut. Ihre Freundschaft gehörte endgültig der Vergangenheit an. Aber die Zukunft hatte schließlich auch einiges zu bieten. War das nicht Larluna, die ihm dort gut gelaunt entgegen flog? Zetus pflückte eine Kornblume für sie, steckte sie in sein Knopfloch und winkte seiner Freundin zu.

Ausgangsszene

Bendiks sah erstaunt zur Uhr, als sein Vater die Küche betrat. „Du kommst heute aber früh!“, empfing er ihn betont lapidar. „Die gute alte Gleitzeit!“

„Na, das ist ja auch wohl kein Tag, den man mit Arbeit verschwenden sollte! Ich will alles wissen. Hörst Du? Alles! Wie hast Du das geschafft?“

Bendiks winkte ab. „Ach, eigentlich bin ich mit ein paar Kumpels zum Fußi verabredet“, log er. „Hat das nicht Zeit bis heute A...?“

Aber in diesem Moment hatte ihn sein Vater schon gepackt und ihn sich über die Schulter geworfen. „Schon gut. War nur ´n Scherz. Lass mich runter!“, bettelte Bendiks. Die Tür zum Hausflur öffnete sich und Elisabeth Marquardt betrat im Morgenmantel und mit nassen Haaren die Küche. „Was ist denn hier los?“

„Hi, Mutsch“, begrüßte Bendiks sie.

Und von ihrem Mann bekam sie einen dicken Kuss. „Ich habe alle Zutaten für ein extraordinäres Mittagessen im Wagen. Du kochst. Und dieser junge Mann hier erstattet mir jetzt endlich einen ausführlichen Bericht.“ Mit sanfter Gewalt schob er Bendiks auf die Terrasse.

Als seine Frau sie zum Essen herein rief, warf Jochen Marquardt ihr einen Blick zu, der sich nur so deuten ließ, dass der gemeinsame Sohn unverzüglich in die Klapsmühle gebracht werden müsse. „Naja, Hauptsache, unsere Familie ist wieder komplett.“ Er legte seine Hand auf die seiner Frau. „Nik hole ich nach dem Essen ab. Und um Deinen Geisteszustand kümmern wir uns später, Benni.“

Bendiks lachte. „Ok! Mama, weißt Du schon, dass Paps Schriftsteller wird?“ Seine Eltern sahen ihn erstaunt an. „Ja, er hatte da so ´ne Eingebung für ein echt fesselndes Fantasymärchen.“

„Na, wenn er sich seinen Ruf endgültig verderben will, warum nicht? Möchtest Du Kartoffeln?“

Bendiks nahm die heiße Schale entgegen. „Du könntest doch unter einem Pseudonym veröffentlichen“, blieb er beim Thema.

Sein Vater schien ernsthaft über diese Idee nachzudenken. „Hhm, findest Du das nicht irgendwie feige – seine Identität hinter so einer Art Schutzschild zu verbergen?“

Bendiks schüttelte den Kopf und zerkaute artig den Bissen in seinem Mund, bevor er weiter sprach. „Quatsch, Du bist halt ein zerbrechlicher Schmetterling, der sich nicht traut, seine Puppe zu verlassen, um die Freiheit zu genießen, nach der er sich so sehr sehnt.“

Sein Papa stutzte. „Wie poetisch! Solltest *Du* nicht der Dichter in unserer Familie werden?“

Bendiks hob abwehrend die Hände. „Dafür fehlt mir die Kreativität!“

Jochen Marquardt ließ fast das Weinglas fallen, das er zum gemeinsamen Anstoßen erhoben hatte. „Du bist ein Tiefstapler!“, lachte er.

„Wenn Du wüsstest!“, dachte Bendiks.